레드벨벳 컵케이크

RED VELVET CUPCAKE MURDER

살인사건

조앤 플루크 지음 / 박영인 옮김

해문

레드벨벳 컵케이크

RED VELVET CUPCAKE MURDER

살인사건

등장인물

....

한나 스웬슨	'쿠키단지' 라는 베이커리 카페 운영.
안드레아 토드	한나의 여동생, 부동산 중개인
미셸 스웬슨	한나의 막냇동생.
노먼 로드	레이크 에덴의 치과의사.
마이크 킹스턴	위넷카 카운티의 경찰관.
리사 & 허브 비즈먼	한나의 어린 동업자와 경찰관 남편.
딜로어 스웬슨	한나의 어머니. 골동품점을 운영.
나이트 박사	레이크 에덴의 의사. 딜로어와 친구사이.
베버리 손다이크	노먼의 전 약혼자.
로저 댈워스	베버리 박사의 새 약혼자.
제니 헤스터	나이트 박사의 병원에 새로 온 간호사.
바바라 도넬리	위넷카 카운티 경찰서장의 비서.
잭 허먼	리사의 아버지. 알츠하이머병을 앓고 있다.

"또 나를 쳐다보고 있잖아!"

김이 뭉게구름처럼 모락모락 피어오르는 가운데 한나 스웬슨이 굽슬굽슬한 빨간색의 머리카락을 타월로 둥글게 말고 욕실에서 나왔다. 한나는 제일 좋아하는 가운을 재빨리 걸치고는 단 하나뿐인 룸메이트를 향해 몸을 돌렸다.

"아무것도 걸치지 않고 있는 사람을 그렇게 빤히 쳐다보는 건 실례야. 넌 그렇게 두꺼운 털 코트를 입고선 말이지."

룸메이트에게서 아무런 반응이 없자 한나는 침대 가장자리에 걸터앉아 한나의 베이커리 카페인 쿠키단지에서 집으로 돌아올 때 샀던 팬티스타킹을 집어 들었다. 미네소타 주에 레이크 에덴 마을이 생겨난 이래 유례없이 덥고 습한 오늘 같은 날 정말이지 정장은 입고 싶지 않았다. 뭐, 사실을 말하자면, 날씨에 상관없이 정장을 입는 건 내키지 않는다. 한나는 청바지에 티셔츠 차림이 훨씬 편했다. 이런 한나에게 늘 성화인 가족들에게 조금 양보한다 치면 편안한 바지 정장 정도까진 감내할 수 있다. 오늘 밤 파티도 별로 가고 싶지 않았다. 편안한 내 집 거실 소파에 앉아 시원한 레모네이드를 홀짝이며 노먼 로드나 마이크 킹스턴과 함께 TV 영화를 보는 편이 훨씬 행복할 것 같았다. 하지만 불행히도 한나는 오늘 밤 파티에 빠질 수가 없다. 쿠키단지에서 디저트 출장서비스를 맡았기 때문이다.

"더운 게 문제가 아니라 습기가 문제야."

한나는 자신을 뚫어져라 바라보고 있는 룸메이트에게 말했다.

"우리 증조할머니 엘사도 늘 그렇게 말하셨지. 그러면서 이 말씀도 하셨어. 그래도 미네소타 사람들에게는 에어컨이 필요 없다고. 얼음 한 양동이 가져다두고 선풍기만 돌려도 충분히 시원하다고 말이야."

룸메이트는 믿을 수 없다는 듯 눈을 휘둥그레 떴다.

"나도 알아."

한나가 녀석을 안심시켰다.

"증조할머니가 잘못 생각하신 거야. 어떻게 에어컨 없이 이 여름을 날 수 있겠어? 아님 옛날에는 지금보다 덜 더웠나 보지. 옷 다 입고 나면 에어컨 제일 시원하게 틀어줄게."

한나가 파티장으로 향하는 동안 해는 금세 져버릴 테지만 그래도 에어컨은 돌려야 했다. 어떤 지역에서는 밤 동안 더위가 어느 정도 사그라진다고 하지만, 미네소타 주 한가운데 위치한 레이크 에덴은 예외였다. 물론 밤이 찾아오면 온도가 몇 도 정도는 떨어지겠지만, 그렇게 큰 도움은 되지 않았다. 한낮 동안 강렬한 햇볕 아래 노릇노릇하게 익은 아파트 외벽의 열기가 밤 동안에도 전혀 식지 않았기 때문이다.

침실 역시 덥긴 마찬가지였다. 바깥바람이라도 안으로 들여보려 창문을 열었지만 창가의 커튼은 아무런 미동도 없이 축 처져 있었다. 바람도 없이 습한 기운만 공기 중에 가득했고, 샤워를 마친 후 타월로 온몸을 물기 하나 없이 꼼꼼히 닦았는데도 여전히 피부에는 덥고 습한 기운이 가득했다.

"아직 한여름도 아닌데 말이야."

한나는 한숨을 쉬며 말했다.

"올해 하지는 6월 12일인데, 아직 9일밖에 안 됐잖아. 그러니까 엄연히 따지자면 아직 봄이란 얘기지. 근데 오늘 오후에는 계란도 익을 만큼 끝내주게 더웠다니까."

확신하긴 힘들었지만 녀석도 이 이야기에 귀가 솔깃한 듯했다. 이른 오후, 쿠키단지 밖에 걸린 온도계의 수은주가 정상치에 다다랐을 때 가게 손님들은 차의 후드에 계란을 깨뜨려놓으면 충분히 익고도 남을 만한 열기라고 입을 모았고, 그때 한나의 동업자인 리사 허먼 비즈먼이 자원해서 자신의 낡은 검정색 포드에 계란을 깨뜨려보겠다고 했다. 그리고 12분 후, 이글거리는 태양빛 아래, 노른자에는 비록 물기가 살짝 남았지만, 흰자는 정말로 완벽하게 익어버리고 말았다. 후끈한 열기가 가득한 야외 주차장에서 노른자가 익을 때까지 기다리고 싶은 사람은 아무도 없었기 때문에 열두 명 남짓한 손님들은 즉시 실험이 성공했음을 선언했다.

한나는 팬티스타킹의 한쪽을 손으로 돌돌 만 뒤 다시 룸메이트를 쳐다보았다. 한나의 눈엔 녀석이 미소 짓고 있는 것 같았다.

"그래, 계속 보고 있어."

한나가 경고했다.

"네가 지금 웃고 있는 건지 어쩐지 모르겠지만, 적어도 그렇게 즐기는 듯한 얼굴이라면, 너…… 너……."

한나는 적당히 위협이 될 만한 단어를 찾기 위해 잠시 망설였다.

"너, 내가 다이어트 시킬 거야!"

"냐아아아아옹!"

오렌지빛과 흰빛이 섞인 10킬로그램의 거대한 고양이가 한나의 옷장 위에 올라앉아 긴 울음을 울었다.

"그래, 다이어트. 달콤한 연어맛이 나는 간식은 더 이상 없을 거란 얘기야. 그러니까 조심하는 게 좋아!"

모이쉐가 결국 고개를 돌렸고, 한나는 만족스러운 듯 고개를 몇 번 끄덕거렸다. 녀석이 한나의 말을 이해한 것인지, 아니면 한나의 목소리 톤만으로 심상치 않은 분위기를 눈치챈 것인지 잘 모르겠지만 어쨌든 효과는 있었다. 손에 돌돌 말린 팬티스타킹을 내려다보며 한나는 또다시 이 스타킹을 피하고 싶어졌다. 그래, 어차피 신어야 한다면, 두 가지 방법이 있다. 하나는 침대에 벌러덩 누워 팬티스타킹을 허공에 들어 올린 뒤 두 다리를 한꺼번에 끼워 넣는 것이다. 그러기 위해선 근육의 조화를 필요로 했다. 두 번째 방법은 침대 가장자리에 앉아 한쪽 다리를 스타킹에 넣은 뒤 스타킹을 끌어올리고, 다시 다른 쪽 다리를 넣어 스타킹을 끌어올리는 것인데, 이것 역시 완벽한 균형감과 곡예 기술을 필요로 했다.

"해보자."

한나는 두 번째 방법을 선택했다. 하지만 막 오른쪽 다리를 스타킹에 넣으려는 순간 초인종이 울렸다.

귀가 찢어질 듯 큰 소리에 한나는 어린 두 조카들 앞에서는 결코 말하지 못할 욕설들을 중얼거렸고, 그 바람에 발가락 끝이 정확하게 스타킹을 꿰뚫고 말았다. 여분으로 하나 더 사두길 다행이었다.

한나는 슬리퍼를 찾아 신고는 침대 옆 협탁 위 시계를 쳐다보았다. 저녁 6시 15분. 동생은 7시에나 데리러 온다고 했다. 가족에게 뭔가 긴급한 일이 발생했거나 국가적 재난이 터진 게 아니라면 안드레아가 약속 시간보다 45분이나 일찍 도착할 리 없다.

또다시 초인종이 울렸고, 한나는 자리에서 일어섰다. 한나의 아파트는 잡상인이 들어올 수 없었는데, 간혹 경비실에 앉아 있는 경비원의 눈을 피해 몰래 들어오는 이들이 있었다. 아니면 뭔가 문젯거리를 들고 찾아온 이웃일 수도 있다. 얼마 전 아파트 주민회 회장이 된 한나로서는 그들의 이야기를 찬찬히 들어주어야만 했다. 발끝을 졸졸 따라오는 모이쉐와 함께 한나는 카펫이 깔린 복도를 서둘러 지났다. 꼭 무언가 집중해서 하고 있을 때 이렇게 방해를 받곤 한다. 방해란 어느 때고 달갑지 않은 법이다.

현관에 도착해서 한나는 모이쉐를 내려다보았다. 문밖에 서 있는 사람의 정체에 대해 녀석이 조금이라도 힌트를 주길 바라는 마음에서였다.

"누구니?"

한나는 녀석에게 속삭였다.

고양이도 어깨를 으쓱거릴 수만 있다면, 모이쉐도 그랬을 것이다. 그래도 방문자에 대해 약간의 정보는 얻을 수 있었다. 녀석이 귀를 바짝 눕히지도 않고, 성이 나 보이지도 않았던 것이다. 이건 곧 방문자가 엄마는 아니란 얘기다. 모이쉐는 한나의 엄마를 무척 싫어했다. 녀석의 할큄에 운명한 여러 켤레의 실크 스타킹이 그 증거였다.

"좋아, 그럼 엄마는 아니고."

한나는 속삭였다.

"노먼도 아닐 거야. 오늘 밤 파티에 같이 가기로 했지만, 치과에서 일이 늦게 끝난다기에 파티장에서 만나기로 했거든."

모이쉐가 현관문에 바짝 다가갔다. 녀석의 꼬리가 부드럽게 살랑거리기 시작했다. 방문자는 분명 녀석이 아는 사람이다. 한나는 문을 열려다가 도어렌즈부터 확인하는 게 좋겠다고 생각했다.

밖을 슬쩍 내다본 한나는 입이 떡 벌어지고 말았다. 안드레아였다! 한나는 서둘러 걸쇠를 풀고는 문을 활짝 열었다.

"어떻게 된 거야?"

동생의 근심 가득한 얼굴을 본 한나가 물었다.

"큰일이야!"

안드레아는 안으로 들어서며 탄성을 질렀다.

"베시한테 무슨 문제라도 생긴 거야? 아님 빌이나 트레시한테?"

"다들 아무 일 없어. 엄마가 전화해서 나더러 당장 언니 집에 가보라고 하셨어."

안드레아가 등 뒤로 문을 닫았다.

"서둘러 달려오느라 심지어 나, 머리도 다 땋지 못했다고."

"그럼 손님방에서 마저 해. 불도 잘 들어오고, 지금 비어 있으니까."

한나는 다시 걱정스러운 생각에 묻기 시작했다.

"엄마도 괜찮으신 거고?"

"괜찮아. 다만 언니 걱정을 하실 뿐이지."

"나?"

"그래, 그래서 언니가 다른 사람한테 소식을 듣기 전에 어서 전하라고 나를 이리로 보내신 거라고."

"무슨 소식?"

"나쁜 소식."

"누가 아파? 아님 다쳤어? 아님…… 죽은 거야?"

온갖 가능성에 한나의 심장이 쿵쾅거리기 시작했다.

"아니, 그런 게 아니라. 일단 앉는 게 좋겠어, 언니. 좀 충격적이거든."

"뭐가 충격적이라는 거야?"

"그 나쁜 소식 말이야."

한나는 소파에 앉았다. 안드레아가 무턱대고 초조해하는 바람에 한나는 어리둥절했지만, 그래도 일단 앉으면 조금은 진정이 될 것 같았다.

"좋아, 나 앉았어. 이제 얘기해봐."

"속상해하지 않겠다고 약속해."

"내가 왜 속상해하는데? 네가 무슨 얘기를 할지도 아직 모르잖아."

"알았어, 그럼."

안드레아가 심호흡을 했다.

"그 여자가 돌아왔어!"

"누가?"

"그 여자 말이야! 엄마랑 난 완전 패닉 상태라고! 그 여자를 다시 보리라곤 상상도 못했거든. 근데 지금 마을에 돌아와서는 로저 댈워스와 함께 레이크 에덴 호텔에 머물고 있다지 뭐야. 샐리가 전화로 엄마한테 알려준 사실이야. 그뿐만이 아니라 오늘 오프닝 파티에 로저와 함께 참석하겠다고 했대!"

"샐리가 로저와 함께 파티에 오겠다고 했다고?"

"아니! 그 여자. 그래서 내가 언니한테 미리 경고해주려고 이렇게 달려온 거라고."

"고마운데, 난 아직도 네가 누구 얘기를 하는 건지 모르겠어."

한나는 안드레아의 팔을 잡아 소파에 앉혔다.

"심호흡을 하고 일단 진정해봐."

"어떻게 진정할 수가 있어! 오늘 밤 파티가 완전 악몽이 될 텐데. 파티를 피할 수만 있다면 피하고 싶어. 하지만 로저에게 콘도 중개를 해주기로 했기 때문에 난 빠질 수가 없어. 아마 언니는 나보다 더하겠지? 하긴 그 여자가 파티장에 떡하니 버티고 있는데 어떻게 멀쩡할 수가 있겠어!"

"그 여자가 도대체 누군데?"

안드레아의 지나친 대명사 사용을 비난하는 듯 들리지 않게 하기 위해 최대한 마음을 가라앉히며 한나가 물었다.

"베브 박사! 그 여자가 마을에 돌아왔다고! 샐리 말로는 복수심에 불타오르는 것 같더래!"

최근 재단장한 앨비온 호텔의 아름답게 장식된 로비에 들어서며 한
나는 갖고 있는 것 중 가장 좋은 의상을 입기 위해 고군분투했던 시간이
결코 헛되지 않았음을 깨달았다. 리모델링 중이었던 호텔은 지나다 슬쩍
보긴 했지만, 이렇게 완성된 후의 모습을 본 건 오늘이 처음이었다.

　로비는 우아함의 극치였다. 1층의 반을 차지하는 로비는 지상 7층으로
올린 고급스러운 콘도에 거주하는 사람들을 위한 레크리에이션장 겸 파
티장으로 디자인되어 있었다. 낡은 마호가니 바닥을 뜯어내고 상태 좋은
것만 골라 재손질하였고, 가장자리 주변으로 장미 문양이 그려진 육중한
카펫을 쪽모이 배열로 깔았는데, 제각기 다양한 형태와 색깔의 장미들이
그려진 카펫이었다. 거기에 윙체어(등받이가 높고 두껍게 속을 채워 넣은 안락의자)와
소파들이 색깔별로 무리를 지어 다섯 개 구역으로 놓여 있었고, 여섯 번
째 카펫 위로는 몇 개의 게임 테이블과 그에 어울리는 의자들이 놓여 있
었다.

　시간보다 일찍 도착한데다가 안드레아가 화장실에 간 참이라 로비에는
한나 혼자였다. 한나는 사랑스러운 카펫을 구경하기 위해 로비를 천천히
돌아다니기 시작했다. 첫 번째 카펫에는 노란색 장미가 그려져 있었는
데, '미다스의 손길'이라는 이름의 장미들이 경계선을 따라 수놓아져 있
었다. 로비에 깔린 카펫의 장미 이름들을 하나하나 읽으며 한나는 장미

에 저마다 이름을 붙이는 일이 얼마나 재미있었을까 생각해보았다. 보라색 장미는 '썰물', 분홍색 장미는 '티파니', 주홍빛 장미는 '타히티의 노을', 하얀색 장미는 '북극의 별', 그리고 한나가 가장 좋아하는 빨간색 장미는 '세도나'였다.

로비 옆에 자리한 정원이 한눈에 내려다보이는 커다란 창문에 가까이 다가가자 특별한 목적을 위해 만든 듯한 커다란 공간이 눈에 띄었다. 댄스 밴드가 자리할 수 있도록 플랫폼이 솟아 올라와 있는 이 공간이 오늘 밤에는 댄스장이 될 터였다.

세도나 장미가 수놓인 카펫 위 휠체어에 앉아 안드레아를 기다리려는 찰나에 레드벨벳 라운지 문 앞에서 리사가 한나를 향해 손짓하는 것이 보였다.

"할 얘기가 있어요, 한나!"

리사가 소리쳤다.

"그리로 갈게."

한나는 자리에서 일어나 로비를 가로질러 역시나 1층의 한편을 차지하고 있는 바 앤 그릴(식당 겸용 바)로 향했다. 열린 문으로 슬쩍 안을 들여다본 한나는 깜짝 놀라고 말았다. 낡은 호텔을 리모델링하는 데에 자금을 투자한 로저 맬워스가 1900년대 초의 고풍스러운 디자인을 그대로 살려놓았기 때문이다. 탐스럽게 윤을 낸 오크재의 높다란 바 뒤로 다면의 크리스틸 술병들이 천장에 위치한 할로겐 등의 불빛을 받아 반짝이고 있었다. 나무판으로 된 벽면에는 옛날 스타일의 액자로 세피아 톤의 사진이 한 장 걸려 있었는데, 앨비온 호텔의 전성기 때 풍경인 듯했다. 또한 그 당시의 레이크 에덴 마을의 풍경 사진도 몇 개 걸려 있었다. 나무로 만든 케이스에 담겨 있는 자동피아노(건반에 해당하는 다수의 작은 구멍을 가진 원통 위를, 구멍 뚫린 두루마리를 미끄러뜨려서, 종이의 구멍과 원통의 구멍이 맞닿는 곳에서 공기가 통하여 그 건반

^{이 타건하게 되어 있는 피아노)}에는 적어도 36개의 두루마리가 담겨 있었다. 하지만 무엇보다 근사한 것은, 바 앤 그릴의 전체 부스 자리를 빙 둘러 감싸고 있는 벽면에 오늘 밤 한나가 디저트로 선보일 레드벨벳 컵케이크의 색깔과 똑같은 색의 붉은 벨벳을 입힌 것이었다.

리사는 그녀의 남편인 허브가 가게를 위해 만들어준 회전하는 3단 케이크단에 컵케이크를 배열하고 있었다. 한나가 들어서자 리사가 즉각 하던 일을 멈추고 달려왔다.

"마침 만나서 다행이에요, 한나. 꼭 해줄 말이 있거든요!"

"괜찮아, 리사. 벌써 알고 있어. 안드레아가 말해줬거든."

"아, 그렇다면 천만다행이에요! 한나가 아무것도 모른 채 그 여자랑 마주치게 될까 봐 엄청 걱정했거든요. 그럼 노먼도 알고 있겠네요?"

"지금쯤 알지 않았을까? 엄마가 분명 로드 부인에게 전화했을 테고, 로드 부인이 바로 얘기해주셨을 거야."

"정말 큰일이에요, 한나. 어떻게 하실 거예요?"

"일단 왜 돌아왔는지부터 알아야겠지."

리사는 잠시 골몰했다.

"그래요, 그러는 게 낫겠어요. 하지만 분명 한나가 자신에 대한 사실들을 폭로한 것 때문에 앙갚음하고 싶어진 걸 거예요. 그것 때문이 아니라면 다시 마을에 돌아올 이유가 없잖아요. 그러니까 조심해요, 한나."

"그럴게."

"절대 그 여자를 과소평가하지도 말고요. 오늘 밤엔 순한 양처럼 공손을 떨 테지만, 겉만 보고 속을 판단할 순 없죠. 그 여자, 사실은 뼛속까지 악한이라는 거 한나도 알잖아요. 매우 위험한 인물이라고요. 여자가 한을 품으면 오뉴월에도 서리가 내린다는 말 꼭 명심해요."

리사의 말에 한나는 오늘 저녁 처음으로 시원하게 웃음을 터뜨렸다.

"뭐가 그렇게 웃겨요?"

리사가 물었다.

"지금 옛 명언을 세 개나 연속 사용했잖아."

리사는 잠시 생각에 잠겼다.

"네 개예요. 셰익스피어 대사 인용한 것 빼면요."

"셰익스피어가 아니야."

"아니에요?"

"윌리엄 콩그리브가 17세기 후반에 쓴 작품에서 나왔던 대사를 잘못 인용했어. 그리고 나, 그것까지 포함해서 센 거야."

"알았어요. 어쨌든 이럴 때 사용하고픈 옛말이 하나 더 남았어요. 이건 출처가 어떻게 되는지 모른다는 점, 먼저 밝힐게요. 사람의 본성이란 절대 변하지 않는다는 것 말이에요."

"그 말은 누가 했는지 나도 모르겠지만, 사람의 본성은 변할 수도 있어. 베브 박사, 외양부터 완전히 달라졌잖아. 머리도 금발로 염색하고, 샐리 말로는 주름제거수술도 받은 것 같대."

"과감해졌네요."

"아니, 절박한 거지. 유통기한이 다 되어가고 있으니 자신을 좀 더 꾸며야겠다고 생각한 모양이야."

리사의 입이 떡 벌어지더니 이내 웃음을 터뜨리기 시작했다. 한참을 숨이 넘어갈 듯 웃던 리사가 간신히 호흡을 되찾고 말했다.

"한나 표현이 정말 예술이에요. 근데 베브 박사는 언제 보신 거예요?"

"안드레아가 말해줘서 알았어."

"그럼 안드레아는 그 여자를 봤대요?"

"아니, 실제로 베브 박사를 본 건 샐리뿐이야. 베브 박사가 로저랑 같이 호텔에 묵고 있대."

"샐리가 한나에게 전화했어요?"

"그런 건 아니고, 샐리는 엄마에게 전화했고, 엄마는 안드레아에게 전화했고, 다시 안드레아는 나한테 찾아와 알려줬지."

리사는 다시 웃음을 터뜨렸다.

"레이크 에덴 소문라인이 제대로 돌아가는 것 같아 반갑네요. 하지만 베브 박사의 본성은 변하지 않았어요, 한나. 그저 외양만 바뀐 것일 뿐이라고요. 그 속내는 예전과 똑같이 음흉하고, 이기적일 거예요."

"돼지 입에 립스틱을 발라봤자 여전히 돼지인 것처럼?"

"그렇죠. 한나가 늘 말했던 것처럼요. 그리고 제가 지금껏 한 옛말들이 명언이 된 건 오랜 세월 동안 사실로 판명되었기 때문이에요. 몇 가지 더 알려드릴까요? 경계가 곧 경비다. 즉, 유비무환이란 얘기죠. 절대, 절대 그 여자를 믿어선 안 돼요."

"나 준비 다 됐어, 언니."

그때 안드레아가 레드벨벳 라운지 입구에 나타났다.

"다들 도착하기 전에 먼저 콘도 보여줄게."

한나는 리사를 향해 고개를 돌렸다.

"컵케이크 배열하는 거 도와주지 않아도 될까?"

그러자 리사는 고개를 저었다.

"거의 다 했으니까 걱정 말아요, 한나. 허브가 지금 의자 몇 개 가지고 오고 있다고 하니까 허브랑 같이 하면 돼요."

"그래도 내가 도와야 할 것 같은데."

"괜찮아요. 허브가 금방 올 거예요. 마침 오늘 여기 라운지 보안 업무도 맡았거든요."

"우리 레이크 에덴처럼 도난 사건 하나 없는 마을에서 무슨 보안?"

18

"우리야 그 사실을 알고 있지만 로저 댈워스는 모르잖아요. 미니애폴리스에서 온 사람이라 우리 마을도 미니애폴리스 같은 대도시와 같을 거라고 생각했나 봐요. 허브에게 호텔 전체의 보안 업무를 맡겼어요."

"하지만 리사 옆에서 일을 제대로 할 수 있겠어?"

"이어폰 끼고 다른 보안 담당 직원들이랑 계속 통신할 거예요. 게다가 한나가 아까 말했듯이, 여긴 레이크 에덴이잖아요. 일어날 수 있는 최악의 상황이래 봤자 누군가 샴페인을 너무 많이 마셔 완전히 뻗어버리는 정도 아닐까요? 그런 일이 일어난다면, 허브의 동료들이 그 사람을 잘 부축해서 집까지 무사히 데려다줄 거고요."

리사의 말에 한나의 귀가 솔깃해져 되물었다.

"허브의 동료들? 몇이나 되는데?"

"허브 빼고 여섯 명이요. 두 명씩 짝을 이루어서 근무하기로 했대요. 1층에 2명, 2층에 2명, 그리고 바깥에 2명. 근무를 서지 않는 층은 펜트하우스뿐이에요. 거기에는 아직 가구를 들이지 않았대서요."

"안녕, 한나."

한나가 고개를 돌리니 리사의 남편인 허브 비즈먼이 두 사람을 향해 다가오고 있었다. 그는 주머니에 'SECURITY'라고 수놓은 멋진 붉은색 상의를 입고 있었다. 글씨 밑으로 무언가 휘장 같은 것이 새겨져 있었는데, 허브가 가까이 다가왔을 때에야 한나는 비로소 그것이 컵케이크 문양이라는 사실을 깨달았다.

"우리 컵케이크 보안팀 대장님이 오셨네요."

리사가 허브를 향해 활짝 웃으며 말했다.

한나는 가지런히 배열된 컵케이크를 보고는 다시 허브의 주머니를 쳐다보았다. 주머니에는 한나와 리사가 만든 레드벨벳 서프라이즈 컵케이크가 완벽하게 구현되어 있었다.

"컵케이크 보안팀?"

한나가 물었다.

"멋지지 않아?"

허브가 슬쩍 미소를 지었다.

"리사의 아이디어야. 오늘 우리의 모토가 '컵케이크의 이름으로 용감해지자' 거든."

"재미있네."

한나가 웃음을 터뜨렸다.

"차라리 '슈크림'이라고 하지 그랬어?"

"그 생각도 해봤는데, 누군가 벌써 사용했더라고. 게다가, 오늘 한나가 구운 컵케이크가 정말 예쁘잖아. 색깔도 선명하고. 동료들이 새 유니폼을 좋아하더라."

"누굴 데려왔는데?"

한나가 물었다.

"조단 고등학교 졸업반 학생 네 명이랑 커뮤니티 대학 신입생 두 명. 가을에는 축구 경기장 보안 업무도 맡기로 했어. 바스콤 시장님 말씀이, 겨울 축제나 늦여름에 개최될 문라이트 매드니스 행사 때도 우리가 필요할 거라고 하셨거든."

"오, 잘됐다. 행운을 빌게. 학생들도 아르바이트 자리를 얻게 되어서 좋겠어."

그때 컵케이크들을 뚫어져라 쳐다보고 있는 안드레아의 모습이 눈에 띄었다.

"무슨 문제라도 있어, 안드레아?"

"그게 아니라, 컵케이크가 너무 먹음직스러워 보여서 지금 배에서 난리가 났어. 나, 전단지 돌리느라 너무 바빠서 점심도 못 챙겨 먹었거든."

그러자 리사가 디스플레이 때 사용했던 상자에서 컵케이크 하나를 꺼내 안드레아에게 건넸다.

"한번 맛보시고 보기만큼 맛있는지 얘기해주세요."

"레드벨벳 컵케이크라면 당연히 맛있지!"

"이건 레드벨벳 서프라이즈 컵케이크거든요."

리사가 말했다.

"한나와 제가 컵케이크 안에 놀라운 재료를 하나 넣었어요."

"어떤 재료?"

한나는 미소를 지었다.

"미리 말해주면 서프라이즈가 아니잖아. 크게 한 입 베어 물어봐. 내가 장담하는데 아마 마음에 들 거야."

안드레아는 망설임 없이 컵케이크의 종이를 벗기더니 시키는 대로 크게 한 입 베어 물었다.

"으음."

그러더니 또 한 입을 베어 물었다.

"음!"

"어떠세요?"

리사가 물었다.

안드레아는 기다리라는 듯 한 손을 내밀더니 이내 남은 컵케이크도 입에 털어 넣었다. 열심히 씹고 삼키던 안드레아가 마침내 미소를 지었다.

"최고야! 초콜릿 맛이 정말 환상이야. 그리고…… 설마 살구?"

"맞아요. 한나의 아이디어였어요. 벨벳 컵케이크는 다들 만들 줄 아니까 파티 주문을 받을 땐 우리만의 것으로 조금 다르게 만들어보자고 말이에요."

"훨씬 나아."

안드레아가 덧붙였다.

"레드벨벳 컵케이크는 수도 없이 많이 먹어봤지만, 지금 먹은 게 단연 최고야!"

한나는 손에 든 가격표를 물끄러미 내려다보았다. 방 2개짜리 콘도의 가격이 한나가 현재 살고 있는 아파트 값의 2배였다.

"너 정말 이 콘도 팔 수 있겠어? 우리 아파트가 훨씬 싼데."

"언니네 아파트는 시내랑 가깝지 않잖아. 여기 살면 매일 아침저녁 차로 출퇴근하지 않아도 된다고. 그리고 언니네 아파트는 이 정도 전망이 안 나오지."

안드레아가 창가에 다가가 가리켰다.

"이쪽 방향을 향하고 있는 방에서는 전부 루터 교회와 그래니의 앤티크, 그리고 빨간 부엉이 식료품점까지 훤히 보인다고."

"발코니가 꽤 근사하긴 해."

한나가 유리로 된 미닫이문으로 다가갔다.

"발코니에서 쿠키단지도 보여. 언니가 산다면야 특별히 할인해줄 수도 있지. 언니 아파트는 언니가 산 가격보다 훨씬 좋은 값에 팔아줄 수 있어. 부동산을 이용한 일종의 업그레이드라고 보면 돼."

"고맙지만, 사양할게. 난 지금 아파트가 좋아."

한나가 재빨리 말했다.

"흠…… 그냥 한번 생각해봐. 언니 쿠키 트럭도 점점 낡고 있는데, 여기 살면 가게까지 걸어 다닐 수 있잖아."

"그래, 생각은 한번 해볼게."

한나가 대충 대답했다. 이렇게라도 얼버무려놓지 않으면 이 콘도가 모두 팔릴 때까지 한나를 들들 볶을 게 분명했다.

"펜트하우스도 보여주면 안 돼?"

한나가 화제를 돌리기 위해 물었다.

"물론 평생 돈을 모아도 거긴 못 사겠지만, 구경이나 한번 해보려고."

로저 댈워스의 제안으로 펜트하우스에는 별도의 엘리베이터가 운영되고 있었기 때문에 한나와 안드레아는 다시 로비로 내려와 안드레아의 열쇠를 이용해 엘리베이터를 갈아타야만 했다.

"펜트하우스는 최상층 전부를 사용해."

엘리베이터에서 내려 펜트하우스 현관으로 향하며 안드레아가 설명했다.

"전망도 끝내주고, 자쿠지랑 작은 동굴 모양으로 만든 수영장이 있는 커다란 열대 정원도 딸려 있지."

"자쿠지랑 수영장? 미네소타에서는 별로 실용적이지 않을 것 같은데."

거실로 들어서며 한나는 입이 떡 벌어지는 것을 간신히 참았다. 거실 3면으로는 천장까지 맞닿아 있는 높다란 창이 나 있었고, 안드레아의 말대로 전망이 굉장했다.

"확실히 근사하긴 하다. 하지만 그 자쿠지랑 수영장 말이야. 겨울 동안은 물을 빼서 덮개로 덮어둬야 할 텐데, 그럼 이 집 주인은 1년 중 6~7개월은 그 시설을 사용하지 못할 거 아니야."

그러자 안드레아가 고개를 가로저었다.

"전체 천장을 덮는 돔이 온도조절 기능을 하기 때문에 문제없어. 원래 그 돔을 오늘 밤 설치하기로 했는데, 일정이 좀 늦춰져서 아직 도착을 안 했어. 그래서 정원 중간까지는 구경할 수 있는데, 나머지 구역은 안전

문제 때문에 로저가 가로막으로 막아놓아서 볼 수 없어."

펜트하우스 정원으로 나서자 따스하고 온후한 6월의 공기가 두 사람을 맞아주었다. 기분 좋은 바람도 살랑살랑 불고 있었다. 두 사람은 파티의 흥분과 거리의 지나는 차들, 그리고 그보다 더 중요하게는, 모기들을 발밑에 두고 섰다. 황홀감에 젖은 한나는 향기로운 밤공기를 하나 가득 들이마셨다.

"이 수영장 좀 봐."

안드레아가 한나를 수영장과 자쿠지가 있는 곳으로 이끌었다. 수영장에는 짚으로 이은 지붕 아래로 바와 쿠션이 부착된 바 의자들이 장착되어 있었다. 은은하게 비추는 말리부 조명이 수영장 전체를 로맨틱한 분위기로 만들어주어 보는 사람을 몹시도 혹하게 했다.

"예쁘다!"

이 공간의 주인이 될 누군가를 부러워하며 한나가 탄성을 질렀다.

"원래 이러면 안 되는데, 안 되겠어."

안드레아가 말했다.

"이 가로막 좀 치우는 것 도와줘."

두 사람은 힘을 합해 가로막을 옆으로 치웠고, 안드레아는 한나를 이끌고 옥상 가장자리로 다가갔다.

"여기까지면 충분해."

안드레아가 가장자리를 1미터 남겨두고 멈췄다.

"여기서 내려다보는 호수 풍경을 언니한테 보여주고 싶었거든."

한나는 달빛에 은빛으로 빛나는 호수와 그 주위를 파수병처럼 둘러싸고 있는 짙은 소나무들을 내려다보았다.

"아름다워!"

한나가 또다시 감탄했다.

두 사람은 각기각색의 침실들과 그 침실들에 딸린 욕실, 체육관, 그리고 거대한 주방까지 모두 둘러보았다. 수많은 벽장에 아름다운 전망까지 모두 갖추고 있는 이곳은 그야말로 부유함의 상징 같았다.

"그만 가야겠어."

안드레아가 손목시계를 내려다보며 말했다.

"슬슬 손님들이 도착할 시간이거든. 팔아야 할 집이 콘도 여섯 채에, 펜트하우스까지 있어."

로비로 내려가는 엘리베이터에 타고 나서야 한나가 입을 열었다.

"우리 마을에서 여기 콘도를 살 만한 여유가 되는 사람들이 과연 있을까?"

안드레아가 첫 번째 콘도 문을 여는 순간부터 한나의 머릿속에 계속 떠오르던 의문이었다.

"당연히 있지. 대부분의 사람들이 자신이 감당할 수 있는 것보다 더 많은 소비생활을 영유하려 하거든."

"그게 무슨 소리야?"

"일종의 업그레이드를 말하는 거지. 사람들은 자신의 소득보다 더 비싼 무언가를 갈망한단 말이야. 내가 알기로는, 아이들이 성인이 되어서 독립해 나간 이후 집의 규모를 줄이고자 하는 사람의 경우를 제외하고는 전부 그래. 그런 사람들이 대부분이 아니라 일부에 속한다 해도, 어쨌건 우리 마을에도 돈을 갖고 있는 사람들은 있다는 거야. 기억해둬, 지금 콘도 계약을 하려는 사람들에게 당장 필요한 건 계약금과 좋은 신용등급, 그리고 안정적인 일자리뿐이라는 걸. 아마 오늘 파티에 오는 열 명 중한 명은 이 콘도를 살 수 있을 만한 능력이 되는 사람들일 걸? 로저가모두 250명을 초대했으니 내가 안내만 잘하면 그중 25명은 이 콘도를살 수도 있단 얘기지."

"펜트하우스는? 그 사람들이 펜트하우스도 살 만한 형편이 될까?"

"그건 아니겠지. 펜트하우스는 보통 비싼 게 아니니까. 하지만 델 우들리가 오기로 했어. 그 사람이라면 형편이 될지도 몰라. 바스콤 시장님도 스테파니가 얼마 지원해주면 살 수 있을지 모르고. 사실, 우리 엄마도 그만한 능력은 되시지 않을까?"

한나는 살짝 얼굴을 찌푸렸다. 엄마의 재정 상태를 자세히 아는 것은 한나뿐이었다. 하지만 안드레아의 말이 사실이었다. 돌아가신 아빠는 주식 투자에 능했기 때문에 현재 상황이라면 엄마에게는 펜트하우스를 능히 구입할 수 있을 만한 돈이 있을 것이다. 한나는 이 이야기를 안드레아에게 해주려다가 이에 대해 동생들에게 이야기하지 않겠다고 한 엄마와의 약속을 떠올리고는 생각을 달리했다.

"엄마도 능력이 되시는지는 잘 모르겠지만, 그렇다 해도 엄마라면 절대 지금 집을 포기하지 않으실 거야."

"그래, 언니 말이 옳아. 아빠가 엄마를 위해 구입하신 집이라 행복한 추억들도 많고. 지금 집에서 꽤 오래 사시기도 했고, 좋은 이웃들도 있으니 재혼하시지 않는다면 죽 그곳에서 사시겠지. 근데 엄마가 설마 재혼 같은 걸 하실 리 없잖아."

펜트하우스 엘리베이터 문이 열리고 한나와 안드레아는 밖으로 나섰다.

"잠깐만."

안드레아가 누구든 엘리베이터를 사용할 수 있도록 열쇠를 그대로 꽂아두었다.

"설사 펜트하우스를 구입하지 못한다고 해도, 구경하고 나서 마음에 들면 다른 사람한테 얘기해줄 수는 있잖아. 그럼 그 사람이 사겠다고 나설지도 모르고."

"좋은 생각이야."

한나가 말했다.

"바로 일 시작하는 거야?"

"응, 근데 로저가 라운지에 잠깐 있어달라고 했어. 손님들이 공짜 샴페인이랑 음식을 좀 즐기고 난 뒤에 시작하자고 말이야."

"다들 기분 좋을 때 시작하자는 거지?"

"바로 그거지. 사실 그의 말이 옳아. 나도 중개할 집을 공개하는 날에는 손님들에게 늘 치즈랑 크래커랑 언니가 만든 쿠키를 대접하니까. 내가 이따가 콘도 파는 일에 엄청 바빠지면, 부탁 하나 해도 될까?"

"뭔데?"

무슨 부탁인지 들어보지도 않은 채 무턱대고 수락하는 실수를 저지르지 않기 위해 한나가 눈을 동그랗게 뜨고 물었다.

"레드벨벳 서프라이즈 컵케이크 여섯 개만 따로 빼줄 수 있다면 정말 고맙겠어. 계속 힘을 내려면 그게 필요하거든. 집에 가져가서 우리 애들이랑 유모한테도 맛보이고 싶고. 가운데 든 서프라이즈 재료는 정말 천재적인 발상이야!"

레드벨벳 서프라이즈 컵케이크

바로 컵케이크를 구울 거라면 오븐을 175도로 미리 예열해놓으세요. 틀은 오븐의 중앙에 둡니다.

한나의 메모: 이 컵케이크를 만들기 위해서는 먼저 초콜릿 애프리콧 서프라이즈를 만들어야 합니다. 아, 걱정하지 마세요. 만드는 데 기껏해야 15분 정도밖에 안 걸리니까요. 초콜릿 애프리콧 서프라이즈를 밤에 만들어두고 컵케이크는 다음 날 구울 거라면 오븐은 예열하지 마세요.

초콜릿 애프리콧 서프라이즈

재료

중간 달기의 초콜릿 칩 6온스(168g) / 애프리콧잼(살구잼) 2테이블스푼

소금기 있는 버터 2테이블스푼

만드는 법

1. 살구잼 안에 커다란 살구 덩어리가 들어 있다면 꺼내서 작은 조각으로 잘라주세요. 아니면 아예 덩어리가 없는 부분만 사용하셔도 됩니다.

2. 전자레인지용 볼에 위의 세 가지 재료를 넣습니다.

3. 전자레인지 '강' 으로 1분간 돌립니다. 초콜릿이 잘 녹아들 수 있도록 내용물을 부드럽게 저어주세요.

4. 기름종이를 꺼내 판지나 쿠키 틀 위에 깔아줍니다.

5. 1/4티스푼을 사용해 초콜릿 혼합물을 뜬 다음 깨끗한 손

가락을 사용해 긁어내려 기름종이에 봉우리 모양을 냅니다.
너무 많이 퍼진다면(지나치게 묽으면) 1~2분 정도 더 식힙니다.

6. 컵케이크를 만들기 위해서는 모두 24개의 초콜릿 애프리
콧 서프라이즈가 필요하다는 사실을 기억하세요. 24개를 만
들기에 양이 부족하다면 양이 많은 봉우리에서 조금 덜어 양
이 적은 봉우리에 더해주시면 됩니다. 혹시 반대로 초콜릿
혼합물이 너무 많이 남았다면, 각각의 봉우리를 더 크게 만
들어주시거나 별도의 기름종이 위에 봉우리를 만든 뒤 용기
에 담아 냉장고에 보관하고 간식으로 드셔도 좋습니다.

7. 완성된 초콜릿 애프리콧 서프라이즈는 컵케이크에 바로
사용하실 게 아니면 냉장고에 넣어두세요(컵케이크를 만들기 전날 밤
에 이 초콜릿 애프리콧 서프라이즈를 만들어두셔도 좋은데요. 단, 같이 사는 가족들이 없을
경우에만 가능합니다. 밤새 이 맛좋은 간식을 그냥 두지 않을 테니까요).

레드벨벳 컵케이크

오븐을 175도로 예열합니다. 틀은 오븐의 중앙에 둡니다.

재료

백설탕 1과 1/2컵 / 실온에 둔 소금기 있는 버터 1/2컵 / 식물성 기름 1/2컵

소금 1티스푼 / 베이킹파우더 1티스푼 / 베이킹소다 1티스푼

코코아파우더 1티스푼 / 식용 색소 젤 2티스푼(액체로 된 식용 색소도 괜찮습니다)

바닐라 추출액 1티스푼 / 큰 계란 2개 / 다목적용 밀가루 2와 1/2컵

버터밀크 1컵 / 레드와인 식초 1티스푼(화이트와인 식초도 괜찮습니다)

만드는 법

1. 24개의 컵케이크용 컵에 컵케이크용 종이를 깔아줍니다(제가 갖고 있는 컵케이크용 팬에는 12개의 컵케이크가 들어가기 때문에 전 팬 두 개를 사용했답니다. 컵케이크용 종이도 2개씩 깔아 사용했고요).

식용 색소 젤에 대한 주의사항: 실수로 붉은색 식용 색소 젤 대신 붉은색의 장식용 젤을 사시는 분이 있어요. 장식용 젤은 개별 튜브에 담아 나오는데, 케이크 위에 장식 삼아 글씨 등을 쓸 때 사용하는 거랍니다. 반면 식용 색소 젤은 반죽 자체를 붉게 만들어주는 거죠. 식용 색소 젤을 구하지 못하셨다면 액체로 된 식용 색소를 사용하셔도 됩니다. 단, 그 양은 두 배로 준비하셔야 해요.

2. 전자반죽기 그릇에 백설탕을 넣고 부드러워진 버터와 식물성 기름을 넣습니다. 재료들이 잘 섞일 때까지 반죽기를 돌려주세요.
3. 거기에 소금, 베이킹파우더, 베이킹소다, 그리고 코코아파우더를 넣고 다시 잘 섞어줍니다.
4. 붉은색 식용 색소 젤 2티스푼과 바닐라 추출액을 넣고 색이 골고루 퍼지도록 잘 섞어줍니다.
5. 계란을 한 개씩 깨트려 넣으며 잘 섞어줍니다.
6. 밀가루 1컵을 넣고 잘 섞어줍니다. 그런 뒤 반죽기를 끄고 고무 주걱으로 옆면에 묻은 반죽을 잘 긁어내주세요.
7. 버터밀크 1/2컵을 붓고 반죽기를 '낮음'으로 가동합니다.

8. 밀가루를 또 1컵 넣고 잘 섞어줍니다. 그런 뒤 반죽기를 끄고 고무 주걱으로 옆면에 묻은 반죽을 잘 긁어내주세요.

9. 나머지 버터밀크 1/2컵을 넣고 잘 섞어줍니다.

10. 나머지 밀가루 1/2컵을 넣고 잘 섞어줍니다.

11. 레드와인 식초를 넣고 잘 섞어줍니다.

12. 반죽기를 끄고 그릇을 꺼낸 다음 고무 주걱을 사용해 휘저어주세요. 식초 덕분에 반죽이 조금 부풀어 오를 겁니다.

13. 컵케이크 종이가 1/3 정도 차도록 반죽을 부어줍니다.

14. 미리 만들어둔 초콜릿 애프리콧 서프라이즈를 꺼내 기름 종이에서 하나씩 떼어낸 다음 각 컵케이크의 중앙에 하나씩 넣어줍니다. 넣을 때에는 조금 힘을 주어서 찔러넣되 바닥까지 닿도록 힘을 주어서는 안 됩니다!

15. 그 위로 다시 컵케이크 종이의 3/4까지 차도록 반죽을 부어줍니다. 이 컵케이크는 굽는 동안 많이 부풀지 않으니까 반죽이 넘칠까 봐 걱정하지 않아도 됩니다.

16. 175도로 예열해둔 오븐에 컵케이크 팬을 넣고 20~23분간 구워줍니다.

17. 다 구워졌으면 오븐에서 팬을 꺼내어 차가운 가스레인지 위나 식힘망 위에서 식혀주세요. 완전히 식기 전까지 팬에서 컵케이크를 꺼내면 안 됩니다.

레드벨벳 서프라이즈 컵케이크를 위한

크림치즈 프로스팅!

재료

크림치즈 4온스(112g) / 소금기 있는 버터 1/4컵(56g)

바닐라 추출액 1티스푼 / 슈가 파우더 2컵(측정할 때 가득 담아 주세요)

만드는 법

1. 중간 크기의 볼에 크림치즈를 넣고, 전자레인지 '강'에서 30초간 돌려주세요. 그런 뒤 크림치즈와 버터가 부드럽게 녹아들도록 잘 저어줍니다. 아직 재료들이 부드럽게 녹아들지 않았다면 전자레인지에 20초 간격으로 더 돌려주세요.

2. 볼에 바닐라 추출액을 넣고 잘 저어줍니다.

3. 한 번에 1/2컵씩 슈가 파우더를 담아 볼에 더해줍니다. 프로스팅이 지나치게 흐르지 않고 어느 정도 발림성 있어졌을 때까지 슈가 파우더를 더해주세요.

4. 프로스팅 작업을 할 때에는 중앙에서부터 바깥쪽으로 작업하세요. 그리고 가장자리 끝까지 프로스팅을 하지 말고 조금 남겨두세요. 그래야 가장자리에 둥글게 붉은색 빵이 보여 예쁘거든요.

프로스팅이 남았다면, 그레햄 크래커나 소다크래커에 발라 아이들에게 주면 무척 좋아한답니다.

앨비온 호텔 오프닝 행사를 위해 컵케이크를 만들었을 때 리사와 저는 크림치즈 프로스팅 위로 장식용 붉은 설탕을 뿌렸답니다.

한나와 안드레아가 다시 레드벨벳 라운지에 돌아왔을 때 엄마와 나이트 박사가 중앙에 놓인 가장 큰 테이블을 차지하고 앉아 있었다.

　"좋은 자리 맡으셨네요, 엄마."

　한나가 의자에 앉으며 말했다.

　"일찍 오셨나 봐요."

　"너도 일찍 온 모양이구나. 한나, 오늘 밤 너무너무 예쁘다."

　"고마워요, 엄마."

　"립스틱 발랐니?"

　"네."

　"호, 눈 화장도 했고."

　"안드레아가 잔소리해서요."

　나이트 박사가 한나를 돌아보며 큭큭거렸다.

　"꼭 쿠키단지에 손을 넣었다가 엄마에게 걸린 어린애처럼 말하는군."

　"정말이에요."

　안드레아가 동의했다.

　"물론 우리 집에선 절대 일어날 수 없는 일이었지만요. 언니가 학교에서 돌아와 새 쿠키를 굽기 전까지 엄마의 쿠키단지는 늘 비어 있었거든요."

그러자 나이트 박사가 이번에는 좀 더 길게 웃음을 터뜨렸다. 그러더니 이내 엄마의 팔에 손을 얹었다.

"로리라면 능히 물도 태워먹을 법하지. 오늘 아침에 나한테 커피를 끓여줬는데, 정말로 탄 맛이 나더군."

"박사!"

엄마가 박사를 무섭게 노려보았다.

"이 얘긴 괜히 했나 보네."

박사는 사과했지만, 그의 눈빛에 서린 장난기는 여전했다.

"나 이제 용서 받은 건가? 아니면 이제부턴 당신이 시키는 대로 말 잘 들어야 하는 거야?"

"당연히 내가 시키는 대로 해야지."

엄마가 쏘아붙이더니 한나와 안드레아의 예상과는 달리 이내 활짝 웃음을 지었다.

"내일 아침엔 당신이 커피를 끓여주면 되겠어. 내가 끓이는 커피는 내가 봐도 영 맛이 없거든."

"좋아."

박사가 엄마의 어깨에 팔을 두르더니 살짝 포옹을 했다.

"어쨌건 오늘 밤 한나가 최고 예쁘다는 데에는 나도 동감이야. 물론 평소에 화장기 하나 없이도 예쁘긴 했지만."

그러자 엄마가 고개를 끄덕였다.

"우리 한나야 늘 예쁘지."

엄마가 하던 말을 멈추고 생각에 잠겼다.

"내가 방금 한 걸 두고 박사가 사용하는 그 표현이 뭐더라?"

"신소리하다? 궂리다? 아니면 잔소리하다?"

박사가 또다시 엄마를 포옹했고, 엄마는 그제야 이번 것도 박사의 장난이라는 사실을 깨달았다.

"괜찮아, 로리. 당신이 일일이 지적해주지 않았다면 아이들은 뭘 어떻게 해야 할지 몰랐을 거야. 지금껏 아이들을 위해 잔소리한 거 아닌가? 이제 와서 바꾼다는 건 당신답지 않아. 아이들도 당신이 자신들을 사랑한다는 걸 잘 알 거야."

박사가 한나와 안드레아를 돌아보았다.

"그렇지?"

"그럼요."

한나가 먼저 대답했다.

안드레아는 엄마의 손을 토닥였다.

"언니 말 대로예요. 그건 어릴 때부터 알고 있었는걸요."

눈물이 그렁그렁한 엄마의 눈을 보니 한나는 정말 인간의 본성이란 변할 수도 있다는 확신이 들었다. 엄마가 방금 스스로 잔소리꾼이란 사실을 인정한 건가. 전에는 상상도 할 수 없던 일이다. 네 사람 사이에 내려앉은 침묵이 막 불편해지기 시작할 때쯤 박사가 입을 열었다.

"원래는 더 일찍 오려고 했는데, 워렌 댈워스를 찾아온 손님이 떠날 때까지는 병원에 있어야 할 것 같았어."

"워렌 댈워스에게 서명받을 것이 있다며 미니애폴리스에서 서류를 들고 찾아왔더라."

엄마가 말했다.

"서명받는 건 오래 걸리지 않았는데, 마침 로저가 왔기에 박사가 그 사람과 얘기를 나누느라 시간이 좀 걸렸어."

"워렌은 좀 어떠세요?"

한나는 좋은 소식이 있길 기대하며 물었다.

하지만 박사는 고개를 가로저으며 한숨을 내쉬었다.

"별로 좋지 못하네. 마음은 편안해진 것 같지만, 끝이 얼마 남지 않았다는 걸 벌써 알고 있거든. 그 사실을 로저에게 알리는 게 가장 힘들었지."

한나는 살짝 몸을 떨었다. 로저는 외동아들인데다 그 어머니 또한 몇 년 전 이미 세상을 떠났다. 벌써 한 명의 가족을 잃은 그에게 아버지마저 오래 함께일 수 없다니.

"얘기를 듣고 충격 받았겠어요."

"그렇지." 박사가 말했다.

"소식을 전하는 것도 듣는 것 못지않게 힘든 일이었네. 의사가 해야 할 일 중 가장 어려운 부분이지."

"그래서 로저는 괜찮아요?"

안드레아가 물었다.

"담담하게 받아들였어. 전혀 예상치 못한 일은 아니었을 거야. 워렌이 암과 사투를 벌인 지도 벌써 4년째니까. 워렌과 로저 부자 사이가 그렇게 가깝진 않았지만, 그래도 아버지가 세상을 떠난다는데 아무렇지도 않을 자식은 없지 않겠나."

한나와 안드레아는 서로 시선을 주고받았다. 안드레아 역시 한나처럼 과연 그럴까라는 생각이 든 듯했다.

"로저가 아버지는 만나봤어요?"

안드레아가 물었다.

"그래." 이번엔 엄마가 대답했다.

"당분간 레이크 에덴에 머물면서 매일 아버지를 보러 와야겠다고 하더구나."

이번엔 한나와 안드레아뿐만 아니라 엄마까지 합세해서 서로 시선을 주고받았다. 그때 박사가 살짝 고개를 끄덕였다.

"흠, 세 사람 사이에 또다시 모녀간 텔레파시가 오가고 있군. 다들 로저가 레이크 에덴에 머물게 되면 베브 박사 역시 오래 머물게 될 것 같아 걱정하는 거지?"

"맞아."

엄마가 다정한 눈길로 대답했다. 그러더니 이내 영국식 고급 악센트를 섞어 탄성을 질렀다.

"어머나! 내 언젠간 눈치챌 줄 알았지!"

네 사람이 동시에 웃음을 터뜨렸고, 박사가 알려준 워렌의 소식에 무거웠던 공기가 한층 가벼워졌다. 네 사람이 한창 웃고 있을 때 바바라 도넬리가 테이블로 다가오며 말했다.

"다들 안녕하세요. 늦어서 미안해요."

"괜찮아." 엄마가 말했다.

"우리도 5분 전에 도착했는걸. 어서 앉아서 애피타이저 좀 들어. 아주 맛있어 보이니."

바바라는 테이블 중앙에 놓인 애피타이저 쟁반을 내려다보았다.

"한나가 만든 거야?"

"아뇨, 저희는 컵케이크만 만들었어요. 식사용 음식은 로저가 미니애폴리스에 있는 케이터링 서비스 업체에 부탁해 준비했거든요."

"앉으세요, 바바라."

안드레아가 남편 비서인 그녀를 위해 의자를 빼주었다.

"어머, 그전에 잠깐 한 바퀴만 돌아보세요. 치마가 너무 예뻐요."

"그냥 예쁘다는 말로는 부족하구나. 아주 우아한걸."

바바라가 제자리에서 한 바퀴 돌자 엄마가 말했다.

"고마워요."

바바라가 미소를 지으며 자리에 앉았다.

"클레어가 특별히 나를 위해 이 의상을 주문했대요. 내가 왕나비를 좋아하는 걸 기억하고 있었나 봐요."

"바탕이 검정색이라 그런지 색상이 환상적이에요."

한나가 치마에 흩뿌려지듯 수놓인 다채로운 색상의 왕나비 문양을 바라보며 말했다.

"블라우스의 단추도 아주 인상적이야."

엄마가 말했다.

"그것도 왕나비 문양이지?"

"네, 클레어 말로는 하나하나 다 손으로 색칠한 거래요."

사람들의 칭찬에 바바라는 기분이 좋아진 듯했다.

"클레어가 의상을 보여주는 순간 이건 꼭 사야겠다는 생각이 들었어요. 우리 엄마의 호박 목걸이와도 잘 어울렸고요."

"바바라에게 딱이에요."

안드레아도 동의했다.

"근데 혹시 우리 그이랑 마이크도 오늘 온데요?"

"내가 사무실에서 나온 직후 두 사람도 퇴근한 것 같은데. 집에 가서 옷 갈아입고 바로 이리로 올 거라고……."

바바라가 하던 말을 멈추더니 입구 쪽을 가리켰다.

"저기 오늘의 호스트와 호스티스가 오네요."

"이런, 이건 완전 성형수술 광고로구나."

로저와 베브 박사가 라운지에 모습을 보이자 엄마가 중얼거렸다.

안드레아가 엄마를 향해 고개를 돌렸다.

"혹시 로저도 성형수술한 거 아니에요?"

"했지. 그리고 베브 박사도 머핀톱을 손봤구나."

"머핀톱이요?" 한나가 되물었다.

"꼭 끼는 치마나 바지를 입었을 때 옆구리나 등 뒤로 삐져나오는 살들을 말하는 거라네."

나이트 박사가 설명했다.

"그래. 바로 그거."

엄마가 박사를 향해 미소를 지었다.

"옛날엔 그런 살들이 좀 있었는데, 지금 보니 말끔히 사라졌구나. 지방흡입을 한 게 분명해. 게다가 입술도 송어입술이 되었어. 보이느냐?"

한나가 다시 나이트 박사를 돌아보았다.

"통역 좀 해주실래요?"

"입술이 살짝 부어 보이는 게 보톡스를 맞은 모양이군."

엄마가 고개를 끄덕였다.

"그건 사실 수술 축에도 안 들지. 예전엔 까마귀발(눈가 주름)도 막 생기기 시작했었는데 지금 보니 그것도 없어졌어. 까마귀발이 뭔지는 알겠지?"

"우리 나이대 여자라면 다 알죠."

바바라가 한숨을 내쉬며 대답했다.

"또 뭐가 있어요?"

"미간에 11자도 없어지고, 팔자도 전보다 옅어졌고, 거북이목도 손봤구나."

세 여자가 동시에 나이트 박사를 쳐다보자 박사는 웃음을 터뜨렸다.

"알겠네, 알겠어. 11자는 인상을 찌푸릴 때 눈썹 사이에 생기는 11자 모양의 주름을 말해. 많은 사람들이 그곳 주름을 없애기 위해 보톡스를 맞지. 그리고 팔자란 코의 양옆에서부터 시작되어 입 옆으로 이어지는 두 개의 주름을 말하고."

"그럼 거기에도 보톡스를 놓나요?"

한나가 물었다.

"보통은 주사가 가능한 쥬비덤 같은 필러를 넣네. 거북이목 같은 경우는 단순 약물로 해결이 안 되기 때문에 목주름 성형술이 필요하지."

"그건 수술이란다." 엄마가 말했다.

"그런 류의 수술은 전부 대기수술(긴급한 필요에 의해 행해지는 것이 아닌 종류의 수술)이야. 돈을 엄청 들었나 보구나."

"엄마는 성형수술에 대해 어떻게 그렇게 잘 아세요?"

테이블 아래서 한나가 슬며시 발길질을 했는데도 불구하고 안드레아가 물었다.

"아, 그게……."

"로리가 나 대신 자료들을 찾아주느라 인터넷 검색을 많이 하거든."

나이트 박사가 재빨리 대답했다.

"성형수술 때문에 방문한 우리 환자들이 일반적으로 사용하는 용어도 알고 있어야 내가 들어보고 적합한 전문의를 찾아주지 않겠나."

엄마가 나이트 박사를 향해, *난처한 상황에서 구해줘서 정말 고마워*라고 말하는 듯 슬며시 미소를 지어 보이는 모습이 한나의 눈에 포착되었다. 한나는 이내 두 사람을 향해 미소를 지었다. 엄마와 나이트 박사 사이에 무언가 좋은 감정이 오가고 있는 게 분명했다.

"어쨌든,"

바바라가 다이어트 콜라를 한 모금 마시며 말했다.

"예뻐 보이긴 하네요."

"네, 정말 그래요."

로저와 베브 박사가 두 사람을 위해 따로 비워둔 테이블로 향하는 모습을 지켜보며 한나가 애써 선심을 베풀어보았다.

"적어도 열 살은 더 어려보이는 것 같구나."

엄마가 말했다.

"로저도 코 성형을 해서 그런지 옆모습이 아주 멋있어졌어."

로저와 베브 박사가 그들의 테이블에 도착하는 모습을 지켜보는 동안 다섯 사람은 아무 말이 없었다. 한나의 눈에도 베브 박사는 더 이상 훌륭할 수 없을 만큼 젊고 예쁘고 아름다운 모습이었다. 몸에 꼭 붙는 그녀의 은빛 드레스는 천장의 할로겐 불빛에 반사되어 반짝반짝 빛이 났다. 화장도 흠잡을 데 없었고, 머리 스타일 역시 완벽했으며, 미소 또한 달콤했다. 단 하나 결점이 있다면 그건 그녀의 얼굴에 떠오른 오만한 표정뿐.

그 옆을 지키는 로저 또한 집안 대대로 내려오는 재력으로 인해 한결 여유 있는 모습이었다. 부유한 집안에서 자란 그는 말 한마디로 사람들의 주의를 끄는 매력을 지니고 있었다. 그는 몸에 꼭 맞는 검정색 정장을 입고 있었는데, 맞춤 양복인 듯했다. 거기에 라벤더 색상의 드레스 셔츠와 라벤더색과 은색이 섞인 넥타이를 매고 있었다. 그의 금발은 베브 박사의 금발보다 약간 더 짙은 빛이었고, 눈은 청아할 정도로 맑은 푸른색을 띠고 있었다. 그의 치아도 빛이 날 정도로 희었는데, 딱 한 군데 치아만 살짝 옆으로 휘어져서 그가 미소를 지을 때면 덕분에 귀여워 보이는 인상도 주었다. 로저가 일부러 치아를 저렇게 만든 건 아닐까 한나는 문득 궁금해졌다. 짙게 그을린 피부는 한눈에 봐도 인공 선탠의 결과물도, 해가 비추는 날이 고작 며칠밖에 되지 않는 미네소타에서 만들어진 것도 아니라는 것을 알 수 있었다. *아루바*(카리브 해에 위치한 휴양섬), *세인트 토마스*(버진 제도 중의 미국령 섬), *세인트 크로이스, 혹은 어느 열대의 휴양지에서 그을린 것이겠지.* 한나는 머릿속으로 유명 휴양지들을 떠올리며 살짝 고개를 끄덕였다. 잘생긴 로저와 깜짝 놀랄 만큼 예뻐진 베브는 누가 봐도 잘 어울리는 커플이었다.

"저기 마이크와 빌이 오네요."

바바라가 입구 쪽을 가리키며 말했다.

"노먼도 함께군요."

한나는 입구 쪽을 돌아보았다. 세 남자가 입구를 통과하고 있었는데, 한 명은 저녁마다 데이트를 하는 남자, 또 한 명도 역시 한나가 만나고 있는 남자, 그리고 나머지 한 명은 위넷카 카운티 경찰서의 서장이자 한나의 제부, 곧 안드레아의 남편인 빌 토드였다.

안드레아가 세 남자를 향해 손을 흔들었고, 세 사람은 곧장 한나의 테이블로 다가왔다. 입구에서 한나의 테이블까지는 몇 걸음 되지 않았지만, 사람들과 인사를 나누느라 세 사람 걸음이 조금 지체되었다.

"그 고급스럽다는 콘도 봤어?"

바바라가 안드레아에게 물었다.

"네, 로저가 스탠에게 연락해 우리 부동산에 매물로 내놨거든요. 마침 중개를 맡게 되어서 아까 언니랑 같이 위에 올라갔다 왔어요."

"펜트하우스 이야기는 많이 들었어. 이건 서장님한테서 들은 얘긴데, 거기에 자쿠지랑 수영장도 있다며?"

"직접 한번 봐야 해요, 바바라. 정말 굉장하거든요."

"특히 열대의 섬을 연상케 하는 그 옥상 정원은 꼭이요."

한나가 덧붙였다.

"천장을 반 정도 덮었는데, 전망이 최고예요. 안드레아가 그러는데, 다 자란 야자수 나무도 두어 그루 가져와 심을 거예요."

"미네소타에서 야자수 나무가 잘 자랄 수 있을까?"

바바라가 의심스러운 표정으로 물었다.

"옥상 전체에 온도조절 기능이 있는 돔을 씌우면 문제없어요."

안드레아가 재빨리 설명했다.

"빨리 보고 싶어 안달이 날 지경이야!"

바바라가 다이어트 음료를 한 모금 마셨다.

"거기서 우리 집까지 보일까 궁금해."

"오늘 밤엔 어려우실 거예요. 돔이 제때 도착을 안 해서 로저가 옥상 한쪽을 막아놓았거든요. 수영장이랑 자쿠지 있는 주변까지는 갈 수 있지만, 가장자리까지는 못 가요."

"그렇구나. 그래도 일단 올라가서 구경하고, 다시 2층에 내려서 2층 콘도도 구경할래. 물론 내 능력으로 사진 못하겠지만, 그래도 한번 꿈꿔 보는 거야 나쁠 것 없잖아."

바바라가 유리잔을 집어 자리에서 일어서며 한나를 돌아보았다.

"이따 디저트 테이블 돌아볼 때 내 컵케이크도 하나 갖다 줄 수 있어? 아까 주차장에서 허브를 만났는데, 그렇게 맛있다면서?"

"알았어요."

한나가 미소를 지으며 약속했다. 컵케이크에 대한 칭찬이라면 언제 들어도 기분이 좋았다. 한나는 재빨리 일어나 바바라 몫의 컵케이크를 챙긴 다음 리사에게 가서 사람들이 저마다 컵케이크 칭찬 일색이라고 알려주었다. 그런 뒤 다시 자리에 돌아왔을 때쯤 노먼과 마이크도 마침내 테이블로 다가오고 있었다.

"안녕, 한나." 노먼이 한나 옆에 앉으며 인사했다.

"오늘 멋진데요."

"고마워요, 노먼."

"화장도 했군요."

이번엔 마이크가 말했다.

"화장을 하니까 정말 보기 좋습니다."

"한나야 화장을 하든 안 하든 항상 예쁘지."

노먼이 마이크의 말을 바로 잡았다.

"맞는 말이야."

마이크 역시 한나 옆에 앉았다.

"클레이턴 월레스 건에 대한 새로운 소식이 있어요."

한나가 기대감에 의자를 바짝 당겨 앉았다. 클레이턴 월레스는 시나몬 롤 식스 밴드의 버스를 운전하던 운전사였는데, 두 달 전 발생한 차량 다중추돌사고로 숨진 채 발견된 첫 번째 사람이었다. 당시 나이트 박사는 그의 사인이 심장약 과다복용이라고 했다.

"결국 우연이었던 거죠?"

"아뇨."

"그럼 그것도 타살?"

노먼이 깜짝 놀라며 물었다.

하지만 마이크는 고개를 가로저었고, 한나는 안도의 한숨을 내쉬었다. 하룻밤 사이 사망자가 무려 둘이었는데, 한 명은 살해당한 것이 분명해 한나가 직접 나서 사건을 해결했지만, 다른 한 명인 클레이턴 월레스 건은 경찰에 맡겨두었다.

한나는 클레이턴도 살해당한 것이라고는 꿈에도 생각지 않았다. 만나는 사람들 모두 그의 죽음은 그저 우연의 일치였을 뿐이라고 했기 때문이다. 그는 시나몬 롤 식스 밴드가 처음 전국 투어를 시작했을 때부터 줄곧 밴드 버스를 몰았는데, 밴드 사람들 모두와 좋은 관계였다고 했다.

"우연의 사고사도 아니고, 살인도 아니라면, 뭐예요?"

안드레아가 물었다.

"자살입니다."

"자살이요?"

생각지도 못한 대답에 한나는 충격을 받고 말았다.

"그에게는 밴드와 함께하는 마지막 여행이었던 거죠."

마이크가 말했다.

"윌레스 씨가 밴드 매니저인 리 캠벨에게 미니애폴리스로 돌아가면 바로 일을 그만두겠다고 했더랍니다."

"클레이턴이 몇 살이었는데요?"

안드레아가 물었다.

"62세요."

"62세라면 은퇴하기에는 조금 이른 나이지 않아요?"

한나가 지적했다.

"뭐, 밴드와 돌아다니는 바깥 생활에 지쳤을 수도 있겠죠. 그런 거라면 충분히 이해해요. 아니면⋯⋯."

문득 또 다른 가능성이 머릿속에 떠올라 한나는 잠시 하던 말을 멈췄다.

"혹시 주치의에게는 연락해봤어요? 평소 지병이 있진 않았는지?"

"담당자가 주치의를 만나 최근 검진 기록을 건네받았다고 합니다. 기록상으로는 심장약과 혈압약, 콜레스테롤 약을 복용 중이었지만, 수치들은 모두 정상이었다고 해요."

"왜 일을 그만두려는 건지는 말 안 했대요?"

안드레아가 물었다.

"달리 할 일이 있다고 했답니다. 캠벨 씨 말로는, 집수리도 해야 하고, 친구와 예약한 알래스카로의 크루즈 여행 이야기도 했다고 하더군요."

"그 얘기만 들으면 전혀 자살할 사람 같지 않은데."

노먼이 말했다.

"사실이야."

마이크가 동의했다.

"그렇다면 왜 자살이라고 결론이 난 거예요?"

한나가 가장 중요한 질문을 던졌다.

"실수로 약을 과다복용하는 일은 있을 수 없다는 겁니다. 그가 매일 밤 복용하는 약은 세 가지인데, 서로 모양도, 색깔도 달라요. 게다가 한나가 버스에서 찾은 약상자는 일주일, 일곱 개의 칸으로 나뉘어 있었잖습니까. 기억나죠?"

"기억나요. 마이크에게 줬을 때 한 칸만 비고 다른 칸은 모두 약이 채워져 있었어요."

"맞습니다. 현장에서 발견된 클레이턴에게는 약병이 없었습니다. 그 약상자뿐이었죠. 담당자가 내린 결론에 따르면, 그는 숙소에서 나서기 전에 약상자를 가득 채웠습니다. 그리고 그의 욕실 약품 캐비닛에서 약병이 발견되었는데, 그 세 개의 약병은 각각 30일치 분량이었다고 해요."

"그렇다면,"

한나가 한숨을 쉬며 말했다.

"심장약이 들어 있는 병에는 두 알이 모자랐고, 다른 두 개의 약병에는 한 알씩 더 들어 있었단 얘기인 거죠? 그래서 클레이턴이 자살했다고 결론내린 거고요."

"그렇습니다."

안드레아가 인상을 찌푸렸다.

"무슨 말인지는 알겠는데, 여전히 이해가 안 돼. 클레이턴은 평소 운전하는 것도 즐겼고, 밴드 사람들이랑도 관계가 좋았잖아. 설사 자살을 결심했다고 해도 운전 중에 감행하진 않았을 거야. 약을 먹으려 했다면 레이크 에덴 호텔에 도착한 뒤에 했겠지."

"유서 같은 건 없었어요?"

한나가 물었다.

"집을 샅샅이 살펴봤는데, 발견된 건 없다고 합니다. 누군가에게 편지라도 보냈다면 지금쯤 윤곽이 드러났겠죠."

"그 외에 이상한 점은 찾지 못했고요?"

한나가 다시 물었다.

"선물용으로 포장되어 있던 패니 파머사의 트뤼플 초콜릿과 값비싼 프리미엄 키안티 와인을 제외하고는 없었습니다. 그 와인도 아주 예쁜 와인용 백에 들어 있더군요."

"그렇다면 집에 돌아오는 대로 누군가에게 가져다줄 모양이었나 본데."

노먼이 생각에 잠겼다.

"그 말은 곧, 앞날을 계획하고 있었단 얘기야."

"맞아요."

한나가 그의 생각에 맞장구를 쳤다.

"며칠 뒤 일까지 계획하고 있던 사람이 무엇 때문에 별안간 자살을 했을까요?"

"마음에 드는 여자와 데이트 계획을 세웠는데, 여자가 전화를 걸어 갑자기 취소했는지도 모르죠."

마이크가 제안했다.

"갑자기 취소된 데이트 약속 때문에 밴드 사람들이 타고 있던 버스를 운전하던 중에 자살을 감행했다고요? 위험하게?"

"그저 한번 생각해본 것뿐입니다."

마이크가 자신의 시나리오에 대해 방어하고 나섰다.

"그럴 수도 있지 않았겠냐는 거죠."

한나는 슬쩍 웃음을 지었다.

"소도 날개만 달리면 훨훨 날아다니겠네요. 설마 정말로 그런 이유라고 생각하는 건 아니겠죠?"

"물론 그렇지만, 그건 내 개인적인 의견일 뿐이고, 경찰 측에서는 클레이턴 월레스의 죽음을 이미 자살로 결론 내렸습니다. 이제 끝난 건이에요, 한나. 합당한 이유도 없이 다른 부서에서 맡았던 사건을 내 맘대로 재수사할 순 없어요. 증거 없는 의심으로는 충분치 않단 말입니다. 우리 경찰들도 그의 죽음에 대해 한나만큼이나 많이 가슴 아파했어요. 빌도 불행한 사건이라고 했죠. 로니와 릭도 마찬가지였고요. 사실 가장 최악이었던 건 보험약정이었습니다."

한나와 노먼, 안드레아까지 아리송한 표정을 짓자 마이크가 즉각 설명하기 시작했다.

"수사 당국에서 사건을 자연사나 사고사, 혹은 타살로 결론 내리지 않는 이상, 보험사에서 사망 보험금이 지급되지 않습니다. 그러니 클레이턴의 아들은 돈을 받지 못하게 된 거죠."

"클레이턴에게 아들이 있었어요?"

안드레아가 물었다.

"22살인데, 하반신 마비랍니다. 지금 그룹홈에서 잘 생활하고 있긴 한데, 상태를 호전시키려면 치료가 조금 필요하다더군요. 하지만 그 비용이 만만치 않습니다. 일부분은 미네소타 주정부에서 지원하고 있지만 새로운 치료법이라 지원 시스템을 적용시키는 데에 시간이 좀 걸린다고 해요. 클레이턴이 아픈 아들을 위해 꾸준히 보험금을 부어온 모양인데 말입니다."

네 사람은 한동안 말이 없었다. 마침내 한나가 입을 열었다.

"내가 약상자를 발견한 게 화근이었어요! 찾았다고 해도 그걸 마이크에게 가져다주는 게 아니었는데!"

마이크가 한나의 손을 잡았다.

"한나는 옳은 일을 한 겁니다. 명백한 증거 물품이니 경찰에게 가져다주는 것이 도리라고 생각했을 테죠. 이 이야기를 전부 들려주는 것도 그런 이유에서입니다. 한나는 원칙을 준수하는 사람이니까요."

한나는 마이크의 눈을 물끄러미 바라보았다. 그는 한나에게 무언가 하고 싶은 말이 있는 듯했다. 하고 싶지만 차마 할 수 없는 말이.

"재수사를 위해선 뭐가 필요한데요?"

한나가 물었다.

"재수사를 하려면 자살이 아니었다는 증거가 필요합니다. 뭔가 구체적인 증거요. 타살이었다는 증거라든가, 사고사라는 증거, 둘 중 어느 것이든 재수사를 시행하는 데 도움이 될 겁니다."

한나의 눈이 휘둥그레졌다.

"마이크도 찾지 못한 증거를 내가 찾을 수 있을 거라고 생각하는 거예요?"

"난 그렇게 얘기한 적 없습니다. 한나가 추측한 거지. 한나가 추측하는 것까지 내가 간섭할 순 없잖습니까."

한나는 미소를 지었다.

"그 정도면 충분히 의사 전달 됐어요, 마이크. 안드레아와 노먼을 제외하고는 아무도 우리 대화 내용을 모르는 거죠?"

"그렇죠."

마이크가 안드레아를 돌아보았다.

"같이 춤출래요? 빌은 시장님과 얘기 중이라 시간 좀 걸릴 겁니다. 내가 빠져나올 때 위넷카 카운티 범죄율에 대한 얘기가 한창이었거든요. 아마 조만간 블루문 모텔을 닫아야 할 것 같더군요."

한나는 안드레아와 재빨리 시선을 주고받았다. 두 사람 모두 바스콤 시장이 묘령의 여인과 함께 블루문 모텔의 한 객실에서 나오는 모습이 찍힌 사진을 본 적이 있기 때문이다. 그곳을 누구보다 애용하는 바스콤 시장이 정말 순수하게 그 건에 대해 논의할 수 있을까?

"저야 좋죠, 마이크."

안드레아가 자리에서 일어나 마이크의 팔짱을 꼈다.

"한나는 어때요?"

안드레아와 마이크가 자리를 뜨자 노먼이 한나에게 물었다.

"기꺼이요."

한나 역시 자리에서 일어나 안드레아와 마이크의 뒤를 따라 로비의 댄스홀로 향했다. 댄스홀에서는 이미 음악이 연주되고 있었는데, 달콤하고 감미로운 멜로디가 춤추기에 안성맞춤이었다.

"베브 소식 들었어요?"

노먼이 고전적인 방식대로 한나를 팔에 안으며 물었다.

"안드레아가 알려줬어요."

한나는 베브에 관해 노먼에게 물어보아야 할까 잠시 망설였다. 괜한 궁금증에 노먼의 기분을 상하게 하는 건 아닐까? 한나의 마음은 그렇다고 대답했지만, 한나의 머리는 그렇지 않다고 대답하고 있었다. 그때 노먼이 이야기를 시작했고, 덕분에 한나는 갈등의 수렁에서 벗어날 수 있었다.

"아직 나한테 연락해오진 않았지만, 사무실 자동응답기에 메시지가 몇 개 들어와 있는 것 같더라고요. 들어보진 않았어요. 베브와는 더 이상 할 이야기가 없거든요."

노먼이 선뜻 먼저 이야기를 해주니, 한나로서는 먼저 물어보지 않은 게 천만다행이었다. 그렇다면 노먼도 이젠 베브 박사를 더 이상…… 그렇지 않을까? 한나는 노먼에게 바싹 다가가 베브 박사에 대한 생각을 지워버리려 애썼다. 하지만 노먼의 이중적인 전 약혼녀는 좀처럼 머릿속에서 사라지지 않았다. 한나의 눈이 순간 휘둥그레졌다. 로저 댈워스와 베브 박사가 댄스홀 쪽으로 오고 있었기 때문이다.

"파티에 왔네요."

한나와 거의 동시에 베브 박사를 본 노먼이 말했다.

"네, 봤어요."

한나는 심호흡을 했다.

"자리를 피해줄까요?"

"아뇨, 여기 내 옆에 있어요."

노먼이 한나를 더 가까이 끌어당겼다.

"기분이 상한 건 아니에요. 다만…… 혼란스러울 뿐이죠. 왜 다시 돌아왔는지 모르겠어요. 이유를 알 때까지는 아무것도 하지 않을 생각이에요."

"내 계획도 그래요. 운이 좋으면 베브 박사와 인사도 나누지 않아도 될지 몰라요. 로저와 같이 있는데다가 손가락에 낀 커다란 다이아몬드 반지를 보니, 두 사람 꽤 진지한 사이인 것 같거든요. 로저와 약혼한 상태라면 베브 박사 역시 우리와 마주치지 않는 편이 낫겠죠."

"그렇겠네요."

노먼은 대답했지만 한나의 말에 그다지 수긍하는 것 같아 보이지 않았다.

"로저에 대해 잘 모르지만, 꽤 말끔한 사람인 것 같아요. 너무 늦기 전에 베브의 실체를 깨달아야 할 텐데요."

로저와 베브 박사의 모습이 더 잘 보이는 편에 선 한나가 실망 섞인 신음소리를 냈다.

"이쪽으로 오고 있어요. 그냥 조용히 지나갔으면 좋겠는데."

"그래도 막무가내로 나오진 않을 거예요. 옆에 새로운……."

노먼이 적당한 단어를 찾고 있는지 하던 말을 멈추었다.

"정복지가 있으니 말이에요."

한나가 대신 노먼의 표현을 채워주었다.

"바로 그거예요. 다시 테이블로 돌아갈까요?"

한나는 잠시 고민했다.

"아뇨, 저 두 사람 때문에 자리를 피하고 싶진 않아요."

"그래요."

노먼은 재빨리 자신의 어깨너머를 돌아보았다.

"이런. 우리 쪽으로 오고 있군요."

"온다 한들 뭘 어쩌겠어요? 발을 걸려나?"

한나가 너스레를 떨어보았다.

"파트너를 바꿔 춤추자고 할 순 있겠죠."

한나가 또다시 노먼의 어깨너머를 살폈다.

"정말 그럴 수도 있겠네요. 그럼 어쩌죠?"

"아랑곳하지 말아요. 그래 봤자 한 곡일 테니까요. 춤이 끝나면 무례하지 않게 다시 자리로 돌아갈 방법을 생각해보는 거예요."

"좋아요."

그때 로저 댈워스가 노먼의 어깨를 톡톡 두드렸다. 예상대로 한나는 다음 순간 로저의 팔 안에 안겨 원치 않는 춤을 추어야만 했다. 게다가 노먼과 베브 박사가 있는 쪽으로 자꾸만 고개를 돌리고픈 마음을 억누르느라 진땀이 다 날 지경이었다.

불편하디 불편한 10분의 시간이 흐르고, 마침내 곡이 끝났다. 한나는 여자 화장실 한구석에 놓인 달걀 모양의 마호가니 앤티크 거울을 들여다보고는, 이건 말빗과 와이어 브러시(철사로 만든 브러시) 없이는 해결될 문제가 아니라는 결론을 내렸다. 물려받은 유전 형질이 이러한 것을 한나도 어쩔 수가 없었다. 쉰이 훌쩍 넘은 엄마도 여전히 아름답게 빛이 나는 검정색 머리카락에 날렵한 몸매와 화장이 잘 받는 고운 피부를 지니고 있었다. 안드레아 역시 머리카락 색깔을 제외하고는 완벽하게 엄마를 닮았다. 태워날 때부터 금발이었던 안드레아는 언제 보더라도 막 패션잡지에서 뛰쳐나온 듯 예뻤다. 한나의 막냇동생인 미셀 역시 갈색머리의 미인이었다. 하지만 한나는 세 사람 중 누구와도 닮지 않았다. 통제가 불가능할 정도로 곱슬거리는 빨간색 머리카락, 큰 키에 통통한 체격, 물만 마셔도 살이 찌는 체질까지, 한나는 영락없는 아빠의 딸이었다.

로저에게 화장실에 가야겠다는 핑계를 대느라 한나는 그에게 화장실이 어디에 있느냐고 물어보기까지 했다. 그 때문에 한나는 화장실의 곁방에 놓인 천 소파에 앉아 5~6분간 멍하니 거울만 쳐다보고 있어야 했다. 그리고 마침내 밖으로 나와 원래의 테이블로 향했다.

"자?"

한나가 의자를 채 빼내기도 전에 엄마가 재촉했다.

"베브 박사, 로저와 약혼했대요. 그게 제가 아는 전부예요. 베브 박사를 약혼녀라고 부르더라고요. 그 외의 것들은 별로 묻고 싶지 않았어요."

그러자 엄마는 나이트 박사를 돌아보았다.

"미안. 방금도 무의식적으로 모녀간 텔레파시가 오갔네. 그 여자가 왜 마을로 돌아왔고, 여기에 얼마나 있을 건지 한나가 알아왔나 궁금해서 물어봤어."

"노먼이 더 잘 알지도 몰라요. 지금 베브 박사와 춤추고 있거든요."

엄마가 노먼이 있는 쪽으로 고개를 돌렸다.

"노먼 표정이 별로구나."

"그러네요." 한나도 동의했다.

"내가 가서 구해줄까?"

엄마가 물었다.

"박사랑 내가 가서 로저와 베브가 너희한테 그랬던 것처럼 파트너 바꾸자고 해볼 수도 있는데 말이다. 그럼 박사가 베브에게서 정보를 좀 더 캐낼 수 있을지도 몰라."

그러자 나이트 박사가 실소를 터뜨렸다.

"어이쿠, 미안하지만 로리, 오늘 내가 진실의 묘약 챙기는 걸 깜빡했지 뭐야."

"그러지 않으셔도 돼요."

마침 노먼과 베브 박사의 춤이 멈추는 것을 본 한나가 말했다.

"저도 로저한테 화장실 가겠다고 하고 빠져나왔는데, 베브 박사도 화장실로 가는 걸 보니 그런 핑계를 댔나 보네요. 노먼은 이쪽으로 오고 있고요."

엄마가 고개를 끄덕였다.

"그럼 무슨 얘기를 들었는지 노먼에게 직접 물어봐야겠다. 정말 궁금해 죽을—."

순간 나이트 박사가 엄마의 팔을 움켜잡았고, 그 바람에 엄마는 하던 말을 멈췄다.

"왜?"

"무슨 소리가 났어."

"무슨 소리요?" 한나가 물었다.

"위쪽에서 들렸는데, 뭔가 부서지는 소리 같았는데. 몇 층 위에서 그런 것 같은데, 어쩌면 옥상일지도 모르겠군."

엄마는 고개를 가로저었다.

"난 아무 소리도 듣지 못했는데. 물론 얘기하고 있는 중이었지만."

"당신이야 항상 말하고 있잖아."

박사가 이내 한나를 돌아보았다.

"한나는 들었나?"

"저도 늘 그렇듯 엄마 얘기에 집중하고 있었어요."

"그럴밖에."

엄마가 슬쩍 웃음을 지었다.

"잠깐!"

박사가 손을 내밀었다.

"또다시 무슨 소리가 났어."

세 사람은 박사가 들었다는 소리에 귀 기울이느라 잠시 조용했다. 파티의 웅성거림, 유리잔과 은식기가 부딪히는 소리, 멀리 로비에서 들려오는 밴드의 음악 소리 외에 별달리 이상한 소리는 없었다. 한나가 여전히 아무 소리도 들리지 않는다고 막 말하려는 찰나 누군가의 희미한 비명소리가 들렸고 순식간에 창문 밖으로 무언가가 훅 떨어져 내렸다.

"방금 뭐지?"

엄마가 입을 떡 벌렸다.

"모르겠어요. 제가 한번 가볼게요."

한나는 채 말을 끝내기도 전에 자리에서 일어나 창문가로 향했다. 하지만 한나의 눈앞에 펼쳐진 풍경은 평온할 따름이었다.

그때 장미정원의 덤불 사이로 나비가 펄럭이는 것이 눈에 띄었다. 하지만 정신을 차리고 보니 그건 진짜 나비가 아니었다. 덤불 위를 펄럭이는 건 검정색 바탕에 수놓인 가짜 나비였다. 한나는 침을 꿀꺽 삼켜 내렸다.

"도대체 뭐가 떨어진 게야?"

엄마가 한나의 뒤에 와 서며 되물었다.

"확실하진 않지만……."

한나는 더 이상 말을 잇지 못했다. 저 나비는 몇 분 전 한나가 몹시도 감탄했던 치마에서 본 것과 똑같다. 장미정원을 둘러친 소형 조명등 아래 반짝이는 깨진 호박 구슬 조각도 분명 눈에 익다. 그 치마와 목걸이의 주인은 바닥에 얼굴을 묻은 채 장미 덤불 아래에 쓰러져 있었다.

"뭐였니?"

엄마가 또다시 물었다.

"네가 가리고 있어서 잘 보이지 않는구나. 도대체 무슨 일인지 말해보거라!"

한나는 옆으로 살짝 비켜선 뒤 차분하게 심호흡을 했다.

"바바라 도넬리예요. 펜트하우스 옥상정원에서 떨어졌나 봐요."

"어머, 세상에!"

엄마는 앞으로 더 다가가 한나의 어깨너머를 넘겨보았다.

"아까 옥상에서 자기 집까지도 보일지 궁금하다고 하더니. 바바라가 보이니? 설마…… 죽은 건 아니겠지?"

"모르겠어요."

대답하는 한나의 심장은 금방이라도 발아래로 떨어질 듯 무거웠다.

"장미 덤불 밑에 땅을 보고 쓰러져 있는데, 전혀 미동이 없어요."

나이트 박사가 바바라의 굳은 몸을 살피는 동안 모두들 걱정 가득한 얼굴로 안팎을 서성였다. 허브가 컵케이크 보안팀 요원 여섯 명을 배치해 바바라의 주변으로 둥글게 경계를 쳤기 때문에 박사가 무엇을 하고 있는 것인지는 자세히 보이지 않았다. 보안요원들이 바깥쪽을 바라본 채 서로 손을 잡고 인간 바리케이드를 치고 있었는데, 그들의 표정 역시 주변 사람들만큼이나 매우 무겁고 심각했다. 허브는 장미정원 입구를 지키고 서서 의료팀 사람이나 경찰들을 제외한 사람들이 출입할 수 없도록 하고 있었다.

　한나 옆에 선 엄마는 사시나무 떨 듯 몸을 떨고 있었다.

　"바바라가 가장자리에 너무 가까이 섰다가 실수로 떨어진 걸까?"

　"모르겠어요."

　안드레아가 대답했다.

　"그런 바보 같은 실수를 할 사람이 아닌데. 위험해서 막아놓았다는 얘기도 들었잖아요. 바바라 같은 사람이 가로막까지 치워놓고 위험한 곳에 들어갔다니, 믿지 못하겠어요."

　엄마 역시 안드레아의 생각에 동의하는 듯했다.

　"가로막은 다른 사람이 치워놓은 것인지도 모르겠구나. 괜찮으리라 생각하고 무심코 안쪽까지 들어갔다가 밑을 내려다보곤 갑자기 어지럼증이 와서 발을 헛디딘 것일지도—."

"그럴 리 없어요."

안드레아가 엄마의 말을 가로막았다.

"우선, 바바라는 높은 데를 무서워하지 않는데, 갑자기 어지럼증이 올리 없잖아요. 경찰서에서 생일 파티가 있을 때면 늘 천장에 크레페 모양종이 장식을 걸기 위해 기꺼이 사다리를 오르는 사람인걸요."

"그럼 어떻게 해서 떨어지게 된 거란 말이냐?"

엄마가 물었다.

안드레아와 엄마만큼이나 한나도 혼란스러웠다.

"어느 것 하나 말이 안 돼."

한나가 말했다.

"지금 우리가 아는 것이라곤 옥상정원에서 무슨 일인가가 있었다는 것뿐이잖아. 진실은 영영 묻히게 될지 몰라, 만약 바바라가—."

"아니야!"

안드레아가 이번엔 한나의 말을 가로막았다.

"아까 다리가 움직이는 걸 봤단 말이야."

그러자 엄마는 안도의 한숨을 내쉬었다.

"박사가 아직도 청진기를 대고 있어. 아예 심박이 느껴지지 않으면 계속 대고 있을 리가 없지 않겠니."

멀리서 희미하게 구급차의 사이렌 소리가 들렸고, 세 여자는 동시에안도의 숨을 내쉬었다. 누군가 구급차를 불렀다는 이야기인데, 그렇다면아직 희망은 있다.

"빌은 어디 갔지?"

안드레아가 현장에 남편이 없는 것을 눈치채고는 물었다.

"마이크도 없구나."

엄마가 말했다.

"증거 확보하러 옥상정원에 올라간 모양이야."

한나가 추측했다.

"타살이 아니란 게 명백해질 때까지 옥상정원은 사건 현장이 될 테지."

"응급요원들이 바바라를 들것으로 옮기는구나."

엄마가 창밖을 응시하며 말했다.

"지지대를 사용하지 않는 것을 보니 척추 쪽은 괜찮은 모양이야. 천만다행이다."

"산소호흡기도 달지 않았네요. 자가호흡이 가능한가 봐요."

안드레아가 덧붙였다.

"로니랑 릭을 찾아봐야겠어. 몇 분 전까지 여기 있었는데, 뭔가 알고 있는 게 있을지도 몰라."

바바라를 실은 구급차가 떠나고 나자 파티도 파했다. 리사는 남은 컵케이크를 포장해 한나와 엄마, 노먼이 앉아 있는 테이블로 가져왔다.

"이건 어떻게 하죠?"

리사가 한나에게 물었다.

"로저에게 갖다 줘. 어차피 그가 지불한 돈이니까. 필요 없다고 하면, 쿠키단지로 가져오고. 냉동실에 보관했다가 다음번 자선행사 때 기부하는 것도 좋겠어."

"집까지 모셔다 드릴까요?"

노먼이 엄마에게 물었다.

"괜찮다, 얘야. 내가 운전할 수 있어. 곧장 병원으로 가서 바바라 상태가 어떤지 좀 알아볼 생각이란다."

"알아보고 저한테도 전화주실래요?"

한나가 물었다.

"그러마."

엄마가 자리에서 일어났다.

"몇 시까지 안 자고 있을 게냐?"

"늦게까지요. 혹시 졸리면 자동응답기 틀어놓을게요."

"안드레아 기다릴 거예요?"

엄마가 자리를 뜨자 노먼이 한나에게 물었다.

"아뇨, 그냥 집에 가서 모이쉐랑 좀 뒹굴래요."

"나랑은 어때요?"

그러자 한나는 씩 미소를 지었다.

"그래요. 노먼도 모이쉐랑 좀 뒹굴어요."

"그런 뜻이 아니었는데."

"알아요."

한나가 미소를 지으며 대답했다.

한나에게 아침은 너무도 빨리 찾아왔다. 침실 창문 밖으로 옅게 비춰
오는 여명에 한나는 게슴츠레 눈을 떴다. 그리고 잠시 후, 오늘이 일주일
중 유일하게 가게에 일찍 나가지 않아도 되는 일요일이란 사실을 깨달았
다. 오늘만큼은 다시 담요를 뒤집어쓰고 늦잠을 즐기고 싶었다. 한나가
막 담요를 머리 위로 씌우려는 순간 침대 옆 협탁에 놓인 전화기에서 벨
이 울렸다.

한나는 거의 본능적으로 수화기를 들어 웅얼거리듯 말했다.

"여보세요."

"한……나."

미약한 목소리였지만, 누구인지 단번에 알 수 있었다.

"바바라?"

"나한테 좀 와줄래, 한나? 한나가 빨리 와줬으면 좋겠어."

잠시였지만 한나는 꿈을 꾸고 있는 줄 알았다. 한나는 눈을 몇 번 깜빡인 뒤 침대에 일어나 앉아 볼을 꼬집어보았다.

"괜찮아요, 바바라?"

"그 사람이 날 죽이려고 했어!"

"누가요?"

하지만 탈칵 소리가 들리더니 아무런 대답도 들리지 않았다.

"바바라? 아직 끊지 않았죠?"

한나는 당황스러웠다.

"뭐라고 말 좀 해봐요."

하지만 때는 늦었다. 한나의 잠도 이미 저만치 달아나버린 뒤였다. 수화기를 쥔 한나의 손이 부들부들 떨렸다. 누군가 짓궂은 장난을 친 것이 아니라면, 바바라는 지금 살아 있고, 방금 내게 누군가 자신을 죽이려 했다고 이야기했다!

이런 상황에서 잠을 청할 수 있을 사람은 많지 않을 것이다. 한나는 급히 슬리퍼를 찾아 신었다. 잠깐. 아까 정말로 전화벨이 울린 것이 맞지? 방금 바바라의 목소리가 누군가 자신을 죽이려 한다고 이야기한 것이 분명한 거겠지? 혹시 내가 꿈을 꾸었던 건 아닐까?

"정말 전화벨이 울렸지?"

한나는 깃털 베개 위에서 스트레칭을 하며 한나를 쳐다보고 있는 모이쉐에게 물었다. 하지만 녀석은 별 도움이 되지 않았다. 모이쉐의 반응은 놀라울 정도로 중립적일 뿐이었다.

한나는 전화기를 바라보았다. 어젯밤 잠자리에 들기 전에는 협탁 한가운데에 가지런히 놓여 있었는데, 지금은 위치가 흐트러져 있다. 잠자던 중에 실수로 건드렸을 수도 있다. 하지만 아까 정말로 전화를 받지 않았던가? 진짜로 바바라와 이야기를 했다.

수많은 질문이 쏟아지는 가운데 끔찍한 가능성이 한나의 뇌리를 스쳤다. 증조할머니 엘사는 사람은 자신이 곧 죽으리란 사실을 예감하게 되었을 때 무언가 중요하게 남길 말이 있다면 젖먹던 힘이라도 내는 법이라고 늘 이야기하셨다. 바바라 또한 옥상에서 떨어진 게 우연이 아니라 누군가 그녀를 죽이기 위해 아래로 밀어 떨어트린 것이라고 한나에게 이야기해주려던 게 아니었을까? 그런데 그 사람의 이름을 말하기 전에 죽은 것이라면?

알아볼 수 있는 방법은 하나뿐이다. 병원에 전화를 걸어보는 수밖에 없다. 하지만 병원은 유선상으로 환자에 대해 아무런 정보도 알려주지 않는다. 누가 전화를 받을지 모르겠지만 바바라가 아직 살아 있다는 정보를 거리낌 없이 한나에게 말하도록 유도해야만 한다.

머리가 잘 돌아가지 않았다. 여느 아침보다 더 강한 스웨덴 플라스마가 필요했다. 하지만 커피는 준비되어 있지 않았다. 아침에 늦잠을 자려고 일부러 커피머신의 타이머를 맞춰놓지 않았기 때문이다.

커피를 내리는 일처럼 복잡한 작업을 커피 한 모금 마시지 않고도 잘할 수 있을까 자신 없어 하며 한나는 카펫이 깔린 복도를 지나 주방으로 향했다. 주방에 들어선 한나는 눈부시게 환한 형광등을 켜고 커피머신에 간신히 커피를 채워넣은 다음 물을 붓고 스위치를 올렸다.

한나에게 생명의 활기를 불어넣어줄 커피가 끓는 동안 한나는 탁자에 앉아 어쩌면 몇 번 졸았는지도 모르겠다. 벽시계를 올려다보기 위해 고개를 드는 순간 뒷목이 아팠기 때문이다. 15분이 지났다. 커피머신에는 초록색 불이 들어와 있었다. 역시 커피 없이는 아무것도 되지 않는다. 이제 커피가 완성되었으니 문제없다.

커피의 달콤한 약속에 이끌려 한나는 자리에서 일어났고, 잠시 후 한나를 좀비에서 사람으로 변모시켜줄 마법의 묘약이 담긴 커피를 커다란 머그컵 한 가득 따라 테이블로 돌아왔다. 한나는 커피를 한 모금 마셨다. 그리고 또 한 모금. 그렇게 반을 비우고서야 병원 전화번호를 누를 수 있었다.

마지라는 이름의 간호사가 프론트데스크의 전화를 받았다. 야간 당직자가 모르는 사람이라는 게 오히려 다행이었다. 마지라는 사람 역시 한나를 모를 테니 말이다.

"바바라 도넬리라는 환자가 괜찮은지 궁금해서 전화했어요."

한나가 밀했다.

"어젯밤에 입원했거든요."

"죄송하지만, 가족이 아니시면 전화상으로 환자에 대한 어떤 정보도 드릴 수 없습니다."

한나는 재빨리 머리를 굴렸다.

"전 바바라의 동생인데, 방금 끔찍한 악몽을 꿔서요. 언니가, 설마…… 죽은 건 아니죠?"

"세상에, 그럴 리가요! 방금 담당 간호사가 여길 다녀갔는데, 도넬리양은 지금 주무시는 중이라고 했어요. 나쁜 꿈을 꾸셨다니, 많이 놀라셨겠네요. 걱정되셔서 그런 꿈을 꾼 모양이에요."

간호사의 마음이 누그러지는 것 같아 한나는 조금 더 밀어붙여 보기로 했다.

"혹시 지금 언니 상태가 어떤지 알려주실 순 없나요?"

수화기 너머로 컴퓨터 자판을 두드리는 소리가 들렸다.

"안정되긴 하셨지만, 좀 더 지켜봐야 해요. 자세한 사항은 이따 나이트 박사님 출근하시면 다시 전화해보세요."

"언제 출근하시는데요?"

"늦어도 10시까진 오실 거예요. 전화 드리시라고 메시지 남길까요?"

한나는 그래달라고 하려다가 메시지를 남기려면 이름을 밝혀야 한다는 사실을 깨달았다. 바바라의 동생이라고 거짓말까지 했으니, 이대로 익명으로 남는 것이 좋을 것이다.

"괜찮아요. 이따 제가 다시 전화할게요. 혹시 면회가 가능하면 직접 병원에 가서 언니를 보고 싶은데."

"잠시만요. 확인해볼게요."

또다시 자판 소리가 들렸다.

"네, 가능하세요. 단, 한 번에 두 분씩만 면회 가능해요. 면회 시간은 오후 2시부터 5시, 저녁 7시부터 9시까지고요. 물론 가족이시면 아침 9시부터 밤 10시까지 어느 때고 환자분을 만나실 수 있어요."

"감사합니다."

한나가 인사했다.

"덕분에 안심이 됐어요. 정말 감사해요."

간호사가 혹시 이름을 물을까 두려워 한나는 얼른 전화를 끊었다. 모든 말이 다 거짓이었던 건 아니다. 바바라의 소식에 정말로 안심이 되었다. 증조할머니의 이론은 틀렸다. 적어도 바바라의 경우엔 말이다!

다시 시계를 올려다보니 아직 새벽 5시 50분이다. 당장 병원으로 가긴 이른 시각이고, 바바라의 상태를 알 만한 사람들에게 전화하기에도 이른 시각이었다. 바바라의 부상 정도가 어떤지 몹시 궁금하지만, 아무리 생각해봐도 전화를 걸 만한 사람이 없었다. 커피 한 잔을 다 비우고 나니 머릿속이 한결 쾌청해졌다.

그래, 바바라에게 쿠키를 구워 가야겠다. 그 생각이 들자마자 한나는 자리에서 일어나 행동에 옮기기 시작했다. 바바라가 아직 쿠키를 먹을 수 없는 상황이라면 간호사들에게 선물하면 될 것이다. 핑크 레모네이드 쿠키를 만들자. 아주 깜찍하고 화려할 뿐만 아니라 맛까지 좋으니까.

머그컵에 두 잔째 커피를 따라 홀짝이며 한나는 재료들을 모아 반죽을 시작했다. 반죽기에 버터와 설탕을 넣고 돌리면서 한나는 도대체 누가 바바라를 밀어 떨어뜨린 것일까에 골몰했다.

바바라는 독신이었다. 한나가 알기론 단 한 번도 결혼한 적이 없는데, 이 부분은 엄마에게 다시 한 번 물어봐야겠다. 바바라가 누군가와 만나다가 아주 안 좋은 끝을 맺었던 건 아닌지도 물어봐야지. 엄마는 일명 레이크 에덴 소문 핫라인의 창립멤버이니 사위의 비서이기도 한 바바라에 대해 한나가 궁금해하는 것들을 대답해줄 수 있을 것이다.

버터와 설탕이 잘 섞이자 한나는 베이킹파우더와 베이킹소다를 넣고 섞은 다음, 다시 계란과 좀 전에 작업대에 꺼내놓았던 냉동 레모네이드 농축액을 넣었다. 남은 얼음 알갱이들도 낭비할 수 없어 한나는 농축액을 담았던 용기에 물을 붓고 잘 저은 다음 냉장고에 넣어두었다. 이따 밤에 TV를 볼 때 레모네이드로 꺼내 마시면 좋을 것이다.

반죽기가 나지막하게 웅웅거리며 끝도 없이 돌아갔다. 한나는 붉은색 식용 색소를 꺼냈다. 식용 젤이 일반 색소와 달리 손에 물이 들지 않는다고 리사에게 들은 이후로 가게에서도 식용 젤을 사용하고 있었지만 어젯밤 파티에 내놓을 컵케이크를 만드느라 갖고 있는 식용 젤을 모두 써버리고 말았다. 그래서 한나는 하는 수 없이 저장실로 가 액체 타입의 색소 패키지를 꺼내온 뒤 반죽에 붉은 용액을 세 방울 떨어뜨렸다.

색소가 골고루 섞이자 반죽이 사랑스러운 핑크빛을 띠기 시작했다. 한나는 식용 색소병을 쓰레기통에 버렸다. 붉은색 색소병은 이제 텅 비었지만, 패키지에 들어 있는 다른 세 개의 색소병은 여전히 가득 차 있었다.

"다 됐다."

베이킹 중에 한나가 뭔가 흥미로운 것이라도 흘리지 않을까 줄곧 지켜보고 있던 모이쉐에게 한나가 말했다.

"작업대에 뛰어오르지 않은 데 대한 상으로 간식이라도 바라는 거야?"

모이쉐는 눈을 한 번 깜빡이더니 긴 울음소리를 냈다. 녀석이 하나라도 아는 단어가 있다면, 그건 '간식'일 것이다.

"알았어, 그럼."

한나는 찬장에 달아놓은 유아방지용 잠금쇠를 푸느라 낑낑거렸다. 주방의 모든 찬장에는 이처럼 잠금쇠가 달려 있었다. 모이쉐가 혼자 힘으로 연어맛 간식을 꺼내려 시도한 적이 있어 그 일이 있은 주 일요일에 한나는 모든 찬장 문에 잠금쇠들을 다느라 하루를 꼬박 보냈다. 모이쉐는 한나가 잠금쇠 푸는 것을 지켜보고 있다가 마침내 찬장이 열리자 작업대로 펄쩍 뛰어올랐다.

한나는 연어맛 간식이 담긴 통조림을 찾아 녀석에게 하나를 던져주었다.

"일단은 이것뿐이야."

한나가 말했다.

"계속 얌전하게 굴면, 오븐에 반죽 넣고 나서 하나 더 줄게."

한나는 모이쉐의 먹이그릇에 간식을 하나 더 넣어주고는 녀석이 그릇으로 쪼르르 달려가는 모습을 지켜보았다. 그런 다음 다시 쿠키 반죽으로 고개를 돌렸다. 쿠키단지에서 처음으로 핑크 레모네이드 쿠키를 만들면서 반죽이 너무 끈적거리면 다음 날 아침까지 냉장고에 넣어두면 된다는 사실을 알게 되었다. 지금은 그것 말고 배운 또 다른 방법을 사용해

볼 참이다. 한나는 2-테이블스푼 스쿠퍼를 사용해 반죽을 떠서 쿠키 틀 위에 얹었다. 유리컵에 물을 따라 빈 스쿠퍼를 담가 적시고는 살짝 물기를 털어낸 다음 틀 위에 반죽을 얹어 모양을 매만졌다. 마치 마법 같은 효과를 내는 방법이었다. 반죽이 스쿠퍼에 들러붙을 때마다 물에 한 번 담가주면 그만이었다. 반죽을 오븐에 넣고 나면 다시 갓 내린 커피를 들고 테이블 앞에 앉아 바바라의 일에 대해 생각해보아야겠다.

한나가 알기로, 바바라에겐 적이 없었다. 한나가 아는 사람들 모두 바바라를 좋아했다. 경찰서에서도 능력 있는 직원이었으며, 세인트 주드 레이디 모임의 회원들도 전적으로 그녀를 의지했다. 그 외에도 레이크 에덴의 다수 모임에서 바바라는 인기 좋은 사람이었다. 그녀는 상냥하고 예의 바르며 친절했다. 그녀가 나쁜 말을 내뱉는 건 한 번도 보지 못했다. 바바라는 부모님에게서 물려받은 집에서 단출하게 혼자 살고 있었는데, 그 이웃들에게 물어본들 하나같이 그녀는 좋은 사람이라는 대답을 들을 터였다. 하지만 누군가에게는 분명 바바라를 옥상에서 밀어 떨어뜨릴 만한 동기가 있었다. 그 사람은 바바라를 죽이고 싶어 했단 말이다. 그 이유를 우선 밝혀내야만 했다.

한나는 얼마 전 새로 산 수첩을 서랍에서 꺼내와 첫 장을 넘겼다. 1분간을 빈 페이지만 뚫어져라 응시하다가 마침내 펜을 꺼내 한 단어를 적었다.

'동기?'

핑크 레모네이드 쿠키

오븐은 175도로 예열합니다. 틀은 오븐의 중앙에 둡니다.

한나의 첫 번째 메모: 이 레시피는 리사의 고모인 낸시에게서 받은 거랍니다. 매우 색다르고 맛있는데다가 외양까지 깜찍한 쿠키라 쿠키단지에서 단연 인기죠.

재료

소금기 있는 부드러운 버터 1/2컵(112g) / 백설탕 1/2컵

베이킹파우더 1/2티스푼 / 베이킹소다 1/4티스푼 / 거품 낸 계란 1개

냉동 핑크 레모네이드 농축액 1/3컵(혹은 일반 레모네이드 농축액)

붉은색 식용 색소 3방울(혹은 식용 젤 1/2티스푼) / 다목적용 밀가루 1과 3/4컵

만드는 법

1. 전자반죽기에 버터와 설탕을 넣고 잘 섞어줍니다.

2. 베이킹파우더, 베이킹소다를 넣고 잘 섞어줍니다.

3. 계란과 레모네이드 추출액을 넣고 섞어줍니다.

4. 붉은색 식용 색소 3방울을 떨어뜨린 다음 잘 섞어줍니다.

5. 밀가루를 반 컵씩 더하면서 계속 섞어줍니다(물론 정확히 반 컵일 필요는 없습니다. 밀가루를 한 번에 다 넣지만 않으면 되거든요).

6. 완성된 반죽이 너무 끈적거리면 냉장고에 한 시간가량 넣어둡니다(이때 오븐을 끄는 것을 잊지 마세요. 구울 준비가 되었을 때 다시 예열하면 되

니까요). 완성된 반죽은 티스푼으로 가득 떼어내 5센티 간격으로 기름칠을 하지 않은 틀에 올립니다.

7. 175도에서 10~12분간 굽습니다. 가장자리가 먹음직스러운 황금빛 갈색으로 변했으면 완성입니다(전 11분 구웠어요).

8. 틀 위에서 2분간 식힌 다음 철제 주걱을 사용해 쿠키를 떼어낸 뒤 식힘망으로 옮겨 완전히 식힙니다.

핑크 레모네이드 쿠키 프로스팅

재료

부드러운 버터 2테이블스푼 / 슈가 파우더 2컵

냉동 핑크 레모네이드 농축액 2티스푼(해동시켜야 해요)

우유 3~4티스푼(우유 대신 물을 사용하셔도 됩니다. 대신 좀 덜 부드럽겠죠)

붉은색 식용 색소 2방울(식용 젤 사용도 가능해요)

만드는 법

1. 버터와 슈가 파우더를 섞습니다.

2. 레모네이드 농축액을 넣고 섞습니다.

3. 프로스팅이 어느 정도 발림성 있게 될 때까지 우유를 넣습니다.

4. 식용 색소를 넣고 균일한 색이 날 때까지 섞어줍니다.

5. 프로스팅이 너무 묽으면 슈가 파우더를 더 넣고, 너무 되면 우유나 물을 더 넣습니다.

6. 완전히 식은 쿠키에 프로스팅을 올립니다. 프로스팅이 굳으면 서로 붙지 않도록 사이사이에 기름종이를 넣어 쿠키를 쌓아 보관하면 됩니다.

7. 손님에게 내실 때는 특별히 예쁜 접시에 담아주세요.

한나의 두 번째 메모: 엄마와 로드 부인이 쿠키단지에서 이 쿠키를 맛보시고는 더운 여름날 시원한 레모네이드 한 잔과 곁들여 먹으면 너무 좋을 것 같다고 하셨답니다.

한나의 세 번째 메모: 병원에 입원한 바바라에게 쿠키를 가져갈 때는 하늘빛의 접시를 사용했어요. 분홍색 쿠키가 파란색 접시와 어우러져 아주 예쁘거든요.

낸시의 메모: 프로스팅 위에 레몬 설탕 절임 조각을 살짝 올려도 좋아요.

바바라에게 선물할 쿠키가 완성되었다. 한나는 사용했던 그릇과 숟가락, 주걱들을 물에 한번 헹군 뒤 식기세척기에 넣고, 세제를 채우고는 문을 닫고 스위치를 올렸다. 그런 다음 옷을 갈아입기 위해 침실로 향했다.

병원 방문에 어떤 옷차림이 적당할까 한창 고민하고 있는데 전화벨이 울렸다. 한나는 이번에도 바바라이길 간절히 바라며 얼른 수화기를 들었지만, 전화를 건 사람은 마이크였다.

"안녕, 한나. 내가 너무 일찍 전화한 거 아니겠죠? 일요일은 한나 쉬는 날이잖습니까."

"괜찮아요. 아까 전에 일어났는걸요. 좋은 아침이에요, 마이크."

"무슨 일 있어요? 나라서 실망한 것 같군요. 누구 전화라도 기다리고 있었습니까? 혹시 노먼?"

질투 섞인 마이크의 투정에 한나는 어쩐지 기분이 좋아졌다. 마이크와 노먼은 절친한 친구 사이였지만, 한나에 관해서만큼은 경쟁관계였다. 한나의 사랑을 얻기 위해 경쟁하는 두 남자가 있다는 건 한나에겐 더할 나위 없는 행복이었다. 한나에게 서로 잘해주려는 두 사람을 볼 때면 한결 젊어지고, 아름다워지고, 실제보다 더 날씬해지는 듯한 기분이 들었다.

"정말로 노먼 전화 기다리고 있었습니까?"

마이크가 되물었다.

"아뇨, 그런 거 아니에요. 그나저나 무슨 일이에요, 마이크? 내가 해 줘야 할 일이라도 생겼어요?"

"나랑 결혼을 해줬으면 하지만, 빠른 시일 안에는 어려운 일인 것 같으니, 일단 코너 태번에서 같이 아침식사 어떻습니까?"

"좋은 생각이네요!"

한나가 진심을 담아 대답했다. 펜트하우스 옥상정원에서 발견된 단서 같은 건 없는지 마이크에게 꼭 물어보고 싶었던 참이었다. 물론 코너 태번의 맛있는 아침 메뉴가 한창 배가 고팠던 한나의 구미를 자극했던 것이 더 중요한 이유였다.

마이크와 만날 약속을 정한 뒤 한나는 전화를 끊었다. 그런 뒤 옷장을 열고 다시 의상을 고르기 시작했다. 마이크와 아침 식사를 한 뒤 곧장 병원으로 갈 계획이었기 때문에 한나는 목 부분에 레이스가 달린 짙은 초록색의 반팔 상의를 골랐다. 편안하지만, 조금은 갖춰 입은 듯한 느낌도 나는 옷이라 바바라 병문안에는 안성맞춤이었다. 한나는 제일 좋아하는 청바지를 꺼내 바지 고리를 푼 뒤 발을 꿰어 넣으려다 말고 잠시 멈칫했다. 일요일은 엄마가 병원에서 자원봉사를 하는 날이니 분명 엄마와 마주치게 될 것이다. 엄마는 한나가 청바지 입는 것을 별로 좋아하지 않았다. 엄마의 잔소리에는 이미 익숙하지만 그 후폭풍이 문제였다. 잔소리를 한 다음 날이면 엄마는 늘 한나를 데리고 트라이 카운티 쇼핑몰로 가 엄마 기준에 적합한 옷들을 사주곤 했기 때문이다. 물론 엄마가 옷을 사주는데 싫을 게 뭐가 있냐고 반문하는 딸들도 있을지 모르겠지만, 한나의 생각은 달랐다. 그 많은 웃옷과 바지, 정장들을 돈 한 푼 안 들이고 얻어 입을 수 있으니, 마땅히 엄마에게는 감사했지만, 한나는 쇼핑몰에서 시간을 들여 쇼핑을 하는 그 자체가 싫었다.

"난 쇼핑꾼이 아니라 사냥꾼이라고."

한나는 자신을 따라 침실로 들어온 모이쉐에게 말했다.

"필요한 게 있어서 쇼핑몰에 가야 할 때면 사야 할 것만 딱 사고 집으로 돌아오면 그만이야. 다른 것을 둘러볼 필요가 없다고. 이 가게, 저 가게 돌아다니면서 시간 허비하는 것보다 훨씬 낫잖아."

모이쉐가 윙크 비슷한 눈짓을 해보였고, 한나는 그 정도 반응이면 됐다 싶었다. 만족스러운 울음이나 적어도 고갯짓 정도였다면 더 좋았겠지만, 녀석은 쇼핑에 대한 의견보다는 창밖에서 윙윙거리고 있는 파리에 더 관심이 가는 듯했다.

"엄마가 사준 바지를 입는 게 낫겠어."

한나가 회색 바지를 향해 손을 뻗었다.

"엄마랑 또 쇼핑하고 싶지 않거든."

"냐아아아아아옹!"

모이쉐의 즉각적이고 요란한 반응에 한나는 안심하라는 듯 녀석을 쓰다듬었다.

"엄마가 집에 오신다는 게 아니야. 내가 외출한 동안 마음껏 쉬고 있어. 마이크랑 같이 아침식사 하고 바바라까지 만나고 돌아오려면 시간이 꽤 걸릴 테니까 말이야. 그래도 가능한 빨리 올게."

모이쉐가 가르랑거리기 시작하자 한나는 이것이 방금 한 말에 대한 녀석의 반응인지 아님 우연히도 타이밍이 맞아떨어진 것인지 궁금해졌다. 한나는 가능한 빨리 돌아오겠다는 자신의 말에 녀석의 기분이 좋아진 것이라 믿기로 하고는 흥겹게 복도를 지나 주방으로 향했다.

쿠키를 상자에 담는 데는 오랜 시간이 걸리지 않았다. 프로스팅 위를 기름종이로 덮은 다음 뚜껑을 닫고 이웃 꼬마들이 "쿠키트럭"이라고 부르는 쉐비 블레이저로 상자를 날랐다. 낡은 쉐비 블레이저를 끌고 다니는 사람은 마을에도 몇 명 더 있었지만, 한나는 자신의 블레이저를 특별하게 장식했다. 캔디애플 빛의 붉은색으로 칠을 한 뒤 옆면에 '쿠키단지'라고 크게 광고 문구를 그려넣은 것이다.

코너 태번은 한나의 집에서 가까웠고, 덕분에 한나는 약속시간보다 5분 일찍 코너 태번 주차장에 도착했다. 느릅나무 그늘 밑에 트럭을 세운 한나는 차에서 내려 뒷자리에 실어놓은 쿠키들이 괜찮은지 확인했다. 다행히 쿠키들은 아무 이상이 없었고, 한나는 상자 위를 덮었던 햇볕가리개를 매만진 다음 트럭 문을 잠그고 주차장 입구로 향했다.

레스토랑 문을 열자 시원한 에어컨 바람이 한나를 기분 좋게 맞아주었다. 푸른 식물이 가득한 실내에는 벌써 베이컨과 소시지, 아침식사용 스테이크의 먹음직스러운 향내가 가득했다.

"안녕, 한나."

코너 태번의 여주인이 한나에게 인사를 건넸다.

"마이크는 벌써 와 있어. 한나가 좋아하는 뒤쪽 자리로 안내했지."

"고마워요!"

여주인은 이미 한나의 뒤편에 들어온 한 무리의 손님들을 맞이하느라 분주한데도 불구하고 한나는 감사 인사를 건넸다. 한나는 안쪽으로 들어가려다 말고 현관에 싸움 자세로 서 있는 커다란 곰, 로스코를 쓰다듬어 주었다. 로스코는 꽤 나이 먹은 녀석이었지만, 최근 소크 센터에 있는 한 박제회사에 의뢰해 재단장을 했다. 사실 재단장에는 상당한 비용이 들었지만 단골손님들이 한 푼, 두 푼 힘을 보태어 거뜬히 마칠 수 있었다. 코너 태번을 자주 찾는 손님들은 '로스코 없는 코너 태번도 없지'라며 곰 옆에 걸어놓은 성금함에 흔쾌히 돈을 넣곤 했기 때문이다.

마이크를 발견한 한나는 손을 흔든 뒤 복작거리는 홀 중앙을 바람같이 지났다. 코너 태번은 남녀노소 가릴 것 없이 인기가 좋은 레스토랑이었다. 스테이크를 싫어하는 사람은 닭고기나 생선 요리를 즐길 수 있었고, 심지어 채식주의자를 위한 메뉴도 준비되어 있었다. 샐리와 딕이 운영하는 레이크 에덴 호텔의 레스토랑만큼이나 고급스러운 요리가 나오는 건 아니었지만, 나름 잘 준비된, 맛있는 요리들을 다양하고도 저렴하게 즐길 수 있었다. 위넷카 카운티 경찰서에서도 매우 가까운 거리라 그곳 경찰관들도 이곳을 즐겨 찾았다. 사실, 지난주만 해도 한나는 이곳에서 안드레아와 바바라를 만나 함께 점심을 먹었다.

바바라 생각을 하니 다시금 한나는 걱정스러워졌다. 마이크가 앉은 테이블에 도착했을 때 한나의 얼굴빛은 이미 어두워진 뒤였다.

"안녕, 마이크."

한나는 애써 미소를 지었다.

"무슨 일 있었습니까?"

마이크가 자리에 앉는 한나에게 물었다.

역시 마이크는 예리한 사람이었다. 상대방의 음성에 깃든 미묘한 차이나 심지어 행동으로 나오는 미세한 감정의 변화까지 읽어냈다.

"계란 요리를 곁들인 스테이크를 먹을지, 스테이크를 곁들인 계란 요리를 먹을지 너무 고민돼서요."

"재밌네요."

마이크가 한나의 손을 잡았다.

"정말요, 한나. 무슨 일이에요?"

마이크가 진지하게 물었다.

"바바라 때문에요."

한나가 대답했다.

"너무 걱정이 돼요. 어젯밤에 무슨 단서 찾은 거 없어요?"

"말해줄 수 없는 거 알잖습니까."

그때 웨이트리스가 오렌지주스와 커피, 그리고 물을 들고 다가왔다.

"안녕하세요, 마이크."

그녀는 한나에게보다 마이크에게 더 반갑게 인사를 건넸다.

"안녕하세요, 미스티. 오늘 아침, 기분 어때요?"

"좋아요. 아주 좋아요. 어젯밤에 환상적인 시간을 보냈거든요."

마이크의 앞에 오렌지주스를 내려놓으며 그녀는 교태 섞인 눈빛을 보냈지만, 한나의 것은 쳐다보지도 않은 채 내려놓아 한나가 급하게 물컵을 잡지 않았더라면 두 잔이 부딪힐 뻔했다.

"저기요, 미스티."

한나가 웨이트리스를 불렀다.

"이건 오렌지주스가 아니라 우유잖아요."

"죄송해요."

하지만 그녀는 전혀 죄송해 보이지 않았다.

"다른 잔을 가져온 것 같네요. 그냥 드실 생각은 없으세요?"

"아뇨, 전 오렌지주스가 좋아요."

"알았어요."

미스티가 다시 우유 잔을 거칠게 낚아챘다.

"그럼, 마이크……."

그녀는 다시 마이크에게로 고개를 돌렸다.

"메뉴판 가져다드릴까요?"

"난 됐습니다."

마이크가 미소로 대답했다. 언제나 한나의 다리를 후들거리게 만드는 그 살인미소였다.

"여기 메뉴라면 당신보다 내가 더 잘 알 것 같은데요."

"어머, 마이크라면 당연히 저보다 많은 걸 알고 있겠죠. 하지만 저에 대해 더 잘 알게 되시면, 저도 마이크가 미처 알지 못하는 것들을 많이 알고 있는 사람이란 걸 깨닫게 되실 거예요."

믿을 수가 없군, 한나는 생각했다. 이 여자, 지금 내 앞에서 마이크에게 작업을 걸고 있는 건가? 난 뭐지? 투명인간? 물론 마이크는 매일 커피를 사러 여기에 들를 테니 그녀를 잘 알겠지만, 아니면, 혹시 두 사람, 벌써 데이트까지 한 사이 아니야?

한나는 머릿속 생각이 행여 입 밖으로 나갈까 입술을 꽉 다물었다. 물론 한나에게 마이크를 독점할 권리가 있는 건 아니다. 그건 노먼에 대해서도 마찬가지다. 마이크와 노먼, 한나 모두 누구든 자유롭게 만날 권리가 있었다. 마이크가 미스티와 데이트를 한다고 해서 한나가 대놓고 불평을 할 순 없다. 하지만 그렇다고 해도 마음속에 질투심이 불타오르는 건 어쩔 수 없었다.

이건 저 여자가 나를 무시한 채, 무례하게 굴어서야. 한나의 마음이 말했다. *그래서 불쾌해진 거라고.*

하지만 한나는 이미 알고 있었다. 마음이 상한 것은 미스티가 바비 인형처럼 깜찍한 외모의 소유자인데다가 마이크 역시 그녀의 작업이 기분 나쁘지 않은 듯 보여서라는 것을.

"아까 얘기로 돌아가 볼까요."

미스티가 주문을 받고 자리를 뜨자 마이크가 다시 입을 열었다.

"참, 미스티는 원래 여기 오는 모든 남자들을 저렇게 대합니다. 어떻게 보면 귀엽기도 하고. 어쨌든 별다른 뜻은 없는 거니까 오해 말아요."

"알았어요."

하지만 한나의 마음속 의심은 풀리지 않았다.

"아까 장미정원이나 펜트하우스 옥상에서 살인미수로 간주할 만한 단서를 발견하진 않았는지 물어봤잖아요."

"그리고 난 말해줄 수 없다고 했죠."

마이크가 자신의 오렌지주스를 한나 쪽으로 밀었다.

"난 괜찮으니, 내 것 마셔요. 미스티가 한나 거 가져오는 걸 완전히 잊어버린 것 같으니 말입니다. 원래 한 번에 한 가지씩밖에 못하거든요, 미스티가. 아까 우리가 주문까지 했잖습니까."

한나는 별로 내키지 않았지만 잠자코 오렌지주스를 집어 꿀꺽꿀꺽 마셨다. 마이크의 배려를 거절할 순 없었다.

"그러니까 이렇게 되는 거죠? 현장에서 단서를 찾았다고 해도 나한테는 말해줄 수 없다. 맞아요?"

"사건에 대한 건 의논하지 못한다는 거 알잖습니까."

"알죠."

한나가 재빨리 대답했다.

"하지만 방금 사건이라고 했으니, 그 말은 곧 바바라의 실수로 일어난 일이 아니었단 거네요?"

"한나가 이렇게 나올 때마다 내가 얼마나 곤란한지 압니까!"

마이크가 고통스러운 눈길로 한나를 쏘아보았다.

"그러니까 내 말은 사건 단서를 찾았다는 게 아니라, 심각한 사건일 수도 있을 만한 단서를 찾았으니 그 여부에 대해 이제부터 수사를 해야 한단 말이었습니다."

"모호하게 말하네요."

"한나 역시 상관없는 일에 지나치게 마음 쓰고 있고 말입니다."

두 사람은 얼마간 서로를 노려보았고, 때맞춰 미스티가 한나의 오렌지주스를 들고 나타났다.

"어머나!"

그녀는 테니스 경기를 관람하듯 고개를 이쪽저쪽으로 돌렸다.

"여기 공기가 아주 후끈하네요."

한나는 참지 못하고 웃음을 터뜨렸다. 공기가 아주 후끈하다니, 참으로 우스운 표현이었다. 그리고 잠시 후, 마이크 역시 웃음을 터뜨렸고, 두 사람의 웃음이 점점 커지자 미스티는 두 사람 모두 제정신이 아니라는 듯 손가락을 머리 옆에 대고 빙글빙글 돌리더니 이내 자리를 떴다.

"미안해요."

미스티가 가버리자 마이크가 입을 열었다.

"당신한테 소리 지르는 게 아닌데 말입니다."

"나도 미안해요. 나 역시 소리를 질렀잖아요."

"좋아요. 그럼 서로 잊어버리죠. 한나가 교묘한 표현으로 나를 난처하게 만드는 게 싫었을 뿐이에요. 게다가 어제 밤을 꼬박 새서 피곤했거든요."

한나가 손을 뻗어 그의 손을 잡았다.

"충분히 이해해요. 근데 내가 이렇게 궁금해하는 데에는 그럴 만한 이유가 있어요."

"뭔데요?"

한나는 잠시 망설였지만, 이내 이야기를 꺼내놓았다.

"오늘 새벽 4시에 바바라가 전화를 했어요. 그러면서 누군가 자기를 죽이려고 했다는 거예요. 근데 그 사람이 누군지 얘기하지도 않은 채 전화가 끊겼고, 한동안 내가 정말로 바바라의 전화를 받은 게 맞는지 아리송하기도 했어요. 여기서 아침 먹고 바로 병원으로 가서 바바라를 만나볼 생각이에요."

"만나게 되거든 나한테도 얘기해주겠습니까?"

"그럴게요. 그럼 어젯밤 찾은 단서가 뭔지 얘기해줄래요?"

"알았어요. 하지만 엄연히 말해 그건 단서가 아니었습니다. 단지 수상

한 것 몇 가지를 발견했을 뿐이니, 그것만으로 사건이라고 넘겨짚기에는 무리가 있죠. 우연이었을 수 있으니까 말입니다."

"하지만 마이크도 그게 단순한 사고였다고는 생각지 않잖아요."

마이크는 망설이더니 이내 고개를 끄덕였다.

"맞습니다. 가로막 여러 개가 옆으로 치워져 있었는데, 바바라가 단지 옥상에서 자기 집이 보이는지를 확인하기 위해 그 무거운 것을 치우는 수고까지 했을 것 같진 않아요."

"그럼 바바라가 펜트하우스 정원에서 자기 집이 보이는지 궁금해했다는 걸 마이크도 알고 있었네요?"

"오, 그럼요. 몇 명한테 그 이야기를 한 것 같습니다. 꽤 궁금했던 모양이에요."

"옆으로 치워져 있었다던 가로막 얘기 좀 해봐요. 안드레아랑 그날 먼저 올라갔을 때에는 너무 무거워서 둘이서 겨우 들었거든요. 근데 그걸 바바라가 혼자 치웠다고요?"

"아뇨, 바바라가 그렇게 힘이 셀 리 있습니까. 불가능한 일이었을 겁니다."

"또 의심스러운 부분이 어떤 게 있어요?"

"가로막이 지저분했어요. 아마 공사장에서 사용했던 것인 듯했습니다. 몇 개는 기름이 묻어 있기도 했고요. 그렇게 지저분한 걸 바바라가 그 예쁜 파티 의상 차림으로 정말로 나서서 치우고 싶은 마음이 들었을까가 의문입니다."

"그러네요."

"한 가지 더 있습니다. 바바라가 장미정원에 떨어졌을 때 손에 먼지는 묻어 있었지만, 기름은 묻어 있지 않았어요. 박사님이 확인도 하셨고요."

"또 있어요?"

마이크는 고개를 가로저었다.

"아직이요. 지금 연구소에서 검사 중입니다. 하지만 진위 파악에 도움이 될지는 의문이군요. 누군가 바바라를 죽이려 했다면, 아무 단서도 남기지 않으려 조심, 또 조심했을 테니 말입니다."

"하지만 바바라를 죽이려 했다가 실패했다면 또다시 시도할 확률이 높잖아요."

한나가 염려 섞인 어투로 말했다.

"바바라가 병원에서 혼자 위험하진 않을까요?"

"글쎄요. 바바라를 24시간 내내 지킬 만한 경찰 인력이 충분치 않아서 말입니다. 우선 박사님께 부탁해 세 명의 간호사를 붙여두긴 했습니다. 범인이 누구인진 몰라도 설마 병원에까지 찾아와 일을 끝낼 만큼 강심장은 아니겠죠."

한나는 과거 프레디 소여가 병원에 입원 중이었을 때 얼마나 위험한 상황에 처했었는지 문득 떠올랐다.

"앞서서 생각하진 맙시다. 정말로 누군가 바바라를 죽이려 한 것인지도 아직은 확실하게 모르잖아요."

"그렇죠."

마이크의 말에 동의했지만, 한나는 영 내키지 않았다.

"좋아 보이네요, 바바라."

사실 바바라는 전혀 좋아 보이지 않았지만, 한나는 일부러 그렇게 말을 건넸다. 그녀의 얼굴은 이곳저곳 멍이 들고 부어 있었고, 그녀의 왼쪽 다리는 부상을 입었는지 천장에 연결된 끈에 매달린 채였다. 두 팔에도 역시 붕대가 감겨 있었다.

바바라는 부은 입술을 움직여 애써 미소를 지었다. 그 사이로 24시간 전만 해도 멀쩡히 자리하고 있던 치아 몇 개가 사라지고 없는 것이 눈에 띄었다.

"고마워. 좀 나아진 것 같아. 근데 우리 아버지도 왔어?"

한나는 함께 병문안을 온 엄마와 시선을 주고받았다. 바바라의 아버지는 바바라가 아직 학교에 다니고 있던 수년 전에 돌아가셨기 때문이다.

"우리 아버지 왔어? 빨리 대답해줘!"

바바라의 목소리가 너무도 절박해 한나는 뭐라고 답해야 할지 당황스러웠다. 감사하게도 엄마가 나서서 바바라의 두 손을 꼭 잡았다.

"바바라, 얘야. 아버지는 오지 않으셨단다. 바바라를 보러 오지 못하셔요. 기억 안 나니? 돌아가셨잖아."

엄마는 바바라의 손을 토닥거렸다.

"오, 아니에요! 그럴……그럴 리가요!"

나이트 박사가 미리 일러준 대로 바바라의 말이 어눌해지기 시작했다. 박사는 바바라의 컨디션이 좋지 못할 때면 언어 능력이 떨어질 거라고 하면서 그녀가 무언가 물어보거든 반드시 사실대로 이야기해주라고 했다. 엄마가 망설임 없이 답해준 것도 그 때문이었다.

"지금은 그런 생각 말아."

엄마가 불안해하는 바바라를 최선을 다해 진정시켰다.

"슬픈 생각은 바바라의 몸을 더 상하게 할 뿐이니까."

바바라는 잠시 아무 말이 없더니 가까스로 고개를 끄덕였다. 표정이 일그러지는 것을 보니 머리를 움직이는 게 꽤 고통스러운 모양이었다.

"부인 말씀이 옳아요." 바바라가 말했다.

"근데 이름이 어떻게 되신다고 했죠?"

"딜로어야."

"아, 그랬죠."

바바라는 이제 한나를 돌아보았다.

"그리고 그쪽은…… 따님이겠군요."

"네, 딸이에요."

한나가 대답했다. 이 부분에 대한 것까지 박사에게 미리 들어 다행이었다. 박사는 바바라가 뇌에 타격을 입었다고 했으니, 사람들의 이름을 기억하는 데에 어려움이 따를 만도 했다.

"이름은 한나고요."

"그래, 한나. 기억해보려고 하는데, 아버지 일은 정말 충격이야. 아버지랑 가까워진 지도 얼마 안 됐는데, 이제 볼 수 없다니."

저런, 완전 제정신이 아니잖아! 한나는 생각했다.

그러자 한나의 양심이 소리쳤다.

지금 바바라의 상태 알면서 그런 말이 나와? 바바라는 머리 부상을

입었다고. 나이트 박사님도 바바라가 이상한 이야기를 할지도 모른다고 미리 알려주셨잖아.

한나는 방수 기능이 있는 손목시계를 내려다보았다. 쿠키단지에서 그릇을 닦으려 무심히 물에 손을 담갔다가 그간 시계를 몇 개나 버렸는지 모른다. 바바라의 병실에 들어온 지 3분이 지났다. 면회 시간은 5분 동안만 가능하다고 했으니 간호사가 들어와 두 사람을 내보내기 전에 어서 중요한 질문을 해야 한다.

"오늘 아침에 저한테 전화했던 거 기억나요?"

한나가 직접적으로 물었다.

그러자 바바라는 부은 얼굴로 나름 놀란 표정을 지으며 되물었다.

"내가?"

"네, 전화했어요. 새벽 4시 좀 지나서요."

"정말이야?"

"제가 바바라냐고 물으니까 맞다고 했어요."

"그럼 나였겠네. 근데 난……."

바바라는 말을 멈추고 가쁜 숨을 쉬었다.

"전화한 기억이 없어."

한나는 바바라에게 생각할 여유를 주기로 했다. 바바라는 다시 불안해하고 있었다. 기다리는 동안 한나는 바바라의 침대 옆에 놓인 전화기를 쳐다보았다. 확실히 바바라의 손이 닿을 만한 위치다. 단 한 번만이라도 그녀의 기억이 되돌아올 순 없을까.

"내가 왜 전화했지? 전화해서 뭐라고 했어?"

그녀의 목소리가 한층 차분해진 것 같아 한나는 대담한 질문을 던져보기로 했다.

"옥상에서 떨어진 게 사고가 아니라, 누군가 바바라를 죽이려 했다고 했어요."

"누군가 나를 죽이려 했다."

바바라가 말했다. 그녀의 기억이 돌아온 것인지, 아니면 단순히 한나가 했던 말을 따라하는 것인지 한나는 아리송했다.

"누가 그랬을까."

한나와 엄마는 다시 시선을 주고받았다. 대화가 오묘하게 흘러가고 있었다.

"생각해봐야겠어."

긴 침묵이 이어졌다. 병실에서 들리는 소리라고는 바바라의 IV(정맥주사)에서 흘러나오는 나지막한 웅웅거림과 병상을 둘러싸고 어지럽게 연결된 의료 전자기기 장치에서 나는 삑삑 소리뿐이었다. 기다림이 길어지자 마침내 엄마가 목청을 가다듬었다.

"정말로 누군가 바바라를 죽이려 한 게야?"

엄마가 물었다.

바바라는 말하기가 망설여지는 듯 잠시 머뭇거렸다. 결국 고개를 끄덕이는 그녀의 입가가 고통으로 일그러졌다.

"누군가 날 죽이려 했어요."

이번엔 확실한 인정이었다. 그렇다면 이제 정말로 중요한 질문 한 가지가 남았다.

"누가요?" 한나가 물었다.

그러자 바바라가 가슴이 찢어질 듯 애처로운 한숨을 내쉬었고, 한나는 괜스레 울컥해졌다. 바바라가 분명 누군가 자신을 죽이려 했다고 인정한 마당에 여기서 멈출 수는 없었다.

"누구였어요, 바바라? 말해줘요."

"그 사람."

바바라가 떨리는 목소리로 대답했다.

"한……한 번도 그가 그런 짓을 할 거라곤 생각 못했는데. 난 단지 그 애와 가깝게 지내고 싶었을 뿐이야."

"이름을 말해줘요." 한나가 다시금 재촉했다.

"그 사람 이름이 뭐예요, 바바라?"

바바라는 고통스러운 듯 흐느끼며 심호흡을 했다.

"이제 기억이 났어."

마침내 그녀가 대답했다.

"날 죽이려 한 사람은 내 남동생이야!"

"바바라한테는 남동생이 없단다."

복도를 따라 나이트 박사님의 사무실로 향하며 엄마가 한나에게 말했다. 오늘 엄마는 밝은 노란색 재킷을 입고 있어서 그 모습이 마치 어두운 초록빛 벽에 내리쬐는 한 줄기 햇살 같았다.

"남동생도 아버지처럼 이미 세상을 뜬 게 아닐까요? 아버지를 만나고 싶다고 했는데, 아버지는 이미 돌아가신 분이었잖아요. 어쩌면 자신도 곧 죽을 거라고 생각하는지도 모르겠어요. 죽으면 두 사람을 볼 수 있으니까요."

엄마는 잠시 생각에 잠겼다.

"자기 아버지 이야기를 꺼냈을 때는 그런 생각이었는지 모르겠다만, 내가 알기로 바바라의 어머니한테는 자식이 한 명밖에 없었다. 네 증조할머니한테 들은 얘긴데, 바바라가 태어날 당시에 좀 문제가 생겨서 그 이후로 도넬리 부인이 자식을 더 갖지 못했다더구나."

"혹시 자궁을 절제하셨대요?"

한나는 제일 먼저 떠오른 생각을 물었다.

"나야 모르지. 벌써 수십 년 전 이야기야. 내가 어렸을 적이었으니 말이다. 어른들이 그런 이야기는 애들 앞에서 잘 안 하지 않느냐. 이만큼밖에 기억하지 못하는 건, 네 증조할머니가 엄마와 한창 이 이야기를 하시다가 엄마에게 쉿 손짓을 하며 나를 가리켰기 때문이야. 그러면서 말에 대한 무슨 이야기인가를 하시더구나."

"낮말은 새가 듣고 밤말은 쥐가 듣는다는 거 말이죠?"

한나가 물었다.

"그래, 크리스마스 선물에 대한 얘기를 할 때도 꼭 그 말씀을 하셨어. 그래서 방금 두 분이 나눈 이야기가 정말 중요한 내용인가보다 했지."

"나이트 박사님도 그에 대해 아시겠네요?"

"아마도. 처음 마을에 들어와 수련의 생활을 시작할 때 작성했던 낡은 차트가 아직 창고 어딘가에 보관되어 있을 테니 말이다."

"그럼 엄마가 확인 좀 해주실래요? 바바라에게 정말로 남동생이 있는지부터 알아봐야겠어요."

"기꺼이 확인해보마. 박사가 출근하는 대로 물어봐야겠구나."

"고마워요, 엄마."

그때 로드 부인이 복도를 따라 수레를 밀며 걸어오고 있었다. 한나는 부인을 향해 손을 흔들었다. 엄마처럼 로드 부인 역시 검정색 바지 차림이었지만 상의 재킷은 밝은 청록색이었고, 한나의 이웃에 살고 있는 마거릿 홀른벡 역시 밝은 분홍색 재킷을 입고 그 옆을 따르고 있었다. 이렇게 다채로운 색상의 재킷은 레인보우 레이디즈에서 정한 유니폼의 일환이었는데, 엄마가 기존의 그레이 레이디즈 모임의 회장을 맡으면서 모임의 이름과 유니폼까지 색다르게 바꾸어놓은 결과였다.

"수레에 뭐야?"

로드 부인과 마거릿이 가까워지자 엄마가 물었다.

"우유랑 쿠키." 로드 부인이 대답했다.

"무슨 쿠키인데요?" 한나가 물었다.

"초콜릿을 입힌 그래햄 크래커." 마거릿이 말했다.

"애들이 얼마나 좋아하는지 몰라. 지금 가족대기실로 가져가는 중이야."

두 사람이 지나가고 난 뒤 한나는 다시 엄마를 돌아보았다. 수레에 실린 쿠키를 보니 트럭 뒷자리에 실은 쿠키가 생각난 터였다.

"바바라에게 줄 쿠키를 가져왔는데, 바바라가 현재 액체 음식만 먹을 수 있다고 해서 트럭에 두고 왔어요. 혹시 여기 간호사들도 핑크 레모네이드 쿠키 좋아할까요?"

그러자 엄마는 믿을 수 없다는 듯한 표정을 지어 보였다.

"그걸 말이라고 하는 게냐. 당연히 좋아하고말고. 한번 맛을 본 사람은 누구나 반해버릴 게다."

"잘됐네요. 그럼 제가 접시에 담아서 가져올게요. 엄마가 간호사들한테 나눠주실래요?"

"그러마. 단, 박사 것도 조금 남기자꾸나."

엄마가 또다시 생각에 잠겼다.

"그리고 내 것도."

"말씀 안 하셔도 알아서 해요. 그럼 지금 바로 가져올게요."

"같이 가자꾸나. 이리로 가야 돌아가지 않아."

쿠키를 접시에 담고 비닐랩으로 깔끔하게 포장까지 마친 뒤 한나는 엄마에게 작별인사를 하고 쿠키트럭의 운전석에 올랐다. 시동을 켠 뒤 막 후진을 하려는 찰나 노먼의 차가 옆자리에 와 섰다. 한나는 망설임 없이 창문을 내렸고, 노먼 역시 거의 동시에 창문을 내렸다.

"안녕, 노먼."

한나가 반갑게 인사했다.

"안녕, 한나. 여긴 어쩐 일이에요?"

"바바라를 만나러요. 노먼도 바바라에게 가는 거예요?"

"네, 하지만 공적인 방문이에요. 나이트 박사님이 전화하셔서 부러진 치아 좀 봐달라고 하셨거든요."

한나는 재빨리 머리를 굴렸다. 바바라의 상태에 대한 노먼의 견해도 들어보고 싶은데 아무래도 전화로보다는 직접 만나서 듣는 게 나을 것 같았다. 게다가 베브 박사가 노먼에게 연락을 해왔는지도 물어보고 싶었다. 그 정도 질문은 괜찮지 않을까. 하지만 두 가지 이유가 다는 아니었다. 마지막 세 번째 이유는 지극히 개인적이고도 순수한 용무였는데, 요 몇 주간 서로 일이 바빠 함께 시간을 보낼 기회가 없었던 것이 마음에 걸렸다. 마침 오늘 밤에는 아무런 약속도, 아무런 할 일도 없으니 오늘만큼은 노먼과 시간을 보내고 싶었다.

"우리 집에서 같이 저녁식사 안 할래요?"

한나가 물었다.

"좋죠. 몇 시에 갈까요?"

"6시쯤?"

"그럴게요. 가져가야 할 건 따로 없고요?"

"네, 커들스만 데려와요."

한나의 대답에 노먼은 미소를 지었다.

"커들스야 기꺼이 데려가죠. 난 저녁식사에 필요한 게 없는지 물어본 건데."

"고맙지만, 괜찮아요."

한나는 사실 아직 어떤 메뉴를 준비해야 할지 정하지 못했기 때문이라는 말은 하지 않았다.

노먼이 병원으로 들어간 뒤 한나는 다시 트럭을 후진시켜 주차장을 빠져나갔다. 머릿속으로 계속 어떤 메뉴를 준비하면 좋을까 생각하며 마을로 가는 지름길이 시작되는 우회전 대신 에덴 호수의 풍경을 감상할 수 있는 길을 택해 좌회전을 했다.

한나는 손목시계를 내려다보았다. 플로렌스가 운영하는 빨간 부엉이 식료품점의 영업시간이 최근 변경된 덕분에 아직 장 볼 시간은 충분했다. 이번 주 레이크 에덴 신문에 새로운 주말 영업시간이 안내된 터였다. 기존 토요일에 종일 영업을 하던 것을 12시부터 6시까지만 영업하는 것으로 변경하고, 대신 원래 문을 열지 않았던 일요일에도 12시부터 4시까지 영업을 하기로 변경한 것이다.

한나에게는 변경된 시간이 훨씬 나았다. 일요일에도 심심치 않게 손님 치를 일이 생기는데다가 한나는 무엇이든 미리 계획하는 일에는 서툴렀기 때문이다. 물론 저장실에는 늘 기본 식료품들이 가득 채워져 있었다. 미네소타 요리사들은 겨울철 불시에 불어닥치는 눈보라나 여름철 폭풍, 혹은 여느 때고 발생하는 자가용의 잔고장에 상시 대비를 해야만 했다. 한나 역시 몇 주간 생활할 수 있을 만한 식료품은 보관하고 있었지만, 손님에게 대접할 만한 요리의 재료들을 모두 갖고 있는 건 아니었다. 노먼이라면 돼지고기 통조림이나 콩 통조림만 있어도 행복해하겠지만, 그래도 한나는 그에게 뭔가 특별한 것을 만들어주고 싶었다. 식료품점에 도착하면 플로렌스에게 조언을 구해봐야겠다.

10분 후, 한나는 정육 코너 앞에서 정육점 점원들이 입는 하얀 위생복 차림의 플로렌스와 마주했다.

"뭐 줄까, 한나?" 플로렌스가 물었다.

"잘 모르겠어요. 무슨 요리를 하면 좋을지 플로렌스가 조언해줄래요? 오늘 저녁식사에 노먼을 초대했거든요."

"치킨 테트라치니 핫디쉬 어때?"

마치 한나가 물어보기를 기다렸다는 듯 바로 나오는 플로렌스의 대답에 한나는 놀라고 말았다.

"치킨 테트라치니 핫디쉬요? 처음 들어보는데요."

"엊그제 밤에 내가 만든 메뉴니까 당연하지. 사실 우리 사촌 마르씨 왓츠에게서 받은 레시피인데, 맛이 괜찮아. 사촌이 요리사거든. 안 그래도 다음번에 한나를 만나면 레시피 줘야지 생각하고 있었어."

한나는 플로렌스가 건넨 레시피를 물끄러미 들여다보았다. 만들기도 간편하고 맛있을 것 같았다.

"이거 좋은데요. 혹시 닭고기 삶아서 깍두기 모양으로 썰어놓은 거 있나요?"

"미안하지만 그건 없어. 한나가 직접 만들어야 할 것 같은데? 대신 뼈랑 껍질을 제거한 닭가슴살은 있어. 소금 약간 치고 기름칠한 팬에 넣은 다음 쿠킹호일로 위를 덮어서 175도에 45분간 구우면 될 거야. 난 그렇게 만들었거든."

"닭가슴살 몇 개 사용하셨는데요?"

"네 개. 하지만 한나는 다섯 개 가져가. 모이쉐 먹을 것도 있어야지."

"커들스도요. 노먼이 데려오기로 했어요."

"다른 것 사는 동안 닭고기 포장해놓을게. 또 준비할 메뉴 없어?"

한나는 다시 레시피를 들여다보았다.

"이 메뉴에는 채소가 들어가지 않네요. 그럼 가든 샐러드를 같이 준비해야겠어요."

"샐러드야 언제나 좋지. 보스턴 상추도 넣고, 방울토마토도 넣으면 새콤달콤할 거야. 디저트는 뭘 준비할 생각이야?"

"그것도 아직 모르겠어요……."

한나는 엄마가 한번 만들어보라고 줬던 레시피를 떠올렸다. 아직 만들어본 적이 없는 것이지만, 노먼이라면 기꺼이 첫 시식자가 되어줄 것이다. 그렇게 되면 일석이조가 아닌가.

"마침 엄마에게 받은 디저트 레시피가 있는데, 시험 삼아 만들어보면 좋겠어요. 병원 간호사에게 구한 거래요."

"맛이 괜찮으면 나한테도 하나 복사해줄래?"

"그럴게요. 레시피 교환은 저도 언제든 환영이니까요."

"참, 가기 전에 한 가지만 더, 한나."

플로렌스가 카운터로 바짝 몸을 기댔다.

"베브 박사가 노먼한테 연락했대?"

"아직 안 한 것 같아요. 오늘 병원에서 노먼을 만나긴 했는데 다시 물어볼 짬이 없었어요."

"노먼이 병원에?"

"네, 나이트 박사님이 바바라의 치아 치료를 의뢰하셨나 봐요. 어젯밤에 떨어질 때 치아도 다친 모양이에요."

"안 그래도 간호사들한테 들었어. 불쌍한 바바라, 정말 좋은 사람인데 안됐어. 위험하게 난간 가까이까지 가는 게 아니었는데."

"그러게요."

나머지 필요한 식료품들을 고르면서 한나는 애써 아무렇지도 않은 표정을 지었다. 레이크 에덴 소문라인의 창립회원인 플로렌스가 바바라의 추락이 사고가 아니라는 사실을 의심하기 시작한다면, 그 일이 마을 동네방네 소문나는 건 그야말로 시간문제다.

치킨 테트라치니 핫디쉬

오븐은 175도로 예열합니다. 틀은 오븐의 중앙에 둡니다.

재료

스파게티면 1과 1/4컵 / 삶아서 깍둑썰기한 닭고기 1과 1/2~2컵

피멘토 통조림 썰어놓은 것 1/4컵 / 썰어놓은 초록색 피망 1/4컵

썰어놓은 양파 1개 / 셰리주(백포도주) 조금 (선택사항)

양송이크림수프 통조림 1개 / 닭고기 육수 1/2컵

소금 1/2티스푼 (레시피에 마늘이 들어가지 않아서 전 특별히 마늘 소금을 사용했어요)

흑후추 1/8티스푼 / 체다 치즈 간 것 2~3컵 / 마늘 한 쪽 으깬 것 (선택사항)

통조림에서 물을 빼고 건진 검정 올리브 1개 썰어놓은 것 (선택사항)

통조림에서 물을 빼고 건진 초록색 고추 1개 (선택사항)

핫소스 (마이크를 위한 선택사항)

한나의 첫 번째 메모: 플로렌스는 워낙 평균적인 맛을 좋아해서 그녀가 만드는 방법 그대로를 활용해도 충분히 맛이 있지만, 전 노먼을 위해 특별히 마늘과 초록색 고추를 더합니다. 거기에 올리브도 첨가했죠. 위에 갓 갈아낸 파마산 치즈를 뿌리니 더욱 훌륭했어요. 만약 마이크가 불시에 방문한다면 그를 위한 접시에는 핫소스를 추가하면 좋을 것 같아요.

만드는 법

1. 스파게티 면을 대략 10센티 길이로 잘라줍니다. 스파게티 면 포장에 적혀 있는 대로 물에 소금을 약간 넣고 끓는 물에 면을 잘 익혀주세요(전 10분간 익혔습니다). 면이 다 익었으면 물을 따라내고 헹궈주세요.

2. 커다란 볼에 삶은 스파게티 면과 깍둑썰기 한 닭고기, 피멘토, 초록색 피망, 양파를 담아줍니다. 여기서 선택 재료 중 마음에 드는 것을 더합니다.

3. 그 위에 셰리주를 붓고, 수프와 닭고기 육수를 붓습니다.

4. 다시 소금과 후추를 뿌린 다음 잘 저어주세요.

5. 갓 갈아낸 치즈 반 분량을 넣고 포크로 가볍게 뒤섞어주세요(전 포크로 하다가 이내 포기하고 손을 사용하여 섞었답니다).

6. 1과 1/2쿼터들이 캐서롤용 접시에 들러붙음 방지 스프레이를 뿌리고 만약을 대비해 접시 밑에 깊은 팬을 받쳐두세요.

7. 볼의 내용물을 접시에 옮겨 담습니다.

8. 위에 나머지 치즈를 뿌려주세요.

9. 175도에서 45분간 구워주세요.

한나의 두 번째 메모: 두 배 분량으로 만들고 싶다면, 재료도 두 배, 캐서롤용 접시도 두 배 큰 것으로 준비하면 되지만 오븐에서 굽는 시간은 반드시 두 배로 하지 않아도 괜찮습니다. 20분 정도만 더 구워주면 될 거예요.

한나의 세 번째 메모: 너무 간편한 요리라 엄마의 단골 앙트레 요리로 추천했을 정도랍니다.

치킨 테트라치니 핫디쉬는 플로렌스의 말대로 정말 만들기 간편했다. 그야말로 나무랄 데가 없는 레시피였다. 한나는 쿠키 틀을 받친 캐서롤 접시를 오븐에 넣고 타이머를 맞췄다. 노먼은 30분 안에 도착할 테니 요리가 완성되는 동안 애피타이저로 준비한 치즈를 오물거리거나 같이 커피 혹은 이전에 남겨 냉동시켜둔 레모네이드 농축액으로 만든 핑크 레모네이드를 마시면 될 것이다.

　이제 한나는 엄마에게 받은, 손쉽게 만드는 과일파이 레시피를 살피기 시작했다. 노먼이 제일 좋아하는 과일이 복숭아라서 특별히 아까 식료품점에서 복숭아 파이 필링도 사왔다.

　이중 오븐 덕분에 한나는 핫디쉬를 만드는 동안 손쉽게 만드는 과일파이의 크러스트 반죽도 시작할 수 있었다. 한나는 파이 팬에 재빨리 크러스트 반죽을 채운 다음 그 위에 필링을 붓고 아래쪽에 달린 오븐에 팬을 밀어 넣었다. 그런 다음 사과 모양의 벽시계를 올려다보고는 두 번째 타이머도 맞춰놓았다. 두 사람이 샐러드와 핫디쉬를 다 먹을 때쯤 되면 디저트가 준비될 것이다. 그렇게 완성된 과일파이에 바닐라빈 아이스크림 한 스쿱씩을 곁들이면 좋을 것 같았다.

　거실에 놓인 커피 테이블에 접시와 냅킨, 은식기들을 나르며 한나는 초보 요리사들에게는 제시간에 맞춰 음식을 내는 것이 얼마나 어려운 일인가 생각했다. 미리 계획한 일에도 예상치 못한 지연이 생기게 마련이니 말이다. 한나가 처음으로 저녁 파티를 열기 시작했을 때도 채소를 제시간에 테이블에 내는 것이 항상 골칫거리였다. 채소와 고기가 같은 냄비에서 요리되는 도기냄비 요리를 수없이 만들어본 뒤에야 한나는 채소는 고기보다 미리 준비하여 차갑게 내는 것이 좋다는 사실을 깨달았다. 한나의 손님들은 식초나 오일을 뿌린 토마토 슬라이스나 붉은 양파를 좋아했다. 차게 낸 아스파라거스를 홀랜다이즈 소스(달걀노른자, 버터, 레몬주스, 식초를 넣어 만든 네덜란드 소스)에 찍어먹는 것도 좋아했다. 이제 베테랑 요리사가 되었지만, 지금도 한 번의 식사에서 까다로운 레시피는 두 개 이상 준비하지 않았다. 요리가 익숙해졌다고 해도 언제 어떤 상황이 생길지 모르는데다가 손님들은 시간을 칼같이 지켜 찾아오지 않기 때문이다. 이때 사용할 수 있는 유일한 요령이란 미리 예측하거나 아니면 간단히 준비하는 것뿐이었다.

한나가 가볍고 편안한 실내복으로 갈아입은 지 얼마 되지 않아 초인종이 울렸고, 한나는 평소 마이크와 노먼의 잔소리가 무색하게도 도어렌즈를 내다볼 생각도 하지 않은 채 문을 활짝 열었다. 역시나 문 앞에는 노먼이 서 있었고, 한나는 활짝 미소를 지었다. 그는 한 손에 고양이 캐리어를, 그리고 다른 한 손에 커다란 꾸러미를 들고 있었던 터라, 한나는 얼른 손을 뻗어 노먼의 꾸러미를 건네받았다.

"왔어요?"

한나가 행복한 얼굴로 그를 맞았다. 노먼은 완벽한 저녁식사 손님이었다. 사실, 노먼은 저녁식사에 뿐만 아니라 그 자체로도 흠잡을 데가 없다. 2년 전 노먼은 한나에게 청혼을 했다. 한나 역시 노먼처럼 다정다감하고 성실한 사람은 어디서도 찾을 수 없으리란 사실을 잘 알고 있었다. 한나는 노먼을 사랑하고, 노먼의 고양이도 사랑한다. 노먼 역시 한나를 사랑하고, 모이쉐도 예뻐한다. 노먼이야말로 완벽한 신랑감인데, 도대체 난 뭘 기다리고 있는 것일까?

"냐아아아옹!"

노먼이 캐리어를 양탄자 위에 내려놓자 모이쉐가 캐리어 주변을 맴돌며 울기 시작했다.

"알았어, 친구. 잠깐만 기다려. 곧 네 단짝을 내보내줄 테니."

노먼이 캐리어 문을 열자마자 커들스가 쪼르르 달려나와 곧장 모이쉐에게 향했다.

"신났네요."

두 마리의 고양이가 복도를 내달리며 쫓기 놀이를 시작하자 노먼이 말했다. 그러고는 한나를 향해 손을 뻗어 따스한 포옹을 했다.

"너무 좋은 냄새가 나요." 노먼이 말했다.

"치킨 테트라치니 핫디쉬랑 손쉽게 만드는 과일파이예요."

"맛있겠는데요."

노먼이 한나가 들고 있는 꾸러미를 손짓했다.

"열어봐요. 한나 거예요."

한나는 꾸러미를 열어 샴페인을 한 병 꺼냈다. 하지만 그건 여느 샴페인이 아니었다. 한나는 병을 힘주어 쥐었다.

"돔 페리뇽이네요."

한나는 라벨을 읽으며 숨을 몰아쉬었다.

"한나가 좋아할 것 같아서요."

"좋아해요? 좋아한다고요? 이건 돔 페리뇽이잖아요. 우리 엄마가 좋아하는 샴페인보다 훨씬 더 비싼 거라고요!"

"이건 반병이에요. 온전한 한 병보다는 확실히 저렴하죠. 아마 두 잔 정도밖에 나오지 않을걸요."

"그럼 나랑 같이 마시려고 가져온 거예요?"

한나의 음성에서 놀라는 기색이 묻어났다. 노먼은 평소 술을 마시지 않았는데, 그 이유는 한나도 잘 알고 있었다. 하지만 뭐지? 오늘 밤만큼은 예외로 두는 건가?

"고맙지만, 난 괜찮아요. 한나 마시라고 가져온 거예요."

순간 뇌리를 스친 생각에 한나의 심장박동이 빨라졌다.

"두 잔 정도 나온다더니, 노먼은 마시지 않겠다는 건 설마 날……."

한나는 적당한 표현을 찾느라 잠시 주저하다 한나의 의도가 충분하게 담기지 않은 완곡어법에서 멈추고 말았다.

"날 취하게 해서 고분고분하게 만들려는 거예요?"

"고분고분하게 만들어요?"

노먼이 실소를 터뜨렸다.

"말도 안 돼요! 한나를 고분고분하게 만들 수 있는 샴페인은 전 세계를 뒤진다 해도 없을걸요. 다만 한나가 샴페인을 많이 마시면 마실수록, 한나 눈에 내가 더 섹시해보이긴 하겠죠."

이제 한나가 웃을 차례였다. 바바라를 만나러 병원에 다녀온 뒤 처음으로 한나는 기분 좋은 웃음을 터뜨렸다.

"웃음소리를 들으니 좋네요, 한나."

노먼이 흐뭇한 얼굴로 말했다.

"하지만 걱정 말고 마음껏 마셔요. 아예 마시지 않아도 상관없고요. 전적으로 한나에게 달렸어요. 한 잔만 마시고 싶다고 해도 괜찮아요."

흥, 그렇겠죠. 한나는 마음속으로 비아냥거렸다. *내가 지금껏 한 번도 맛본 적 없고, 아마 앞으로도 맛보지 못할, 세계에서 제일 좋은 샴페인을 갖다 줬으면서 설마 내가 한 잔만 마시고 나머지는 개수대에 버려버릴 거라고 생각하는 거예요?*

노먼은 한나를 바라보며 씩 미소를 짓고 있었다. 설마 내 머릿속을 읽은 건가?

"한 잔만 마시라느니, 나머지는 버리라느니 하는 건 농담이죠?"

"당연하죠. 어서 저녁시간을 즐깁시다, 한나. 우리 둘 다 잠시 긴장을 풀고 여유를 가질 시간이 필요해요. 수사해야 할 사건이 두 건이나 기다리고 있으니 말이에요."

한나는 깜짝 놀라 눈을 깜빡거렸다.

"클레이턴 월레스 이야기라면 알겠어요. 그의 아들이 보험금을 받을 수 있도록 그의 죽음이 사고사라는 걸 밝혀야 하겠죠. 하지만 하나가 아니라 두 건이라니요?"

"네, 바바라의 추락 사건을 수사해야 하잖아요."

한나는 멍한 얼굴로 침을 삼켜 내렸다.

"그럼, 누군가 자기를 죽이려 했다는 게 그녀의 상상이 아니었단 말이에요?"

"박사님과 내 생각은 그래요."

"그럼 정말로 바바라의 남동생이 파티장에 나타나서 옥상에서 그녀를 밀었다고요?"

"아뇨, 그 남동생에 대한 부분은 나도 믿지 않아요. 그건 바바라가 혼동하고 있는 것 같아요. 그래도 누군가 그녀를 죽이려 했다는 건 사실이에요. 박사님과 함께 가능할 법한 시나리오를 생각해봤는데, 그건 이따 저녁식사 후에 이야기해줄게요. 일단은 샴페인 뚜껑부터 따요."

한나가 빈 샴페인 잔을 가져올 동안 노먼은 병뚜껑을 땄다. 노먼의 몫으로는 긴 유리잔에 따른 레모네이드를 가져다주었다. 미리 준비해둔 애피타이저를 가지러 다시 주방으로 들어가려는데 노먼이 한나를 붙잡았다.

"앉아요, 한나."

그가 소파 옆자리를 톡톡 두드리며 말했다.

"치즈 접시 가져올게요."

"치즈는 나중에 하고요. 샴페인이 먼저예요. 맛이 어떨지 한나의 반응이 궁금해요."

"맛이야 당연히 좋겠죠."

한나는 미소를 지으며 노먼의 옆에 앉아 잔을 건네받았다. 그런 뒤 샴페인을 한 모금 들이켜고는 황홀한 한숨을 내쉬었다. 샴페인은 명성 그대로였다.

"이렇게 사랑스러울 수가." 한나가 감탄했다.

"정말 안 마셔도 괜찮—"

"난 괜찮아요."

노먼이 한나의 말을 가로막았다.

"전부 한나 거예요."

한나는 또 한 모금 들이켜고는 다시 자리에서 일어났다.

"이제 치즈 가져올게요. 트리플 크림 까망베르와 함께 먹으면 완벽할 것 같아요."

한나는 주방에서 애피타이저 쟁반을 가져와 커피 테이블 위에 올려놓았다. 한나는 노먼을 돌아보았다.

"플로렌스가 오늘 배랑 씨 없는 포도가 좋다고 해서 사와 봤어요. 다크 브라운 크래커는 호밀빵을 얇게 펴서 만든 거래요. 하얀 건 소금기 있는 크래커고요. 그리고 치즈는 살구 과육이 든 덴마크 스틸턴 치즈랑 위스콘신 엑스트라 샤프 체다랑 트리플 크림 까망베르예요."

"와우, 한나!"

노먼이 휘둥그레진 눈으로 커다란 애피타이저 접시를 내려다보며 말했다.

"오늘 이리로 군부대라도 총출동 하나요?"

"아뇨, 플로렌스가 치즈 이야기를 하기에 조금 들떠서 많이 사게 됐어요. 남겨도 괜찮아요. 냉장고에 보관하면 되니까요. 어차피 오늘 저녁은 단둘뿐이잖아요, 노먼."

하지만 마지막 단어가 한나의 입에서 채 떨어지기도 전에 전화벨이 울렸다. 한나와 노먼은 전화기를 쳐다보다 이내 믿을 수 없다는 듯한 시선으로 서로를 바라보았다.

"어떻게 할까요? 전화를 받지 말……."

한나가 입을 열었다.

"받아요." 노먼이 한숨을 쉬며 말했다.

"광고전화일지도 모르잖아요. 그럼 그냥 끊어버려요."

한나는 동면 중인 곰 위에 전화기가 놓여 있기라도 한 듯 아주 조심스럽게 수화기를 집었다.

"여보세요?" 한나는 주저하듯 말했다.

"안녕, 한나! 마이크예요."

"안녕, 마이크."

한나는 그럴 필요가 없는데도 불구하고 손으로 수화기를 가린 채 노먼을 향해 속삭였다.

"마이크예요."

"방금 한나 아파트에 들어왔는데, 잠깐 올라가도 되겠습니까? 아까 바바라를 만난 일은 어떻게 됐는지 궁금해서요."

한나는 다시 수화기를 손으로 가리고 속삭였다.

"지금 올라오겠대요."

노먼은 아무 말도 하지 않고, 수화기를 향해 손을 뻗었다. 한나는 노먼에게 수화기를 건네주고는 두 라이벌의 통화를 가만히 지켜보았다.

"여보세요? 나 노먼이야. 어서 올라오라고."

노먼은 한나를 향해 몸을 돌리더니 먹는 시늉을 한 뒤 다시 수화기를 가리켰다. 마침내 한나가 고개를 끄덕이자 그가 말을 이었다.

"한나가 방금 저녁식사를 준비했는데, 셋이 먹기 충분할 거야."

노먼이 잠자코 무슨 이야기인가를 듣고 있는 것으로 보아, 아마도 마이크가 두 사람의 식사를 방해하고 싶지 않다고 말하는 듯했다. 마이크도 눈치가 빠른 사람이다.

"괜찮아, 마이크."

노먼이 한나를 향해 미안하다는 듯한 시선을 보냈다.

"마침 자네한테 할 얘기도 있고."

이번의 기다림은 짧은 것으로 보아 마이크가 할 이야기란 게 뭐냐고 물은 듯했다.

"바바라에 대한 일인데, 전화로 얘기하긴 좀 그래. 어서 올라와서 같이 저녁 먹으면서 얘기하자고, 알았지?"

한나는 인상을 찌푸렸다. 저녁식사 후에 알려주겠다던 바바라에 대한 정보를 이제 마이크와 공유해야 하는 것인가. 정보 독점의 기쁨이 순식간에 날아가 버렸다.

"미안해요." 노먼이 수화기를 내려놓으며 말했다.

"어차피 마이크에게도 알려주겠다고 박사님과 약속을 했거든요."

"하지만 나한테 먼저 알려주려고 했었잖아요."

"그랬죠."

노먼의 대답은 간결했다. 하지만 그의 따스한 미소에 어찌된 일인지 한나는 그걸로 됐다 싶은 생각이 들었다. 한나 역시 미소로 화답했다. 이렇게 훈훈한 기분은 마이크의 도착을 알리는 초인종 소리가 울릴 때까지 계속되었다.

손쉽게 만드는 과일파이

오븐은 190도로 예열합니다. 틀은 오븐의 중앙에 둡니다.

엄마의 메모: 나이트 박사의 병원에 새로 온 간호사 제니 헤스터에게 받은 레시피인데, 그 아이 말로는 일요일 저녁 가족들이 다 모일 때면 증조할머니가 만들어주던 파이라고 하더군요. 우리 한나가 글쎄, 만들기가 너무 쉬우니 나도 언제 한번 박사에게 만들어 대접해봐도 좋을 거라고 했어요.

재료

소금기 있는 버터 1/4컵 / 우유 1컵 / 백설탕 1컵 / 다목적용 밀가루 1컵

베이킹파우더 1과 1/2티스푼 / 소금 1/2티스푼 / 과일파이 필링 통조림 1개

한나의 첫 번째 메모: 엄연히 말해 이건 파이도 아니고, 케이크 팬에 굽긴 하지만 케이크도 아니랍니다. 오히려 코블러(위에 밀가루 반죽을 두껍게 씌운 과일파이의 일종)에 가깝다고 할 수 있지만, 그렇다고 꼭 집어 코블러라고 말할 수도 없죠. 그래서 전 이 레시피를 레시피 모음집에 넣을 때 그냥 '디저트'구역에 넣었답니다. 필링은 취향에 따라 원하는 과일 필링 통조림을 골라주시면 됩니다. 하지만 저라면 블루베리 필링은 선택하지 않겠어요. 맛은 좋지만, 외양은 그다지 먹음직스러워 보이지 않거든요. 물론 블루베리를 무척 좋아하시는 분이라면 시도해볼 만 하죠. 위에 휘핑크림을 얹으면 보기가 좀 나을 거예요.
저는 지금까지는 라즈베리와 복숭아로 만들어봤는데, 레몬 필링도 아주 맛있을 것 같아요. 아직 시도해보진 않았지만. 언제 마이크가 일 끝나고 집에 들르는 날에 한번 만들어보면 좋을 것 같네요. 결과가 좋지 못하더라도 마이크라면 맛있게 먹을 테니까요.

만드는 법

1. 9×13 케이크 팬에 버터를 넣고 오븐에 넣어 녹입니다.

2. 버터가 녹는 동안, 우유, 설탕, 밀가루, 베이킹파우더, 그리고 소금을 중간 크기의 볼에 넣고 섞어줍니다. 작은 덩어리들이 생길지도 모르는데, 그래도 괜찮아요. 브라우니 반죽을 하듯이, 너무 많이 섞진 마세요.

3. 오븐용 장갑을 낀 손으로 오븐에서 버터를 녹인 팬을 꺼낸 뒤 그 위에 반죽을 붓고 바닥까지 반죽이 골고루 번질 수 있도록 팬을 잘 돌려줍니다. 그런 다음 차가운 가스레인지 위에 올려놓습니다.

4. 숟가락을 사용해 반죽 위에 필링을 얹습니다. 하지만 반죽과 섞으시면 안 됩니다. 최대한 평평하게 펴주세요.

5. 190도에서 45분~1시간 정도 구워줍니다. 먹음직스러운 황금빛을 띠거나 윗부분에 거품이 올라오면 완성입니다.

6. 손님에게 낼 때는 약간만 식힌 다음 볼에 담아 위에 휘핑크림이나 바닐라 아이스크림을 얹습니다. 함께 먹으면 정말 맛있거든요.

한나의 두 번째 메모: 이 디저트는 갓 구운 것을 살짝만 식힌 다음에 먹는 게 가장 맛있어요. 그렇게 하기가 어렵다면 미리 구워둔 파이를 조각내어 전자레인지 안전용기에 담아 보관했다가 먹기 직전에 전자레인지에 살짝 데운 다음 아이스크림이나 휘핑크림을 곁들여도 됩니다.

제니의 메모: 전 이 레시피에 코코아 파우더 1/4컵과 바닐라 농축액 1티스푼을 추가했어요. 두 가지 재료를 더했을 때는 체리파이 필링이 안성맞춤이랍니다.

"마실 건 뭘 줄까요, 마이크?"

그의 대답을 기다리는 한나의 심장이 콩닥거렸다. 노먼이 가져온 값비싼 샴페인을 나누고 싶지 않았기 때문이다. 하지만 품격 있는 호스티스로서 욕심을 부릴 순 없었다.

"노먼이 마시는 레모네이드 맛있어 보이는데, 혹시 그거 더 있습니까?"

"그럼요. 금방 갖다 줄게요."

얼른 주방으로 들어가며 한나는 미소를 지었다. 마이크에게 샴페인이 있다는 이야기를 하지 않은 데에 약간의 죄책감이 들었지만, 한나의 주방 냉장고에 늘 채워져 있는, 마이크가 좋아하는 맥주 이야기를 꺼내지 않는 것을 보니 아무래도 다시 경찰서에 들어가 봐야 하는 듯했다. 술을 마신 채로 근무할 수는 없지 않은가. 한나가 샴페인을 권했어도 어차피 마이크는 마실 수 없었을 것이다.

이건 그냥 자기합리화야. 한나의 양심이 그녀를 꾸짖었지만 한나는 애써 무시한 채 잔에 얼음을 넣고 핑크 레모네이드를 따랐다. 그런 뒤 타이머를 슬쩍 확인하고는 잔을 들고 다시 거실로 나왔다. 디저트가 완성되기까지는 20분이 남았다. 완성된 뒤에도 약 10분 정도는 식혀야 하니 샐러드와 핫디쉬, 마늘빵을 즐기기에 30분이면 충분했다.

"나한테 할 얘기란 게 뭐야?"

한나가 레모네이드를 내려놓자 마이크가 노먼에게 물었다.

"일단 먹고 얘기하자고. 나 배고파."

"좋아. 나도 배가 고프니. 핫디쉬 냄새가 끝내주는데."

한나가 마이크가 좋아하는 핫소스를 테이블에 내려놓자 마이크는 악마같이 짓궂은 미소를 지었다. 언젠가 한번 마이크가 한나의 머리카락 색깔이 핫소스 색깔과 똑같다고 이야기한 적이 있는데, 그 말이 칭찬이었는지 아니었는지 한나는 여전히 아리송했다.

한나는 언제나 한나의 다리를 후들거리게 만드는 마이크의 미소에 아무렇지도 않은 척했다. 오늘 저녁 데이트 상대는 마이크가 아니라 노먼이다. 하지만 그럼에도 불구하고 한나는 발끝까지 찌릿함이 번지는 것을 어찌하지 못해 일부러 분주히 샐러드를 담는 데에 열중했다. 하지만 핫디쉬를 나눠주고, 갓 갈아낸 파마산 치즈를 건네고, 두 남자 모두 마늘빵을 넉넉히 받았는지 확인할 때까지도 한나의 떨림은 멈추지 않았다.

"만찬이군요."

마이크가 또다시 한나를 향해 씩 웃어보였다. 간신히 잠재워놓은 설렘이 요동치려는 찰나 마이크가 핫디쉬 맛을 보지도 않은 채 핫소스를 집어 흔들었고, 그 순간 한나의 설렘도 쨍그랑 깨져버렸다. *고추 대신 할라피뇨를 넣어버리는 건데 그랬어.* 한나의 마음이 소리쳤다. 이번엔 한나도 그 의견에 전적으로 동의했기에 반발하지 않았다.

식사 중간에 타이머가 울리자 한나는 서둘러 주방으로 들어가 오븐에서 과일파이를 꺼냈다. 다시 거실로 나오는데 마이크가 한 말에 노먼이 대답하는 목소리가 들렸다.

"안 될 말이야, 마이크."

노먼의 말투는 매우 단호했다.

"지난번 식사 중에 사건 이야기했다가 한나가 우리한테 엄청 화냈던 거 기억 안 나?"

잠시 침묵이 흘렀다. 그때가 언제였는지 마이크가 기억을 되짚어보고 있는 모양이었다.

"아, 이제야 기억나는군. 몇 파운드 정도의 압력을 주어야 치아가 부러지는가에 대한 이야기였지. 한나가 펄펄 뛰었잖아."

"그러니까 사건 이야기는 식사 후에 하자고."

"알았어. 안 그래도 달달한 게 당기는데, 지금 얘기를 꺼냈다간 디저트도 못 얻어먹을지 모르겠어. 아까 핫디쉬 너무 매웠거든!"

그거야 마이크가 핫소스를 반병이나 뿌렸으니까 그렇죠. 한나는 마음속으로 대답했다. *소스를 얼마나 뿌려야 할지는 일단 먹어보고 난 뒤에 결정해야 한다는 걸 마이크에게 가르쳐줘야 하나?*

디저트를 들고 나오며 한나는 미소를 지었다. 음식 맛을 보지도 않은 채 무턱대고 소금을 쳤다가 음식 맛이 짜다고 불평하는 사람들이 있다던데, 마이크가 딱 그 짝이었다. 마이크의 이런 성급함은 아마도 쉽게 고쳐지기 힘들 듯했다. 언젠가 그의 아버지 역시 마이크와 똑같은 습관을 갖고 계셨다는 이야기를 들은 적이 있다. 마이크의 양념 습관은 그런 유전자와 환경의 완벽한 조합체였다.

"핫소스 또 필요하지 않아요, 마이크?"

한나가 짓궂게 빙글거리며 물었다.

"디저트에 말입니까? 농담이겠죠?!"

마이크의 충격 어린 표정에 한나는 웃음을 터뜨렸다.

"당연히 농담이죠. 아, 물론 지난번 내가 만들어줬던 할라피뇨 브라우니 이야기를 하는 게 아니라면 말이에요."

"오, 이런! 그건 정말 맛있었단 말입니다!"

마이크가 입맛을 다시며 말했다.

"설마 이 디저트도……?"

"아뇨!"

짐작되는 질문에 한나는 정색하고 나섰다.

"이건 초콜릿도 안 들어갔는데, 그것과 같을 수 없죠."

한나는 잠시 멈칫한 뒤, 복도 쪽을 슬쩍 쳐다보고는 모두에게 소리쳤다.

"다들 다리 들어요!"

두 남자에겐 이미 익숙한 상황이었다. 마이크와 노먼은 재빨리 디저트 볼과 커피 컵을 들고 고양이들이 나타남과 거의 동시에 다리를 번쩍 들었다. 한나 역시 두 사람보다 약간 늦긴 했지만, 간발의 차로 커피 주전자와 디저트 볼을 사수할 수 있었다.

두 개의 털 뭉치가 엉키듯 테이블 주변을 돌더니 다시 복도 쪽으로 사라져버렸다. 하지만 별안간 쿵 소리와 함께 구슬픈 울음소리가 들리는 것으로 봐서 모이쉐가 한나의 침실에 놓인 세탁바구니를 미처 피하지 못한 듯했다. 곧이어 삐걱삐걱 소리가 이어졌고, 그 소리로 한나는 모이쉐와 커들스가 한나의 침대 매트리스에 무사히 안착했음을 알 수 있었다.

"침대 스프링을 새로 갈아야겠네요."

노먼이 말했다.

"매트리스 쇼핑할 시간이 없었어요. 사실 침대 전체를 새로 바꿔야 하는데."

"그렇다면 에어베드 어때요?"

마이크가 제안했다.

"정말 편안하거든요."

한나는 믿을 수 없다는 표정으로 마이크를 쳐다보았다.

"에어베드요? 고양이를 키우는데요?"

"참, 그렇군요."

마이크가 커피 컵을 다시 테이블에 내려놓고 다리를 내렸다.

"녀석들이 침대에 있는 것 같으니 당분간 안전하겠군요."

하지만 노먼은 고개를 가로저었다.

"1~2분 정도 더 기다려보는 게 좋을걸. 아까 커들스 눈을 봤는데, 완전 흥분한 눈빛이었어."

"모이쉐는 좀 피곤해 보이던데."

마이크가 말했다.

"커들스 쫓기도 더 이상은 힘들 거야."

"그래도 커들스는 멈추지 않을걸요."

한나가 설명했다.

"모이쉐 부추기는 데 아주 선수거든요. 아마 10초? 아니면 15초 뒤에 다시 시작될…… 봐요! 다리 들어요!"

마이크가 초인적인 집중력을 발휘해 간신히 커피 컵과 디저트 볼을 지켜냈다. 그의 왼쪽 발에 커들스가 머리를 부딪칠 뻔했지만 녀석이 요령 좋게 피해나갔다.

"휴! 큰일 날 뻔했네요!"

양탄자 위에 헐떡대며 나뒹구는 두 마리의 고양이를 바라보며 마이크가 말했다.

"두 사람의 전문적 조언에 경의를 표하는 바입니다."

마이크가 한나와 노먼에게 말했다.

"이번 쫓기 놀이는 이걸로 끝인 거죠?"

그때 노먼이 손가락을 탁탁 튕겼고, 커들스가 고개를 들어 그를 쳐다보았다.

"끝이네."

노먼이 대답했다.

"눈빛이 평소대로 돌아왔어. 이젠 녀석들도 다 논 모양이야."

한나는 두 사람의 디저트 볼을 슬쩍 넘겨보았다. 두 번의 갑작스러운 방해에도 불구하고 두 사람은 어느새 디저트를 다 먹어버렸다. 한나는 두 사람의 볼에 파이를 더 덜어낸 다음 바닐라 아이스크림을 듬뿍 올렸다.

몇 분간 세 사람 사이에는 유리로 된 디저트 볼에 숟가락이 쨍그랑 부딪치는 소리와 간혹 터져 나오는 만족의 한숨 소리뿐이었다. 디저트를 다 먹은 뒤 두 남자가 한나를 도와 테이블을 정리했고, 다시 세 사람은 갓 내린 커피를 한 잔씩 들고 거실로 나왔다. 그리고 곧이어 한나가 식사시간이 끝났음을 공식 선언했다.

"좋아."

마이크가 노먼을 돌아보았다.

"바바라의 치아 상태에 관해 박사님과 이야기 나눴던 걸로 아는데, 무슨 이야기를 들었는지 말해봐."

노먼의 표정이 왠지 서글퍼 보이는 것 같아 한나는 부디 슬픈 소식은 아니기를 바랐다.

"치아 다섯 개가 부러졌고, 하나는 잇몸 뿌리에서부터 잘렸어. 그래서 박사님과 같이 완전히 제거하는 수술을 하기로 했지."

"바바라는 괜찮겠죠?"

한나는 치아보다 바바라의 몸 상태가 더 걱정이었다.

"회복될 거예요. 그나마 다행인 건 한 달 전에 바바라의 치아 X레이를 찍어둔 게 있어서 제거수술을 쉽게 할 수 있을 것 같아요. 잇몸이 회복되는 대로 제거한 치아 자리에 인공 치아를 채워넣으면 돼요."

하지만 마이크는 아리송한 표정을 지었다.

"큰 문제가 없다니 다행이긴 한데, 나한테 그 이야기를 해주려고 한 거야? 왜?"

"왜냐하면 바바라의 치아 부상이 온전히 추락 탓만은 아닌 것 같아서. 바바라 진료가 끝나고 박사님과 같이 앨비온 호텔에 가서 그녀가 떨어진 지점을 살펴봤어."

"살펴봤는데요……?"

한나는 숨을 참으며 노먼의 대답을 기다렸다.

"바바라가 떨어진 지점을 살펴봤는데, 바닥이 의외로 매우 부드러웠어요. 그녀의 치아가 그렇게나 많이 부러질 만한 충격이 가해졌을 것 같지 않아요. 치아를 부러뜨릴 만큼 큰 돌도 하나밖에 없었고요."

한나는 미간을 찌푸렸다.

"떨어질 때 부러진 게 아니라면, 언제, 무엇 때문에 부러졌다는 거예요?"

"이야기를 어디로 끌고 가려는 건지 알겠군."

마이크가 말했다.

"자네랑 박사님 생각은, 떨어지기 전 옥상정원에서 이미 얼굴을 한 방 가격당했을 거란 말이지?"

"우리 생각이 맞다면, 한 방 이상일 거야. 고작 한 방으로 저렇게 큰 손상을 입힐 순 없어."

"그럼 얼마나요?"

그저 질문을 던지는 것뿐인데도 한나는 온몸이 떨렸다. 누군가 바바라의 얼굴에 주먹질을 하는 상상만으로도 소름이 끼쳤다.

"적어도 세 방 이상이었을 거야. 그 정도면 얼굴의 멍과 상처와도 맞아떨어져. 치아 손상도 그렇고."

"그 말은……"

한나는 하던 말을 멈추고 심호흡을 했다.

"그 말은, 바바라가 옥상정원에 있는 동안 누군가 그녀를 공격했단 말이에요?"

"맞아요. 그래야 모든 정황이 설명이 돼요. 워낙에 큰 파티였고, 호텔 곳곳에 사람들도 많았잖아요. 그러니 누구든 눈에 띄지 않게 바바라의 뒤를 밟을 수 있었을 거예요."

"맞는 말이야."

마이크가 말했다.

"그때 손님들을 전부 만나봤는데, 바바라를 봤다고 기억한 사람은 단한 명뿐이었어. 그것도 침실 2개짜리 콘도에서였고."

"펜트하우스로 올라갈 수 있는 엘리베이터는 하나뿐이에요."

한나가 덧붙였다.

"그러니 로비에 있는 누군가는 바바라가 그 엘리베이터를 타는 모습을 보지 않았을까요?"

마이크는 고개를 가로젓더니 노먼을 돌아보았다.

"좋아. 꽤 신빙성 있는 가설이야. 단, 한 가지만 제외하고 말이야. 사실 경찰 쪽에서는 그녀가 옥상에서 떨어졌다고 생각하지 않아. 옥상에 그녀가 떨어졌던 지점에서 발자국을 발견했는데, 그 지점에서 아래로의 탄도가 그녀가 쓰러졌던 곳과 일치하지 않았어."

"바바라를 공격한 사람이 그녀를 아래로 민 거 아니에요?"

한나가 물었다.

"아뇨, 그것도 앞뒤가 안 맞아요. 현장 친구들은 바바라가 스스로 뛰어내렸다고 추측하더군요. 사실 이제 그 이유도 알고 있고 말입니다."

"한나, 일단 제 얘기부터 들으세요."

한나는 활짝 열린 쿠키단지 입구에 서서 깜짝 놀란 표정으로 동업자를 쳐다보았다. 리사가 뭔가에 대해 이토록 심각하게 이야기를 꺼내는 건 처음이다. 늘 온화했던 미간에는 주름이 자글자글 잡혔고, 양볼은 붉게 달아올랐으며, 두 눈은 결연한 의지로 이글이글 불타올랐다. 항상 윤기가 돌던 갈색의 고운 머리카락은 무언가에 절망하며 손가락으로 마구 훑은 듯 엉망이었고, 두 손은 어찌나 세게 맞잡고 있는지 관절 마디마디가 하얗게 바랬을 정도였다. 뭔가 큰일이 나도 단단히 난 게 분명했다. 한나는 심호흡을 하며 마음의 준비를 했다. 항상 차분하면서도 활기찬 리사를 이 상태로 만들 수 있는 주제는 단 하나밖에 없다.

"설마 가게를 그만둔다는 건 아니지?"

"그만둬요?"

리사는 놀란 표정이었다.

"아뇨!"

"그럼 뭐야?"

"그건 저…… 바바라의 추락 사건에 대한 이야기는 손님들에게 하지 않을래요. 절대로요, 한나! 살인사건에 대한 이야기를 하면 손님들이 많이 몰려들어 가게에 도움된다는 건 잘 알지만, 이번 건 살인사건이 아니잖아요. 그건 그저 바바라의 끔찍한 실수였다고요!"

"그렇지만도 않아."

한나가 저도 모르게 내뱉고서는 이내 후회하고 말았다. 리사의 낯빛이 위험스러울 정도로 창백해지더니 이내 그녀는 카운터 가장자리를 붙들었다.

"그럼 설마 바바라가…… 바바라가……."

"아냐, 바바라는 괜찮아. 물론 부상을 입긴 했지만. 어제 그녀를 만나봤는데, 박사님 말씀이 곧 회복될 거라고 하셨어."

"오, 천만다행이에요! 너무 걱정이 되어서 밤에 잠도 못 잤어요. 더군다나 허브도 마이크와 빌을 도와 밤새 호텔에 나가 있었거든요. 그 때문에 새미도 무서웠는지 저랑 같이 잤어요. 한나 어머님이 선물해주신 요람에서 자는 게 새미도 편할 텐데 말이에요."

"그 반대일 수도 있지."

한나가 리사의 팔을 잡고 스테인리스 소재 작업대 앞 의자로 이끌었다.

"쓰러지기 전에 일단 앉아, 리사."

리사는 잠자코 자리에 앉아서는 한나를 올려다보았다.

"무슨 뜻이에요? 반대일 수도 있다니요?"

"그러니까, 새미가 리사랑 같이 잔 것이 새미가 무서웠기 때문이 아니라 리사가 무서워했기 때문일 수도 있다는 얘기야."

"오."

리사는 잠시 골몰했다.

"그럴지도 모르겠어요. 폭스테리어는 똑똑한 종이라고 해거민 선생님께 들었거든요. 근데 아까 제가 한 얘기에 대해서는 어떻게 생각하세요? 바바라에 대한 이야기는 하지 않는 거 말이에요."

"나도 그건 바라지 않아. 옳지 않은 일 같거든."

마침 커피물이 끓었고 한나는 두 사람을 위한 커피를 가지러 잠시 자리를 떠났다. 그리고 다시 돌아왔을 때 리사는 전보다 한층 안정되어 보였지만, 이마에는 다시 주름이 잡혀 있었다.

"또 뭐 문제되는 거 있어?"

한나가 물었다.

"방금 생각난 건데, 제가 좀 전에 바바라의 일은 단지 바바라의 끔찍한 실수였을 뿐이라고 하니까 한나가 그렇지만도 않다고 했잖아요. 그럼 그게 그다지 끔찍하지 않은 실수였다는 뜻이에요? 아니면 그게 단순한 사고가 아니었단 뜻이에요?"

"사고가 아니었단 뜻이야. 그러니까 가게에서 손님몰이 하지 않아도 돼, 알았지?"

"그건 어차피 저도 원치 않는다고 얘기했잖아요. 어떻게 된 거예요, 한나?"

"바바라가 좀 오락가락하고 있어. 남동생이 자기를 죽이려고 했다는 거야."

"남동생이요?"

"그래, 바바라에게는 남동생이 없지. 아버지 얘기도 꺼냈었어. 아버지는 예전에 이미 돌아가셨다고 하니까 다시 볼 수 없다며 무척 슬퍼하더라고."

한나는 자리에 앉아 커피를 마셨다. 리사라면 비밀을 지켜줄 것이다. 그녀는 투명 웨이트리스 기술에도 능숙했다. 리사가 홀을 돌아다니며 커피잔을 채우는 동안에도 손님들은 그녀의 존재를 전혀 눈치채지 못하고 그들만의 사적인 이야기에 집중하곤 했다. 자주 있는 일은 아니었지만 간혹 리사가 그렇게 정보의 조각들을 물고 와 한나가 사건을 해결하는

115

데 도움을 주곤 했다.

"두 가지가 있어."

한나가 말했다.

"일단 클레이턴 월레스 사건부터 시작할 거야."

"밴드 버스의 운전수요?"

"그래."

한나는 경찰에서 결론 내린 그의 사인에 대해, 그리고 그것이 클레이턴의 아들에게 어떤 영향을 미쳤는지에 대해 리사에게 설명했다.

"어머, 세상에!"

한나의 설명이 끝나자 리사가 말했다.

"제가 계속 귀를 열어두고 있을게요. 하지만 미니애폴리스에서 온 사람들의 이야기를 듣기란 쉽지 않을 거예요."

"하지만 우리 손님들 중 몇 명은 일주일에 며칠씩 미니애폴리스로 통근을 하잖아. 거기에 친척을 둔 주민들도 많고."

"좋아요. 그럼 두 번째는 뭐예요? 그건 바바라에 대한 거겠네요?"

"응."

한나가 커피를 더 따르기 위해 자리에서 일어섰다가 다시 와 앉았다.

"바바라가 장미정원에 떨어졌을 때 리사는 어디에 있었어?"

"전 베브 박사와 로저에게 네 번째 컵케이크를 서빙하고 있었어요."

"다들 알아서 갖다 먹었는데, 두 사람만 컵케이크를 받아먹었단 말이야?"

"로저가 저한테 와서 자기 테이블로 컵케이크를 갖다달라고 하더라고요. 베브 박사가 제일 좋아하는 컵케이크라면서요. 어차피 출장서비스 비용을 그 사람이 지불했으니……."

"그래서 시키는 대로 했다?"

한나가 리사 대신 말을 마무리했다.

"그래, 손님이 왕이지."

그러자 리사가 슬쩍 미소를 지었다.

"설사 잘못된 행동을 해도 항상 손님이 왕인 거죠? 그게 비즈니스의 기본이잖아요."

"야간 대학의 수업이 꽤 재미있나 봐?"

"너무 재밌어요. 특히 슈미트 교수님은 정말 최고라니까요! 만날 때 사랑학 박사님이라고 부르지 말아야 할 텐데 걱정이에요."

한나는 웃음을 터뜨렸다. 낸시 슈미트는 엄마의 절친한 친구 중 한 명인데, KCOW 방송국의 Love Guru라는 프로그램에 사랑학 박사로 고정 출연 중이었다. 하지만 그 사랑학 박사가 낸시 슈미트라는 사실을 아는 사람은 거의 없었기 때문에, 그녀의 정체를 아는 소수의 사람들은 그 사실을 쉬쉬하고 있었다.

"유머감각도 뛰어나고 특히 소비심리에 대한 이야기들이 정말 재미있어요. 통계 수업을 그분에게 들었으면 정말 좋았을 텐데 말이에요."

"낸시가 통계도 가르쳐?"

"네, 심리학과랑 수학과, 두 개 학과에 동시에 개설되는 과목이잖아요. 슈미트 교수님 수업을 신청하려고 했는데, 이미 정원이 다 찼더라고요. 그래서 하는 수 없이 수학과 교수님인 라이먼 교수님 수업을 신청했어요. 근데 수업이 정말 무미건조한 거 있죠."

"통계학은 원래 누가 가르치든 지루해."

한나는 대학 시절 들었던 통계학 수업의 기억을 떠올렸다. 수업 시간 내내 졸지 않기 위해 허벅지를 얼마나 꼬집었는지. 물론 그렇게 졸음이 쏟아졌던 이유는 통계학 수업이 아침 첫 시간이었기 때문이고, 당시 거의 매일 밤을 브래드포드 램지와 함께 보냈기 때문이었다.

"슈미트 교수님 수업은 지루하지 않아요. 라이먼 교수님 강의실이랑 바로 붙어 있어서 수업 시간에 학생들 웃음소리가 저희 강의실까지 들리거든요. 슈미트 교수님은 정말 실력 있는 분인 것 같아요, 한나."

"참, 엄마가 심리학 전공 때문에 통계학 수업을 듣는 한 간호사를 알게 돼서, 그 간호사에게 손쉬운 과일파이 레시피를 얻어 오셨어. 그래서 어젯밤에 내가 만들어봤지."

"그 간호사 이름이 뭔데요? 제가 아는 사람일지도 몰라요."

"제니 헤스터."

"아, 소비심리학 수업에 제니라는 이름의 학생이 있는데, 혹시 짙은 갈색 머리카락에 밝은 색상 브리지를 넣지 않았어요?"

한나는 어깨를 으쓱했다.

"몰라. 난 만난 적이 없거든."

"그럼 쉬는 시간에 제가 가서 제니가 맞냐고 물어볼까요? 오늘 밤에 마침 수업이 있거든요."

"그래, 그 사람이 맞다고 하면 내가 어제 과일파이를 만들어봤는데, 완전 대성공이었다고 전해줘."

"얘기 들으면 좋아하겠네요. 레시피가 마음에 들었다는 얘기는 누구나 좋아하니까요."

"자, 이제 아까 얘기로 돌아가서, 로저의 테이블에 컵케이크를 갖다 줬을 때 무슨 일이 있었는지 얘기해봐."

한나가 다시 화제를 돌렸다.

"아무 일도요. 두 사람 다 자리에 없었거든요."

"두 사람 다?"

"네, 여기저기 둘러봤는데, 댄스장에도 없었어요. 하는 수 없이 접시를 내려놓고 다시 컵케이크 진열대 있는 곳으로 돌아왔는데, 그때 사람들이 전부 창문가로 뛰어가더라고요."

한나는 머릿속으로 시간대를 그려보기 시작했다. 하지만 일단 리사에게 사실 확인을 좀 더 해야 할 것 같았다.

"창문 쪽으로 가기 전에 날 봤어?"

"네, 한나랑 안드레아랑 한나 어머님, 나이트 박사님이 한자리에 앉아 있는 걸 봤어요. 제가 손도 흔들었는데, 저를 못 보신 것 같더라고요."

"빌이랑 마이크는?"

"마이크는 못 봤는데, 빌은 입구 쪽에서 로니랑 이야기하고 있는 걸 봤어요. 노먼도 봤고요."

"노먼은 어디에 있었는데?"

리사의 대답을 기다리는 동안 한나의 심박수가 점점 빨라졌다.

"라운지 쪽으로 로비를 가로질러 오고 있었어요."

한나는 안도의 한숨을 내쉬었다. 한나는 노먼이 자신에게 한 치의 어긋남도 없이 진실했다는 사실에 기뻐하며, 한편으로는 잠시였지만 노먼이 했던 말에 의심을 품었던 자신을 꾸짖었다. 양가적인 감정에 잠시 머릿속이 어지러웠던 한나는 마침내 또 다른 질문을 던졌다.

"혹시 바바라가 떨어질 때 비명 지르는 소리 들었어?"

"아뇨, 엘리베이터 소리가 너무 시끄러워서 못 들었어요. 누군가 펜트하우스로 올라갈 때마다 엘리베이터가 멈추면 끼기긱 소리가 들리더라고요. 한나와 안드레아가 펜트하우스에 올라갔을 때도 허브가 그 소리를 들었대요. 기름칠을 해야 할 것 같다면서 로저에게 이야기해 오티스를 부르게 해야겠다고 하던데요."

"오티스 엘리베이터?"

"네, 수리도 겸한대요. 그나저나 제가 만든 새 쿠키 맛보실래요? 친척에게서 레시피를 받았는데, 이름이 커피 앤 크림 쿠키예요."

"기꺼이. 그럼 난 커피 더 가져올게. 리사는 쿠키를 가져와."

한나가 컵에 커피를 가득 따르는 동안 리사는 식힘망에 다가가 쿠키 몇 개를 꺼냈다. 그리고 잠시 후 리사는 작업대를 사이에 두고 앉은 한 나가 쿠키를 맛보는 모습을 가만히 지켜보았다.

"맛있다!"

한나가 쿠키를 또 한 입 베어 물며 감탄했다.

"커피향이 진하게 나고, 또 뭔가 있는데, 혹시 바닐라?"

리사가 고개를 끄덕이자 한나는 말을 이었다.

"화이트 초콜릿 칩과 좋은 대조야. 위에 얹은 미니 마시멜로우도 훌륭 하고."

"가게 메뉴에 올릴까요?"

"당연히. 그리고 도우 그리어슨에게 전화해서 새로운 커피 쿠키가 나 왔다고 알려주는 것도 잊지 마. 사무실에 에스프레소 기계를 들인 이후 로 완전 커피 전문가가 됐거든."

"은행장님이 좋아하실까요? 블루마운틴만 드시는 걸로 아는데."

"좋아하실 거야. 그리고 맛봐 달라고 하면 흔쾌히 수락하실걸. 참, 크 누드슨 부인에게도 전화해보면 좋겠어. 설거지할 때만 빼고는 커피 주전 자를 항상 가득 채워놓으실 정도로 커피를 좋아하시니까."

그러자 리사가 웃음을 터뜨렸다.

"일단 친척한테 얘기부터 하고요."

"근데 친척 누구? 리사한테는 친척이 엄청 많잖아."

"그렇죠. 저희 아빠 말씀이, 친척들한테 1달러씩만 받아도 우리, 엄청 부자가 될 거라고 하셨을 정도니까요. 로리 포스터라고, 아버지 남동생 처가댁 이모님의 조카예요. 그러니까 저랑 육촌이나 팔촌쯤 되겠네요."

"그만!"

한나가 손을 뻗었다.

"리사의 가족관계는 아무리 들어도 모르겠어. 어쨌건 다음에 로리를 만나게 되면, 정말 훌륭한 레시피라고 전해줘."

"그럴게요. 우리 가게 메뉴에 올릴 거라고 얘기하면 무척 기뻐할 거예요."

리사는 미니 마시멜로우를 얹은 전통 썸프린트 쿠키(가운데를 움푹하게 누른 쿠키)를 내려다보며 말했다.

"사람들이 이 쿠키가 거짓이라고 생각하면 안 될 텐데."

"그게 무슨 소리야?"

"원래는 이 가운데 부분에 마시멜로우 크림을 얹으려고 했대요. 그래서 이름을 쿠키 앤 크림으로 지은 건데, 텍사스에서는 마시멜로우 크림이 계절상품이라 구하기가 쉽지 않았다지 뭐예요."

"설마!"

"진짜예요. 식료품점을 다섯 군데나 돌아다녔는데, 마시멜로우 크림은 크리스마스 때나 나온다고 했대요."

"그럼 블랙 카우 썬데(초콜릿을 얹은 바닐라 아이스크림 소다)는? 텍사스에도 그건 있지 않아?"

"잘 모르지만, 그것도 홀리데이 시즌이 아니면 만들지 않을걸요."

리사는 잠시 말을 멈추고 생각에 잠겼다.

"마시멜로우 크림을 직접 만들어보면 어떨까요?"

"그래, 리사라면 만들 수 있을 거야. 우리 증조할머니도 직접 만드셨거든."

"맛있었어요?"

"환상이었지!"

"레시피는 있고요?"

"있을 거야. 가족 대대로 내려오는 레시피들을 보관해두는 상자가 있는데, 내가 한번 찾아볼까?"

"시간 있을 때요. 로리도 일단은 가장 흡사한 화이트 초콜릿 칩으로 마시멜로우 크림을 대체했으니까 급하진 않아요. 우선은 이걸로 괜찮지 않을까요?"

"그래, 나쁘지 않지. 화이트 초콜릿은 맛도 크림처럼 부드러우니까."

"그렇다면 쿠키 이름에 이의를 제기하는 사람은 없겠죠?"

"이 정도면 이름에 꽤 근접하잖아."

한나는 커피를 한 모금 마셨다.

"펜트하우스 엘리베이터 이야기나 더 해봐. 안드레아랑 같이 올라갔을 때 난 아무 소리도 못 들었는데."

"안에 탄 사람한테는 안 들릴 거예요. 아래쪽에서 엘리베이터가 멈출 때만 나는 소리라서요. 더군다나 그때 허브랑 제가 벽 쪽에 앉아 있었거든요."

"그럼 펜트하우스 층에 도착할 때마다 끼긱 소리가 들렸단 말이지?"

"네, 바바라가 펜트하우스에 올라가기 전에 제가 있는 쪽으로 와서 컵케이크를 가져갔거든요. 그러면서 '저 좁은 엘리베이터에 갇힐지도 모를 일이니까 컵케이크 하나 가져가야겠어'라고 했어요. 그러더니 라운지를 나가서 바로 엘리베이터를 타더라고요. 펜트하우스에 무사히 도착했는지 또 끼긱 소리가 나기에 허브랑 저는 바바라가 엘리베이터에 갇히지 않고 잘 도착했구나 생각했죠."

"그리고 다들 창가로 달려가기 직전에 또다시 끼긱 소리를 들었고?"

"맞아요. 바바라가 떨어진 직후에 누군가 펜트하우스에 올라간 게 분명해요. 그렇지 않고서야 끼긱 소리가 날 리 없잖아요."

커피 앤 크림 쿠키

오븐은 175도로 예열합니다. 틀은 오븐의 중앙에 둡니다.

재료

백설탕 1컵 / 황설탕 1컵 / 소금기 있는 버터 1컵(224g)

큰 계란 2개 / 바닐라 농축액 1티스푼 / 진한 커피 1/2컵(실온)

즉석커피 2티스푼 / 소금 1티스푼 / 베이킹파우더 2티스푼

다목적용 밀가루 3과 1/2컵 / 화이트 초콜릿 칩 2컵

화이트 미니 마시멜로우 약 50~60개(쿠키 1개당 1개씩)

만드는 법

1. 틀에 들러붙음 방지 스프레이를 뿌리거나 기름종이를 깔아줍니다.

> 한나의 메모: 전자반죽기가 있으면 편하지만, 손으로 작업해도 무방합니다.

2. 백설탕과 황설탕을 반죽기 그릇에 붓고 '낮음'의 속도로 기계를 돌립니다.
3. 부드러워진 버터를 넣고 '중간' 속도로 돌립니다.
4. 계란을 하나씩 깨어 넣습니다.
5. 바닐라 농축액과 진한 커피를 넣고 섞습니다.

6. 인스턴트커피, 소금, 베이킹파우더를 넣고 섞습니다.

7. 밀가루를 반 컵씩 넣으면서 잘 섞어줍니다.

8. 반죽기에서 그릇을 꺼내 화이트 초콜릿 칩을 넣고 손으로 섞어줍니다.

9. 숟가락으로 반죽을 떼어내 쿠키 틀 위에 얹습니다. 젖은 손으로 반죽을 동그랗게 만들어줍니다.

10. 깨끗한 손으로 반죽 가운데를 꾹 눌러줍니다. 그런 뒤 미니 마시멜로우를 얹고 살짝 눌러주세요.

11. 175도에서 10~12분간 굽습니다. 가장자리가 먹음직스러운 황갈색빛을 띠면 완성입니다.

12. 틀 위에서 2분간 식힌 다음 식힘망으로 옮겨 완전히 식힙니다.

커피 앤 크림 쿠키는 대성공을 거두었고, 한나와 리사는 덕분에 사흘 내리 그 쿠키를 만들어야 했다. 리사가 쿠키 틀을 오븐에 막 집어넣고 나자 작업실 전화벨이 울렸다.

"내가 받을게."

한나가 벽에 걸린 수화기를 들었다.

"쿠키단지에 한나입니다."

"흠, 한나. 오랜만에 목소리 들으니 반갑네요!"

한나의 인상이 절로 찌푸려졌다.

"내가 누군지 알겠죠?"

"네."

한나는 입술을 꾹 다문 채 상대편이 말을 이어가길 기다렸다.

"주문할 게 있어요."

상대편이 말했다.

"알았어요."

한나는 리사를 향해 손짓했다. 더 이상 이 전화를 받고 있을 이유가 없었다.

"실례지만, 지금 제 오븐 타이머가 울리고 있어서요. 리사를 바꿔줄 테니 주문하세요."

수화기를 건네받는 리사는 아리송한 표정이었다.

"여보세요. 리사입니다."

리사가 수화기를 들고 말했다. 그러더니 이제 누군지 알았다는 듯 한나를 향해 동정어린 시선을 보냈다.

"네, 베브 박사님. 쿠키 바 있어요. 어떤 종류로 주문하시게요?"

한나는 리사가 전화기 옆에 놓인 수첩에 주문을 받아 적는 모습을 지켜보았다.

"네, 레몬 바 가능하죠. 수량은 얼마나요? 오후 2시까지 다섯 상자요? 댈워스 씨가 가져가실 거라고요? 그럼요. 더 주문하실 건 없고요?"

리사는 한나가 있는 쪽을 향해 눈을 굴리며 한숨을 내쉬었다.

"네, 메뉴판 있어요. 불러드릴게요. 어쨌든 초콜릿은 피하시는 게 좋을 것 같네요. 오늘 오후에 무척 덥다고 해서요. 잠깐만 기다리시면 메뉴판 가져올게요."

리사는 대기 버튼을 누른 뒤 서둘러 한나에게 달려왔다.

"여섯 개의 각기 다른 종류의 쿠키 바로 다섯 상자씩 주문하겠대요. 그럼 총 서른 상자예요. 주문 거절하실 건 아니죠?"

"당연하지."

한나가 대답했다. 물론 베브 박사를 위해 쿠키를 굽는 건 영 내키지 않았지만 하는 수 없었다.

리사는 작업대에 놓인 레시피 책을 들고 다시 수화기로 돌아가 바 쿠키 레시피들이 있는 페이지를 펼쳤다.

"베브 박사님? 초콜릿 대신 버터스카치 칩이 들어간 멀티플 초이스 바 쿠키는 어떠세요?"

리사는 잠자코 듣고 있더니 무언가를 적었다.

"이거 다섯 상자, 맞죠?"

그리고 다시 잠잠하더니 이내 입을 열었다.

"파인애플 바 쿠키도 있고요. 여름에 무척 인기가 좋은 메뉴예요."

리사는 또다시 받아 적었다. 역시 리사는 영업에 소질이 있다.

"사과요? 아, 네. 애플 오차드 바 쿠키도 있어요. 다들 좋아하는 종류고요."

또다시 리사가 받아 적었다.

"딸기요? 당연히 있죠. 스트로베리 쇼트케이크 바 쿠키라고 있어요. 맛도 좋고 뜨거운 날씨에도 괜찮고요."

지금까지 다섯 상자다. 이제 하나만 남았다. 하지만 이제 초콜릿이 들어가지 않은 쿠키는 더 이상 없다. 그렇다면……. 한나는 새로운 아이디어가 떠오르자마자 서둘러 레시피 책에 메모를 했다. 아직 한 번도 만들어본 적은 없지만, 그런대로 괜찮은 결과물이 나올 것 같았다.

리사는 한나가 적은 것을 흘끗 보더니 수화기에 대고 그대로 읽어주었다.

"이제 딱 한 종류가 남았는데요, 라즈베리예요. 라즈베리가 들어간 신메뉴인 베리드 트레져 바 쿠키 어떠세요?"

리사는 잠자코 듣고 있다가 말했다.

"로저가 좋아하는 과일이 라즈베리라고요? 잘됐네요! 그렇다면 무척 좋아하실 거예요. 저도 이 바 쿠키를 가장 좋아하거든요."

한나는 애써 웃음을 감췄다. 리사는 아직 맛본 적도 없는 쿠키를 두고 자신이 가장 좋아하는 것이라며 홍보하고 있다.

"네, 그럼 오후 2시에 맬워스 씨가 오실 때까지 준비해놓을게요. 혹시 다른 건…… 아! 당연히 가능하죠……. 네, 그럼 레드벨벳 서프라이즈 컵케이크도 같이 준비해놓을게요. 주문 주셔서 감사합니다."

리사가 수화기를 내려놓자마자 한나가 물었다.

"바 쿠키가 왜 그렇게 많이 필요하대?"

"펜트하우스 옥상정원에 설치할 돔이 오후 2시 30분에 도착한대요. 작업 과정을 지켜보기 위해 찾는 사람들을 위해 천막을 설치하고 음료수랑 바 쿠키를 대접할 건가 봐요."

"하지만…… 거긴 사건 현장이잖아? 경찰에서 막아놓지 않았나?"

"이젠 아니에요. 허브 말이 어젯밤에 테이프를 거뒀다던데요."

"흠, 그럼 돈 많고 인심 좋은 척 거기서 얼마든지 허세를 부려도 된단 말이지?"

"오늘 저희도 일찍 문 닫고 구경 가면 어때요?"

"그게 나을 수도 있겠네. 몇 블록 떨어지지 않은 곳에서 공짜 디저트를 푼다는데 장사는 하나마나겠어."

그때 작업실 뒷문에 노크 소리가 들렸고, 두 사람 중 누군가가 나가보기도 전에 안드레아가 불쑥 안으로 들어왔다.

"들었어?"

"뭘?"

한나가 물었다.

"오늘 오후에 돔이 도착한대. 엄청 큰 크레인이 그걸 옥상까지 들어올릴 거라던데."

"얘기 들었어요."

리사가 대답했다.

"그래서 오늘 일찍 문을 닫아야 되나 한나랑 의논 중이었어요."

"닫아야지."

안드레아가 말했다.

"그이가 그러는데, 공짜로 디저트와 음료수를 대접한다며 전단지를 돌리더라는데."

한나는 리사와 시선을 교환했다.

"그 얘기 들은 지 얼마 안 됐지?"

"뭐?"

안드레아가 아리송한 표정을 지었다.

"전단지 얘기 말이야. 리사가 방금 베브 박사와 통화했거든."

그러자 안드레아가 리사를 향해 고개를 돌렸다.

"바라는 게 뭐래?"

"오후 2시까지 바 쿠키 팬 서른 상자요. 로저가 직접 와서 가져간대요."

"매출에는 도움이 되겠네."

"그렇지."

한나가 대답했다.

"두 가지 이유로 나한테는 이득이야. 하나는 쿠키 주문을 받아서 돈을 버니까 좋고, 다른 하나는 베브 박사가 요리 못한다는 건 마을 사람들이 다 아는 사실이니 이걸 자기가 만들었다고 우기지 못해서 좋고."

그러자 안드레아가 살짝 인상을 찌푸렸다.

"요리는 나도 못하는데."

"이젠 아니야. 네가 만든 애플 시나몬 휘퍼스냅퍼스가 얼마나 맛있었다고."

"크리스마스 쿠키 교환 때 선보였던 초콜릿 휘퍼스냅퍼스도 최고였어요."

리사가 덧붙였다.

"집에 가져와서 저녁 준비하는 동안 허브가 발견하고는 다 먹어버렸지 뭐예요. 딱 하나 남겨두고요! 디저트로 내려고 했는데 말이에요."

안드레아가 기쁜 듯 웃음을 터뜨렸다.

"휘퍼스냅퍼스의 가장 큰 장점은 어떤 케이크 믹스로도 간단하게 만들 수 있다는 거지. 초콜릿이랑 스파이스, 레몬까지 다 사용해봤는데, 옐로 우는 어떨까 싶네."

"파인애플이요."

리사가 즉각 말했다.

"파인애플이랑 코코넛. 견과류 종류도 좋고요. 파인애플은 허브가 좋아하는 과일인데 코코넛도 좋아하거든요. 아마 이런 재료들로 휘퍼스냅 퍼스를 만든다면 허브가 한 상자는 거뜬히 먹을 거예요!"

"음…… 파인애플이라면 물기도 잘 빠지니까 충분히 훌륭한 재료가 될 거야. 코코넛도 마찬가지로 건조한 재료니까. 오늘 밤에 집에 가서 한번 만들어봐야지."

한나는 미소를 지었다. 케이크 믹스를 사용한 휘퍼스냅퍼스 덕분에 안 드레아는 제법 제빵사 흉내를 내고 있었다. 물론 휘퍼스냅퍼스는 만들기 간편한 쿠키지만, 안드레아가 이런 실험들을 통해 하나둘씩 배워가고 있 다는 점이 중요했다.

"사실, 파인애플이라면 바바라도 좋아하는데."

안드레아가 말을 이었다.

"잘 만들어지면 바바라에게도 좀 갖다 줘야겠어."

"나이트 박사님께 먼저 물어보고."

한나가 경고했다.

"오, 그래야지. 그러고 보니……."

안드레아가 리사를 쳐다보았다.

"리사는 어떻게 된 일인지 알고 있지?"

"오늘 아침에 얘기해줬어. 어젯밤에 노먼과 마이크가 집에 다녀갔거 든."

"둘 다?"

안드레아는 놀란 표정이었다.

"노먼이 먼저였어. 사실 일요일에 병원에서 우연히 만났기에 내가 저녁 초대를 했거든. 막 저녁식사를 하려는데 마이크가 마침 전화해서 집에 오겠다지 뭐야. 그래서 노먼이 전화를 받아 들고 초대를 했지."

안드레아는 천장을 향해 눈을 굴렸다.

"노먼 지나치게 친절한 거 아니야?"

"가끔…… 그렇지."

한나도 동의했다. 하지만 가장 늦게까지 남아 있던 사람이 누구였는지는 말하지 않기로 했다.

"그리고 엄마가 전화하셨어. 바바라 어머님의 진료 기록을 찾았대. 바바라가 첫 번째 딸이고, 그 이후로 출산한 기록이 없다던데. 자궁 절제술을 했더라고."

"그럼 남동생이 있을 리 없겠네."

안드레아가 결론 내렸다.

"혹시 배다른 동생이 있는 건 아닐까요?"

리사가 물었다.

"배다른 동생도 동생이잖아요."

"리사는 천재야!"

한나가 미소를 지으며 외쳤다.

"그 생각을 못했네! 아버지의 또 다른 자식일 수도 있지."

"그건 내가 알아볼게."

안드레아가 약속했다.

"저도 아빠에게 물어볼게요."

리사도 약속했다.

"컨디션이 오락가락하시지만, 그래도 기분 좋으신 날에는 많은 걸 기억하시니까요. 아님 마지도 뭔가 아는 게 있을지 몰라요."

"좋은 생각이야."

한나가 말했다. 그런 뒤 동생을 향해 고개를 돌렸다.

"크레인 보러 갈 거야?"

"응, 트레시가 보고 싶어 해서 가기로 약속했어. 꽤 구경거리가 될 것 같아서. 언니는? 언니도 갈 거야?"

한나는 재빨리 결정을 내렸다.

"그래, 로저가 다녀가는 대로 그리로 갈게."

"신난다!"

리사가 미소를 지었다.

"그렇게 큰 크레인은 본 적이 없거든요. 마지에게 전화해서 아빠도 모시고 오라고 해야겠어요. 일단 가게로 오시라고 할까 봐요. 바 쿠키랑 컵케이크 만드는 동안 홀을 봐달라고 부탁드리면 좋을 것 같아요."

"내가 도와줄 건 없어?"

안드레아가 물었다.

"사실, 있어."

한나가 주머니에서 돈을 꺼냈다.

"빨간 부엉이 식료품점에 가서 플로렌스에게 씨 없는 라즈베리잼 여덟 병만 달라고 해."

"알았어. 근데 라즈베리잼을 파는 건 알겠는데, 씨 없는 게 있을지 모르겠네."

"씨 있는 거라도 괜찮아. 녹인 다음에 여과해서 사용하면 되니까."

"알았어. 다른 건?"

"브라우니 믹스 더블 포장으로 여섯 개 부탁해."

안드레아가 자리를 뜨자 리사가 한나를 돌아보았다.

"베리드 트레져 바 쿠키 레시피는 어디 있어요? 안드레아가 잼을 사오는 대로 시작해요."

"없어."

"레시피가 없다고요?"

"응, 만들면서 쓸 거야. 잘 만들어지면 레시피 책에 포함시켜야지."

리사는 놀란 토끼눈으로 한나를 쳐다보았다.

"만들면서 쓴다고요?"

"그래!"

"그러다 베리드 트레져 바 쿠키가 맛없게 만들어지면요?"

그러자 한나는 어깨를 으쓱했다.

"그래서 안드레아에게 브라우니 믹스를 사오라고 한 거야. 브라우니를 만든 다음에 그 위에 녹인 라즈베리잼을 얹을 거거든. 그리고 초콜릿 프로스팅을 하는 거지."

"믹스로 브라우니를요?"

"일종의 보험이라고 생각해. 시간에 쫓기지 않으면 내 레시피를 사용해서 브라우니를 만들겠지만, 시간이 없을 때는 믹스를 쓰는 거야."

"그래도 괜찮을까요?"

"괜찮고말고. 베브 박사는 믹스와 진짜 레시피의 차이를 구분하지 못할걸. 주문에 큰돈 들이는 것 같은데 한번 골려주지 뭐."

베리드 트레져 바 쿠키 (라즈베리 바 쿠키)

오븐은 175도로 예열합니다. 틀은 오븐의 중앙에 둡니다.

재료

소금기 있는 차가운 버터 1컵(224g) / 다목적용 밀가루 2컵(체질하지 마세요)

슈가 파우더 1/2컵(체질하지 마세요) / 거품 낸 계란 4개(포크로 저어주세요)

백설탕 2컵 / 씨 없는 라즈베리잼 1/2컵 / 소금 1/2티스푼

베이킹파우더 1티스푼 / 다목적용 밀가루 1/2컵(체질하지 마세요)

씨 없는 라즈베리잼 1/4컵 / 소금기 있는 버터 1/2컵 / 백설탕 1컵

크림 1/3컵 / 중간 달기의 초콜릿 칩 1/2컵 / 바닐라 농축액 1티스푼

만드는 법

1. 9×13 크기의 케이크 팬에 들러붙음 방지 스프레이를 뿌리거나 두꺼운 알루미늄 호일을 깐 다음 그 위에 스프레이를 뿌려줍니다.

쇼트브레드 크러스트:

2. 버터를 8조각으로 자릅니다. 그런 다음 밀가루, 슈가 파우더와 함께 믹서기에 넣고 거친 옥수수가루처럼 보일 때까지 켰다 끄기를 반복합니다. 완성된 것은 케이크 팬 바닥에 넓게 펼친 다음 큰 덩어리가 있는 부분은 깨끗한 손으로 두드

려 다듬어줍니다. 그럼, 쇼트브레드 크러스트 완성입니다.

3. 175도에서 15분간 굽습니다. 가장자리가 먹음직스러운 황갈색을 띠면 완성입니다. 오븐에서 팬을 꺼내 차가운 가스레인지 위나 식힘망으로 옮겨 식힙니다. 단, 오븐은 절대 끄지 마세요.
4. 크러스트를 굽는 동안 필링을 만들어 오븐에서 꺼낸 즉시 부을 수 있도록 준비합니다.

라즈베리 필링:

5. 계란에 백설탕을 넣고 잘 섞습니다.
6. 씨 없는 라즈베리잼을 전자레인지에 '강'으로 30초간 돌려 녹입니다. 그런 다음 30초 동안 저어주면서 식힌 후 계란과 설탕 섞은 것에 넣습니다.
7. 소금과 베이킹파우더를 넣고 잘 섞어줍니다.
8. 밀가루를 넣고 잘 섞어줍니다.

9. 오븐에서 크러스트를 꺼낸 다음 위에 필링을 붓습니다. 그런 뒤 팬을 다시 오븐에 넣고 175도에서 30분간 굽습니다. 완성된 팬을 오븐에서 꺼내 차가운 가스레인지 위에 올려 10분간 식힙니다. 그런 다음 라즈베리 글레이즈를 만듭니다.

라즈베리 글레이즈 :

10. 씨 없는 라즈베리잼 1/4컵을 전자레인지에 넣고 30초간 돌립니다.

11. 부드럽게 녹은 라즈베리잼을 케이크 팬 위에 부은 뒤 흔들어 골고루 퍼지게 해줍니다. 내열 고무주걱으로 녹인 잼을 바 쿠키 위에 발라줘도 됩니다. 이 얇은 잼 층이 글레이즈가 되는 거랍니다.

12. 잼이 식어 굳을 수 있도록 팬을 냉장고에 넣습니다(전 30분간 넣어뒀어요).

초콜릿 프로스팅:

13. 프로스팅을 만들기 위해서는 버터, 설탕, 크림을 중간 크기의 소스팬에 넣고 중간보다 약간 높은 불에서 끓이면서 계속 저어줍니다. 어느 정도 끓으면 불을 중간으로 낮춰 정확히 2분간 끓입니다.

14. 초콜릿 칩 1/2컵을 더한 다음 천천히 저으면서 녹입니다. 그런 다음 불에서 소스팬을 내려 차가운 가스레인지 위로 옮깁니다.

15. 바닐라 농축액을 넣고 저어줍니다(튈 수도 있으니 조심하세요).

16. 쿠키 바의 글레이즈 위에 프로스팅을 부은 다음 프로스팅이 골고루 퍼질 수 있도록 팬을 잡고 이리저리 기울여줍니다.

17. 팬을 다시 냉장고에 넣어 1시간가량 보관한 다음 꺼내 자릅니다.

18. 브라우니 크기로 잘라 예쁜 접시에 담아냅니다.

한나의 세 번째 메모: 앨비온 호텔 옥상정원에 크레인을 이용해 돔을 설치하는 날을 위해 베브 박사가 주문한 쿠키입니다. 그날 온 몇몇 사람들에게 자기가 직접 만든 것이라고 거짓말하는 걸 안드레아가 들었다는데, 우리 마을 사람들이 그 말에 속을 리가 없죠.

"난 가서 트레시 데려올게. 현관에서 만나."

안드레아가 작업실 문으로 향하며 말했다. 하지만 미처 문을 열고 나가기 전에 상자의 반 분량 정도 남은 베리드 트레져 바 쿠키를 물끄러미 바라보았다.

"혹시 이거 가져올 수 있어? 그러니까…… 트레시도 아직 맛을 못 봤고, 또…… 음…… 나도 몇 개 더 먹고 싶어서."

세 개나 먹고서도 또 먹고 싶어 하다니, 안드레아는 욕심도 많아. 그래도 한나는 기분이 좋았다. 베리드 트레져 바 쿠키가 성공적으로 완성됐다는 증거니 말이다. 쇼트브레드 크러스트는 부드러우면서도 바삭바삭했고, 라즈베리 필링은 갓 따낸 라즈베리를 연상케 할 만큼 싱싱했다. 거기에 붉은색의 라즈베리 글레이즈가 더해져 초콜릿 프로스팅과 환상적인 맛의 조화를 이뤄냈다. 쿠키단지에 있는 사람들 모두 맛을 본 뒤 최고라며 입을 모았고, 가게를 찾은 마지와 잭 역시 한나가 지금껏 만든 것 중 제일 맛있다며 칭찬을 아끼지 않았다.

"저것도 가져와."

안드레아가 한나의 두 번째 실험작을 가리키며 말했다. 라즈베리 글레이즈를 바른 뒤 퍼지 프로스팅을 얹은 브라우니였다.

"저건 뭐라고 부를 거야? 이름 없이 레시피 책에 올릴 순 없잖아."

"이름 없는 라즈베리 브라우니?"

한나가 익살스러운 제안을 했다.

"그런 게 어딨어. 그래도 번듯한 이름을 붙여줘야지."

안드레아는 잠시 골몰했다.

"작년 엄마의 쿠키 교환식 오찬 모임 때 언니가 만들었던 래즐대즐 베이크 브리 기억나?"

"기억나지."

"이걸 래즐대즐 브라우니라고 부르면 어때?"

"좋은 생각인데, 안드레아."

"고마워."

한나의 칭찬에 안드레아는 기분이 좋아진 듯했다.

"현관에 스크린도어는 잠그지 않았어. 언니가 먼저 도착하거든 안에 들어가 있어. 피터슨 가 사람들이 현관 가구들을 두고 갔으니까 앉을 곳이 있을 거야. 전기도 아직 들어오고 있어서 냉장고에 음료수랑 물도 넣어뒀어. 기다리는 동안 마음껏 먹어."

"피터슨네가 마침 너에게 집을 맡겨서 잘됐어."

한나가 말했다.

"거기선 호텔이 한눈에 보일 거야."

"게다가 현관에 스크린도어도 설치되어 있고요."

리사가 덧붙였다.

"모기에게 뜯길 염려는 없겠어요."

안드레아가 고개를 끄덕였다.

"좋은 집이야. 지금 살고 있는 집만 아니면 나도 이사를 고려해볼 텐데. 암튼 이따 2시 30분에 만나. 바 쿠키 가져오는 거 잊으면 안 돼!"

혼선이 발생하고 말았다. 물론 큰 주문 건에는 늘 혼선이 발생하기 마련이다. 한나와 리사는 베브 박사가 주문한 바 쿠키를 모두 상자에 담은 뒤 쿠키단지 입구 쪽 테이블 위에 쌓아놓고 2시에 로저가 도착하기만을 기다렸다. 하지만 2시가 지났는데도 로저는 나타나지 않았다. 2시 5분, 슬슬 가게 문을 닫고 피터슨의 집으로 안드레아를 만나러 나서야 할 시간이었다. 마지와 잭도 이미 출발한 뒤였다. 엄마가 그래니의 앤티크 2층에서 함께 크레인 구경을 하자며 즉석 파티에 두 분을 초대했기 때문이다.

"어쩌죠?" 리사가 한나에게 물었다.

"수업시간에 교수님 기다리는 시간만큼 기다렸다가도 안 오면 직접 가서 베브 박사에게 던져주고 오자."

"12분이요?"

"맞아. 아직도 그대로지?"

"변함없죠." 리사가 말했다.

"어느 규정집에도 나와 있지 않은데도, 다들 조교수는 5분, 정교수는 12분만 기다리는 게 신기해요. 그 시간이 넘으면 그냥 돌아가도 무방한 거죠."

"내가 졸업한 이후로도 변하지 않았다니 재밌네."

한나가 벽에 걸린 시계를 올려다봤다.

"로저는 이제 4분 남았어."

"저기 오네요."

리사가 쿠키단지 앞에서 천천히 멈춰서는 검정색 벤츠를 가리켰다.

"숙녀분들."

로저가 한나에게 신용카드를 건네기 전 살짝 인사를 건넸다.

"다들 큰 구경할 준비되셨나요?"

"준비됐죠. 댈워스 씨도 마찬가지일 테고요."

리사가 말했다.

"주문하신 건 테이블에 있어요. 차까지 나르는 것 도와드릴까요?"

"괜찮습니다."

로저가 창밖을 향해 리모컨을 누르자 트렁크가 자동으로 열렸다.

"쌓는 것만 도와주시죠."

한나가 신용카드로 계산을 하는 동안 리사는 로저의 팔에 상자를 쌓아 올렸다. 마지막 상자까지 안전하게 트렁크에 자리를 잡자 한나는 신용카드와 영수증을 로저에게 건넸다.

"고맙습니다."

로저는 총 금액을 적은 뒤 서명을 했다.

"그럼 이따들 봅시다."

로저가 간 뒤 리사는 가게 정문을 잠그고 팻말을 '열었음'에서 '닫았음'으로 돌려놓았다. 한나는 금전등록기에 가서 신용카드 영수증을 집어 넣으며 슬쩍 금액을 살폈다.

"그거 알아, 리사? 로저가 팁으로 20달러나 줬어."

"와오!"

리사가 흥미롭다는 듯 탄성을 질렀다.

"보통 사람들보다 많이 줬네요."

"흠, 그럴 만한 여유가 되니까. 암튼 준비됐어?"

"네."

한나가 불을 끄는 동안 리사는 홀을 한 바퀴 더 돌아보았다.

"어머!"

"왜?"

"컵케이크 주는 걸 깜빡했어요. 테이블에 바 쿠키를 쌓아놓느라 자리가 없어서 컵케이크 상자는 옆 테이블에 뒀었거든요. 아직 여기 있네요."

한나는 어깨를 으쓱했다.

"큰일도 아니네, 뭐. 어차피 컵케이크는 손님들에게 낼 것도 아니니까 이따가 호텔에 잠깐 들러서 주고 오자."

"아니에요. 이건 제가 들러서 주고 올게요. 전 베브 박사와 개인감정도 없잖아요."

"베브 박사를 별로 안 좋아하는 거 아니었어?"

"안 좋아하죠. 하지만 겉으로 드러난 갈등이 있기보다는 혼자 생각이니까요. 일종의 마음속 증오라고나 할까요."

한나는 내심 놀라고 말았다. 리사는 화를 내는 경우도 거의 없을뿐더러 누군가를 미워하는 일도 드물었다. 그런 리사가 무려 '증오'라는 표현을 사용하다니, 베브 박사가 리사에게 증오를 살 만한 행동이라도 한 것일까?

"베브 박사가 어떻게 했길래?"

"저를 여종 부리듯 했지만, 그건 이미 예상한 일이었어요. 베브 박사 같은 사람들 대부분 그렇잖아요. 하지만 그것보다도 한나와 노먼에게 한 짓이 마음에 안 들었어요. 정말 양심도 없는 나쁜 사람 같아요. 그래서 베브 박사를 증오하는 거예요."

피터슨네 집 현관에서 바라보는 풍경은 훌륭했다. 비록 플라스틱 소재였지만, 고리버들로 만든 현관 가구들도 제법 안락하고 편안했다. 의자 받침의 쿠션은 스크린도어를 통해 들이치는 빗방울을 대비해 방수 소재로 만들어져 있었다. 현관 바닥에는 다채로운 색깔의 양탄자가 깔려 있었는데, 그 꼬임 무늬를 알아본 한나는 미소를 지었다.

"이 양탄자, 비닐백으로 만든 것 맞지, 리사?"

"네, 저희 엄마도 이런 양탄자를 갖고 계셨어요. 세인트 주드 교회 바자회 때 내놓으신다고 곧잘 만드셨거든요."

"나도 이런 양탄자 좋더라. 질기고 오래가거든."

"맞아요. 더러워지면 마당에 내놓고 물을 뿌린 다음 빨랫줄에 널어 말리면 되니까요. 이제 볼 수 없는 종류라는 게 아쉽긴 하죠."

"무슨 소리야? 아직도 이런 양탄자 만들지 않아?"

"그렇긴 하지만, 요즘 사람들은 비닐백 자체를 반대하잖아요. 환경 오염된다고 말이에요."

"하긴 빨간 부엉이 식료품점에서도 이젠 비닐백을 안 쓰지. 종이백에 담아 오거나 개인별로 장바구니를 준비하거나 해야 해."

"조단 고등학교 다닐 때 밴드의 새 유니폼이랑 물품들을 장만하기 위해 재활용 수거운동 했던 것 기억나세요?"

"기억나지."

리사는 생각에 잠긴 듯이 보였다.

"비닐백이 전부 사라져버리기 전에 비닐백 수거운동이라도 할까 봐요. 많이 모아뒀다가 이런 비닐 양탄자를 만드는 사람들에게 주면 좋지 않을까요? 허브에게 이야기해봐야겠어요."

"안녕, 두 사람!"

그때 안드레아가 현관문을 열고 안으로 들어섰다. 그녀의 오른쪽에는 트레시도 함께였다. 트레시가 쪼르르 달려와 한나에게 안겼다.

"너무 신나요."

트레시가 리사에게도 포옹을 하며 말했다.

"댈워스 아저씨를 봤는데, 길에 차가 많아서 크레인이 3시에 도착할 거래요. 운전수가 전화해서 3시에 올 거라고 했대요."

모두 음료수를 한 잔씩 마신 다음 저마다 의자를 내와 풍경이 잘 보이는 곳에 앉았다. 그러고는 지나는 차들과 사람들을 바라보았다. 로저의 말대로, 이 굉장한 풍경을 보기 위해 레이크 에덴 마을 사람들 전체가 움직인 듯했다.

　"어머, 저 차 좀 봐. 우리 마을에서 저런 차를 보다니, 믿을 수가 없어, 안 그래?"

　빨간색의 마세라티 오픈카가 세 번째로 집 옆을 지나자 안드레아가 말했다.

　"어, 저거 베브 박사님 차예요."

　트레시가 말했다.

　"내가 물어봤는데, 댈워스 아저씨가 줬다고 했어요."

　안드레아는 트레시를 쳐다보았다.

　"그건 언제 물어봤어?"

　"아까 엄마가 사무실에서 일하고 있는 동안 홀 앤 로즈 카페에 다녀오라고 했던 거 기억나요?"

　"그래, 샌드위치 사오라고 돈을 줬지."

　"그래서 그릴드 치즈 샌드위치를 사왔잖아요. 로즈가 만들어줬어요."

　"로즈가 아니라 맥더못 부인이지."

　"로즈라고 불러도 된다고 했단 말이에요."

　"그랬다면 괜찮고."

　"샌드위치가 다 만들어졌을 때 노먼 삼촌이 왔어요. 카운터 앞 내 옆에 앉아서 디저트 사줄까 하고 물어봤어요."

　"역시 친절한 사람이야."

　한나가 미소를 지으며 말했다. 노먼은 아이들과도 곧잘 어울리고, 트레시와도 아주 사이가 좋았다.

"한나 이모랑 리사 언니 만나서 디저트 먹을 거라서 지금 먹으면 안 된다고 했어요."

"그래도 감사하다고 인사는 했지?"

"그건 처음에 말했어요. '감사합니다. 하지만 먹으면 안 돼요'라고요. 그런 다음에 이유를 얘기해준 거예요. 그때 베브 박사님이 들어왔어요."

안드레아와 한나는 서로 시선을 주고받았다. 자매간의 레이더가 막 작동하기 시작했다. 안드레아의 눈빛은 이렇게 말하고 있었다. *궁금하거든 어서 더 물어봐.* 그리고 한나 역시 눈빛으로 대답했다. *그럴게. 고마워. 하지만 걱정 마. 트레시를 곤혹스럽게 만들지는 않을 테니까.*

"아주 예의 바르게 굴었구나, 트레시."

한나가 트레시를 칭찬했다.

"우리가 빠트리지 않고 디저트를 챙겨왔으니 곧 맛볼 수 있을 거야. 근데 베브 박사님은 와서 디저트 먹든?"

"아뇨, 노먼 삼촌한테 가서 같이 박사님의 미스타라티를 타고 가자고 했어요."

"마세라티."

한나가 트레시의 단어를 바로잡아주고는 이내 후회하고 말았다. 트레시의 이야기를 방해했으니 말이다.

"그래서 노먼 삼촌이 차에 탔어?"

한나가 아주 중요한 질문을 던졌다.

"바로 타진 않았어요. 삼촌이 병원에 다시 가봐야 한다고 했더니 베브 박사님이 그럴 필요 없다고, 베넷 박사님한테 전화해서 병원을 좀 더 부탁한다고 얘기해뒀다고 했어요. 그러니까 같이 가자고요."

이런! 베브 박사한테 또 뭔가 꿍꿍이가 있는 거야! 한나는 마음속으로 소리쳤다. 하지만 겉으로는 아무런 내색도 하지 않았다.

"그래서 노먼이 따라 나갔어?"

"금방은 아니고요. 베브 박사님이 내 옆에 앉아서 나도 자기 새 차 타고 싶지 않냐, 노먼 삼촌이 간다고 하면, 나도 태워주겠다고 했어요."

비열한 방법이군! 한나는 안드레아와 눈길을 주고받으며 생각했다. *7살짜리 어린아이를 이용해 노먼을 데려가려 하다니.*

"그래서 뭐라고 했어?"

안드레아가 근심 어린 표정으로 물었다.

"가고 싶다고 하려다가 친척이나 친구가 아니면 아무나 따라가선 안 된다는 게 떠올랐어요. 엄마가 옛날에 그렇게 얘기했잖아요."

"그래서 싫다고 했어?"

안드레아가 재촉했다.

"그러지 않고요. 또다시 엄마가 예전에 했던 말이 생각나서 가겠다고 했어요."

안드레아는 충격 어린 표정을 지었다.

"내가 뭐라고 했는데?"

"엄마가 걱정하지 말라고, 치과의사는 항상 내 친구라고 했잖아요. 베브 박사님이랑 노먼 삼촌도 치과의사니까 그래서 내 친구니까, 가겠다고 했어요."

"내 언젠가 그 말이 발목 잡을 줄 알았지."

안드레아가 한나와 리사를 향해 나지막하게 속삭였다. 그런 뒤 다시 트레시를 향해 고개를 돌렸다.

"좋아, 트레시. 그럼 베브 박사님 차에 타서 무슨 일이 있었는지 얘기해봐."

"음…… 노먼 삼촌한테 앞에 앉으라고 했는데, 삼촌은 나한테 앞자리에 앉으라고 했어요. 내가 키가 작으니까 앞에 앉아야 앞이 더 잘 보일 거라고요. 그래서 내가 앞에 앉았는데 재밌었어요. 교회랑 크누드슨 할머니 집도 지나고, 메인가 끝에 오래된 창고도 지나갔어요. 그런 다음에 호텔이 있는 길로 들어가서 호텔이랑 학교도 지났어요. 박사님 새 차는 꽝장히 큰 소리가 났는데, 사람들이 차 소리를 듣고 집에서 나와 차를 구경했어요. 사람들이 손을 흔드니까 박사님이 경적을 울렸고요. 진짜 재밌었어요!"

"엄청 재밌었겠네."

한나가 말했다. 노먼이 본인 의지로 베브 박사를 따라간 것인지, 아니면 트레시가 가겠다고 나서니 아이를 베브 박사와만 두는 것이 걱정되어 마지못해 따라간 것인지 한나는 궁금해졌다.

"암튼 베브 박사님이 호숫가 드라이브를 하자고 했는데, 내가 너무 오랫동안 안 오면 엄마가 걱정할 것 같아서 그냥 부동산 앞에 내려달라고 했어요. 그래서 박사님이 내려줬고요."

"그럼 노먼 삼촌은 차에 그대로 타고 베브 박사님이랑 호숫가 드라이브 갔나?"

안드레아가 물었다.

그러자 트레시는 어깨를 으쓱했다.

"글쎄요. 마지막으로 봤을 때 노먼 삼촌이 뒷자리에서 내려 앞자리로 옮겨 탔거든요. 그리고 같이 떠났어요."

이제 한나가 질문할 차례였다.

"어디로? 병원으로?"

한나가 물었다.

"아뇨, 다른 쪽으로요. 그것밖에 몰라요. 이제 바 쿠키 먹어도 돼요, 한나 이모? 노먼 삼촌이 사주는 디저트도 안 먹겠다고 했잖아요. 엄청 배가 고파요."

래즐대즐 브라우니

브라우니 재료:

더블 브라우니의 레시피를 9×13 크기의 케이크 팬을 사용해 굽거나 아래와 같은 손쉬운 방법을 사용하세요.

패밀리 사이즈의 브라우니 믹스 1개(9×13 크기의 팬을 사용해도 좋을 만큼 넉넉한 양입니다)와 믹스 포장 겉면에 적혀 있는 재료들

글래이스 재료:

씨 없는 라즈베리잼 1/2컵

프로스팅 재료:

소금기 있는 버터 1/2컵 / 백설탕 1컵 / 크림 1/3컵
초콜릿 칩 1/2컵 / 바닐라 농축액 1티스푼

만드는 법

1. 브라우니 믹스 포장에 적힌 대로 오븐을 예열합니다.
2. 9×13 크기의 케이크 팬에 들러붙음 방지 스프레이를 뿌립니다. 팬에 알루미늄 호일을 깐 다음 스프레이를 뿌려주셔도 됩니다.

3. 포장에 적힌 대로 브라우니 반죽을 만듭니다.

4. 포장에 적힌 것보다 2분 더 오래 브라우니를 굽습니다.

5. 브라우니가 다 구워졌으면 식힘망에서 10분간 식힙니다.

6. 브라우니를 식힌 다음 전자레인지에 잼을 넣어 '강'으로 30~45초간 돌려 녹입니다.

7. 녹인 잼을 브라우니 위에 붓고 재빨리 고무주걱으로 넓게 펼쳐줍니다.

8. 잼을 바른 브라우니를 냉장고에 약 30분간 넣어둡니다. 1시간 정도 넣어두면 더 좋고, 밤새 넣어두어도 괜찮습니다.

9. 냉장고에서 팬을 꺼내 가스레인지와 가까운 곳 작업대 위에 올려놓습니다.

10. 버터, 설탕, 크림을 중간 크기의 소스팬에 넣어 프로스팅을 만듭니다. 중간보다 약간 높은 불에서 끓이면서 계속 저어줍니다. 내용물이 끓으면 불을 중간으로 낮춰 2분간 더 끓입니다.

11. 초콜릿 칩 1/2컵을 넣고 저어준 다음 불에서 팬을 내려 차가운 가스레인지 위로 옮깁니다.

12. 바닐라 농축액을 넣고 저어줍니다(조심하세요-튈 수도 있습니다).

13. 글레이즈 위에 프로스팅을 부은 다음 케이크 팬을 잡고 프로스팅이 골고루 번지도록 이리저리 기울여줍니다.

14. 팬을 다시 냉장고에 넣어 약 30분간 보관합니다. 그런 다음 예쁘게 잘라 접시에 담아냅니다.

빨간색 마세라티가 페터슨 집 앞에 멈춰 섰을 때까지 한나의 머릿속은 베브 박사의 차를 타고 사라진 노먼 생각뿐이었다. 그리고 잠시 후, 베브 박사가 차에서 내리더니 현관으로 다가왔다.

"한나?"

그녀가 외쳤다.

"안에 있어요?"

"여기 있어요."

한나가 대답했다.

"내 레드벨벳 서프라이즈 컵케이크는 어떻게 된 거예요? 로저한테 주는 걸 잊었더군요. 계산에는 그것까지 포함시켰으면서 말이에요. 카드 영수증을 확인했거든요. 지금 당장 컵케이크 받지 못할 것 같으면 이 돈은 환불해줘요."

"제 실수예요."

리사가 나섰다.

"죄송합니다. 로저가 왔을 때 제가 컵케이크 상자 주는 걸 깜빡했어요. 제가 직접 갖다드리려고 했는데, 차로 여기저기 다니시는 것 같아서요. 호텔에 도착하신 다음에 들르려고 했는데."

"그래서 내가 이렇게 왔잖아요."

베브 박사가 스크린도어를 열고 안으로 들어왔다.

"현관이 아담하니 예쁘네요. 내 펜트하우스 정원에 돔 올리는 거 여기서 구경할 모양이죠?"

"박사의 펜트하우스라고요?"

안드레아가 되물었다.

"네, 그래서 로저가 날 여기로 보냈어요. 매물 목록에서 지워달라고요. 펜트하우스에는 내가 이사 들어갈 거예요. 어젯밤에 가구도 다 골랐으니 내일쯤 배송될 거고요. 참, 그리고 로저가 당신한테 내일 배송 트럭 들어오는 것 좀 확인해달라고 했어요. 가구에 하자 있는 부분은 없는지 살펴달라고 말이에요. 트럭은 내일 정오에 도착할 거예요."

한나는 동생을 쳐다봤다. 베브 박사에게 지시를 받는 것이 마뜩잖은 듯했지만 지금 주도권을 잡고 있는 사람은 베브 박사였다. 안드레아로서는 괜한 반기를 들어 로저 같이 중요한 부동산 고객을 놓칠 수 없었다.

"알았어요. 나가볼게요."

안드레아가 동의했다.

"역시 기꺼이 승낙하리라 생각했어요. 내가 사용하기도 전에 가구에 흠집나는 꼴은 못 봐요. 난 여기 없을 거거든요. 시티즈에 가서 필요한 물건들 챙겨 오려고요."

그 물건들 중에 딸내미는 당연히 불포함이겠지! 한나는 생각했다.

"레이크 에덴에 다시 이사 들어오니 로저가 좋아하던가요?"

리사가 물었다.

그러자 베브 박사는 고개를 가로저었다.

"로저는 이사 안 해요. 본 사무실이 시티즈에 있는데다가 진행해야 할 프로젝트도 여러 개 있거든요. 언젠가는 마을로 이사 오겠지만, 지금은 아니에요. 펜트하우스는 약혼 선물이에요. 얼마 전 받은 차처럼요. 로저는 통이 크거든요."

"그럼 펜트하우스에 혼자 사는 거예요?"

리사가 놀란 눈으로 물었다. 한나는 리사가 놀라는 이유를 알 것 같았다. 펜트하우스는 침실만 6개인데 그런 곳에 달랑 한 명만 산다는 건 어떻게 보면 우스운 일이었다.

"혼자 살긴 너무 넓죠. 나도 알아요."

베브 박사는 리사의 마음을 읽은 듯했다.

"하지만 손님들을 많이 초대할 생각이에요. 유흥을 즐길 예정이거든요. 그리고 공간을 좀 더 채워야 할 것 같아요. 오늘 아침에 옷장에 내 옷을 좀 넣었는데, 공간이 너무 많이 남더라고요. 그래서 옷이랑 구두 쇼핑을 가려고 해요."

"혼자 지내기 외롭지 않겠어요?"

리사가 물었다.

"오, 혼자가 아니에요. 항상 손님들이 같이 있을 거고, 이번 주말에 도우미도 뽑을 생각이거든요. 혹시 성실한 입주 도우미 아는 사람 있어요? 아니면 가정부나?"

세 여자는 거의 동시에 고개를 가로저었다.

"역시나군요."

베브 박사가 한숨을 내쉬었다.

"소개소를 알아봐야겠어요. 입주 도우미랑 가정부랑, 옥상정원을 돌볼 정원사랑 개인 비서도 필요하거든요. 생각해봐요. 내가 마을 사람들을 채용한다면 레이크 에덴 경제에도 도움이 될 거 아니에요. 멋지지 않아요?"

영원할 것 같은 침묵이 이어졌고 마침내 베브 박사가 웃음을 터뜨렸다.

"뭐, 환대를 기대했던 건 아니에요. 노먼도 오늘 점심 때 경고하더군요."

"노먼 삼촌이랑 다시 카페에 갔었어요?"

트레시가 물었다.

"아니, 꼬맹이. 레이크 에덴 호텔에 가서 같이 점심 먹었지. 너도 알다시피, 내가 지금 거기서 지내고 있잖니."

"네, 엄마가 말해줬어요. 샐리 아줌마가 할머니한테 전화로 알려줬고, 할머니가 다시 엄마한테 전화해서—"

"그만, 트레시!"

안드레아가 나섰다.

"미안해요, 엄마. 어른들 이야기할 동안 전 주방에 가서 레모네이드나 마시고 있을게요."

"착하기도 하지."

베브 박사가 달콤한 미소를 지었다. *착한 척하기는.* 한나는 생각했다.

"트레시가 재잘재잘 말이 많더군요. 저 꼬맹이랑 노먼이 이야기하는 걸 듣고 레이크 에덴에 다시 돌아와 산다는 게 어떨지 많이 깨달았죠. 노먼도 나의 귀환을 반기는 것 같지 않지만 노먼 같은 남자는 내가 잘 알아요. 그도 익숙해지게 될 거예요. 이제 병원에서보다 내 펜트하우스에서 지내는 시간이 더 길어진다고 해도 놀랄 일이 아닐걸요."

"로저는 어쩌고요?"

전혀 상대하지 않겠다고 한 결심을 깨고 한나가 물었다.

"두 사람, 약혼한 거 아니에요?"

"약혼했고말고요. 로저는 내가 원하는 대로 움직여줘요. 로저 같은 남자도 내가 좀 알거든요. 게다가 로저는 노먼 이상으로 나한테 많은 것을 주죠."

베브 박사가 하던 말을 멈추었고 한나는 아무런 대꾸도 하지 않았다. 또다시 침묵이 이어졌다. 더 이상 어떤 것도 묻고 싶지 않았다. 안드레아도 같은 생각인 듯했지만, 리사는 충동을 참지 못했다.

"그럼 다시 노먼을 붙잡겠다는 거예요?"

리사가 물었다.

"어머, 세상에! 당연한 거 아니에요! 노먼 같은 남자가 세상에 또 어디 있겠어요? 로저가 레이크 에덴에서 지내는 시간이 별로 많지 않다는 사실을 노먼이 알게 되면 나를 자주 찾게 될 거예요. 연인이 멀리 떨어져 있을 때 가장 의지가 되는 건 바로, 남자……친구죠."

베브 박사가 하던 말을 멈추고 손목시계를 확인했다.

"이런! 시간을 봐요. 이제 그만 가야겠네요. 리처드에게 내 새 차를 몰아보게 해준다고 했는데. 돔도 20분 내로 도착할 것 같군요."

베브 박사는 한나를 향해 세상에 다시없을 상냥한 미소를 지어 보였다.

"리처드 같은 남자도 내가 잘 다룰 줄 알죠. 그리고 보니…… 난 모든 남자들에 능숙하군요."

베브 박사는 한나를 향해 고개를 돌리더니 눈을 가늘게 떴다.

"나를 잘 지켜보는 게 좋을 거예요, 한나. 내가 남자들을 어떻게 다루는지 잘 보고 배우란 말이에요. 뭐, 싫음 말고요."

그 말과 함께 베브 박사는 컵케이크 상자를 들고 스크린도어도 닫지 않은 채 현관을 나섰다.

"마녀 같은 여자!"

리사가 말했다. 한나와 안드레아 역시 트레시가 옆에 없을 때 사용 가능한 욕설들은 충분히 많이 알고 있었다. 리사는 자리에서 일어나 스크린도어를 닫은 뒤 다시 돌아와 앉았다.

"리처드한테 새 차를 몰아보게 해준다니, 도대체 리처드가 누굴까요?"

"바스콤 시장님."

한나와 안드레아가 거의 동시에 대답했다.

리사는 생각에 잠긴 듯한 표정이었다.

"그럼, 설마……?"

"아마도."

리사가 말을 채 마치기도 전에 안드레아가 대답했다.

"원래 그 분야에 정통한 분이잖아. 엄마가 그러는데, 한 번에 세 다리를 걸친 적도 있대. 시장 부인을 제외하고도 말이야. 근데 여자들은 서로 그 사실을 몰랐다잖아."

"맙소사!"

리사는 놀란 듯했다.

"맞아. 맙소사지."

한나가 씩 웃었다.

"베브 박사나 시장님 모두 멀티태스킹에 능하다는 공통점이 있네."

네 명 중 단 한 사람만 어린이의 자격을 갖추고 있음에도 불구하고 나머지 세 사람은 순박하게도 방금 전에 무슨 일이 있었냐는 듯 도로에 평상형의 거대한 트레일러가 나타나자 거리의 사람들과 더불어 환호성을 질렀다. 거대한 크레인이 돔을 들어 올리자 세 사람은 또다시 환호성을 질렀고, 돔이 허공에 붕 뜬 채 천천히 올라가는 모습에 또다시 소리를 질렀다.

"저 크레인 진짜 크네요."

돔이 점점 높이 올라가는 모습을 바라보며 리사가 감탄했다.

"여기서 보길 잘했어."

안드레아가 말했다.

"돔 밑에 서서 구경하기는 싫거든. 저게 내 머리 위로 떨어지면 어떡하나 계속 불안할 것 같아."

"엄마 위로 곧장 떨어지면 괜찮아요."

트레시가 지적했다.

"돔이니까 엄마 위를 둥글게 덮을 거예요."

"떨어질 일 없어요."

리사가 말했다.

"크레인과 여러 줄의 철제 케이블로 연결되어 있기 때문에 설사 하나가 끊어지더라도 거뜬하다고 허브가 그랬어요."

하지만 안드레아는 여전히 불안한 눈치였다.

"그래도 위험을 감수하긴 싫어. 공중에서 흔들리는 것 좀 봐."

돔이 양옆으로 흔들거리며 호텔 2층을 지나는 모습을 보며 한나는 자신도 모르게 살짝 입을 벌렸다.

"이런 광경은 난생 처음이야!"

"나도요."

트레시가 말했다.

"우리 반 애들 다 왔나?"

"다 왔을걸."

리사가 말했다.

"아마 온 마을 사람들이 다 왔을 거야."

"왓슨 선생님도 스튜디오 창문으로 이걸 보고 있을까요?"

트레시가 물었다. 이걸 보기 위해 트레시는 여름 댄스 수업도 건너뛴 모양이다.

"분명 거기서 보고 계실 거야."

리사가 대답했다.

"다니엘의 스튜디오는 빨간 부엉이 식료품점 위, 2층이잖아요. 아마 마을에서 호텔만큼 높은 건물은 시청뿐일 거예요."

한나는 놀란 표정으로 리사를 쳐다보았다.

"시청도 2층밖에 안되잖아."

"제일 위쪽 꼭대기 탑이 있잖아요. 지금 허브도 거기서 지켜보고 있어요. 레이크 에덴 저널에서 나온 로드 메칼프와 함께요."

"그럼 할머니는 가게에서 보는 거예요?"

트레시가 물었다.

"그래."

한나가 대답했다.

"할머니 가게 2층 창문에서 무척 잘 보일 거야. 비즈먼 부인과 리사의 아버님도 거기 같이 계신단다. 레이크 에덴 역사학회 회원들 몇몇도 같이. 자그맣게 티파티를 하고 계셔."

"우리가 더블 왜미 레몬 케이크도 만들어드렸지."

리사가 말했다.

"그래서 오늘 아침에 일이 엄청 많았어!"

"근데 거기 보드카 들어가지 않아?"

안드레아가 물었다.

"원래 레시피에는 들어가."

한나가 말했다.

"그럼 엄마랑 엄마 손님들을 위해 특별히 바꾼 거야?"

"그렇기도 하고 아니기도 해요."

리사가 대신 대답했다.

"케이크를 두 개 만들어서 하나에는 보드카를 넣고, 다른 하나에는 크림을 넣었거든요. 손님들이 직접 고르실 수 있게요."

"보드카 대신 크림을 넣으면 케이크 이름이랑 안 맞는 거 아닌가?"

안드레아가 물었다.

한나는 애써 웃음을 감췄다. 오늘 안드레아는 유달리 베이커리 이름에 집착하고 있었다.

"보드카가 들어간 건 더블 왜미 레몬 케이크, 크림이 들어간 건 그냥 레몬 크림 케이크라고 부르기로 했어요."

"오, 그렇다면 괜찮고."

돔이 펜트하우스 위로 훌쩍 들어 올려지자 안드레아의 눈이 휘둥그레졌다.

"지금 저 사람들 뭐하는 거야? 너무 높잖아!"

그러자 리사가 고개를 가로저었다.

"아니에요. 일단 펜트하우스 정원 위쪽으로 올렸다가 위치를 가늠한 다음 아래로 내리려는 걸 거예요. 일단 공간을 만드는 거죠. 허브가 과정을 전부 설명해줬거든요. 일단 돔을 최대한 아래로 내린 다음에 흔들림이 멈추면, 위의 작업부들이 안쪽의 손잡이를 잡아 내리는 거죠. 그래서 자리를 잘 잡고 나면 크레인 운전수가 케이블을 끌러낸 뒤에 작업이 끝나는 거예요."

"정확성이 필요한 작업 같네."

안드레아가 말했다.

"그렇죠. 로저에게 돔을 판매한 사람이 작업부들까지 데려왔대요."

돔이 정원 위로 조금씩 내려지고 밑의 작업부들이 손잡이를 잡기 위해 손을 뻗기까지의 과정 내내 사람들 사이에는 긴장이 감돌았다. 한나는 처음으로 이럴 때 기본형 핸드폰 대신 카메라가 내장된 핸드폰이 있다면 정말로 좋았겠다는 생각이 들었다.

"잡았어요!"

리사가 돔을 가리키며 소리쳤다.

"크레인 운전수가 케이블을 풀고 있어요. 이제 돔 설치가 끝났나 봐요."

"토요일에 했으면 좋았을 텐데."

트레시가 말했다.

"그럼 바바라 이모도 이걸 볼 수 있었을 거잖아요. 계속 우리 아빠 비서도 하고요."

한나는 아무 말도 하지 않았다. 바바라가 누군가의 공격을 피하다가 옥상에서 떨어졌다는 사실을 안드레아는 트레시에게 아직 얘기해주지 않은 모양이었다.

안드레아는 대신 딸을 꼭 안아주었다.

"그러게 말이야, 트레시. 그래도 바바라 이모는 금방 회복될 거야. 나이트 박사님이 하루하루 좋아진다고 하셨는걸."

"다행이에요. 비서가 없을 때 아빠가 어떤지 엄마도 알잖아요. 바바라 이모가 휴가였을 때 아빠가 사무실에서 물건을 제대로 찾지 못했던 일 생각나요? 그래서 사람들한테 소리 질렀잖아요."

"그랬지."

안드레아가 미소를 지으며 대답했다.

"우리, 크레인 운전수 아저씨가 내려오는 대로 그래니의 앤티크에 가서 케이크 남은 것이 없나 한번 볼까?"

"와! 하루에 디저트를 두 개씩이나요!"

트레시가 활짝 웃으며 외쳤다.

"할머니도 보고 싶고, 더블 왜미 레몬 케이크도 먹어보고 싶어요. 베시는 벌써 먹어봤을 거 아니에요!"

"아마 아닐걸."

안드레아가 말하고는 한나와 리사를 향해 고개를 들고 설명했다.

"베시는 엄마한테 맡겼거든."

"베시는 왜 케이크 먹으면 안 돼요?"

"더블 왜미 레몬 케이크에는 보드카가 들어갔으니까, 트레시. 할머니가 그런 케이크를 베시에게 먹였을 리 없잖아."

"그럼 나도 먹으면 안 되겠네요. 안 그럼 아빠가 나를……."

트레시는 하던 말을 멈추고 잠시 생각하더니 웃음을 터뜨리기 시작했다.

"난 술은 안 마시니까 미성년자 음주로는 잡아가지 못해도, 미성년자 디저트 폭식으로는 잡아갈 수 있으니까요!"

더블 웨이 레몬 케이크

오븐은 175도로 예열합니다. 틀은 오븐의 중앙에 둡니다.

재료

작은 레몬 2개 껍질 갈은 것(약 2티스푼)

화이트 케이크 믹스 1상자(9×13인치 크기의 케이크 팬 분량)

인스턴트 바닐라 푸딩 믹스 1상자(슈가프리는 안 돼요–반 컵 분량으로 4개 만들 양)

식물성 기름 1/2컵 / 사우어 크림 1컵 / 보드카 1/3컵

큰 계란 4개 / 화이트 초콜릿 칩 6온스 포장(약 1컵)

> 한나의 첫 번째 메모: 처음 이 케이크를 만들 때는 푸딩이 들어간 화
> 이트 케이크 믹스를 사용했는데요. 완전 재앙이었어요. 케이크가 너무
> 빨리 익어서 번트팬에 달라붙어 버렸지 뭐예요. 그러니 푸딩이 들어간
> 케이크 믹스는 절대 사용하지 마세요!

만드는 법

1. 번트팬에 들러붙음 방지 스프레이를 뿌립니다.
2. 레몬을 간 다음 약 2티스푼의 제스트를 측량합니다. 그중 1/2티스푼은 따로 떼어 프로스팅용으로 보관합니다. 남은 것은 케이크 반죽에 넣습니다.
3. 화이트 케이크 믹스와 드라이 바닐라 푸딩 믹스를 반죽기 그릇에 넣고 낮은 속도로 반죽기를 돌립니다.

4. 식물성 기름, 사우어 크림, 보드카, 그리고 레몬 제스트를 넣고 계속 섞어줍니다.

5. 계란을 한 번에 하나씩 넣으며 중간 속도에서 돌립니다. 반죽이 가볍게 부풀어 오르지 않으면 속도를 제일 높게 올려 2분간 더 돌려줍니다.

6. 반죽기에서 그릇을 꺼내 작은 조각으로 잘게 다진 화이트 초콜릿 칩을 넣고 손으로 섞어줍니다. 초콜릿 칩을 잘게 잘라야 바닥에 가라앉지 않거든요. 하지만 너무 많이 섞진 마세요. 반죽에 공기가 최대한 많이 들어가야 하거든요.

7. 반죽을 준비해둔 번트팬에 부은 다음 고무 주걱으로 윗면을 부드럽게 다듬어줍니다.

8. 175도에서 50분간 굽습니다. 가운데 부분에 꼬챙이를 찔렀을 때 묻어나오는 것이 없이 깨끗하면 완성입니다.

9. 더블 왜미 레몬 케이크를 20분간 식힘망에서 식혀줍니다.

10. 20분 뒤, 케이크 가장자리를 칼로 훑습니다. 가운데 부분도 칼로 훑어주는 것 잊지 마세요.

11. 번트팬 위에 커다란 접시를 덮고 뒤집은 뒤 조심스럽게 팬을 빼냅니다. 프로스팅하기 전에 케이크를 완전히 식혀줘야 합니다.

한나의 두 번째 메모: 케이크에 알코올 재료를 넣고 싶지 않다면, 보드카 대신 라이트 크림 1/3컵으로 대체하세요. 그렇게 되면 레몬 크림 케이크가 되는데, 이것 또한 맛이 좋답니다.

더블 왜미 레몬 프로스팅

재료

슈가 파우더 1파운드(454g) / 부드러운 버터 1/2컵(112g) / 보드카 1/4컵

레몬 농축액 2티스푼 / 레몬 제스트 1/2티스푼

만드는 법

1. 슈가 파우더 1/2컵을 따로 덜어두고 나머지를 버터와 함께 믹싱볼에 넣고 섞습니다.

2. 그 위로 보드카와 레몬 농축액을 뿌려주면서 계속해서 섞습니다.

3. 프로스팅을 위해 따로 보관해뒀던 레몬 제스트를 넣습니다.

4. 프로스팅이 너무 되면 보드카를 좀 더 넣고, 너무 묽으면 따로 덜어둔 슈가 파우더를 더 넣습니다. 프로스팅이 어느 정도 발림성이 좋아지면 더블 왜미 레몬 케이크 위에 바릅니다(케이크 가운데에 난 구멍에도 프로스팅 하는 것 잊지 마세요!).

하나의 메모: 프로스팅에도 역시 보드카를 넣고 싶지 않다면 라이트 크림 1/4컵으로 대체한 뒤 레몬 크림 프로스팅이라고 부르면 됩니다.

"알았어요, 엄마. 모이쉐 밥 주고 나서 바로 갈게요."

한나는 발목에 머리를 비비적거리는 모이쉐를 내려다보며 말했다.

"가져갈 건 없어요? 잠깐 쿠키단지에 들러도 되는데."

"없다, 얘야. 바바라는 아직 딱딱한 음식을 먹을 수 없다는구나. 노먼이 오늘 오후에 브릿지 작업을 한 다음 내일이나 병원에 들르겠다고 했다더라. 치아 치료가 끝나고 나면 부드러운 음식도 먹을 수 있을 게다."

"좋은 소식이네요."

노먼이 베브 박사와 점심을 먹은 뒤 병원으로 곧장 돌아가 바바라의 브릿지 작업을 마무리했을까 한나는 궁금해졌다.

"어제 엄마의 브랜 머핀 반죽을 해봤는데, 여섯 상자 정도 나왔어요. 가는 길에 좀 가져갈까요?"

"나야 상관없다만 박사는 나이 든 환자들을 위한 곡물 레시피에 관심이 많잖니. 내가 먹어본 것 중 증조할머니가 만들어준 브랜 머핀이 가장 맛있더라."

"그게 이거잖아요."

"내 브랜 머핀이라며."

"레시피에 적힌 이름이 '엄마의 브랜 머핀'이에요. 잉그리드 할머니가 적으신 것 같아요. 할아버지랑 할머니 이름으로 된 가스 고지서 뒤편에 적혀 있는 레시피거든요."

"어머, 세상에! 설마 지금껏 연체하신 건 아니겠지!"

엄마가 탄성을 질렀다.

"납부하셨어요. '납부 완료'라고 도장이 찍혀 있으니까요."

"그렇다면 안심이로구나. 그럼 몇 시까지 올 게냐?"

한나는 사과 모양의 벽시계를 올려다보고는 모이쉐에게 밥을 주고, 옷을 갈아입고 병원까지 가는 데 소요될 시간을 가늠해보았다.

"박사님께 1시간 안에 간다고 전해주세요. 머핀도 넉넉히 챙겨서요."

전화를 끊은 뒤 한나는 약간의 한숨을 내쉬었다. 집에 도착한 지 30분도 채 되지 않아 전화벨이 울렸다. 전화를 받지 말까도 생각해봤지만, 시끄럽게 울려대는 전화벨 소리를 무시하기란 쉽지 않았다. 하는 수 없이 수화기를 들고 '여보세요' 한 다음, 한나는 엄마의 요청 사항들을 잠자코 듣고 있었다. 오늘따라 바바라의 상태가 무척 불안했고, 너무도 고집스럽게 한나를 만나고 싶다고 했다는 것이다.

"기다려, 모이쉐. 금방 밥 줄게."

녀석의 비비적거림이 이제는 거의 박치기가 되어버리고 있었다. 모이쉐의 밥그릇에는 아침으로 준 먹이가 조금 남아 있었지만, 그것만으로는 성에 안 차는 듯했다. 녀석도 저녁식사에는 좀 더 흥미진진한 먹을거리들이 나온다는 사실을 이제 경험으로 알고 있었다.

"연어? 아니면 참치?"

한나가 찬장에서 두 개의 통조림을 꺼내며 물었다.

"냐아아아옹!"

"그렇겠지." 한나가 미소를 지으며 말했다.

"내가 괜한 걸 물었네. 어젯밤에 참치를 먹었으니까 오늘은 연어가 낫겠다. 샐러드용 새우도 몇 개 얹어줄까?"

"냐아아아아아아옹!"

아까보다 더 길어진 대답에 한나는 웃음을 터뜨렸다. 고양이는 사람의
말을 알아듣지 못한다고들 이야기하지만, 한나가 맹세컨대, 모이쉐는 적
어도 여덟 단어는 알고 있다. 한나가 새우, 닭고기, 베이컨, 참치, 연어
그리고 생선이라는 단어를 이야기할 때마다 녀석은 꼬리를 높다랗게 들
고 힘차게 흔들어댔다. 사실 음식과 관계없는 단어에도 본능적인 반응을
보일 때가 있는데, 우선 커들스가 그렇다. 노먼이 키우고 있는 고양이 커
들스는 모이쉐의 절친인 터라 그 이름만 나오면 모이쉐의 귀가 절로 뒤
로 넘어가곤 했다. 그리고 그보다 더 강력한 반응을 자아내는 단어가 있
었는데, 그것은 바로 엄마였다. 엄마가 한나에게 전화를 걸어오거나 할
때면 녀석은 할로윈에나 어울릴 법한 위협적인 자세를 취하곤 했다. 하
지만 녀석이 그러는 데는 그만한 이유가 있었다. 엄마와 모이쉐는 처음
부터 뭔가 짝이 맞지 않았던 것이다. 갈기갈기 뜯겨나간 엄마의 실크 스
타킹 여러 켤레가 그 증거이기도 했다. 처음 모이쉐를 만났을 때 엄마는
녀석을 너무도 앙증맞고 귀엽고 상냥한 고양이 대하듯 했지만, 모이쉐에
게 그건 꽤 자존심 상하는 일이었던 모양이다. 첫날부터 녀석은 그런 대
우에 대해 반응을 보여주었다.

하지만 다행이 엄마와 모이쉐의 지금 관계는 그다지 격렬해 보이지 않
는다. 과격했던 몇 번의 만남 뒤 둘은 쉽지 않은 휴전 협정은 맺은 듯했
다. 엄마는 한나의 집을 찾을 때마다 온갖 다양한 간식들로 무장을 했고,
모이쉐는 그런 엄마 곁에 앉아 얌전히 엄마가 주는 간식을 받아먹으며
간혹 몇 번의 토닥임과 쓰다듬음도 허락하곤 했다. 만약 엄마가 간식을
갖고 오지 않는다면 어떤 일이 벌어질까 한나는 가끔 궁금하기도 했지만
맛깔난 뇌물 없이는 분명 평화도 존재하지 않을 터였다. 엄마가 전화를
걸어와 잠시 집에 들르겠다고 할 때마다 한나는 엄마가 간식을 깜빡했을

경우를 대비해 현관 옆에 간식 항아리를 놓아두곤 했다.

한나는 연어 통조림을 따서 모이쉐의 가필드 먹이그릇에 담아주었다. 그런 뒤 냉동실에서 샐러드용 새우 꾸러미를 꺼내 흔든 다음 새우 다섯 마리를 꺼내 흐르는 물에 해동시켰다. 그리고 녀석의 먹이그릇에 새우들을 얹어주었다.

"어서 먹어, 모이쉐."

한나는 녀석이 먹지 않을까 봐 염려하기라도 하듯 재촉했다.

"난 가서 빨리 샤워하고 옷 갈아입어야 해. 바바라를 만나러 병원에 가야하거든."

모이쉐는 먹이그릇에 머리를 넣은 채 한나를 쳐다보지 않았다. 녀석의 꼬리가 두어 번 흔들린 것으로 한나는 만족해야 했다.

20분도 채 지나지 않은 시각, 한나는 쿠키 트럭을 타고 병원으로 향하고 있었다. 운전을 하며 한나는 노먼에 대한 베브 박사의 협박 섞인 말들에 대해 곰곰이 생각해보았다. 정말 노먼이 양다리도 모자라 문어 다리를 걸치려 하는 여자에게 속을 만큼 어리석은 사람일까?

"베브 박사가 한 짓에 대해서는 노먼도 똑똑히 알고 있어."

병원으로 향하는 호수길에 접어들며 한나는 큰 소리로 혼잣말을 했다.

"그런데 또다시 그 여자에게 넘어갈 리 없잖아, 안 그래?"

한나의 질문에는 침묵만이 따를 뿐이었다. 트럭의 창문을 모두 내리고 프레드릭 밀러의 농가 울타리 옆을 지나는데도 소들조차 고개를 들어 한나의 질문에 답하지 않았다.

"아냐, 넘어갈지도 몰라."

한나는 자신의 질문에 큰 소리로 답했다. 그럴 리 없다고 믿고 싶지만 확신은 없었다. 오늘 오후 베브 박사의 이야기를 듣고 난 이후로는 더욱 자신이 없어졌다. 경찰서 교통안전과에서 설치한, 세 명의 교통사고 희생자가 발생한 지역이라는 세 개의 하얀 십자가 표지가 세워진 급격한 커브 지점을 돌며 한나는 길가에 줄지어 자라고 있는 층층나무의 가지들이 부러져 밑으로 처져 있는 것을 발견했다. 누군가 속도를 줄이지 않고 커브를 돌다가 밀러의 연못을 가리고 있는 덤불을 뚫고나간 모양이다.

한나는 길옆에 트럭을 세웠다. 부러진 가지들이 정리되지 않은 채 여전히 나무에 대롱대롱 매달려 있었다. 프레드릭 밀러는 사유지 관리에 철저한 사람인데, 이상한 일이었다. 한 주 전, 아니 며칠 전에 일어난 사고라면 프레드릭이 벌써 부러진 가지들을 치우고도 남았을 것이다. 하지만 쿠키단지에서도 사고 이야기 같은 것은 듣지 못했다. 꽤 화제가 될 만한 일이었을 텐데. 그렇다면 이건 일어난 지 얼마 되지 않은 사고다. 어쩌면 이 현장을 목격한 사람이 한나가 처음일 수도!

한나는 시동을 끄고 서둘러 트럭에서 내렸다. 그런 뒤 가지들을 헤치고 층층나무 아래쪽으로 내려가 발아래에 자리한 연못을 내려다보았다. 순간 눈에 들어온 풍경에 한나는 저도 모르게 손으로 입을 가리고 말았다. 밀러의 연못에 차가 한 대 빠져 있었던 것이다!

밀러의 연못은 물이 계속 샘솟는 못이었기 때문에 다른 연못에 비해 바닥에 가라앉은 부유물이 없어 깨끗했다. 하지만 깊이는 가장 낮은 곳이 15피트(4.5미터)에 이를 정도로 깊었다. 몇몇 사람들은 깊이로 따지면 밀러의 연못은 연못이라기보다는 호수에 가깝다고 평하기도 했다. 차가 10피트(3미터) 아래 잠겨 있다고는 하지만, 수영에는 자신이 있어서 필요하면 연못에 뛰어들 수도 있다.

한나는 재빠른 결정을 내린 뒤 가파른 연못가를 조심스럽게 미끄러져 내려갔다. 하지만 다행이 아래로 떨어지지는 않았다. 차에 아직도 누군가가 있다면 한시라도 빨리 구해주어야 한다!

가까이 다가가서 보니 차는 빨간색의 오픈카였다. 그리고 맑은 물 아래로 운전대 뒤에 자리한 누군가의 모습이 보였다.

한나는 망설임 없이 남은 비탈을 내려가 연못 가장자리에 다다르자 신발을 벗어던지고 물로 뛰어들었다.

밀러의 연못은 농가 주변에 살고 있는 아이들에게는 매력적인 수영장이었다. 물이 본격적으로 깊어지기 전 7.5미터가량은 욕조 깊이만큼 얕았기 때문이다. 하지만 수영을 즐기는 사람들은 더 깊은 곳까지 들어가기 위해 얼마간 연못 속을 걸어야만 했다. 한나는 결연한 의지로 연못 안쪽으로 걸어 들어가 수영을 할 수 있는 깊이에 이르자 연못 중앙을 향해 빨리 헤엄치기 시작했다.

누군가 올림픽에 내보내겠다며 한나의 수영 기록을 측정했다면, 한나는 거뜬히 수영팀에 합류하고도 남았을 것이다. 차가 있는 지점에 가까워지자 한나는 물 밑으로 잠수해 처음으로 차의 모습을 제대로 확인했다.

운전대 뒤에 자리한 운전자의 긴 금발머리가 연못으로 끊임없이 흘러드는 물의 흐름을 따라 흔들거리고 있었다.

이런! 호흡을 위해 다시 수면 위로 오르며 한나의 마음이 경고의 메시지를 보냈다. *정말 저 여자를 구하려고 하는 거야?* 한나는 경고를 무시한 채 다시 물속으로 잠수했다. 아까 본 것이 맞았다. 차는 빨간색의 오픈카였다. 그리고, 운전대 뒤에는 금발의 여자가 앉아 있었다. 한나가 잘못 본 것이 아니었다. 차의 옆면으로 헤엄쳐서 다시 보니 차는 마세라티 오픈카였고, 운전자는 다름 아닌 베브 박사였다!

한나는 재빨리 안전벨트가 있는 지점을 찾아 걸쇠를 풀었지만, 베브 박사는 하얀색 가죽 시트가 덮인 운전석에서 꼼짝도 하지 않았다. 그녀가 죽었는지 살았는지는 알 수 없지만, 어쨌건 지금은 맥을 짚어볼 시간이 없다. 한나는 수면으로 올라가 크게 숨을 내쉰 뒤 다시 잠수했다.

지금 상황에서 한나가 할 수 있는 일은 딱 하나뿐이다. 한나는 베브 박사에게 팔을 둘러 힘껏 잡아당겼다. 부력이 도움을 주긴 했지만, 힘이 충분치 않았다. 한나는 다시 베브 박사 밑으로 들어가 있는 힘껏 그녀를 밀어 올렸다. 한나는 데드웨이트(deadweight: 현실적으로 선적할 수 있는 최대 중량을 의미, 즉 극도로 무거움을 뜻하는 표현)의 진정한 의미를 알 것만 같았다. 노면을 사이에 두고 경쟁을 벌이던 여자를 수면 위로 밀어 올리며 한나는 불길하게 실감하고 있는 그 죽음의 무게가 현실이 아니기를 간절히 바랐다.

베브 박사의 가슴에 팔을 두른 채 한나는 가까스로 헤엄을 쳤다. 그녀를 놓친다면 돌처럼 바다로 가라앉을 게 뻔했다. 연못의 움푹한 곳에 다다르자 한나는 두 팔로 베브 박사를 잡고 물가로 그녀를 이끌었다.

희망은 희미했지만, 한나는 즉각 그녀에게 인공호흡을 실시했다. 생각할 시간 같은 건 없었다. 한나는 경찰서에서 배운 절차대로 침착하게 인공호흡을 진행했다.

수십 년은 족히 되는 듯한 시간이 흐른 뒤 한나는 방수 기능이 있는 손목시계를 내려다보았다. 아무런 반응을 보이지 않은 지 5분이 지났다. 베브 박사는 자가호흡의 징후를 전혀 보이지 않고 있었다. 한나는 다시 인공호흡을 시작했다. 하지만 10분이 지나도 베브 박사의 숨은 돌아오지 않았다. 한나는 그래도 20분간을 꾸준히 인공호흡을 했다. 그런 뒤 가파른 제방 위로 올라가 트럭에서 핸드폰을 꺼냈다.

다행히 핸드폰의 배터리가 가득 충전이 되어 있어 한나는 곧장 마이크의 핸드폰으로 전화를 걸었다.

"마이크!"

그가 전화를 받자 한나가 탄식을 했다.

"지금 당장 밀러의 연못으로 와줘요. 구급대에도 연락하고요. 베브 박사가 사고가 났는데, 아무래도 죽은 것 같아요!"

"그 난리를 겪고도 이걸 갖고 온 게냐?"

한나가 엄마에게 브랜 머핀 상자를 건네자 엄마가 깜짝 놀라며 물었다.

잠시였지만 한나는 혼란스러웠다. 엄마의 말을 제대로 이해하는 데에 시간이 걸렸다.

"어떻게 아셨어요?"

"구급대 요청 전화가 왔을 때 박사가 알려줬단다."

"아."

한나는 나이트 박사의 책상 가장자리에 몸을 기댔다. 자리에 앉고 싶었지만, 온몸이 젖어서 플라스틱이 아닌 천 소재가 덮인 의자에는 차마 앉을 수 없었다.

"이걸 걸치거라, 얘야."

엄마가 꾸러미 하나를 건넸다.

"젖은 옷을 얼른 갈아입어야겠다. 떨고 있구나."

한나는 엄마가 건넨 꾸러미를 받아 들었다. 엄마가 말해주기 전까지 춥다는 사실도 알아채지 못했다. 물론 정말로 추운 건 아니었다. 이렇게 몸이 떨리는 건 베브 박사를 물 밖으로 끌고 나오느라 기운을 모두 써버렸기 때문일 것이다. 정확한 이유가 무엇이건 간에, 한나는 몸이 몹시 떨려 이제는 이가 딱딱 부딪힐 정도였다.

"안에 들어가서 뜨겁게 샤워라도 하거라."

엄마가 나이트 박사의 욕실을 가리키며 말했다.

"기분이 한결 나아질 게다. 샴푸랑 수건이랑 필요한 건 다 있다. 젖은 옷은 건조기에 넣고."

"알았어요."

한나는 엄마의 명령에 고분고분 따랐다.

"샤워하는 동안 난 주방에 가서 뜨거운 커피 한 잔 준비하마. 그러고 보니 배도 고프겠구나."

"아뇨. 괜찮아요."

한나는 오늘 자신이 뭔가를 먹었는지조차 잘 기억이 나지 않았다. 어떤 이유에선지 머릿속이 자꾸만 멍해져서 제대로 생각하기가 어려웠다.

"그럼 금방 돌아오마, 얘야."

엄마는 말은 마치고 한나를 욕실 쪽으로 부드럽게 밀었다.

"어서."

한나에게는 샤워할 기운도 남아 있지 않았지만 그래도 한나는 방을 가로질러 욕실로 향했다. 마이크와 로니가 도착할 때까지 한나는 베브 박사의 시신 옆을 지켰다. 그런 뒤 혼자 다시 운전을 해 병원에 도착한 것이다. 에덴 호수 주변의 구불구불한 길들을 지나며 한나는 끔찍한 외로움을 느꼈다. 생각지도 못한 사람의 갑작스러운 죽음에 충격에서 좀처럼 벗어날 수 없었다. 베브 박사는 자신의 멋진 오픈카를 타고 호숫가 길을 달리며 곧 새 펜트하우스로 이사할 생각에 부풀어 있었을 것이다. 좋아하는 음악을 들으며 산들바람에 아름다운 금발을 날린 채 로저와 함께 고른 새 가구들을 어디에 배치하면 좋을지를 고민하고 있었을 테지. 몇 분 후면 온갖 거짓말과 계략으로 손에 쥔 돈들을 다시 도둑맞은 채 밀러의 연못 바닥에서 차갑게 죽어가리라곤 상상도 못한 채.

한나는 자꾸만 밀려드는 어두운 생각들을 떨쳐내려 애썼다. 엄마 말대로 뜨거운 샤워를 하면 기분이 나아질지도 모르겠다. 한나는 욕실 문을 열고는 깜짝 놀라 눈을 깜빡거렸다.

욕실은 세 개의 독립적인 별실로 구성된 거대한 공간이었다. 첫 번째 칸에는 거울과 세면대, 약품 찬장에 변기까지, 여느 욕실에서나 볼 수 있는 모습대로 꾸며져 있었고, 두 번째 칸은 첫 번째 칸보다 더 넓은 공간으로, 필요한 것이 잘 갖춰진 탈의실처럼 보였다. 나이트 박사는 병원에서 보내는 시간이 많기 때문에 샤워를 하고 목적에 따라 달리 정해진 옷을 갈아입을 수 있는 넓은 공간이 필요할 터였다. 수술복부터 회진을 돌 때 입는 하얀 가운, 그리고 환자 가족들과 상담할 때 입는 평상복까지. 한쪽 벽면에는 거울이 달린 옷장이 자리하고 있었는데, 그 안에 나이트 박사의 다양한 의상들이 걸려 있을 터였다. 옷장이 자리한 곳 반대편에는 광택이 나는 스테인리스 소재의 세탁기와 건조기도 설치되어 있었다. 그것을 보자마자 한나는 젖은 옷을 벗어 건조기에 집어넣었다.

세 번째 칸에는 유리 벽면에 둘러싸인 샤워 부스가 있었는데, 엄마가 한나를 위해 수건 몇 장을 가져다놓은 것이 눈에 띄었다. 그것이 한나에게는 관심과 사랑의 증표처럼 느껴졌다. 샤워기를 틀고 뜨거운 물줄기 아래 들어서자 그러한 느낌은 더욱 강해졌다. 어떻게 하면 한나의 기분이 나아질지 엄마는 잘 알고 있었다. 역시 엄마가 가까이에 있다는 건 행복한 일이다.

10분 후, 한나는 믿을 수 없을 만큼 가벼워진 기분으로 샤워 부스에서 나왔다. 그런 뒤 엄마가 건넨 꾸러미를 열어보았다. 거기에는 레이크 에덴 메모리얼 병원이라고 스텐실이 찍힌 초록색 수술복이 들어 있었다. 얼핏 보기에는 한나에게 맞는 사이즈 같았다. 한나는 웃옷을 입은 다음 끈이 달린 바지를 입고는 미소를 지었다. 전부 한나에게 꼭 맞았다. 심지어 병원표 양말도 있었는데, 원 사이즈로 바닥에는 미끄럼 방지 패치까지 붙어 있었다. 한나는 수건으로 머리를 닦은 뒤 탈의실 벽에 걸린 헤어드라이어로 머리카락을 말렸다.

"이 정도면 됐어."

한나는 옷장 거울에 비친 자신을 바라보며 말했다. 수술복의 초록색이 한나의 머리카락 색깔과도 잘 어울렸다. 막 욕실에서 나가려는데 문에 노크소리가 들렸다.

"괜찮으냐, 애야?"

"괜찮아요. 지금 나가요."

한나는 문을 열고 밖으로 나섰다.

"여기 앉거라."

엄마가 나이트 박사 책상 앞에 놓인 방문자용 의자 중 하나를 가리키며 말했다.

"블랙커피와 달콤한 차도 가져왔단다. 놀란 가슴 진정시키는 데에는 달콤한 차가 좋다고 해서 말이다. 어느 걸 마실지는 네가 선택하거라."

한나는 잠시 고민했다. 평소에는 차를 잘 마시지 않는데, 이상하게도 오늘은 차가 마시고 싶어졌다.

"차 마실게요."

한나가 말했다.

"정말 놀란 모양이구나."

엄마가 말했다.

"차를 별로 안 좋아하잖니."

"네, 근데 솔깃하네요."

엄마는 재빨리 고개를 끄덕였다.

"역시 충격 때문이야. 그래서 차가 마시고 싶어진 거란다."

"차 마시고 난 다음에 블랙커피도 마실래요."

한나가 뜨거운 차를 홀짝이며 말했다.

"초콜릿이 있으면 더 좋겠는데, 지금 없죠?"

엄마는 아무 말 없이 창문 옆에 자리한 파일 캐비닛으로 가더니 제일 위쪽 서랍을 열어 무언가를 꺼내 한나를 향해 돌아섰다.

"패니 파머?"

"그래, 비상시를 대비해 넣어둔 거지. 이만하면 비상 상황이 아니냐?"

"그럼요. 완벽한 비상 상황이죠. 혹시 가운데가 부드러운 종류예요?"

"물론이지."

엄마는 상자를 책상에 내려놓은 다음 한나가 볼 수 있도록 뚜껑을 열었다.

"나도 가운데가 부드러운 종류가 제일 맛있더라. 박사가 오늘 아침에 나한테 준 거란다."

"특별한 이유가 있어요?"

한나는 다크초콜릿 위로 손을 가져가며 가운데에 메이플 시럽이 들었으면 좋았을 텐데 하고 생각했다.

"그건 아니고 그냥 감사의 선물이란다."

"뭐에 대해서요?"

한나는 초콜릿 하나를 집었다.

"쇼핑몰에 같이 가서 새 재킷 사는 걸 도와줬거든. 박사가 옷을 잘 고를 줄 몰라서 말이다. 내가 나서지 않으면 그 낡아빠진 트위드 재킷을 주구장창 입고 다녔을 게야. 그 재킷이 글쎄, 어머님이 살아 계셨을 때 직접 골라주신 거라고 하더구나."

박사의 트위드 재킷이라면 한나도 잘 알고 있었다. 엄마의 말대로, 낡고 볼품없는 재킷이었다.

"패션 감각 없는 건 나이트 가 유전인가 보네요?"

"그런 것 같구나."

엄마가 밀크초콜릿을 입힌 파인애플 크림의 마지막 조각을 입에 넣으며 말했다.

"박사는 늘 내가 있어서 얼마나 다행인지 모르겠다고 하잖니."

한나는 잠자코 화이트초콜릿을 입힌 코코넛 크림으로 손을 뻗었다. 그게 도대체 무슨 의미일까 한나로서는 알 수 없었다.

"나이트 박사님은 어디 계세요?"

"아직 현장에 있단다, 얘야. 몇 분 전에 전화를 했는데, 현장에서 널 봤을 때 눈가가 촉촉한 것이 무척 놀란 것 같다고 일러주더라."

"그럼 뜨거운 샤워도 박사님 아이디어였어요?"

"아니, 그건 내 생각이었지. 달콤한 차는 물론 박사 아이디어였지만."

"흠, 확실히 효과가 있어요. 뜨거운 샤워에 달콤한 차와 블랙커피, 패니 파머 초콜릿까지 먹고 나니 기분이 훨씬 좋아졌어요."

엄마는 초콜릿 상자를 한나 쪽으로 더 밀어주었다.

"그럼 이제 바바라를 보러 갈 수 있겠느냐?"

"아직은 좀 그렇지만, 금방 괜찮아질 거예요."

"그럼 연못에서 어떻게 된 일인지 얘기해줄 수는 있겠니?"

엄마가 물었다. 하지만 이내 미안한 표정을 지었다.

"물론 네가 내키지 않는다면 얘기하지 않아도 된다."

엄마가 덧붙였다.

한나는 밀크초콜릿을 하나 집어 안에 다크초콜릿이 든 사실을 깨닫고는 기분이 좋아졌다. 엄마는 늘 살인사건 현장이 어떠했는지 궁금해하곤 했지만, 이번 것은 살인사건이 아니라 교통사고였다.

"좋아요."

한나는 살아 있는 베브 박사를 본 마지막 순간부터 시작해 피터슨 집 현관에서 있었던 일, 그리고 연못에 차가 빠진 것을 보자마자 베브 박사를 구하기 위해 물속에 뛰어들었고, 간신히 그녀를 꺼내 뭍으로 끌고 나왔던 일은 물론 인공호흡을 했지만 소용이 없었고, 결국 마이크에게 전화를 걸었던 일까지 전부 엄마에게 이야기했다.

"이런, 세상에!"

엄마는 연약하게 몸을 떨며 탄식했다.

"이런 말 하기 끔찍하지만, 베브 박사가 너에게 그토록 못되게 굴었으니, 신이 내린 벌이 아닌가 싶구나."

한나는 조금 놀라고 말았다. 엄마가 자신을 사랑한다는 건 잘 알고 있었지만, 피터슨의 집 현관에서 베브 박사가 했던 이야기에 대해 들었을 때 엄마는 자신의 새끼들을 지키려는 암사자마냥 한나를 감싸주려 애를 썼다.

"너한테는 무척 끔찍한 일이었겠구나. 하필 그 여자를 찾아낸 게 너였으니 말이다."

엄마는 살짝 한숨을 쉬며 한나의 손을 토닥였다.

"하긴, 너한테는 자주 있는 일이다만."

"그렇죠."

한나도 인정했다.

"하지만 절대 익숙해지진 않아요."

"그래, 이번 건은 충격이 더했겠구나. 너도 베브 박사가 없어져버렸으면 좋겠다는 생각 한 번쯤은 했겠지. 박사가 마을을 떠나기 직전에 네가 했던 말도 내가 들은 바 있고 말이다. 아마 한 번이 아니라 수십 번은 생각했을 게다. 근데 정말로 죽은 베브 박사를 네가 찾아내다니."

한나는 잠시 생각에 잠겼다. 정작 한나는 죄책감 같은 건 전혀 느끼고 있지 않았는데, 엄마가 지나치게 상상하고 있는 듯했다.

"베브 박사가 죽었으면 좋겠다고 생각한 적은 한 번도 없어요. 좀 착해졌으면 좋겠다고 생각한 적은 있어도."

"네가 나보다 낫구나."

엄마가 한숨을 내쉬며 말했다.

"초콜릿 더 먹거라, 애야. 아직도 얼굴이 창백해."

한나는 초콜릿을 하나 더 집으려다 초콜릿이 이제 겨우 세 개밖에 남지 않았다는 사실을 깨달았다. 한나는 깜짝 놀라 엄마를 쳐다보았다.

"제가 다 먹은 거예요?"

"아니, 나도 거들었지."

"다음에 쇼핑몰에 갈 일이 있으면 하나 사드릴게요."

한나가 약속했다.

"그럴 필요 없다. 박사 책상 서랍에도 몇 상자 더 있거든. 박사 말이 이게 있어야 내가 더……."

엄마는 하던 말을 멈추고 어깨를 으쓱했다.

"'고분고분해진다'는 표현을 쓰더구나."

"아."

한나는 최대한 모호하게 반응했다. 그러고는 생각했다. 노먼이 돔 페리뇽을 가져왔을 때 내가 사용했던 표현이랑 똑같아. 그때 노먼은 나를 고분고분하게 만들 수 있는 샴페인은 세상 어디를 뒤져도 없을 거라고 했는데. 하지만 우리 엄마는 페니 파머 몇 상자로 고분고분해질 수 있단 말인가?

"이제 바바라를 만나러 갈 준비가 되었느냐?"

엄마가 물었다.

"나도 같이 가마."

"준비됐어요."

한나는 엄마의 초콜릿을 거의 다 먹어버린 자신의 죄를 조금이라도 덮기 위해 상자의 뚜껑을 꼭 닫으며 대답했다. 그런 뒤 자리에서 일어나 엄마와 함께 나이트 박사의 사무실을 나섰다. 샴페인이니, 초콜릿이니, 고분고분해지는 것 따위의 일은 머릿속에서 지운 채.

두 사람이 병실에 들어서자 바바라는 미소를 지었다. 침대 옆 의자에 앉아 있는 그녀는 전보다 좋아 보였다. 여전히 모니터와 연결된 장치들을 부착하고 있고, 정맥과 연결된 기계에서는 불규칙한 기계음이 들리고 있었지만, 그래도 침대에서는 벗어나 있었다.

"부인의…… 딸인가요?"

바바라가 물었다.

"나예요, 바바라. 한나요."

한나는 엄마를 향해 고개를 돌렸다.

"딜로어의 딸인 건 맞고요."

"안녕, 한나. 간호사인 줄 몰랐네."

"한나는 간호사가 아니야."

엄마가 말했다.

"왜 그렇게 생각했는지는 알겠어. 한나가 옷이 젖어서 병원 옷으로 갈아입었거든."

"그렇군요. 초록색이 정말 잘 어울려, 한나."

"고마워요."

한나는 인사한 뒤 엄마와 시선을 주고받았다. 바바라의 컨디션이 오늘은 그런대로 괜찮아 보였다. 그러니 왜 한나를 불러달라고 했는지 물어봐도 좋을 듯했다.

"날 만나고 싶다고 했다면서요, 바바라."

"한나가 키우는 고양이 이름이 통 생각이 안 나서. 이름들이 자꾸 헷갈려."

"우리 고양이 이름은 모이쉐예요."

"그렇지. 맞아, 그랬어. 왜 자꾸 기억이 안 나는지 모르겠어. 뇌가 아직도 부어 있나 봐. 모이쉐가 혹시 내 테라피 고양이가 되어줄 순 없을까?"

"테라피 고양이요?"

한나가 되물었다. 바바라가 무슨 이야기를 하고 있는 것인지 이해할 수가 없었다.

"테라피 고양이라는 것도 있어요?"

"아직 없다면 꼭 만들어야 한다고 생각해."

바바라가 대답했다.

"테라피 강아지들은 있잖아. 오늘 아침에도 한 마리가 왔었어. 이름은 기억이 안 나는데, 그 아이를 보니 무척 반가웠어. 그때 테라피 강아지 대신 테라피 고양이면 더 좋을 것 같단 생각이 들었고. 내 고양이가 보고 싶어. 지금 누군가 대신 돌봐주고 있는 거 맞아? 내가 마지막으로 먹이를 준 게 언젠지 기억이 안 나. 화요일에 받아쓰기 시험을 보러 학교에 가면서 먹이 주는 것을 잊어버린 것 같은데."

"걱정 마, 바바라."

바바라의 기분이 또다시 나빠지기 전에 엄마가 재빨리 나섰다.

"한나랑 내가 잘 돌보고 있으니."

"고마워요…… 딜로어."

180

바바라가 인사했다. 이번에도 엄마의 이름을 기억해내는 데 시간이 걸린 모양이었다. 얼마간의 침묵 뒤에 마침내 한나가 입을 열었다.

"내가 뭐 도와줄 건 없어요, 바바라?"

한나는 엄마나 나이트 박사가 한나 고양이의 이름을 대신 가르쳐줄 수도 있었을 텐데, 굳이 바바라가 자신을 부른 이유가 궁금했다.

"그 아이를 데려와줘."

"바바라의 고양이를?"

엄마가 물었다.

"그럴 리가요. 그 아이는 몇 년 전에 죽었잖아요. 엄마랑 제가 장례식도 치러줬는걸요. 뒷마당 수돗가 근처 류바브 덤불 밑에 묻어줬어요. 그때 참 많이 울었는데. 좋은 녀석이었거든요."

"정 주고 키우던 애완동물을 떠나보내는 일이란 늘 힘이 들지."

엄마가 가련한 듯 말했다.

한나는 안도의 한숨을 내쉬었다. 바바라의 정신이 다시 제자리를 찾은 듯했다. 누가 옆에서 일러주지도 않았는데 어린 시절 키우던 고양이가 몇 년 전에 죽었다는 사실을 떠올렸으니 말이다. 돌아가신 아버지와 존재하지도 않는 남동생에 대한 이야기가 나올 때만 머릿속이 극도로 혼란스러워지는 것일지도 모른다.

"그렇게 해줄래, 한나? 박사님이 괜찮다고 하시면?"

"박사의 이름이 생각난 모양이구나!"

엄마가 바바라를 향해 따뜻한 미소를 지어 보이며 탄성을 질렀다.

"정말 잘됐어!"

바바라는 어리둥절한 표정을 짓더니 이내 고개를 가로저었다.

"잘된 일이 아니에요. 디⋯⋯딜⋯⋯딜로어. 박사님 이름은 생각이 안나요."

"하지만 방금 박사님이라고 했잖니!"

"그랬죠. 박사님이니까 박사님이라고 부른 것뿐이에요."

"아."

엄마는 실망한 듯했지만 겉으로 내색하진 않았다.

"그렇구나, 바바라. 대부분의 사람들이 박사를 박사라고 부르지. 그래도 내 이름은 기억했잖아. 난 그것도 노력의 결과라고 봐."

"그랬죠. 제가 기억을 했죠."

바바라는 기쁜 표정으로 한나를 돌아보았다.

"이제 네 이름도 기억할 수 있을 것 같아. 널 볼 때마다 네가 바나나로 쿠키를 만드는 게 생각이 나거든. 바나나와 비슷한 발음이 나는 게한나니까, 네 이름은 한나야. 우리 간호사가 이름의 음운을 타는 방법을알려줬지."

"좋은 간호사 분을 만난 것 같네요."

한나가 말했다.

"오, 정말이야. 간호사 이름도 기억났으면 좋겠는데, 머니(money)랑 발음이 비슷해서 내가 허니(honey)라고 불렀는데, 그게 다가 아니야. 돈의 종류였던 것 같은데, 뭐였지? 니켈?"

바바라가 웃기 시작했다.

"확실한 건 그녀의 이름이 피클은 아니란 거야!"

한나도 참지 못하고 웃음을 터뜨렸다. 그러자 엄마도 웃음에 동참했고, 세 사람은 그렇게 얼마 동안을 신나게 웃어젖혔다.

"그 간호사를 만나게 되면 이름이 기억날 거예요."

한나가 진심을 담아 말했다. 바바라를 만나보길 잘했다는 생각이 들었다. 그녀는 정말로 회복되고 있었다.

"그럼, 정말 해줄 거지, 한나?"

바바라가 물었다.

무엇을 해줄 거냐고 묻는 건지 바바라에게 물으려는 찰나에 한나는 감이 잡혔다.

"병원에 모이쉐를 데려와 달라는 거군요?"

"그래, 고양이 방문이 금지될 이유가 없잖아. 강아지들은 얼마든지 드나드는데 말이야. 어젯밤에도 작은 강아지 한 마리가 옆 병실 남자의 병문안을 왔었어. 테라피 강아지로 훈련을 시키고 있더라고."

한나는 즉각 결정을 내렸다.

"나이트 박사님이 동의하시면 내일 모이쉐를 데려올게요."

한나가 약속했다.

"아, 잘됐다. 덩치 큰 착한 녀석이잖아. 난 큰 고양이가 좋아."

"그건 어째서?"

엄마가 물었다.

"밤에 괴물이 날 찾아오거든요. 꼭 커다란 백색 쥐처럼 생겼는데, 모이쉐처럼 큰 고양이가 곁에 있으면 그 괴물을 쫓아낼 수 있을 거예요."

엄마의 브랜 머핀

오븐은 예열하지 마세요. 반죽을 충분히 숙성시켜야 합니다.

재료

물 1컵 / 건포도 1컵 / 브랜 플레이크 2컵 / 황설탕 1컵

소금기 있는 부드러운 버터 1/2컵 / 큰 계란 3개 / 베이킹소다 2티스푼

소금 1/2티스푼 / 시나몬 1티스푼 / 바닐라 농축액 1티스푼

다목적용 밀가루 3과 1/2컵 / 버터밀크 2컵(휘핑크림으로 대체해도 됩니다)

오트밀 2컵 / 브랜 플레이크 추가 2컵(총 4컵이 필요한 거죠)

만드는 법

1. 소스팬에 물을 담아 가스레인지에서 끓입니다.
2. 물이 끓기를 기다리는 동안 건포도를 측량하여 중간 크기의 믹싱볼에 넣습니다.
3. 브랜 플레이크 2컵을 믹싱볼에 더합니다.
4. 물이 끓으면 브랜 플레이크와 건포도가 담긴 믹싱볼에 붓고 살짝 저어줍니다. 건포도가 물에 푹 잠길 수 있도록 해주세요. 그래야 부풀 수 있거든요.
5. 머핀 반죽을 하는 동안 믹싱볼은 옆에 살짝 치워둡니다.

한나의 첫 번째 메모: 반죽 과정은 전자 반죽기가 있으면 훨씬 편하답니다. 그릇은 가장 큰 걸 사용하셔야 해요!

6. 황설탕을 큰 믹싱볼에 넣습니다.

7. 거기에 부드러운 버터를 더합니다(버터는 실온에 놓아두면 저절로 녹아 부드러워진답니다).

8. 황설탕과 버터를 잘 섞어줍니다.

9. 계란을 하나씩 깨트려 넣으며 잘 섞어줍니다.

10. 베이킹소다, 소금, 시나몬, 바닐라 농축액을 넣고 섞어줍니다.

11. 베이킹을 시작할 때 뜨거운 물을 부어두었던 브랜 플레이크와 건포도 혼합물의 믹싱볼 옆면을 만져보아 계란이 익을 만큼 뜨겁지 않으면 그것을 아까의 큰 믹싱볼에 더한 뒤 잘 섞어줍니다.

12. 밀가루를 측량합니다.

13. 버터밀크 2컵을 측량합니다(휘핑크림도 좋습니다).

14. 믹싱볼에 밀가루 1/3컵을 넣고 잘 섞습니다.

15. 그런 뒤 버터밀크도 1/3컵 붓고 잘 섞습니다.

16. 남은 밀가루의 반을 넣고 섞습니다.

17. 이제 남은 버터밀크의 반을 넣고 섞습니다.

18. 남은 밀가루를 전부 넣고 섞습니다.

19. 남은 버터밀크를 전부 넣고 잘 섞어줍니다.

하나의 두 번째 메모: 마지막 두 재료를 넣을 때에는 기계 대신 손을 사용하는 게 좋습니다. 특히 내용물이 넘칠 정도로 반죽이 차오를 때면 손을 사용하는 게 더 안전하겠죠.

20. 오트밀 2컵을 넣고 섞어줍니다.

21. 마지막 브랜 플레이크 2컵을 넣고 섞어줍니다.

22. 마지막 반죽을 끝낸 뒤 믹싱볼 위를 비닐랩으로 덮은 뒤 냉장고에 넣어 2시간 이상 숙성시킵니다(밤새 숙성시키면 더 좋습니다. 따뜻한 머핀은 누구나 반기는 아침식사 메뉴니까요).

23. 구울 준비가 되었으면 오븐을 190도로 예열하고, 틀은 오븐의 중앙에 둡니다.

24. 오븐이 어느 정도 예열되었으면 머핀 팬을 준비합니다.

25. 머핀 컵에 들러붙음 방지 스프레이를 뿌리거나 컵케이크용 기름종이를 깔아줍니다.

26. 이 머핀은 구운 후에도 많이 부풀어 오르지 않으니 컵의 3/4 정도가 차게끔 반죽을 붓습니다.

한나의 세 번째 메모: 리사와 저는 2-테이블스푼 스쿠퍼를 사용해 반죽을 머핀 컵에 옮겨 담았답니다. 일반 숟가락을 사용하는 것보다 더 깔끔하게 반죽을 담을 수 있어요.

27. 190도에서 20분간 굽습니다.

한나의 네 번째 메모: 머핀 반죽을 비닐랩으로 단단하게 덮어 냉장고에 넣어둔다면 6주 정도까지는 거뜬히 보관이 가능합니다(네, 맞아요. 무려 6주요!). 그렇게 보관하면서 먹고 싶을 때마다 적당량만 덜어 오븐에 굽는 거예요.

28. 머핀은 팬에 담긴 채로 20분간 식힌 다음 식힘망으로 옮

겨 완전히 식힙니다. 그리고 마지막에는 틀에서 머핀을 꺼내 식힘망에 올린 채 식힙니다. 따뜻하게 먹어도 맛있고 차게 먹어도 맛있습니다.

한나의 다섯 번째 메모: 점보 사이즈의 머핀을 만들고 싶다면 190도에 서 30분간 구워주세요.

당부의 말: 다들 이 브랜 머핀이 소화나 장 건강에 도움을 준다고 하 는데, 그건 사실이랍니다. 아침식사로 이 머핀을 잔뜩 먹었다가는 하 루 종일 화장실을 들락날락해야 하는 사태가 벌어지거든요!

집으로 향하는 아파트 계단을 다 오르고 나자 한나는 진이 빠져버렸다. 최악의 오후 시간을 보냈지만, 그래도 이제 끝났다는 사실에 감사할 따름이었다. 이제 저녁식사로 간단히 샌드위치를 만들어 먹고, 저녁 9시에 마이크가 진술을 받으러 온다고 하니 그에게 줄 요깃거리를 준비하면 된다.

아파트의 동과 동 사이를 연결하는 다리 위에 서서 한나는 마이크에게 오지 말라고 할 걸 잘못했다고 후회했다. 남은 저녁 시간은 아무런 약속 없이 갓 깎은 잔디 위를 훑고 불어오는 산들바람을 즐기며 마냥 쉬고 싶었다. 해는 벌써 한나의 아파트를 가리고 있는 높다란 소나무 뒤로 넘어갔고, 기온은 10도 정도 적당히 떨어졌으며, 모기도 아직 출현 전이었다.

다리 위에 선 한나는 깊은 심호흡을 한 뒤 한결 차분해진 마음으로 파란 하늘을 가로지르는 구름 떼를 물끄러미 바라보았다. 비록 사랑하는 사람들이라고 해도 사람들과 함께 있을 때보다는 자연과 단둘이 남았을 때가 훨씬 편안했다. 시시각각 변하는 자연의 모습을 바라보고 있노라면 자신도 그 안에 녹아들고 싶어지는 것이다.

그때 높은 톤의 윙윙 소리가 한나의 귓가를 스쳤고, 자연과 함께였던 한나의 휴식도 그만 끝나버리고 말았다. 모기 한 마리가 한나를 발견해냈으니, 더 이상의 유유자적은 무리다. 그 모기가 벌써 식사 종을 울렸을 테고, 이제 수백 마리의 친척, 친구 모기떼가 몰려드는 건 시간문제다.

한나는 주저 없이 열쇠 구멍에 열쇠를 넣고 문을 열었다. 그리고는 뒤로 살짝 물러서 자세를 취한 뒤 품 안으로 뛰어드는 모이쉐를 받아냈다.

"안녕, 모이쉐. 나 보고 싶었어?"

가르랑거리는 소리가 큰 걸 보니 문 앞에서 내내 한나를 기다린 모양이었다. 한나는 안으로 들어가 문을 닫은 다음 가방을 문 옆 의자 위에 내려놓았다. 그리고 모이쉐 역시 녀석이 좋아하는 소파 등받이 자리에 내려놓았다. 이제 녀석을 받아내는 일도 쉽지 않다. 지난번 수의사에게 데려갔을 때 녀석의 몸무게가 무려 10킬로그램이었으니 말이다. 아침에 밀러의 연못에서 베브 박사를 끌어올리고, 쿠키단지에서 밀가루와 설탕 포대를 들고 캔을 채웠는데, 집에 와서 모이쉐까지 안아 들고 거실로 옮기고 나니 이 정도면 일주일, 아니 한 달 동안은 웨이트 리프팅 운동이 필요 없을 듯했다.

모이쉐의 물그릇에 물을 부어주고, 차가운 음료를 마신 다음 한나는 외출한 동안 걸려온 전화가 없는지 확인하기 위해 다시 거실로 나갔다. 아나나 다를까, 자동응답기에는 빨간 불빛이 깜빡이고 있었다. 한나는 얼른 재생 버튼을 눌렀다.

"한나, 노먼이에요. 방금 얘기 들었어요."

노먼이 머뭇거리자 한나는 왜 노먼의 목소리가 이렇게 무겁게 가라앉아 있을까 의아스러웠다. 하지만 불현듯 그가 베브 박사의 소식을 들은 것이라는 데에 생각이 미쳤다.

"걱정이 돼서요. 괜찮아요?"

베브 박사를 발견한 일을 묻는 것이라는 사실을 깨닫는 데도 약간의 시간이 걸렸다.

"많이 놀랐을 것 같아요."

그의 목소리가 이어졌다.

"마이크 말이, 사람들이 도착하기 전에 한나가 20분 동안 인공호흡을 했다면서요."

한나는 잠시 생각에 잠겼다. 그때 일을 다시 생각해보니 그렇게 무섭지만은 않았던 것 같다. 당시에는 베브 박사를 살려야 한다는 생각에 인공호흡 말고는 다른 아무것도 생각하지 않았던 것이다.

"한나 정말 메달감이에요."

노먼이 계속 말을 이었다.

"좀 전에 안드레아와 이야기를 했는데, 피터슨 집에서 베브가 한나에게 무척 못되게 굴었다더군요. 미안해요, 한나. 그런 일을 겪게 하다니. 모두 내 잘못이에요."

반성의 시간이군. 한나의 마음이 외쳤다. *노먼은 요 몇 시간 동안 내내 내 걱정뿐이었는데, 넌 노먼 생각은 손톱만큼도 하지 않았어.*

"암튼, 집에 오는 대로 전화 줘요. 괜찮은지 한나 목소리를 직접 듣고 싶어요. 내가 도울 게 있다면, 뭐든지 좋으니 말해요. 사랑해요, 한나."

네가 노먼을 사랑하는 것보다 노먼이 널 더 많이 사랑하고 있어. 한나의 마음이 또다시 비난조로 중얼거렸다. *노먼은 베브 박사 소식을 듣자마자 너한테 전화했는데, 넌 병원에서조차 노먼에게 연락하지 않았어. 노먼이 아예 생각조차 나지 않았던 거야.*

"그땐 정신이 없었잖아."

한나가 큰 소리로 항변해보았다.

"그래, 네 말이 옳아. 생각이 안 났어. 그땐 어떤 것도 생각할 수 없었다고. 충격 받은 상태였기 때문에."

변명하고는!

"변명이 아니야!" 한나가 소리쳤다.

"사실이라고!"

"냐아아옹!"

한나는 고개를 들어 모이쉐를 쳐다보았다. 녀석은 호기심 어린 표정을 하고 있는 것 같기도 했지만, 한편으로는 걱정스러운 표정을 하고 있는 것 같기도 했다. 고양이의 표정을 읽기란 어려운 일이었다.

"별일 아니야."

한나가 말하자 녀석은 다시 앞발 위로 머리를 기댔다. 그리고 이내 두 눈이 감기더니 나지막이 가르랑거리기 시작했다.

5분 동안 한나는 옷을 갈아입고, 연못에 빠졌을 때 입었던 옷을 세탁기에 던져넣은 다음 아까 마셨던 레모네이드를 들고 다시 거실로 나갔다. 그렇게 소파에 앉은 한나는 세탁기가 많은 세탁물로 인해 부자연스러운 소음을 내지 않는지, 아무 일 없이 균일하게 돌아가는지를 소리로 확인한 다음 마침내 수화기로 손을 뻗었다. 하지만 한나의 손가락 끝이 막 수화기에 닿으려는 찰나 전화벨이 울렸다.

"여보세요."

혹시 노먼과 텔레파시가 통한 것일까. 하지만 전화를 건 사람은 안드레아였다.

"언니?"

안드레아가 긴장된 목소리로 물었다.

"그래, 안드레아."

"방금 집에 돌아와서 쉬고 있는 중일 것 같긴 한데……, 지금 언니 집으로 가도 될까?"

마이크에게 무엇을 먹여야 할지 아직 고민이 끝나지 않았지만 한나는 망설이지 않았다.

"그래." 한나가 대답했다.

"언니한테 줄 게 있거든. 근데 내일 먹을 우유를 사러 가게에 잠깐 들러야 하는데, 언니는 뭐 필요한 거 없어?"

"글쎄, 난……."

한나는 하던 말을 멈추고 미소를 지었다. 갑자기 버터와 시럽이 가득한 수영장에서 팬케이크가 유유자적 헤엄치고 있는 상상이 머릿속에 떠올랐던 것이다. 마이크는 점심이나, 심지어 저녁에도 아침식사 메뉴를 즐겨 먹으니 간단하게 팬케이크와 소시지를 만들면 되겠다는 생각이 들었다. 다행히 냉동실에 디저트용 쿠키도 몇 가지 있으니 아이스크림과 함께 접시에 담으면 훌륭한 디저트가 될 것이다.

"거기 있어, 언니?"

"그래, 뭐가 필요한지 생각해보고 있었어. 그럼 아침식사용 소시지랑 오트밀이랑 우유, 메이플 시럽 좀 사다줄래?"

"알았어. 목록을 적을게. 다른 건?"

"어디로 갈 건데?"

"편의점. 빨간 부엉이는 문 닫았을 거야."

"거기에도 신선한 과일이 있나?"

"고급 과일은 없지만, 지난번 갔을 때 오렌지랑 사과는 있었어."

"그 정도면 괜찮아. 사과 하나만 사다줘."

"한 개?"

한나는 잠시 고민했다. 안드레아도 저녁을 아직 먹지 않았다면 함께 먹자고 초대할 참이었다. 노먼도 한나가 전화를 하면 집으로 와서 베브 박사 이야기를 듣고 싶다고 할 게 분명했다. 그렇다면 4인 분량의 저녁식사가 필요했다. 게다가 누가 더 전화를 걸어올지 모르는 일이다. 한나는 만약의 경우를 대비해 6인분의 식사를 준비하기로 했다.

"언니?"

"미안. 계획 좀 세우느라. 혹시 모르니 사과는 두 개 사와. 소시지는 여섯 개 사오고."

"누구 올 사람 또 있어?"

"어떻게 될지 몰라서 그래. 식사 준비하는 동안 손님들이 더 찾아올지 모르니까."

"그거야 언니가 워낙 요리 솜씨가 좋아서 다들 언니 집에서 식사하고 싶어 하니 그런 것 아니겠어? 그럼 40분 안에…… 잠깐, 지금 전화가 들어오는데."

한나는 잠시 기다렸고, 얼마 후 안드레아가 다시 돌아왔다.

"노먼이야. 언니한테 전화했는데, 통화 중이래."

"그럴밖에. 너랑 통화 중이잖아."

"그렇게 얘기해줬어. 언니도 통화대기 서비스 신청해야겠어."

한나는 현명하게 아무 대답도 하지 않았다. 안드레아는 한나가 아파트로 이사 온 첫날부터 계속 무언가 자동 서비스 등등을 신청하라며 성화였다.

"나랑 통화 끝나는 대로 언니가 전화할 거라고 했는데, 괜찮지?"

"안 그래도 그러려고 했어."

"좋아. 노먼 목소리가 좀 이상하긴 했는데, 감이 안 좋아서 그런 거였겠지? 암튼 나 이제 출발해. 45분 안에 도착할 거야."

한나는 수화기를 내려놓은 뒤 냉장고에 넣어둔 커다란 레모네이드 주전자를 꺼내 레모네이드를 더 따랐다. 이제 노먼에게 전화할 차례다.

"한나."

한나의 전화에 노먼이 반갑게 인사했다.

"아까 전화했었는데, 안드레아와 통화 중이던데요."

"네, 안드레아에게 얘기 들었어요. 메시지 받았는데, 노먼에게 전화하려는 찰나에 안드레아에게 전화가 와서요."

"괜찮아요?"

"네, 괜찮아요. 노먼은요? 노먼도 무척 놀랐을 텐데."

"네, 사고 나기 4시간 전만 해도 그녀와 함께 있었는데 말이죠. 트레시에게 차를 태워준다고 했거든요. 혼자 보내면 안 될 것 같아서 보호자 겸 따라갔었어요."

"그것도 알아요. 트레시가 오후에 그렇게 얘기하더라고요."

"전부는 모를 걸요. 베브가 트레시를 부동산 앞에 내려주고 나서는 레이크 에덴 호텔로 차를 몰더니 내게 점심을 사달라고 하지 뭐예요."

"거의 납치네요."

"거의 그랬죠. 트레시만 아니었으면 애초에 따라나서지도 않았을 텐데."

노먼의 음성이 너무도 진지해서 한나는 자신도 모르게 고개까지 끄덕이고 말았다.

"그러게요, 노먼."

"베브랑 내가 어떤 일을 겪었는지 한나도 알죠?"

"그럼요."

"오늘 아침에 베브가 병원 앞에 와서는 핸드폰으로 내게 전화를 했어요. 같이 드라이브를 가자기에 그건 별로 적절치 못한 행동인 것 같다고 했죠."

한나는 미소를 지었다. 노먼다운 대답이었다.

"그랬더니 뭐래요?"

"드라이브 정도야 누구와 해도 상관없지 않느냐며, 마을 사람들 중 누군가 호숫가 뒷길을 안내해줄 사람이 필요하다고 하더군요. 그래서 내가 알았다고 하고는 베넷 박사를 보냈어요."

"오, 저런!"

한나는 나지막하게 속삭였다. 노먼 대신 나온 베넷 박사를 보고 베브 박사가 어떤 반응을 보였을지 안 봐도 눈에 훤했다. 순간 어떤 생각 하나가 떠올랐다.

"같이 점심을 먹었다고 했죠? 그때 이야기를 해봐요."

"이야기할 것도 별로 없어요. 샐리에게 물어보면 내가 식사 내내 얼마나 불편해했는지 말해줄 거예요. 얘기라도 하나 잘못했다가 베브에게 괜한 오해를 살까 봐서요."

"그럴 만도 하죠. 식사는 어땠어요? 베브 박사가 혹시 술을 많이 마시던가요?"

"물만 마셨어요. 술을 마시기엔 시간이 이르다더군요. 로저 때문에 5시에 마티니를 먹는 습관이 생겼다나요."

노먼은 잠시 말을 멈추었다. 술에 대해 묻는 한나의 의도가 무얼까 간파하는 눈치였다.

"점심 때 술을 많이 마셔서 사고가 난 것이 아닐까 생각했군요?"

"네."

"흠, 그건 아니에요. 일단 점심때에는 술을 마시지 않았거든요. 사실 별로 먹지도 않았어요. 베브는 운전을 잘하는데 참 이상한 일이에요. 지금껏 사고 한 번 난 적 없는데, 혹시 차에 문제가 있었던 건 아닐까 싶어요."

"어쨌든 노먼도 마음이 안 좋겠어요."

노먼의 한숨 소리가 수화기 건너 한나 쪽까지 들렸다.

"별로 그렇진 않아요. 마음이 안 좋아야 하는 게 정상일 테지만, 이제 그녀에게 아무런 감정도 느껴지지 않거든요. 시티즈에서 마지막으로 베브를 대면했던 날, 마음속에서 그녀를 깨끗이 지워버렸어요. 호텔 오프닝 때 춤을 출 때는 전혀 다른 사람인 것처럼 낯설게 느껴지더라고요. 베브 에게서 아무런 연결고리도 느껴지지 않았어요. 이런 거, 이해돼요?"

"이해해요. 많은 상처를 준 사람이니 노먼도 모르게 방어벽이 생긴 탓 이겠죠. 뭔가 감정이 올라올 때마다 억누르고 있기 때문에 아무것도 느 껴지지 않는 걸 거예요."

"맞아요. 그건 나쁜 일일까요?"

노먼의 목소리가 어딘가 모르게 슬프면서도 걱정스럽게 들렸다. 지금 그에게는 친구가 필요했다.

"글쎄요. 저녁은 먹었어요?"

"저녁이요?"

노먼이 실소를 터뜨렸다.

"엉뚱한 결론이네요!"

긴 침묵이 흘렀다.

"뭔가 먹은 기억이 나지 않네요. 점심때도 커피만 마셨으니, 아침식사 이후로 아무것도 먹지 않은 것 같아요."

"그렇다면 얼른 이리로 와요. 안드레아도 지금 오고 있고, 마이크도 사고 진술 때문에 저녁에 오기로 했어요. 팬케이크와 소시지를 만들 계 획이에요."

"양이 충분해요?"

"그럼요."

한나가 큰소리쳤다.

"이리로 와요, 노먼. 와서 얼굴 보고 얘기해요. 괜찮으면 커들스도 데 려와요. 커들스라면 언제든 환영이니까요."

오트밀 애플 팬케이크

한나의 첫 번째 메모: 이 레시피에는 믹서기가 꼭 필요합니다. 오트밀은 전자레인지에 데워먹을 수 있도록 포장되어 나오는 인스턴트 오트밀을 사용하셔도 괜찮습니다.

재료

작은 사과 1개 / 레몬주스 1테이블스푼 / 다목적용 밀가루 1/2컵

즉석 오트밀 1/2컵 / 백설탕 2테이블스푼 / 베이킹파우더 1티스푼

베이킹소다 1/2티스푼 / 소금 1/2티스푼 / 시나몬 1티스푼

육두구 가루 1/2티스푼 / 바닐라 농축액 1티스푼

버터밀크 혹은 우유 3/4컵 / 식물성 기름 2티스푼 / 큰 계란 1개

식물성 기름 1티스푼 / 소금기 있는 버터 2티스푼

한나의 두 번째 메모: 전 버터밀크, 우유 모두 사용해봤는데요. 둘 다 맛이 좋습니다. 만약 버터밀크가 없다면 대체 재료를 만들 수 있어요. 레몬주스 2티스푼 혹은 화이트 식초 2티스푼을 측량컵에 넣고 컵의 3/4 분량까지 우유를 부어주세요. 그런 뒤 5분 동안 놓아두면 대체 재료 완성이랍니다.

만드는 법

1. 사과 껍질을 벗기고 씨를 빼냅니다. 그런 뒤 얇게 슬라이스 한 다음 볼에 담고 그 위에 레몬주스를 뿌립니다. 사과 슬라이스에 레몬주스가 골고루 묻을 수 있도록 손가락으로 뒤적

여줍니다(이렇게 해야 팬케이크 반죽을 만드는 동안 사과가 갈변되지 않아요).

2. 밀가루, 오트밀, 설탕, 베이킹파우더, 베이킹소다, 소금, 시나몬, 그리고 육두구 가루를 철제 칼날을 부착한 믹서기에 넣고 10분 동안 돌려줍니다.

3. 바닐라 농축액, 버터밀크, 식물성 기름, 그리고 계란을 아까의 가루 재료들 섞은 것에 더해 30분간 믹서기를 더 돌려줍니다.

4. 중불에 올린 프라이팬에 소금기 있는 버터 1티스푼과 식물성 기름 1티스푼을 넣고 물방울을 떨어뜨렸을 때 팬 위에서 챠르르 소리를 내며 춤을 출 때까지 가열합니다.

5. 1/4들이 컵을 사용해 반죽을 떠서 달궈진 팬에 붓습니다.

6. 각각의 팬케이크에 사과 조각을 5~6개 정도 올립니다. 그렇게 올린 사과 조각을 손가락으로 살짝 눌러주어 반죽에 조금 파묻히게 합니다. 이때 손을 데이지 않도록 조심하세요!

7. 팬케이크 가장자리에 자그마한 구멍이 뚫리면서 방울들이 올라오면 팬케이크를 뒤집어 구워줍니다. 가장자리에 방울이 올라오는지 확신이 들지 않으면 뒤집개로 끝부분을 살짝 들어 팬과 맞닿은 면이 먹음직스러운 갈색으로 변했는지 살펴보세요. 만약에 황갈색이 돈다면 완성입니다. 아직 노란빛만 띤다면 1~2분 정도 더 구워주세요.

8. 완성된 오트밀 애플 팬케이크를 접시에 담고 버터와 시럽을 곁들입니다.

한나의 세 번째 메모: 사과 조각이 남았다면 그 위에 설탕, 시나몬, 육두구 가루를 뿌린 뒤 프라이팬에 버터를 살짝 넣고 부드러워질 때까지 구워주세요. 그렇게 구운 사과 조각을 팬케이크와 함께 내면 아주 좋습니다.

리사의 메모: 전 사과 대신 파인애플을 반죽에 넣어봤는데요. 다음번에는 바나나로 시도해보려고 해요. 바나나랑 오트밀은 완벽한 조합이잖아요!

세탁기에서 꺼낸 옷을 막 건조기에 옮겨 담고 나자 다시 전화벨이 울렸다. 한나는 서둘러 건조기의 버튼을 누른 뒤 거실로 뛰어나갔다.

"여보세요."

한나가 소파에 털썩 주저앉으며 말했다.

"미셸이야."

한나의 막냇동생이 대답했다.

"언니네 집에 며칠 있어도 돼? 스터디 프로그램 시작하기 전에 며칠 시간이 나는데, 혼자 집에 있으려니 쓸쓸하잖아. 여름 방학이라 친구들도 다 집에 갔고."

"그래. 언제든 환영이야. 언제 올 건데?"

"나 벌써 마을이야. 엄마가 편의점까지 데리러 왔거든. 션이 방금 안드레아 언니가 다녀갔다고 일러주던데. 언니만 괜찮다면 엄마랑 같이 지금 바로 언니네 집에 가도 될까?"

"그렇게 해. 저녁은 먹었어?"

"아직. 에너지 바가 몇 개 있으니까 걱정 마."

"안 그래도 안드레아랑 노먼, 마이크에게 대접할 저녁 요깃거리를 준비 중이었으니까 괜찮아. 너랑 엄마 것 추가하는 건 일도 아니지."

"잘됐다! 엄마도 아직 식사 전인데. 가는 길에 뭐 사갈 건 없어?"

한나는 재빨리 생각해보았다.

"오렌지주스. 그거라면 아침식사용 소시지랑 오트밀 애플 팬케이크랑 무난하게 잘 어울릴 것 같아."

"알았어. 디저트는?"

"집에 쿠키랑 프렌치 바닐라 아이스크림 있어."

"맛있겠는데. 아이스크림에 얹을 토핑도 좀 사갈게. 엄마는 초콜릿이 없으면 안 되니까 핫퍼지를 사야겠어."

"좋은 생각이다."

한나는 자신을 뚫어져라 쳐다보고 있는 모이쉐를 흘끗 바라보았다.

"혹시 엄마 실크 스타킹 신으셨니?"

"응. 그런데 그건 왜……."

미셸은 말을 멈추고 웃음을 터뜨렸다.

"알았다! 모이쉐에게 줄 간식도 챙겨서 엄마한테 줄게. 그럼 한 시간 안에 봐."

한나는 수화기를 내려놓으며 한숨을 내쉬었다. 레모네이드를 따라놓고도 한 모금 마시지를 못했다. 그래도 진하게 만든 레모네이드인 것이 다행이었다. 좀 더 큰 유리잔에 옮겨 따른 뒤 얼음만 더 추가하면 되니까. 한나는 주방에서 얼음으로 레모네이드를 충전한 뒤 다시 소파로 돌아갔고, 그때 다시 전화벨이 울렸다.

전화를 기꺼이 받고 싶을 때도 있지만, 반대로 받고 싶지 않을 때도 있다. 지금은 바로 그 '받고 싶지 않을 때'였다. 한나는 의무감에 마지못해 굽히고 들어가 수화기를 집어 들었다.

"여보세요."

한나는 최대한 활기찬 목소리를 냈다.

"안녕, 한나. 마이크입니다. 일은 일찍 끝났는데, 나이트 박사님이 한

201

창 부검 중이시라 결과를 기다려야 할 것 같습니다. 도착하면 9시가 될 것 같긴 한데, 정말 괜찮은 거죠?"

"그럼요. 배고프지 않아요?"

"엄청요. 코너 태번에 들러서 햄버거라도 사갈까요?"

"고맙지만 괜찮아요. 내가 직접 요리를 했거든요. 그리고 미리 알려주는 건데, 곧 집이 손님들로 바글바글해질 것 같아요."

"누가 옵니까?"

"우선 안드레아가 오고요. 지금 도착할 때가 됐어요. 그리고 엄마랑 미셸이 두 번째로 도착할 것 같고."

"잘됐군요. 미셸도 오랜만에 보겠어요. 그리고 또 누굽니까?"

"노먼이요. 아침식사 이후로 한 끼도 못 먹었다기에 내가 초대했어요. 괜찮죠?"

"그럼요. 노먼과도 어차피 할 얘기가 있었거든요. 호텔에서 샐리를 만났는데, 노먼이 베브 박사와 점심을 먹었다더군요."

"점심을 먹었대요?"

한나는 당황스러웠다. 노먼은 점심을 먹지 않았다고 했는데.

"아, 점심 때 베브 박사와 함께였다고 얘기하는 편이 정확하겠군요. 둘 다 식사는 하지 않았다고 하니 말입니다. 노먼은 커피를 마시고, 베브 박사는 물을 마셨대요. 신나 하는 베브 박사 표정과 달리 노먼은 죽을상이었다던데요. 그나저나 무슨 요리 했습니까, 한나? 내가 사갈 건 없어요?"

"네, 괜찮아요. 필요한 건 다 있어요. 소시지를 곁들인 팬케이크에 디저트는 아이스크림을 얹은 쿠키예요."

"맛있겠군요! 결과가 나오는 대로 달려가겠습니다."

한나는 레모네이드를 마신 뒤 다시 주방으로 들어가 전기 번철을 꺼냈다. 팬케이크를 6장이나 구워야 하니 가스레인지 불에 올린 프라이팬으로는 공간이 부족했다. 식물성 기름과 버터, 밀가루, 우유를 막 꺼내려는 찰나 또다시 전화벨이 울렸다.

"그랜드센트럴입니다."

한나가 주방 테이블 옆의 벽에 걸린 수화기를 집어 들고는 말했다.

그러자 반대편에서 웃음소리가 터져 나왔고, 귀에 익은 웃음소리 덕에 한나는 전화를 건 사람이 누구인지 금방 알 수 있었다.

"리사?"

한나가 물었다.

"네, 저예요. 제니가 내일 한나를 만나러 올 거라는 소식 전하려고 전화했어요."

"제니?"

한나는 아리송했다.

"제니 헤스터, 손쉬운 과일파이 레시피를 만든 그 간호사요. 아까 학교에서 쉬는 시간에 잠깐 얘길 나눠봤는데, 여기 이사 온 지 얼마 안 됐대요. 병원 근무시간 외에는 학교에서 수업을 듣는다네요. 아직 우리 가게에 와보지 못했다고, 내일 겸사겸사 들르겠대요."

"좋아. 기대되는데."

그때 문에 노크소리가 들렸다.

"내일 얘기해, 리사. 손님이 오기로 했는데, 지금 도착한 것 같아."

전화를 끊은 뒤 한나는 거실을 가로질러 현관으로 향했다. 그런 뒤 도어렌즈를 내다보지도 않고 문을 활짝 열었다. 마이크와 노먼이 항상 조심하라고 주의를 주는데도 한나는 도어렌즈부터 내다보는 일이 영 익숙해지지 않았다.

"누군지 보지도 않고 열면 어떡해."

안드레아가 한나에게 식료품 꾸러미를 건네며 말했다.

"내가 내다보지 않은 거 어떻게 알았어?"

"나도 도어렌즈를 들여다보고 있었거든. 근데 그림자가 전혀 지지 않더라고."

"그렇다면 들여다봤자 어차피 네 눈밖에 안 보였겠네."

"그래도 밖은 살펴야지, 언니. 우리 그이도 늘 조심하라고 한단 말이야."

"노력해볼게."

한나는 꾸러미 안을 살폈다.

"오트밀 큰 것으로 사왔구나. 다행이다."

"팬케이크에 얼마나 넣을 건데?"

"반죽 하나에 반 컵 정도. 하지만 반죽 하나래 봤자 팬케이크 작은 것 여섯 개밖에 안 나와. 식사하는 사람 수만 여섯 명이니까 못해도 반죽 네 개는 필요해. 어쩌면 더 필요할지도 모르고. 냉동실에 쿠키가 넉넉한가 모르겠다."

그때 안드레아가 행복한 듯 미소를 짓기 시작했다.

"큰 꾸러미를 주방에 갖다놓고 얼른 내가 들고 온 작은 꾸러미나 봐."

"뭐가 들었는데?"

주방으로 향하는 한나의 뒤를 따르는 안드레아에게 한나가 물었다.

"언니 마음에 들었으면 좋겠는 거. 아까 오후에 집에 가자마자 만들어봤어."

큰 꾸러미의 내용물이 하나하나 정리되자 한나는 안드레아의 작은 꾸러미를 슬쩍 들여다봤다.

"쿠키아?"

꾸러미 안에는 초록색 뚜껑이 달린 투명 용기가 들어 있었다.

"응, 애들이 정말 좋아했어. 맥캔 유모도 좋아하고. 애들이야 뭐든 잘 먹는다지만, 맥캔 유모는 요리 솜씨가 좋으니까 유모가 칭찬했으면 말 다한 거 아니야?"

"그렇지."

한나도 동의했다. 그러고는 용기의 뚜껑을 열어 쿠키를 하나 집었다. 안드레아 집에서 일하는 유모가 칭찬한 쿠키라면 확실히 믿을 만했다.

한나는 쿠키를 한 입 베어 물고 천천히 오물거렸다. 그런 뒤 또 한 입을 베어 물었다.

"어머, 훌륭해."

쿠키 하나를 다 먹고 난 뒤 한나가 말했다.

"너 정말 솜씨가 많이 좋아졌구나."

"고마워!"

한나의 칭찬에 안드레아가 기쁜 듯 미소를 지었다.

"트레시랑 베시도 한몫했어. 트레시는 재료 젓는 걸 도왔고, 숟가락을 미리 냉동실에 넣어야 된다는 것도 내가 잊어버리지 않게 얘기해줬거든. 그래야 반죽을 뜰 때 들러붙지 않을 거라면서 말이야."

"트레시, 대견하네."

이제 7살이 된 트레시는 벌써부터 안드레아에게 도움을 주고 있었다. 하지만 3살짜리 베시는 도대체 뭘 도와준 것일까?

"베시는? 뭘 했는데?"

"파인애플 통조림에서 파인애플 건져낸 다음 주스를 마셔줬지. 어떻게 보면 도와줬다고 말할 수 없겠지만, 베시에게는 엄마 도와줘서 고맙다고 칭찬해줬어. 게다가 맛 평가도 해줬잖아. '마시쪄, 엄마' 라고 하면서 하나 더 달라고 졸랐다고."

"그래, 그 정도 표현은 내 사전에도 칭찬이라고 되어 있으니 인정할게. 그럼 이 쿠키는 전부 내 거야?"

"응, 리사랑 허브 줄 건 따로 또 담아놓았어. 내일 아침에 쿠키단지에 직접 가서 주려고."

"그렇다면 이 쿠키, 오늘 밤에 디저트로 내도 될까? 바닐라 아이스크림이랑 같이 먹으면 너무 괜찮을 것 같아."

그러자 안드레아의 얼굴빛이 환해졌다.

"나야 완전 좋지! 근데 누가 온다고? 모두 여섯 명이라고 했잖아."

"너랑 나, 마이크, 노먼, 엄마, 그리고 미셸."

"우리 그이만 있으면 딱 가족 모임인데, 아쉽다. 오늘은 일이 많아서 늦을 거라고 했어. 임시 비서한테 하나하나 일을 설명해줘야 하니까 시간이 더 오래 걸린다고 하더라고. 바바라는 알아서 척척 해내곤 했는데."

안드레아가 살짝 한숨을 내쉬었다.

"다시 복귀할 수 있을지 걱정이야. 슬픈 일이지. 그날 정확히 무슨 일이 있었던 것인지, 누가 바바라를 공격한 것인지도 아직 드러난 것이 없잖아. 과연 바바라가 기억을 되찾고 우리에게 사실을 얘기해줄 날이 올까?"

"곧 그렇게 될 거야. 오늘 오후에 만났는데, 멀쩡한 시간이 전보다 길었어. 이상한 말도 하긴 했지만, 그래도 몇 가지는 정상적인 말들이었지."

"내가 테이블 차리는 거 도와줄게."

안드레아가 제안했다.

"차림이 끝나면 바바라 만났던 얘기 들려줘."

파인애플 코코넛 휘퍼스냅퍼스 쿠키

오븐은 예열하지 마세요. 반죽을 시작하기 전에 사용할 믹싱볼과 숟가락을 냉동실에 넣어 차갑게 만들어야 합니다.

재료

으깬 파인애플 통조림 8온스(224g)

옐로우 케이크 믹스 1상자(9×13 크기의 케이크를 만들 수 있는 분량입니다)

거품 낸 계란 1개(포크로 저어주세요) / 휘핑크림 2컵(저지방 휘핑크림은 안 돼요)

달콤한 코코넛 플레이크 1컵 / 슈가 파우더 1/2컵(쿠키 반죽을 굴리기 위한 용)

반으로 자른 마라스키노 체리 15~18개

만드는 법

1. 베이킹을 시작하기 30분 전에 티스푼과 큰 사이즈의 믹싱볼을 꺼내 냉동실에 넣어둡니다.

2. 8온스짜리 으깬 파인애플 통조림을 딴 뒤 여과기에 옮겨 담아 테이블스푼 뒷면을 사용해 꾹꾹 눌러주면서 재빨리 파인애플의 물기를 빼냅니다.

3. 30분이 지났으면 물기를 뺀 파인애플을 두어 장의 종이타월 위에 옮긴 뒤 남은 물기를 조심스럽게 닦아냅니다.

4. 오븐을 175도로 예열하고 틀은 오븐의 중앙에 둡니다.

5. 쿠키 틀에 들러붙음 방지 스프레이를 뿌리거나 기름종이를 깔아줍니다.

6. 냉동실에서 믹싱볼을 꺼내주세요. 하지만 숟가락은 아직 꺼내면 안 됩니다.

7. 옐로우 케이크 믹스의 반 분량을 믹싱볼에 담습니다.

8. 거기에 거품 낸 계란을 넣고 섞습니다.

9. 물기를 뺀 파인애플을 넣고 다시 섞습니다.

10. 남은 옐로우 케이크 믹스를 전부 붓고 휘핑크림과 코코 넛도 더합니다. 모든 재료가 골고루 섞이도록 잘 반죽합니다.

11. 움푹한 그릇에 슈가 파우더 1/2컵을 넣고 냉동실에서 숟가락을 꺼냅니다.

12. 끈적끈적한 쿠키 반죽으로 볼을 만들 수 있는 방법은 두가지가 있습니다. 하나는 차갑게 식힌 숟가락으로 반죽을 떠서 슈가 파우더가 담긴 그릇에 옮긴 뒤 손가락으로 살살 굴려가면서 볼을 만드는 겁니다. 다른 하나는 손에 슈가 파우더를 묻혀야 하지만 더 간편합니다. 바로 손으로 반죽을 떼서 슈가 파우더 그릇에 옮긴 다음 손가락으로 모양을 잡아주는 겁니다.

13. 방법은 원하는 대로 선택하세요(두 방법 다 시도해본 뒤에 괜찮은 방법을 선택하셔도 좋겠죠). 쿠키 틀에는 12개의 반죽이 올라갈 겁니다.

14. 더블 오븐이 없다면 남은 쿠키 반죽은 두 번째 오븐 입성을 기다리는 동안 꼭 냉장고에 넣어두세요. 깜빡하고 실온에 그냥 두었다가는 더 끈적해질 테니까요!

15. 쿠키 반죽마다 마라스키노 체리 반쪽씩을 올린 뒤 체리 위로 반죽이 평평하게 되도록 눌러주세요.

16. 준비를 마친 반죽을 175도의 오븐에 넣어 15분 동안 굽습니다.

17. 오븐에서 틀을 꺼내 불이 꺼진 가스레인지나 식힘망으로 옮겨 2분간 식힙니다.

18. 2분이 지난 뒤 철제 주걱을 사용해 틀에서 쿠키를 떼어낸 다음 식힘망에서 완전히 식힙니다. 기름종이를 사용하였다면 절차가 더 간단해요. 기름종이 채로 들어 올린 다음 식힘망으로 바로 옮기면 될 테니까요. 식는 동안 기름종이 위에 두어도 괜찮거든요.

한나의 메모: 파인애플 코코넛 휘퍼스냅퍼스 쿠키는 매우 깜찍한 모양을 하고 있답니다. 저와 리사는 빨간색과 초록색의 체리를 사용해 크리스마스 파티용으로 이 쿠키를 만들어볼 생각이에요. 빨간색과 초록색은 크리스마스의 상징이니까요.

리사의 메모: 허브가 너무 좋아하는 쿠키예요. 오븐에서 나오자마자 금세 다 먹어버린다니까요!

"아, 이러면 안 되는데……. 하나만 더 다오, 한나. 팬케이크가 정말 맛있구나."

팬케이크 접시를 건네며 한나는 미소를 지었다. 엄마는 팬케이크를 벌써 세 개째 먹고 있었다. 엄마가 무엇이든 한 개 반 이상 먹는 모습은 지금껏 보지 못했다.

"진짜야. 너무 맛있어. 난 오트밀도 안 좋아하는데."

안드레아가 소시지 조각에 포크를 찔러넣으며 말했다.

"더 먹고 싶지만, 마이크 것도 남겨야겠지?"

그러자 한나가 고개를 저었다.

"마이크 건 따로 반죽을 만들어났어. 바로 만들어 먹어야 맛있잖아."

한나는 발목에 볼을 비비적거리고 있는 고양이들을 내려다보았다.

"미안, 얘들아. 아까 소시지 홀랑 한 개를 다 먹었잖아."

"또 쫓기 놀이할 생각일랑은 하지 마."

노먼이 경고했다.

"로니의 스테이크는 건졌는지 몰라도 소시지는 안 돼. 내가 지금 접시 꽉 잡고 있는데다가 텅 비었거든."

모이쉐의 순진무구한 표정에 미셸은 웃음을 터뜨렸다.

"모이쉐 좀 봐. 무슨 얘긴지 전혀 모르겠다는 표정이잖아."

"참, 잊을 뻔했구나."

엄마가 한나를 돌아보았다.

"바바라에게 모이쉐를 데려가도 좋다고 박사가 허락했다. 병실 생활의 쓸쓸함을 달래기 위해서라기보다도 예전 생활을 떠올리게 할 수 있을 만한 무언가가 눈앞에 있는 게 도움이 될 거라더라."

"그럼 바바라가 현재까지 살아 있다고 생각했던 사람들이 사실은 과거 속 사람들이라는 걸 깨달은 거예요?"

미셸이 물었다.

"그런 뜻인 것 같다. 그럴 듯한 얘기지. 내일 안드레아랑 같이 바바라의 집에 가서 최근 물건이랑 부모님 물건을 골라서 병원에 가려고 해. 두 물건을 한꺼번에 보면 부모님은 돌아가시고 지금 살고 있는 그 집에 바바라 혼자 살고 있다는 걸 기억해내지 않을까 싶구나."

"아버지에 대한 혼돈에는 효과가 있을지 몰라도, 그 괴물에 한해서는 아무런 영양가가 없을 것 같네요."

한나가 예측했다.

"망상에 대해 박사님이 다른 말씀 안 하셨어요?"

"괴물이라뇨?"

노먼의 질문에 한나는 여기서 돌아가는 상황을 모르고 있는 사람은 노먼뿐임을 깨달았다.

"바바라가 밤마다 병실에 괴물이 찾아온다고 했거든요. 모이쉐가 함께 있어서 쫓아줬으면 좋겠다고요."

"꿈을 꾼 건 아닐까요?"

노먼이 물었다.

"모르겠어요. 누가 알겠어요. 바바라는 분명 괴물을 봤다고 얘기하고 있으니. 정말로 그렇게 믿고 있는 것 같았어요."

"그래, 그렇더라." 엄마가 나섰다.

"박사도 그 부분이 이상하다고 했단다. 바바라가 오전 내내 멀쩡했거든. 우리랑 있을 때 엉뚱한 소리 몇 가지 하긴 했다만, 그래도 꽤 정상이었지."

노먼은 생각에 잠긴 듯했다.

"그렇다면 정말 괴물이 있을 수도 있지 않나요?"

믿을 수 없다는 듯한 사람들의 반응에 노먼은 실소를 터뜨렸다.

"프랑켄슈타인이나 늑대인간 같은 괴물을 말하는 게 아니라 바바라가 괴물이라고 부를 수 있을 만한 상대일 수 있잖아요. 하다못해 벽에 드리워진 그림자일 수도 있고, 창문을 두드리는 나뭇가지일 수도 있어요."

"노먼 말도 일리가 있어."

미셸이 동의하고 나섰다.

"낮엔 괜찮던 것들이 밤에는 이상하게 보이기도 하니까. 특히 밤중에 자다 깨서는 더욱 그렇잖아. 나도 어렸을 때 내 곰인형이 밤에는 괴물로 변하는 줄 알았다니까."

"그래서 만날 인형 얼굴에 수건을 덮은 거구나!"

한나가 짓궂게 소리쳤다.

"내가 보이지 않으면 잡아먹지 않을 것 같아서."

"그렇담 바바라도 그런 경우일 수 있겠구나."

엄마가 제안했다.

"박사 말이, 진통제를 복용하는 환자들 사이에 그런 혼돈을 겪는 경우가 종종 있다고 하더라. 뭔가 멀쩡한 것을 보았는데도 그걸 괴물이라고 생각했을 수도 있지."

한나는 바바라가 그 괴물이 거대한 백색의 쥐처럼 생겼다고 묘사했던 사실을 엄마에게 상기시키려 했으나 잠자코 있었다. 바바라의 상태가 생각보다 심각하다는 사실을 아무도 수긍하고 싶어 하는 것 같지 않았기 때문이다. 모두들 그녀의 지금 상태는 일시적일 뿐이고 곧 예전의 활기 찼던 모습으로 돌아올 거라고 믿고 싶어 했다.

안드레아의 헛기침 소리에 한나는 그쪽으로 고개를 돌렸다. 안드레아의 얼굴에 떠오른 무언의 사인에 한나는 잠시 아리송했지만, 이내 무슨 뜻인지를 깨닫고 고개를 끄덕였다. 잠시 후 한나는 테이블을 정리하고 커피를 올린 뒤 몇 년 전 엄마에게 크리스마스 선물로 받은 디저트 볼을 내왔다. 안드레아는 아까부터 디저트 시간만을 기다리고 있었다. 디저트가 먹고 싶어서가 아니라, 자신이 만든 휘퍼스냅퍼스 쿠키에 대한 사람들의 칭찬을 듣고 싶어서였다.

8시 30분쯤, 문에 노크 소리가 들렸고, 한나는 현관으로 나갔다. 방문자가 마이크라는 사실을 예감하고 있었기 때문에 한나는 빠트리지 않고 도어렌즈를 내다보았다. 만약 도어렌즈를 내다보지 않는다면 마이크가 또 잔소리를 할 게 뻔했다. 현관 앞 불빛을 받고 서 있는 마이크는 전혀 웃고 있지 않았다. 한나는 잠시 걱정이 되었지만, 이내 별일 아니겠지 하고 떨쳐냈다. 일이 바빠서 피곤한 탓일 테다. 분명 배도 고플 테고.

"마이크가 왔어요."

한나가 안쪽의 사람들에게 알리고는 문을 열었다.

"안녕, 마이크. 어서 와요."

"고마워요."

안으로 들어서는 마이크는 여전히 굳은 표정이었다.

"배고프죠?" 한나가 물었다.

"네, 하지만 먹을 시간이 없을 것 같군요."

마이크가 거실에 모여 앉은 사람들을 향해 살짝 손을 들어 보이고는 이내 한나를 향해 고개를 돌렸다.

"미안하지만, 한나, 지금 나랑 같이 가줘야겠습니다."

한나는 혼란스러웠다.

"아…… 왜요?"

"여기서 진술을 받으려고 했는데, 상황이 좀 달라졌어요. 형식을 갖춰서 진행하게 됐습니다. 같이 가줄 거죠?"

심각한 마이크의 목소리에 한나는 무언가 일이 크게 잘못됐다는 사실을 직감했다.

"그렇담 물론 같이 가야죠."

한나가 말했다.

"근데 상황이 어떻게 달라졌다는 건지 얘기부터 해봐요."

"베버리 손다이크 박사의 사고는 단순 사고가 아니었습니다."

"설마 살인사건?"

한나의 음성이 떨렸다.

"네."

다들 입만 떡 벌린 채 아무 말도 하지 못했다. 다들 한나만큼 충격을 받아 무슨 말을 해야 할지 모르는 것일 테다.

"하지만 다른 살인사건의 경우도 우리 집에서 진술을 받았잖아요. 한번도 경찰서에 같이 가자고 한 적이 없는데, 이번엔 왜 그래야 하는 거예요?"

마이크가 깊은 한숨을 내쉬었다. 무언가 망설이고 있는 듯했다. 그는 침을 꿀꺽 한 번 삼켜 내리더니 최대한 간략하게 답변했다.

"한나가 가장 유력한 용의자이기 때문이에요."

"피해자가 먹은 레드벨벳 서프라이즈 컵케이크는 누가 만든 겁니까?"

한나는 호위 레빈을 올려다보았다. 그가 마이크의 질문에 대답해도 좋다는 듯 살짝 고개를 끄덕였다. 한나가 마이크를 따라 집을 나서자마자 엄마가 나이트 박사에게 전화를 걸어 부검 결과를 물어봤고, 노먼은 레이크 에덴의 변호사인 호위 레빈에게 전화를 걸어 경찰서로 가서 한나를 만나줄 것을 부탁했다.

"내가 만들었어요."

한나가 대답했다.

"컵케이크 만들 때 다른 사람은 없었습니까?"

또다시, 한나는 호위를 쳐다봤다. 마이크가 던지는 질문마다 일일이 법률적 조언을 구해야 한다는 게 영 마음에 들지 않았지만 어쩔 도리가 없었다.

"오븐에서 한창 굽고 있을 때 리사가 몇 번 왔다갔다했지만, 반죽을 할 때는 혼자였어요."

호위가 한나에게 가까이 오라고 손짓을 하더니 나지막한 목소리로 속삭였다.

"너무 많은 정보를 주고 있어요, 한나. 그냥 묻는 말에만 대답해요.

묻지 않은 것까지 알려줄 필요 없어요."

"그럼 뭐라고 얘기해야 돼요?"

한나 역시 속삭이며 물었다.

"그냥 '네'라고만 하면 돼요. 그 이상도 필요 없어요. 주방에서 그걸 만들었을 때 혼자가 아니었다면 혼자가 아니었다고만 하면 돼요. 같이 있던 사람이 누구였고, 얼마나 오래 있었는지를 묻는 건 마이크의 역할이니까요. 그의 일을 대신 해주지 말아요."

한나는 한숨을 내쉬며 다시 마이크를 돌아보았다. 마이크는 한나가 오늘 아침에 일어나서 차에 갇힌 베브 박사를 발견하고 그녀를 뭍으로 끌어내기까지의 모든 일들에 대해 하나하나 상세하게 질문을 던지고 있었다. 분까지 따져가며 한나의 행적을 두 번이나 확인하던 마이크는 벌써 세 번째 그녀의 행적을 되짚고 있었다.

마이크가 한때 '박스'라고 부르던 심문실 문이 열리고 로니가 들어와 아무 말도 하지 않은 채 마이크에게 손짓했다.

"잠깐 실례하겠습니다."

마이크가 공손하게 말한 뒤 자리에서 일어나 밖으로 나갔다.

한나는 눈을 감았다. 이런 피로감은 난생 처음이다. 이런 과정을 거쳤던 다른 용의자들도 이만큼의 피로감을 느꼈을까 한나는 문득 궁금해졌다. 그저 집으로 돌아가 침대에 눕고만 싶었다.

이 모든 게 그저 나쁜 꿈이길 바라며 잠깐 졸던 한나는 다시 눈을 뜨자마자 호위에게 물었다.

"단지 살인사건 피해자를 발견한 것에 대한 진술을 받는 것이라면 이렇게 오래 걸리지 않겠죠?"

"맞아요."

"역시 그럴 줄 알았어요. 그럼 경찰에서는 내가 컵케이크에 뭔가를 넣어서 베브 박사를 죽였다고 생각하는 거예요?"

"그런 것 같네요."

"호위도 내가 베브 박사를 죽였다고 생각해요?"

"내 생각이 어떤지는 중요하지 않아요. 그저 한나가 심문을 당하는 동안 억울하게 유죄로 몰리지 않는지 지켜보는 게 내 임무니까요."

"그래도 알고 싶어요. 호위도 내가 범인이라고 생각하는지 말이에요!"

그러자 그는 고개를 가로저었다.

"아뇨, 그럴 리가요."

한나는 안도의 한숨을 내쉬었다.

"그 얘기를 들으니 좀 낫네요. 그럼 왜 내가 범인이 아니라고 생각해요?"

"그러기에는 어설픈 점이 너무 많거든요."

그가 말했다.

"독약이나 기타 치명상을 입힐 약물을 사용해 사람을 죽이려면 치밀한 계획이 필요해요. 일단 약물을 손에 넣어야 하고, 경찰의 추적에 발각되지 않고 그것을 피해자에게 자연스럽게 전달할 경로도 파악해야 하죠. 게다가 혹시나 발생할지도 모를, 다른 사람이 입을 피해 같은 건 상관없다고 생각하지 않는 이상, 그 약물을 반드시 피해자에게만 먹일 방법을 강구해야 하는데, 한나는 어느 것 하나 해당이 안 돼요."

"맞는 얘기예요. 하지만 그런 걸로 내가 결백하다는 걸 어떻게 증명해요?"

그러자 호위는 미소를 지었다.

"한나는 똑똑한 사람이잖아요. 아마 아까 내가 얘기한 요소들에 대해 잘 알고 있었을 거예요. 솔직히 우리 둘만 있으니 하는 얘기지만, 한나가 베브 박사를 죽일 것 같았으면, 이렇게 경찰에 쉽게 발각될 실수는 저지르지 않았겠죠."

한나는 눈을 깜빡거렸다. 그의 말이 칭찬인지 욕인지 몰라 무어라 대답하면 좋을지 알 수 없었다. 하지만 아무래도 상관없었다. 왜냐하면 한나가 미처 대답하기도 전에 마이크가 심문실 문을 열고 다시 들어왔기 때문이다.

"이제 가도 좋아요, 한나."

마이크가 말했다.

"하지만……."

마이크가 왜 심문을 끝마치지 않고 도중에 나를 보내주는 것일까 한나는 물어보려 했지만, 호위가 한나의 팔을 잡았다.

"수고하셨습니다, 킹스턴 형사님."

호위가 말하고는 이내 한나를 돌아보았다.

"갑시다, 한나. 내가 집까지 데려다줄게요."

약간의 고집이 느껴지는 호위의 제안에 한나는 순순히 고개를 끄덕였다. 호위는 한나가 마이크 앞에서 무언가라도 말을 꺼내는 걸 극도로 꺼리는 것 같았다. 평소의 사이가 어떻든 지금 마이크는 경찰이고, 한나는 유력 용의자이니 말이다. 어쨌든 지금이 그다지 훈훈한 상황이 아닌 것만큼은 확실했다. 한나는 하루빨리 이 상황을 벗어나야겠다고 생각했다.

한나는 어두컴컴한 연못의 바다를 향해 헤엄치고 있었다. 어스름한 불빛에 다채로운 색으로 변하다가 이내 칼라차트에서조차 한 번도 본 적 없는 빛깔을 내며 사라져버리는 물속을 향해 헤엄치던 한나는 차 한 대를 발견했다. 일렁이는 잔물결 탓에 차는 연못 바닥에서 서서히 움직이는 것처럼 보였다. 운전석에 앉은 그녀의 금발머리도 물결에 따라 작은 덩굴손처럼 흔들거렸다.

한나는 당장이라도 환하고 안전한 수면 위로 올라가고 싶었다. 운전자는 죽었다. 그건 한눈에 알 수 있었다. 하지만 한나가 차 옆면으로 다가가자 운전석 여자는 한나 쪽으로 고개를 돌리더니 죽음으로 요동치는 두 눈으로 한나를 똑바로 쳐다보았다. 그러더니 한 손을 들어 한나에게 손짓했다.

한나는 그리로 가고 싶지 않았다. 그 여자에게 가면 안 된다는 사실을 잘 알고 있었다. 하지만 일렁이는 물결보다 더 강한 무언가가 한나를 차 쪽으로 밀어붙였다. 한나가 다가가자 여자는 미소를 지었다. 그녀가 입을 벌리자 공기 방울이 보글보글 올라왔다. 죽은 게 아닌 모양이다. 폐에 공기가 차 있지 않고서는 입에서 저런 공기 방울이 만들어질 수 없다.

여자는 소름끼치도록 긴 손가락으로 조수석을 가리켰다. 자신의 옆자리에 타라는 것 같았다. 하지만 한나는 폐에 여전히 공기가 차 있는 죽은 여자와 함께 있고 싶지 않았다.

또다시 여자의 입에서 공기 방울이 올라왔고, 한나는 무언가 소리를 들은 듯했다. 희미해서 잘 들리지는 않았지만, 여자는 이렇게 말하고 있었다. *더 가까이.*

공포심에도 불구하고 한나의 몸은 앞으로 나아가고 있었다. 온몸의 근육은 이미 한나의 통제에서 벗어난 듯 한나는 점점 차의 옆면으로 가까이 다가가고 있었다. 그때 여자가 팔을 쑥 내밀어 조수석에 있던 보온병을 치우고 한나를 자리에 끌어 앉혔다. 그러고는 긴 손가락으로 안전벨트를 채우고는 죽음처럼 깜깜한 밤중에 호숫가를 헤매는 얼간이처럼 계속해서 웃어대기 시작했다. 그때 여자가 팔을 뻗어 한나의 가슴께를 감더니 마치 물에 젖은 철제 끈처럼 한나의 숨을 조이기 시작했다.

한나는 물속에 있는 자신의 묘지를 향해 자신이 점점 가라앉고 있음을 느꼈다. 그때 죽은 여자의 입에서 몇 개의 단어와 함께 또다시 공기 방울이 올라왔다.

같이 가. 으스스한 여자의 목소리는 이렇게 말하고 있었다. *같이 가. 나랑 같이 영원히.*

"안 돼애애애애애!"

극도의 공포에 사로잡힌 한나는 여자의 팔을 있는 힘껏 밀쳐내고 용수철처럼 침대에 일어나 앉았다. 그와 거의 동시에 모이쉐가 침대 옆 양탄자로 내려앉으며 야옹거렸다.

이 모든 게 끔찍한 악몽이었다는 사실을 깨닫는 데만도 1분가량이 걸렸다. 악몽을 꾸면서 뭔가 이상한 소리도 냈는지 모이쉐가 한나의 가슴께에 올라앉았던 모양이다. 녀석이 한나를 악몽에서 보호해주려 한 건지, 아니면 단순한 호기심이었는지는 알 수 없지만, 한나 탓에 녀석도 잔뜩 겁을 먹은 듯했다.

"놀라게 해서 미안, 모이쉐. 이리와. 내가 쓰다듬어줄게. 별일 아니야. 이제 잠에서 완전히 깼어."

모이쉐는 서랍장 위에 올라앉은 채 눈을 깜빡이며 한나를 유심히 바라보았다. 녀석의 꼬리가 단 한 번만 흔들리는 것으로 보아 유쾌하지 않았던 침대 탈출의 경험을 반복하여 겪고 싶지 않은 듯했다.

한나는 불을 켜려고 손을 뻗다가 중간에 멈칫하고 말았다. 불을 켤 필요가 없었던 것이다. 창밖으로는 벌써 환한 햇빛이 들어오고 있었다. 이상한 일이다. 오늘은 평일이고, 평일에는 항상 캄캄한 새벽녘에 일어났는데 말이다.

시계를 쳐다보자 모든 게 분명해졌다. 오전 9시 30분. 알람 소리에도 깨지 못하고 계속 잠을 잔 것이다. 하긴 그럴 만도 하다. 어젯밤 자정이 훨씬 넘은 시각에 가까스로 집에 돌아온 한나는 완전히 녹초가 되어버렸다. 미셸이 잠자리에 들지 않고 한나를 기다려준 것이 감사할 따름이었다. 두 사람은 한나에게 눈꺼풀 들어 올릴 힘도 남지 않게 될 때까지 경찰서에서 있었던 일에 대해 이야기를 나눴다. 그런 뒤 잠이 들었으니 여분의 알람에도 아랑곳없이 잠에 취해 있었던 것이다. 아닌가?

알람시계의 버튼은 눌러져 있었다. 잠자리에 들 때 버튼을 빼놓았던 것으로 기억하는데, 누군가 침실에 들어와 알람을 끈 모양이다. 집에는 미셸밖에 없으니 아마 미셸이 그랬는가 보다.

한나는 슬리퍼를 신고 가운을 입은 뒤 복도를 따라 손님방으로 향했다. 하지만 미셸은 벌써 일어났는지 침대만 깔끔하게 정리되어 있을 뿐 방에는 아무도 없었다. 거실에도, 주방에도 동생은 보이지 않았다. 커피 메이커에 메모 한 장이 붙어 있을 따름이었다.

커피 준비해놨어. 스위치만 켜면 될 거야. 가게는 리사랑 내가 알아서 할 테니까 서두를 필요 없어. 잭이랑 마지도 와서 도와주신댔어. 오늘은 잼베리 머핀을 만들었어. 테이블 위 바구니에 담아놨으니까 먹어보고 맛이 어떤지 알려줘. 참 엄마가 전화했었어. 오후에 모이쉐 데리고 바바라한테 가는 건 취소하래. 그리고 혹시 괜찮으면 저녁 6시에 병원으로 올 수 있는지 박사님이 물어봐달라고 하셨어. 또, 이따 오후에 엄마가 제니를 데리고 가게로 갈 거래. 암튼 잠 좀 푹 잤는지 모르겠네. 사랑해. 미셸이.

한나는 커피머신의 스위치를 올린 뒤 이제 앤티크 계열에 접어들고 있는, 포마이카 소재로 위를 덮은 탁자 앞에 앉았다. 테이블 가운데에는 머핀이 담긴 바구니가 버터가 담긴 조그마한 단지와 함께 놓여 있었다. 미셸이 여러모로 세심하게 준비한 듯했다.

눈길 한 번에 한나는 참지 못하고 머핀 바구니를 덮고 있는 냅킨을 거

됐다. 바구니에는 먹음직스럽게 구워진 머핀 여섯 개가 가지런히 담겨 있었다. 잼버리 머핀은 미셸의 새 레시피인 모양이다. 지금껏 한 번도 맛본 적이 없는 종류다.

커피가 다 될 때까지 기다리자고 생각했지만, 갓 구운 머핀의 고소한 냄새는 차마 거부하기 힘들었다. 한나는 머핀 하나를 집어 반을 쪼개고는 미소를 지었다. 잼버리라는 이름에 딱 맞게 안에는 딸기잼이 한가득 들어 있었다.

한나는 버터도 바르지 않고 머핀 반 조각을 그 자리에서 먹었다. 맛있었다. 나머지 반 조각에는 버터를 듬뿍 발라 먹었는데, 버터와 함께 먹는 것도 맛있었다. 한나는 어느 방법이 더 나은지 결정할 수 없어 일단 자리에서 일어나 커피를 한 잔 따랐다. 그러고는 호기심이 발동해 다른 방법을 시도해보기로 했다.

한나는 머핀을 하나 더 집었다. 안에 무엇이 들었는지 알 수 없지만, 이번에도 딸기잼이거나 아니면 한나가 좋아하는 또 다른 종류의 잼이면 좋겠다고 생각했다. 하지만 순간 좋아하지 않는 잼이나 젤리가 들었으면 어떡하나 걱정도 되었다. 한나는 잠시 골몰했다.

"민트 젤리."

한나는 막 주방으로 들어서는 모이쉐에게 말했다. 언젠가 한번 안드레아가 피넛버터와 민트 젤리를 넣은 샌드위치를 만든 적이 있었는데, 그 맛은 끔찍 그 자체였다.

모이쉐의 갈망 섞인 눈빛에 한나는 자리에서 일어나 녀석의 먹이그릇을 채워주고는 물도 새로 부어주었다. 미셸이 일찍 식사를 챙겼겠지만, 아무래도 괜찮다. 그런 다음 손을 씻고 다시 테이블 앞으로 돌아가 앉았다.

두 번째 머핀은 복숭아잼이 들어 있었다. 복숭아잼이 든 머핀은 노먼이 좋아하는 것이다. 한나는 미셸에게 레시피를 얻어 노먼에게 한번 만들어줘야겠다고 생각했다. 이걸 남겨주는 것도 좋겠지만, 이미 한나가 반으로 쪼갠 뒤였다.

네 잔의 커피와 함께 포도 젤리가 들어있는 세 번째 머핀을 맛본 끝에 한나는 버터를 발라 먹는 게 나은지, 그냥 먹는 게 나은지 결정할 수 없다는 결론을 내렸다. 또한 어느 잼 혹은 젤리가 제일 맛있는지도 결정할 수 없었다. 안에 무엇이 들었는지 남은 머핀도 모두 쪼개보고 싶은 충동을 느꼈지만, 아주 오래전 한나가 좋아하는 재료가 든 초콜릿을 고르려고 상자 안에 든 초콜릿의 밑바닥을 다 긁어놓았을 때 엄마가 얼마나 화를 냈었는지가 떠올랐다. *이건 예의에 어긋나는 행동이야.* 그때 엄마는 다섯 살배기 한나에게 이렇게 말했다. *전부 만져놓아 아무도 먹고 싶지 않게 만들었잖아.*

불현듯 떠오른 기억에 한나는 웃음을 지었다. 그때는 몰랐는데, 그날 엄마는 한나에게 중요한 교훈을 일러주었다. 상자 안에 든 초콜릿이 전부 욕심이 날 때는 하나하나 다 만져놓으면 저절로 내 것이 된다는 사실을 말이다. 이번에도 머핀을 전부 만져놓아 혼자서만 독식하고 싶은 아이 같은 충동이 일었지만, 그렇게까지 하는 건 너무 유치할 것 같아 한나는 그대로 주방에서 나와 샤워를 하기 위해 곧장 욕실로 향했다.

잼버리 머핀

오븐은 205도로 예열합니다. 틀은 오븐의 중앙에 둡니다.

재료

거품 낸 계란 1개 / 우유 3/4컵 / 식물성 기름 1/2컵 / 백설탕 1/3컵
다목적용 밀가루 2컵 / 베이킹파우더 3티스푼(1테이블스푼) / 소금 1티스푼
취향에 따른 잼 약 1/4컵

> 한나의 첫 번째 메모: 병 밑바닥에 조금씩 남아있어 버리지 못하고 보
> 관해두었던, 냉장고 구석구석에 자리만 차지하고 있던 온갖 종류의 잼
> 을 한 번에 소모해버릴 수 있는 절호의 기회입니다!

만드는 법

1. 12개의 머핀 컵에 기름칠을 하거나 들러붙음 방지 스프레
이를 뿌립니다. 종이로 된 컵케이크 라이너를 사용하셔도 됩
니다. 머핀용 팬이나 컵케이크 구멍의 지름이 2와 1/2인치,
깊이가 1과 1/4인치 정도(표준 사이즈입니다) 되는 컵케이크 팬을
사용하시면 됩니다.

> 한나의 두 번째 메모: 반죽을 할 때 전자반죽기는 사용하지 마세요.
> 브라우니 반죽처럼 재료의 울퉁불퉁한 감이 살아야 하는 반죽이기 때
> 문에 너무 고운 반죽은 안 됩니다. 손으로 하는 게 가장 좋아요.

2. 중간 크기의 볼에 계란과 우유를 넣고 잘 섞습니다.

3. 식물성 기름과 백설탕을 넣고 섞습니다.

4. 또 다른 볼에 밀가루를 넣습니다. 거기에 베이킹파우더, 소금을 넣고 포크로 잘 휘저어줍니다.

5. 계란 섞어놓은 것에 밀가루 섞은 것을 반 컵씩 넣으면서 반죽이 촉촉해질 때까지만 반죽합니다. 완성된 반죽은 거칠 거칠한 느낌이 날 텐데, 그렇게 해야 성공입니다.

6. 머핀 컵에 반 정도 차도록 반죽을 붓습니다.

7. 잼을 준비합니다. 어떤 잼을 넣을지는 자유입니다.

8. 티스푼이나 중간 크기의 숟가락을 사용해 각 머핀 가운데에 1티스푼 분량의 잼을 넣습니다.

한나의 세 번째 메모: 엄마가 이 레시피를 보지 않아야 할 텐데 걱정이에요. 왜냐하면 반죽에 잼을 넣을 때 사용한 숟가락은 엄마가 준 값비싼 앤티크 은수저였거든요.

9. 머핀 컵의 3/4까지 차도록 다시 잼 위로 반죽을 붓습니다.

10. 205도에서 약 20분간 굽습니다. 먹음직스러운 황금빛이 돌면 완성입니다.

11. 완성된 잼버리 머핀은 팬에서 10분간 식힌 다음 버터를 듬뿍 발라 접시에 냅니다. 따뜻하게 먹어도 맛있고 차갑게 먹어도 맛있습니다. 따뜻하게 먹고 싶을 때는 전자레인지에 데우면 됩니다.

쿠키단지 뒤편 주차장으로 향하는 골목에 들어서자 길가에 차들이
줄지어 서 있는 것이 눈에 띄었다. 주차장은 이미 만차고, 심지어 엄마의
앤티크 가게 앞과 블록 끝까지 전부 차가 세워져 있었다. 클레어가 그녀
의 옷가게에서 파격 할인행사를 하는 걸까 생각해봤지만, 이렇게 이른
시간에 문을 열리 없다. 밥 크누드슨 목사와의 결혼과 함께 시어머니가
이미 살고 있는 목사관으로 이사한 뒤 클레어의 주 활동 시간은 오후 12
시에서 5시 사이로 바뀌었다.

골목 역시 복잡하긴 마찬가지로, 길 한쪽 편에는 차들이 줄지어 주차
되어 있었다. 뭔가 큰 할인행사가 벌어진 게 분명하다. 길에 이토록 많은
차가 나와 있는 모습은 한 번도 본 적이 없다. 주차장으로 들어선 한나
는 다행히 자신의 자리가 비어 있는 것을 발견했다. 도대체 무슨 일이
지?

쿠키단지의 뒷문을 열자마자 한나를 맞이한 것은 사람들의 웅성거림이
었다. 홀이 손님들로 가득 찬 듯했다. 작업실로 들어서며 한나는 홀 진열
대에 놓는 유리단지에 쿠키를 채우고 있는 잭 허먼을 발견했다.

"안녕하세요, 잭."

한나가 인사를 건넸다.

"안녕, 한나."

한나는 미소를 지었다. 리사의 아버지인 잭 허먼이 오늘은 컨디션이 좋은 모양이다. 몇 년 전 알츠하이머병을 진단받은 그는 간혹 한나를 못 알아볼 때도 있었다.

"홀이 시끄럽네요."

한나가 홀 쪽을 가리키며 뒷문 옷걸이에 들고 온 가방을 걸었다.

"오늘 손님이 많은가 봐요?"

"아주 정신없어, 한나. 쿠키를 참 많이 팔았지. 커피도."

"잘됐네요. 옆에 클레어네 가게에서 할인행사 하나 보죠?"

"아니, 클레어도 여기 와 있어. 시어머니까지 모시고 나왔더군. 애바 슐츠랑 베티 잭슨이랑 같은 테이블에 앉아 있는데, 베티는 벌써 쿠키 네 개째야. 우리 신메뉴인, 초콜릿을 입힌 피넛 쿠키를 얼마나 좋아하는지."

한나는 조금 멋쩍은 기분이 들었다. 정오가 가까워서야 가게에 나와, 가게에서 무슨 일이 어떻게 돌아가고 있는 것인지 전혀 감을 잡을 수 없었다.

"그런 신메뉴가 있었어요?"

"초콜릿을 입힌 건포도 쿠키를 만들려고 하다가 초콜릿을 입힌 건포도를 찾지 못해서 마지가 낸 아이디어야. 플로렌스네 가게에 마침 초콜릿 입힌 피넛이 있다기에 레시피를 조금 변형해서 사용했지."

"역시 머리가 좋으세요."

한나는 여전히 자신의 가게에서 이방인이 된 듯한 기분이었다.

잭은 벽에 걸린 시계를 올려다보았다.

"15분 남았군."

그는 유리 단지 두 개를 집어 들고 홀로 통하는 회전문으로 향했다.

"금방 올게, 한나. 할 얘기가 있거든."

한나는 가게에 막 들어왔을 때와 마찬가지로 여전히 아리송할 따름이었다. 뭐가 15분 남았다는 거지? 오늘 대체 무슨 일인 거야?

"이런!"

마침내 다다른 결론에 한나는 끙 소리를 냈다. 한나가 어떻게 해서 베브 박사의 시신을 발견하게 되었는지 리사가 사람들에게 이야기를 해주고 있는 게 분명하다. 하지만 아직 리사한테는 이야기해준 적이 없는데, 어떻게……?

"미셸."

한나는 나지막이 혼잣말을 했다. 어젯밤 미셸에게 있었던 일을 모두 이야기해주었으니, 미셸이 그것을 리사에게 알려준 게 틀림없다. 하지만 그렇다고 한들 리사가 어쩐 일로 한나에게 먼저 들려주지도 않고 사람들에게 이야기를 풀어버린 걸까?

"한나!"

그때 리사가 작업실로 뛰어들어왔다.

"아빠 말씀이 한나가 와 있다고 해서요. 한나가 베브 박사 시신을 어떻게 찾았는지에 대한 이야기를 지금 하고 있는데, 한번 들어보실래요?"

한나는 고개를 가로저었다.

"아니. 실제로 찾아낸 것만으로도 난 충분해. 그때 일을 또다시 듣고 싶지 않아."

리사는 잠시 말이 없더니 이내 한숨을 내쉬었다.

"제 맘대로 사람들에게 이야기해서 화나신 거죠?"

"화난 거 아니야. 우리 늘 그렇게 해왔잖아. 근데 그냥 궁금한 건데, 이번에는 왜 나한테 먼저 들려주지도 않고 이야기를 시작했어?"

"미셸이랑 생각을 해봤는데, 한나에게 변호비용이 많이 필요할 것 같앉았어요. 그래서 물 들어올 때 노를 젓자는 데 의견을 모았죠. 미셸이 오늘 아침에 호위와 이야기를 했는데, 한나에게는 변호사 선임비를 특별히 반값으로 깎아주겠다고는 했지만, 그래도 만약 한나가 유죄 판결을 받아 재판까지 가게 된다면 비용이 하늘 높은 줄 모르고 올라갈 거예요."

리사는 이번에도 명언을 두 개나 사용하고 있었지만, 한나의 머릿속에는 두 개의 명언이 서로 대립하느라 바빠 리사의 것에 아는 체할 사이가 없었다. 그 하나는 '사서 고생하지 말자'고, 또 다른 하나는 '최고의 것을 기대하되, 최악의 것도 준비하라' 였다.

"저흰 그냥 한나를 돕고 싶었어요. 이야기 그만하라고 하면 그만할게요."

한나는 잠시 골몰한 뒤 이내 고개를 가로저었다.

"아니야. 가서 사람들에게 계속 이야기해줘. 어차피 난 숨길 것도 없고, 리사가 이야기하는 그 사실 자체로 내가 베브 박사의 죽음과는 아무 상관이 없다는 걸 사람들한테 이해시킬 수 있을지 몰라. 그리고 얘기가 나와서 말인데……."

한나는 잠시 멈칫하며 이제 할 말에 대해 다시 생각해보았다. 그러고는 이내 간략하게 고개를 끄덕이고는 말을 이어나갔다.

"얘기가 나와서 말인데, 내일부터는 두 번째 이야기에 돌입하자."

"두 번째 이야기요?"

"마이크가 우리 집에 찾아와 날 경찰서로 연행해 간 일에 대해서 말이야. 그래서 노먼이 어떻게 호위 레빈에게 연락을 했고, 그와 내가 어떻게 만났는지. 심문 과정에서 오갔던 얘기들도 해도 좋아. 그것도 어젯밤에 내가 미셸에게 전부 얘기해줬으니 자세한 건 미셸에게 들어."

"좋아요! 오늘 이야기 끝부분에 내일 시작할 이야기의 맛보기만 들려주면 다들 내일 또 가게를 찾을 거예요."

하지만 리사는 멈칫하더니 무언가에 골몰하는 듯했다.

"생각해보니……, 세 번째 이야기도 가능하겠어요."

"세 번째 이야기? 어떤 거?"

"어젯밤에 경찰이 가게로 찾아와 어떻게 엉망을 만들어놓고 갔는지 말이에요. 그래서 허브랑 제가 얼마나 고생을 하면서 가게를 치우고 정리했는지. 그리고 마이크가 어떤 증거로 한나를 경찰서로 연행해갔는지도 조사해봐야겠어요. 한나 어머님이 부검 보고서 사본을 구해주실 수 있을 거예요. 벌써 구해주겠다고 이야기까지 해놓으셨으니까요."

"엄마가?"

"그럼요! 오늘 아침에 7시도 안 돼서 가게로 오셨었어요. 안드레아도요. 다들 한나를 위해 움직이고 있어요. 피터슨의 집에서 그……그 불여우 같은 베브 박사가 한나에게 어떻게 했는지 저한테 얘기를 듣고 난 뒤에는 더욱 열성적으로요. 경찰 쪽에 알려져도 해될 건 없을 거예요. 경찰 측에서 벌써 피터슨의 집까지 훑었는데, 한나가 베브 박사를 죽이려는 의도로 컵케이크에 무언가를 넣었다는 증거물은 전혀 찾지 못했대요."

"희소식이야."

"그렇죠. 가게 일은 잠시 잊어요. 미셸이랑 제가 알아서 잘하고 있으니까요. 마지와 아빠도 흔쾌히 도와주고 계세요. 사실 아빠한테도 가게에 나와서 사람들을 많이 만나보는 게 병세 회복에 도움이 돼요. 암튼 가게는 저희가 맡아서 할 테니, 한나는 결백을 증명해보일 방법에나 신경을 써요."

"나도 그랬으면 좋겠는데, 결백을 입증하는 건 유죄를 입증하는 것보다 훨씬 어려울지 몰라."

"그렇긴 해도 한나라면 할 수 있어요. 거미가 나타나면 그걸 싫어하면서도 냅킨에 고이 담아 밖으로 내보내주는 한나인데, 그런 한나가 사람을 죽일 리 없잖아요. 산소가 아까울 정도로 형편없는 베브 박사 같은 사람일지라도 말이에요."

베브 박사에 대한 리사의 표현에 한나는 웃음을 터뜨렸다.

"그 표현, 내일도 그대로 사용할 거야?"

"생각 중이에요. 신선한 표현 같죠? 아, 이걸 내일 이야기의 마지막 대사로 넣으면 좋겠어요."

"역시 리사는 드라마의 여왕이야. 힘내! 나중에 내키면 리사의 이야기 직접 한번 들어볼게. 리사가 사람들에게 이야기를 들려주는 동안 내 결백도 증명할 수 있게 되면, 이번에 벌어들인 돈으로 내년 겨울에는 따뜻한 곳으로 휴가나 가자."

마지의 초콜릿 입힌 피넛 쿠키를 막 맛보았을 때 잭이 작업실로 들어왔다.

"맛본 거야?"

그가 식힘망에서 쿠키가 사라진 것을 눈치채고는 물었다.

"네, 정말 맛있네요. 마지에게 훌륭하다고 전해주세요."

"그렇게. 아마 좋아할 거야."

잭은 잠시 우두커니 서 있다가 이내 깊은 한숨을 내쉬었다.

"잠깐 시간 낼 수 있겠어, 한나? 도움이 필요한데."

"그럼요, 잭. 무슨 일인데요?"

"그게……."

잭은 망설이는 듯 보이더니 목청을 가다듬고 다시 입을 열었다.

"그게……, 프로……프로, 뭔가를 해야 되겠는데. 단어가 생각이 안 나는군!"

"그럼 다른 방법으로 말씀해보세요."

한나가 리사에게서 배운 방법대로 제안했다.

"그 단어가 무슨 뜻인데요?"

"결혼한다는 뜻이지. 그러니까…… 프러포즈! 맞아, 바로 그거야! 내가 프러포즈를 하려고 해, 한나."

"아, 잘 알겠어요."

한나는 커피 주전자로 가 두 개의 머그잔에 커피를 따랐다. 한나는 커피를 스테인리스 작업대에 내려놓은 뒤 앞에 놓인 의자를 가리켰다.

"이리 와서 앉으세요. 커피 드시면서 찬찬히 얘기해보세요."

잭은 자리에 앉으며 미소를 지었다.

"역시 한나는 친절해. 그래서 내가 도움을 청한 거지. 마지에게 상의할 수도 없고, 리사에게 얘기할 수도 없으니. 허브가 바쁘지만 않았어도 날 도와줬을 텐데. 그 애가 나한테 얼마나 잘하는지 한나도 알잖아."

"그럼요, 알죠. 리사와 마지도 잭에게 극진하고요."

"그렇지. 그래도 두 사람에겐 도와달라고 할 수 없어. 두 사람은…… 그러니까…… 중간에 끼어 있어서. 무슨 말인지 알지?"

"두 사람과도 상관이 있는 일이란 말씀이시죠?"

"맞아, 그거야. 두 사람과 상관있는 일이라 제대로 준비할 때까진 비밀로 해야 해. 마지에게 물어본 뒤에 리사에게도 말해줄 거야. 순서가 그렇게 되어야지."

"그렇죠."

"아무에게도 얘기 안 할 거지?"

"그럼요, 잭. 얘기 안 할게요."

"한나라면 믿을 만하지. 마지는 좋은 사람이야, 한나. 난 그 사람을 정말 사랑해. 애들이 결혼할 때 마지가 자신이 살던 집을 애들한테 준 거 알고 있나?"

"그럼요. 정말 놀랄 만큼 어마어마한 결혼 선물이었죠."

"그래서 마지에게는 지금 집이 없어. 나한테는 있지만. 내 집을 마지의 집으로 만들어주고 싶은데. 집을 함께 소유했으면 해. 원래 부부들이 그렇게 하잖아. 그래서 그 프로……그 왜, 물어보려고 해."

"마지에게 프러포즈를 하고 싶으시단 거잖아요."

"그래. 하지만 용기를 내려 할 때마다 단어들이 생각이 나지 않아서 말이야. 그것만큼은 제대로 해야 할 텐데. 마지는 제대로 된 프러포즈를 받을 자격이 있어."

"그렇고말고요. 그럼 적당한 단어들을 찾아 준비할 수 있도록 도와드리면 될까요?"

"그래! 그래주면 좋겠어. 그리고 단어가 준비되면, 그……, 리…… 리……리하시가 아닌데, 다른 단어야. 배우들이 하는 것 있잖아."

"리허설이요?"

"맞아! 역시 똑똑해, 한나. 마지에게 프러포즈하기 전 리허설하는 것도 도와줘. 그래줄 수 있지?"

"물론이죠. 그럼 언제 시작할까요?"

"지금은 어때? 잠깐 쉬어도 된다고 하던데, 지금 괜찮겠어?"

"좋죠."

만들어야 할 쿠키가 있었지만 한나는 흔쾌히 대답했다. 쿠키 반죽을 하는 것보다 잭의 프러포즈 리허설을 돕는 일이 훨씬 더 중요했다.

초콜릿을 입힌 피넛 쿠키

오븐은 175도로 예열합니다. 틀은 오븐의 중앙에 둡니다.

한나의 첫 번째 메모: 초콜릿을 입힌 피넛은 마이크가 정말 좋아하는 간식입니다. 그래서 이걸로 만든 쿠키도 엄청 반겼죠. 땅콩 알레르기가 있으신 분들은 초콜릿을 입힌 다른 재료와 칩을 사용하세요(저는 M&M과 화이트 초콜릿 칩을 사용해서도 만들어봤는데, 아주 맛있었어요).

재료

소금기 있는 부드러운 버터 1컵(224g)

바닐라 인스턴트 푸딩 믹스 상자 1개(4컵 만들 분량, 무설탕은 안 됩니다)

백설탕 1/2컵 / 황설탕 1/2컵 / 거품 낸 계란 1개(포크로 저어주세요)

바닐라 농축액 1티스푼 / 베이킹소다 1티스푼 / 소금 1/4티스푼

시나몬 간 것 1/2티스푼 / 다목적용 밀가루 1과 1/2컵

압연 오트밀(껍질 벗긴 귀리를 찐 다음 납작하게 압축한 것) 1과 1/2컵

초콜릿을 입힌 피넛 1컵(전 12온스(336g) 포장을 사용했는데, 약 1/4컵 분량이 남더라고요. 하지만 그것도 오래가진 못했죠!) / 피넛버터 칩 1컵

한나의 두 번째 메모: 손으로 반죽해도 좋지만, 전자반죽기가 있으면 훨씬 편합니다.

만드는 법

1. 부드러운 버터에 푸딩 믹스, 백설탕, 황설탕을 넣고 섞어줍니다.
2. 계란과 바닐라 농축액을 넣고 잘 섞어줍니다.
3. 베이킹소다, 소금, 시나몬을 넣고 잘 섞어줍니다.
4. 밀가루를 1/2컵씩 넣어가며 잘 반죽합니다.
5. 압연 오트밀 역시 1/2컵씩 넣어가며 잘 반죽합니다.
6. 반죽기에서 그릇을 빼낸 뒤 초콜릿을 입힌 피넛과 피넛버터 칩을 넣고 손으로 잘 섞어줍니다.
7. 둥근 티스푼에 가득 반죽을 떠서 기름칠하지 않은 쿠키 틀에 2인치(5cm) 간격으로 나열합니다(전 틀에 기름종이를 깔았어요).
8. 175도에서 10~12분간 구워줍니다. 가장자리가 먹음직스러운 갈색으로 변했으면 완성입니다.
9. 틀 위에서 2분간 식힌 다음 식힘망으로 옮겨 완전히 식힙니다.

엄마와 제니가 가게를 찾았을 때 리사는 마침 이야기 중간에 쉬는 시간을 갖고 있던 참이었다. 리사는 두 사람을 작업실로 안내하더니 쿠키를 굽고 있는 한나를 보곤 미소를 지었다.

"고마워요, 한나. 마침 쿠키가 떨어져가고 있었는데."

"걱정 마. 지금 오븐에 바 쿠키 여섯 상자 분량이 들어 있으니까."

"잘됐어요."

리사는 고개를 돌려 엄마 옆에 서 있는 갈색머리의 여자에게 미소를 지어 보였다.

"제니? 여긴 한나예요."

그러고는 다시 한나를 돌아보았다.

"많이 바쁘지 않으면 여기서 넷이 같이 커피 마시자고 했어요."

"그래, 괜찮아. 만나서 반가워요, 제니. 어서 앉아요. 커피 한잔 줄게요."

"제가 할게요." 리사가 재빨리 나섰다.

"가게 문 열 때부터 줄곧 이야기만 했잖아요. 전. 마지랑 아빠, 미셀까지 와 있으니까 제가 할 일이 별로 없는 것 같아요."

"이야기가 아주 극적이더구나."

엄마가 작업대 앞 의자에 앉으며 말했다.

"아주 잘했어, 리사."

"좀 무섭기도 했어요."

제니가 엄마 옆에 앉으며 덧붙였다.

"특히 물속에서 머리카락이 일렁이는 부분이요."

그러자 엄마도 살짝 몸을 떨었다.

"맞아. 나도 그 부분 듣다 보니 내가 쿠키를 먹는 줄도 모르게 두 개나 먹었더라."

엄마가 한나를 쳐다보았다.

"암튼 연못에 뛰어들 생각을 다 하고, 정말 용감했다, 한나."

"용감했거나 아니면 바보 같았거나. 어느 쪽이었는지는 저도 모르겠네요."

한나가 리사에게서 커피 잔을 받아들며 말했다.

"네 레이더가 작동한 탓이겠지."

엄마의 말에 제니가 어리둥절한 표정을 짓자 이내 엄마가 다시 입을 열었다.

"한나한테는 죽은 사람을 찾아내는 레이더가 있거든요."

"어머, 귀엽네요."

제니가 말했다. 하지만 이내 얼굴을 찌푸렸다.

"어쩌면 그 반대일 수 있겠어요. 죽은 사람을 발견한다는 건 끔찍한 일이잖아요."

"재밌지는 않죠." 한나가 인정했다.

"하지만, 제 의지대로 멈춰지지가 않네요."

"저도 신문에서 읽어서 알아요, 한나."

"레이크 에덴 저널이요?" 한나가 물었다.

"아뇨, 미니애폴리스 스타 트리뷴이요."

"정말이에요?" 엄마가 놀라며 물었다.

"그게 언제였어요, 제니?"

"한나가 버디를 죽인 범인을 잡았을 때요."

한나의 머릿속에서 경고음이 울려 퍼졌다. 제니는 '한나가 그 키보드 연주자를 죽인 범인을 잡았을 때요'라거나 '재즈 음악가를 죽인 범인을 잡았을 때요' 혹은 '버디 니먼을 죽인 범인을 잡았을 때요'라고 말하지 않고 '버디를 죽인 범인을 잡았을 때'라고 말하고 있다. 마치 버디와 전부터 알고 지내던 사이인 것처럼.

"혹시 버디 니먼을 알아요?" 한나가 물었다.

"아뇨, 근데 마치 아는 사람처럼 느껴져요. 클레이가 버디 이야기를 워낙 많이 했거든요. 아주 비밀이 많은 사람이라고 했는데, 결국 클레이 말이 옳았어요."

"클레이라면, 클레이턴 월레스를 말하는 거예요?"

한나가 되물었다.

"네."

"그럼 그를 안단 말이에요?"

한나가 명백히 드러난 사실을 재확인했다.

"아, 그럼요. 제가 담당 간호사였는걸요. 그리고 우린…… 친구 사이였어요. 좋은 친구요. 제가 요리하는 걸 좋아해서 가끔 저녁식사 초대도 하고 그랬어요."

한나는 문득 미니애폴리스 경찰이 클레이턴의 집에서 발견했다는 프리미엄 키안티 와인과 선물 포장된 트뤼플 초콜릿이 떠올랐다.

"혹시 이탈리아 음식 만드는 거 좋아해요?"

한나가 물었다.

"제일 좋아하는 음식이 이탈리아 요리예요. 클레이턴도 좋아했고요.

그래서 항상……."

한나는 손을 들었다.

"제가 맞춰볼게요. 그래서 항상 프리미엄 키안티 와인과 패니 파머의 트뤼플을 사왔죠?"

제니는 어리둥절한 표정으로 고개를 끄덕였다.

"어떻게 알았어요?"

"미니애폴리스 경찰에서 클레이턴의 집을 살펴보던 중 그 두 가지를 발견했다고 들었어요. 레이크 에덴에서 돌아오는 대로 저녁식사를 할 계획이었나 보죠?"

"네." 제니의 목소리가 살짝 떨렸다.

"정말 좋은 남자였어요. 그래서……."

한나는 아무 말도 하지 않고, 제니에게 마음 추스를 여유를 주기로 했다. 잠시 후 제니가 어느 정도 진정이 되자 한나는 핵심적인 질문을 하나 던졌다.

"클레이턴의 담당 간호사였다고 했는데, 어느 병원에서 일했어요?"

"헨느핀 안과의원이요. 참 용감한 사람이었어요. 유머감각도 남달랐고요. 시력을 잃어간다는 것을 알면서도 어떻게든 적응하려고 애썼죠. 저도 그런 그의 면에 반했던 것 같아요. 하지만 그가 죽은 이후로는 더 이상 병원에서 일할 수 없었어요. 그와의 추억이 자꾸만 생각나서 다른 곳으로 옮길 수밖에."

"그랬겠군요."

엄마가 제니의 손을 토닥이며 말했다.

"궁금한 게 하나 더 있어요." 한나가 말했다.

"클레이턴이 시나몬 롤 식스 버스를 운전할 때 시력이 얼마나 나빠진 상태였던 거예요? 이건 중요한 문제예요."

"사고를 낼 만큼은 아니었어요."

제니가 곧추 앉으며 대답했다.

"진단서와 예후 확인서도 보여 드릴 수 있는데, 아마 그건 봐도 잘 모르실 거예요. 일반인들 표현으로 설명하자면, 그의 시력은 중앙에서부터 바깥쪽으로 서서히 사라져가는 중이었어요. 그러니까 좁아진 시야로 작은 물건들을 보는 건 좀 어려웠을 거예요."

이를테면 알약 같은 것 말이지. 한나는 생각했다. 심장이 점점 빠르게 뛰고 있었다.

"알약 같은 작은 물건들 말이에요?"

한나가 물었다.

"네, 맞아요. 안 그래도 약상자 칸에 알약을 정확히 집어넣기가 힘들더라고 했었어요. 조만간 약 챙기는 것도 도움을 받아야 할 것 같다고 말이에요. 필요할 때마다 저한테 연락하겠다고 했는데."

"그 얘기를 한 게 언제였어요?"

"레이크 에덴으로 떠난 오후예요. 어떻게든 하고 있지만, 어렵다고 말이에요. 그러고는……."

제니는 잠시 말을 멈추더니 힘겹게 다시 이어나갔다.

"그러고는 그게 마지막이 됐어요."

"지금 이야기들을 경찰서에 가서도 해주실 수 있어요?"

한나가 물었다.

"네, 하지만…… 경찰서에 이 이야기를 왜요?"

"미니애폴리스 경찰에서는 클레이턴의 죽음을 자살로 결론 내렸거든요. 자살이 아니라는 걸 제니가 증명해줘야겠어요."

한나는 클레이턴의 아들과 클레이턴의 죽음이 자살이라는 소식을 들은 보험회사에서 어떻게 해서 보험금 지급을 거부했는지 등의 이야기에 관해 재빨리 제니에게 설명했다. 그러자 제니의 눈이 분노로 차올랐다.

"그렇다면 당연히 제가 나서서 바로잡아야죠!"

그녀가 약속했다.

"클레이턴이 아들을 위해 얼마나 열심히 준비했는지 저도 잘 알고 있어요. 그런데 그 소중한 돈을 보험회사가 뺏어가게 둘 순 없죠!"

커피와 쿠키를 먹으며 함께 계획을 세운 뒤 제니는 엄마와 함께 자리를 떴다. 리사 역시 다시 손님들 무리로 돌아간 뒤 한나는 작업실에 홀로 남았다.

"갑자기 진척이 됐네."

한나는 오븐에서 바 쿠키 팬을 꺼내 식힘망으로 옮기며 혼잣말을 했다.

"클레이턴 일이 이렇게 운 좋게 풀리다니, 나 착한 일이라도 한 걸까."

한나는 다시 커피를 한 잔 따라 의자에 앉았다. 그리고 베브 박사의 죽음에 자신이 결백하다는 사실 또한 생각보다 어렵지 않게 증명할 수 있게 되기를 간절히 바랐다.

"좀 더 진심을 담아서요, 잭."

한나가 말했다.

"그리고 최대한 간결하게 전달하는 거예요. 그저 많이 사랑하고 있고, 내 아내가 되어주었으면 좋겠다고 말하면 돼요. 그런 다음에 '나와 결혼해주겠어, 마지?' 라고 물어보는 거예요."

"하지만 리허설 때처럼 하지 못하고 마지의 이름을 잊어버리면 어쩌지? 그렇게 되면 분위기가 완전 엉망이 될 거야."

"잊어버리는 건 긴장하시기 때문이에요."

"그래, 또 긴장하게 되면 말이야."

한나는 잠시 골몰했다.

"그럴 때는 약간의 트릭을 사용하시면 돼요. '나와 결혼해주겠어, 내 사랑?' 이렇게요."

"아, 그거 좋군. 그렇게 하면 되겠어. 다시 해보자, 한나."

"좋아요."

한나가 일어서자 잭은 한쪽 무릎을 꿇고, 한나의 손에 키스를 했다.

"내 소중한 사람,"

그가 한나를 올려다보며 말을 이었다.

"당신을 정말 사랑해. 당신은 항상 친절하고, 상냥하고…… 달콤하지. 그런 당신이 내 아내가 되어주었으면 좋겠어. 부디 내 아내가 되어줘. 나랑 결혼해주겠어, 내 사랑?"

이번엔 정말 훌륭했다고 한나가 막 칭찬을 하려는 찰나 홀로 통하는 회전문 쪽에서 두 사람의 외마디 숨소리가 들려왔다.

"이런!"

잭이 화급히 자리에서 일어났다.

"끝장났군!"

한나가 고개를 돌리니 회전문 쪽에는 리사와 마지가 형언할 수 없는 충격과 실망감이 한데 섞인 표정으로 돌처럼 굳어 있었다.

"잭!"

마지가 숨을 헐떡이며 외쳤다.

"아빠!"

리사 역시 굳은 목소리로 소리쳤다.

지금 상황이 로맨틱 코미디극의 한 장면이었다면, 무척이나 재미있었을 것이다. 하지만 이건 코미디극이 아니었고, 시간을 조금이라도 지체했다가는 걷잡을 수 없는 사태가 벌어질 것 같아 한나는 허둥지둥 자초지종을 설명하기 시작했다.

"이건, 생각하시는 그런 게 아니에요." 한나가 말했다.

"저한테 프러포즈하신 게 아니고요. 전 단지 리허설을 도와드렸을 뿐이에요."

한나가 잭을 돌아보았다.

"지금 하세요!"

"지금?"

"네, 바로 지금요!"

"하지만 리허설을 다 마치지 못했는데."

"괜찮으니 얼른 하세요, 잭!"

잭이 마지에게 다가가는 모습을 보며 한나는 일이 잘 풀릴 것 같은 예감이 들었다. 마지는 웃음을 억지로 참는 것처럼 입술이 약간 비틀리고 몸도 살짝 떨고 있었다. 리사의 모습을 보니 한나는 한결 더 안심이 되었다. 리사는 손을 입에 가져간 채 물기 어린 눈으로 두 사람을 바라보고 있었다.

"내 소중한 사람."

그가 불현듯 하던 말을 멈췄다.

"근데 꼭 무릎을 꿇어야 하나? 다섯 번이나 꿇었더니 바닥이 딱딱해서 무릎이 아파."

"여기요, 잭."

마지가 작업대에서 타월을 집어 그에게 던져주었다.

"그걸로 무릎을 받쳐요."

"고마워, 마지."

잭은 타월을 바닥에 깐 뒤 무릎을 꿇고 마지의 손을 잡아 키스했다.

"당신을 정말 사랑해. 당신은 항상 친절하고, 상냥하고, 달콤하지. 그런 당신이 내 아내가 되어주었으면 좋겠어. 부디 내 아내가 되어줘. 나랑 결혼해주겠어, 내 사랑?"

마지는 다른 한쪽 손으로 잭이 일어나도록 도와주었다. 그러더니 미소를 지으며 그에게 키스했다.

"기꺼이 그럴게요." 마지가 대답했다.

"리사?"

잭이 딸을 돌아보았다.

"괜찮겠니?"

"이보다 더 완벽할 수 없어요, 아빠."

리사가 달려가 그를 포옹했다.

"안 그래도 언제쯤 청혼하시려나 허브랑 궁금해하고 있었어요."

마지막 쿠키인 오트밀 건포도 크리스피의 반죽을 막 마쳤을 때 뒷문에서 노크소리가 들렸다. 한나는 작업실을 가로질러 문을 열어주고는 예상치 못한 방문객에 깜짝 놀랐다.

"마이크!" 한나가 탄성을 질렀다.

"안녕, 한나."

마이크가 어쩐지 불편한 모양새로 인사를 건넸다.

"작업실에 누구 또 있습니까?"

"아뇨."

한나는 문득 어젯밤 심문실에서 그가 얼마나 차갑고 냉정했는지가 떠올랐다. 지금은 그런 기색이 보이지 않지만, 어쩌면 단지 착한 경찰 흉내를 내고 있을 뿐인지도 모른다.

"오늘은 관중이 없어서 어쩌죠? 또다시 사람들 보는 앞에서 붙들려 가게 누구라도 초대할까요?"

고개를 가로젓는 마이크의 얼굴이 고통으로 일그러졌다.

"그러지 말아요, 한나. 어젯밤에는 좀 심했다는 거 압니다. 하지만 공무상 어쩔 수 없었어요."

"독일 나치들도 다 그렇게 얘기한다죠!"

"한나, 잠시라도 어젯밤 일은 잊어줄 수 없습니까? 어제 일은 미안해요. 정말로요. 어쨌든 전 규정대로 따를 수밖에 없었습니다."

"지금은 아니고요?"

"지금은 그 반대죠. 사실 여기에 오면 안 되는데. 위에서 알게 되면 파면을 당할지도 모릅니다. 규정에 어긋나는 일이니까요. 그러니 오늘 난 여기 안 온 겁니다, 알겠죠? 내가 여기 왔다는 건 누구에게도 말하면 안 됩니다."

한나는 그의 코앞에서 문을 쾅 닫아버리고 싶었지만, 차마 그럴 순 없었다. 마이크는 분명 이유가 있어서 여기에 왔을 것이다. 한나는 안 그래도 위태로운 상황에서 괜한 실수로 입지를 잃게 될까 두려워졌다.

"한나? 제발요. 들어가도 되겠습니까?"

"좋아요."

한나가 마침내 화를 누그러뜨리고 말했다.

"그럼 들어와요. 하지만 다른 사람들한테 들킬 수도 있다는 거 미리 경고할게요. 리사는 홀에서 이야기를 풀어놓느라 바쁘겠지만, 잭이나 마지, 미셸은 언제든 작업실에 들어올 수 있으니까요."

마이크는 안으로 들어서며 작업실을 두리번거렸다.

"그럼 저장실에서 얘기할까요? 문을 닫으면 누가 들어와도 날 보지 못할 거 아닙니까."

"그래요, 그럼."

한나는 저장실 쪽으로 걸어가 저장실 문을 열고 불을 켰다.

"들어와요."

마이크가 들어서자 한나는 문을 닫았다.

"저장실이 크군요." 그가 말했다.

"어젯밤에 경찰들이 휩쓸고 간 이후로 리사가 허브랑 같이 다시 정리하느라 두어 시간 고생했다던데요. 도대체 우리 가게에서 뭘 찾고 있던 거예요? 독약?"

"독약이 아닙니다. 신경안정제예요."

"뭐요?"

"나이트 박사님이 몇 가지 테스트를 해봤는데, 베브 박사에게서 강력한 신경안정제가 발견됐다고 해요. 심장을 멈추게 할 만큼 강한 약이었다고 말입니다."

"그럼 익사한 게 아니란 말이에요?"

"차가 물에 빠졌을 때 그녀는 이미 죽어 있었습니다."

"그럼 어젯밤 내 저장실을 뒤지면서 신경안정제를 찾았겠군요."

"넵."

마이크의 얼굴빛이 어두워졌다.

"미안해요, 한나. 저장실 수색도 그렇게까지는 하지 않으려고 했는데, 어젯밤에 다른 일로 바빠서 내가 미처 신경을 못 썼어요."

"날 심문하느라 말이죠."

"넵."

마이크는 또다시 한숨을 내쉬더니 한나의 어깨에 팔을 둘렀다.

"정말 미안해요, 한나. 어젯밤에 잠도 안 오더군요. 한나를 심문했던 일이 괴로워서 잠도 잘 수 없었습니다. 자꾸 당신 눈빛이 생각이 나더군요. 그 눈빛이 꼭 '당신은 날 배신했어'라고 얘기하는 것 같아서 너무 마음이 아팠습니다."

"나도 그다지 재미있는 경험은 아니었어요."

반항감에도 불구하고 한나는 그에게 조금 더 다가갔다. 마이크를 용서해줄 마음의 준비는 아직 되지 않았는데도 어깨에 둘러진 그의 단단한 팔이 매우 든든하게 느껴졌다.

"절친한 친구를 잃은 것 같은 기분이었다고요."

"나도 마찬가집니다." 마이크가 말했다.

"어젯밤에 내 손으로 한나를 차마 연행할 수 없었지만, 그렇다고 다른 사람에게 맡기기도 싫었습니다. 그리고 내 의지와 상관없이 규정을 따라야 했어요. 게다가 박사님에게서 베브 박사의 위 내용물 목록을 받았는데, 바스콤 시장님이 베브 박사와 같이 차를 탔을 때 그녀가 한나의 컵케이크를 먹었다고 진술했습니다. 그러니 한나를 심문하지 않을 수 없었던 겁니다."

"차는 아직 견인하지 않았나 봐요?"

마이크는 고개를 가로저었다.

"아직이요. 얼의 견인차가 기화기를 교체해야 하는데, 지금 부품이 도착하길 기다리는 중이라고 해요. 그래도 내일 오후 늦게까지는 완료될 거라고 하더군요."

"그럼 베이커리 상자에 남은 컵케이크가 있는지 여부는 아직 확인하지 못했겠네요."

"잠수부를 보내 상자를 찾았습니다. 뒷자리, 차체에 끼어 있는 걸 발견했다더군요. 그런데 텅 비어 있었어요."

"그렇다면 내가 컵케이크에 안정제를 넣지 않았다는 걸 증명할 수가 없네요."

희망이 점점 희미해지고 있었다.

"불행히도 그렇습니다. 베브 박사가 다 먹었거나 아니면 물에 녹아버린 것이겠지요. 어떻게 된 일인지는 알 수 없을 겁니다."

"위에서 또 뭐가 발견됐는데요?"

한나는 지푸라기라도 잡고 싶은 심정이었다.

"커피, 크림, 인공감미료, 그리고 한나의 컵케이크가 전부였습니다."

"커피는 우리 가게 것이 아니에요."

한나가 말했다. 완강한 희망의 빛이 다시금 비추기 시작했다.

"로저는 커피를 주문하지 않았거든요. 커피를 주문하지 않았으니 당연히 크림이나 감미료도 나갈 리 없죠."

"피터슨의 집 현관에서 만났을 때는 어떻습니까?"

"거기서도 커피는 없었어요. 그때 갖고 있던 음료는 내가 마셨던 다이어트 콜라랑 리사와 안드레아가 마신 일반 펩시, 그리고 트레시를 위한 레모네이드 몇 캔뿐이었거든요. 집에 왔을 때 베브 박사에게 그 누구도 아무것도 권하지 않았고, 베브 박사도 우리에게서 컵케이크 상자 말고는 가져간 것이 없어요. 나이트 박사님이 위에서 콜라나 펩시나 레모네이드를 발견하신 건 아니잖아요, 그렇죠?"

"그런 건 없었습니다."

마이크가 손을 뻗어 한나의 볼을 어루만졌다.

"이 상황이 너무 싫군요, 한나. 한나에게 결코 좋은 상황이 아닌 듯해요. 컵케이크를 만든 사람이 한나이니, 드러난 사실로만 따졌을 때는 한나가 유력한 범인입니다. 베브 박사가 컵케이크 먹는 것을 봤다는 목격자도 있으니 말이에요. 한나가 하지 않았다는 것을 증명할 다른 방법이 필요해요."

한나는 마이크의 오묘한 뉘앙스를 눈치채고는 질문을 던졌다.

"범인이 내가 아니라는 걸 증명할 수 있을 거라 생각해요? 내가요?"

"그러길 바라요. 간절히 기도하고 있습니다. 그 일에만 집중해요, 한나. 내가 할 수 있는 한 돕겠습니다."

"그럼 마이크는 내가 한 짓이 아니라고 생각하는군요?"

"당연하죠. 그건 진심으로 믿고 있어요."

"맞아요. 베브 박사를 죽인 건 내가 아니라 다른 사람이에요. 진범을 잡아서 내 결백을 밝혀야만 하다니, 이건 너무 불공평해요."

"어떤 기분일지 이해합니다. 우리 사법제도가 그렇게 굴러가게 되어 있으니까요. 하지만 베브 박사 사건의 진범을 잡는 일은 나도 돕겠습니다."

"그게 가능해요?"

"공식적으로는 안 되지만, 괜찮아요. 우리 부서 사람들도 모두 나설 겁니다. 하지만 이 이야기는 나한테서 들은 게 아닙니다. 알겠죠?"

"빌은요? 빌의 생각은 어때요? 빌은 혹시 내가 진범이라고 생각하는 거 아니에요?"

"그럴 리가요. 빌도 우리가 하려는 일에 대해 알고 있어요. 물론 비공식적으로 말입니다. 모두가 당신 편이에요, 한나. 공적인 서류 작업은 절차에 따라 진행해야겠지만, 각자의 개인 시간에는 한나를 도울 겁니다."

한나는 기분이 한결 나아지기 시작했다. 단두대의 칼날은 좌우로 흔들거리며 점점 아래로 내려오고 있지만, 그래도 결백을 믿어주는 사람들이 있다는 사실이 위안이 되었다.

"베브 박사가 일부러 신경안정제를 복용한 건 아닐까요?"

클레이턴 월레스가 심장약 과다복용으로 사망한 사실을 떠올리며 한나가 물었다.

"아뇨, 그 부분은 벌써 확인해봤습니다. 로니와 릭을 그녀가 묵던 호텔방으로 보내 확인시켰는데, 신경안정제는 찾지 못했어요. 로저가 흔쾌히 그녀의 방을 살펴볼 수 있도록 허락했다고 하더군요. 그러면서 로저도 베브 박사가 그런 약을 먹는 걸 보지 못했다고 하더랍니다."

"나한테도 신경안정제 같은 건 없다는 건 이미 마이크도 알고 있겠죠? 가게에도 없고 아파트에도 없어요."

"압니다. 하지만 그래도 확인을 해봐야 할 겁니다."

"다시 정리하는 것만 도와준다면 괜찮아요. 베브 박사 위에서 나왔다는 신경안정제에 대해서는 알아봤어요? 혹시 처방전 없이도 살 수 있는 종류던가요?"

"박사님 말씀이 아니라고 하더군요. 1급 마취제라 의사의 처방 없이는 구할 수 없는 종류예요."

한나는 의심스러운 눈길로 마이크를 쳐다보았다.

"법적으로는 그렇지만, 아마 길거리에서 쉽게 구할 수 있을 걸요."

"여기, 레이크 에덴에서는 어림없습니다. 마약상들이 때때로 모습을 보이긴 하지만, 소소한 물건들만 취급하니까요. 이 약은 매우 강력해요. 조금만 먹어도 기절하기 때문에 단순히 기분이 좋아지기 위해 먹는 약이 아니라는 게 박사님 말씀이에요. 그런데 베브 박사는 목숨을 잃을 만큼의 분량을 섭취했다고 하더군요. 폐에 공기가 하나도 없었어요, 한나. 그녀는 물에 빠지기 전에 이미 죽은 겁니다."

"혹시 베브 박사가 이전에 약 처방을 받은 기록은 없는지 확인해봤어요?"

"약물 이름을 듣자마자 바로 확인했습니다. 하지만 그런 약물은 처방받은 적이 없었어요. 그 부분에 관해서는 막다른 길이에요, 한나."

"알았어요, 그렇다면 커피는요? 커피에 섞으면 맛이 느껴지지 않을 수도 있지 않아요?"

"맞아요. 박사님께 물어봤는데, 그렇다고 하더군요. 인공감미료에 약간의 쓴맛이 있는데, 그 약도 그렇대요. 쓴맛이 났더라도 아마 감미료 때문이라고 생각했을 겁니다."

"어디서 받은 커피인지 알아냈어요?"

"지금 확인 중입니다."

"커피가 담겨 있던 컵은 어때요? 잔여물이나 찌꺼기가 남아 있을 수도 있잖아요. 컵은 찾았어요?"

"아뇨, 차에는 커피 컵이 없었어요. 컵을 찾지 못했으니 당연히 잔여물 검사도 불가능했죠. 베브 박사의 차가 오픈카였으니 물에 가라앉았을지도 모를 일입니다. 그러니 컵을 찾는다 해도 잔여물이 남아 있길 기대하기는 어렵죠."

한나는 사건에 대해 드러난 사실들을 하나하나 머릿속으로 되짚어보았다. 베브 박사는 강력한 신경안정제를 과다복용했다. 나이트 박사는 그녀의 위에서 커피, 크림, 인공감미료, 그리고 한나의 컵케이크와 함께 그 약물 성분을 발견했다. 하지만 컵케이크에는 그 약물이 들어 있지 않았다. 그렇다면 커피나 크림, 인공감미료 중 하나다.

"그렇다면 지금으로선 나에 반하는 증거들은 모두 정황상 증거들일 뿐이네요."

"그렇습니다. 하지만 한나에겐 동기와 수단, 그리고 기회가 있었죠."

"수단은 아니에요."

한나가 사실을 바로잡았다.

"나한테는 약이 없다고요."

"그건 증명하기 힘들잖습니까."

"알았어요."

한나는 살짝 몸을 떨었다. 정황상 증거들만으로도 유죄 판결을 받는 게 가능하다. 하지만 지금 한나는 그것까지 생각하고 싶진 않았다. 그랬다가는 지난밤처럼 또다시 악몽에 시달릴 것만 같았다.

"떨고 있군요."

마이크가 한나를 꼭 안았다.

"갑자기 왜 그래요?"

"내가 하지도 않은 일에 유죄 판결을 받을 수도 있다고 생각하니 베브 박사의 시신을 찾아냈을 때보다 더 으스스해요. 오늘 밤에도 악몽을 꿀까 봐 걱정이에요. 어젯밤 꿈은 정말로 끔찍했거든요!"

"무슨 꿈이었는데요."

"내가 물에 뛰어들어가는 것부터 시작되는데 물속의 베브 박사가 날 조수석에 앉히려고 했어요. 도망치려고, 물 위로 다시 올라가려고 했지만, 내 의지와 상관없이 내 몸은 점점 그녀 쪽으로 가까이 다가가고 있었죠. 그러더니 그녀가 나를 움켜잡았고, 난 벗어날 수 없었어요. 그녀는 조수석에 있던 물건을 치우고는 날 거기에 앉히더니 안전벨트까지 채웠어요. 밀러의 연못 바닥에서 이렇게 베브 박사와 함께 죽는가보다 생각했죠."

그러자 마이크가 한나의 등을 쓸어주었다.

"이런 일들을 겪게 해서 미안해요, 한나. 내가 얼마나 죄책감을 느끼는지 한나는 모를 겁니다. 어젯밤 일을 모두 지울 수만 있다면, 정말 깨끗하게 지우고 싶군요. 한나는 베브 박사를 구하기 위해 용감한 행동을 했는데, 상은커녕 심문실에 불려와 취조를 당했죠. 어제 일은 무척 억울했을 겁니다."

"맞아요."

한나의 머릿속은 아직도 베브 박사가 한나를 조수석에 붙들어 앉혔던 어젯밤 꿈속을 헤매고 있었다. 베브 박사는 가느다란 손가락으로 보온병을 치우고……

한나가 별안간 탄성을 지르자 마이크는 그녀의 등을 토닥였다.

"무슨 일입니까?" 마이크가 물었다.

"보온병이요!"

"무슨 보온병이요?"

"꿈속에 나왔던 보온병이요. 조수석에 분명히 보온병이 있었어요. 내가 본 게 아니면 꿈에 나올 리 없어요. 맞아요. 분명히 차에 보온병이 있었어요. 뚜껑에 빨대가 달린 은색 보온병이었어요. 베브 박사의 안전벨트를 풀고 그녀를 끌어올릴 때 자리에서 치웠던 기억이 나요."

"잠수부를 다시 보내야겠군요."

마이크가 핸드폰을 꺼내 경찰서 번호를 눌렀다.

"보온병이 있으면, 안에 내용물도 남아 있을 겁니다. 그럼 나이트 박사님이 확인해주시겠죠."

마이크가 전화 통화를 하는 동안 한나는 잠자코 듣고 있었다. 그가 전화를 끊자 한나는 저장실 문을 열었다.

"누가 들어오기 전에 얼른 나가는 게 좋겠어요."

"그렇겠군요."

마이크가 작업실을 가로질러 가 뒷문을 열었다.

"잠수부가 올라오는 대로 상황을 알려줄게요." 그가 말했다.

"운 좋으면 보온병을 찾을 수 있을 겁니다. 그러면 한나 결백을 증명하는 건 시간문제예요."

"그 말이 신의 귀에 닿아 모두 이루어지길 바라요."

한나는 증조할머니 엘사가 즐겨 이야기하던 속담을 중얼거렸다. 그런 뒤 미소를 지으며 다시 스테인리스 작업대 앞으로 돌아와 오트밀 건포도 크리스피를 만들기 시작했다.

뒷문에 노크 소리가 들리더니 한나가 미처 문을 열기도 전에 안드레아가 급히 들어왔다.

"언니!"

안드레아는 탄성을 지르며 작업대 앞 의자에 털썩 주저앉았다.

"왔어, 안드레아."

한나는 오븐에서 쿠키 틀을 꺼내 식힘망으로 옮겼다.

"커피 줄까?"

"고맙지만, 됐어. 나 지금 충분히 흥분했거든. 혹시 초콜릿 든 거 있어?"

"여기 베이커리인 거 잊었어? 초콜릿이야 얼마든지 있지. 초콜릿 칩 크런치 쿠키랑 블랙 앤 화이트, 트리플릿 치플릿도 있어."

"트리플릿 치플릿으로 할래. 그럼 초콜릿을 세 가지 형태로 맛볼 수 있으니까. 잠깐만 기다려. 내가 가구에 대해 얘기해줄 테니까!"

"무슨 가구?"

한나는 트리플릿 치플릿 쿠키 세 개를 냅킨에 담아 가져오며 물었다.

"우유 줄까?"

"좋지. 베브 박사와 로저가 새로 구입한 가구 말이야. 방금 배송이 끝났거든."

"참, 그렇지. 까맣게 잊고 있었네. 너한테 배송 트럭 들어오는 거 확인해달라고 했잖아."

안드레아는 우유 잔을 받아들고 한 모금 마시며 고개를 끄덕였다.

"하나같이 다 끝내줘, 언니. 언니가 직접 봤어야 해!"

"배송 트럭이 아니라 가구들이 말이지?"

"그래. 하얀 가죽으로 덮여 있어. 상상이 가? 짙은 청색 카펫에 하얀 가죽이 얼마나 환상적으로 어울릴지 말이야. 22인치(55cm) 길이의 원형 소파에 붙박이 안락의자가 네 개야. 지금껏 본 중 가장 큰 스크린 TV 앞에 놓여 있었는데, 그 TV가 얼마나 크냐면 말이지, 바스콤 시장님이 슈퍼볼 게임을 위해 산 TV보다 더 크더라니까. 벽난로 앞에 놓을 용도로 들인 소파도 정말 굉장했어! 옛날 영화에서나 볼 수 있는, 팔걸이가 없는 형태 있잖아. 필요할 때 누워서 잠도 잘 수 있는 거. 정신과 의사들이 사용하는…… 그거 있잖아."

"셰이즈 라운지(롱체어)?"

"맞아. 그거. 등받침 부분이 어찌나 우아하게 올라와 있는지 꼭 여왕들이 자는 침대 같더라니까. 지금 나랑 같이 가서 언니도 직접 한번 봐! 돔도 설치되어 있으니 옥상 정원에 들인 물건들도 다 구경할 수 있어. 안 된다고 하지 마. 나 사진도 찍어서 웹사이트에 올려야 하거든."

한나는 인상을 찌푸렸다.

"그건 좀 그렇지 않아? 로저의 가구인데 사진 찍기 전에 허락부터 받는 게 좋겠어."

안드레아는 믿을 수 없다는 표정으로 한나를 쳐다보더니 이내 웃음을 터뜨렸다.

"오, 그렇게 생각할 만도 하지! 언니한테 깜빡하고 이 얘길 안 했구나. 로저가 펜트하우스를 다시 내놓았어. 가구까지 들인 상태로 팔 생각인가

봐. 베브 박사도 죽고 없으니 더 이상 펜트하우스에 살고 싶은 마음이 없다는 거야. 얼굴이 얼마나 안 좋던지 가구가 들어올 때도 1~2분 정도 있었나? 금방 가버리더라고. 충격이 컸나 봐, 언니. 정말로 베브 박사를 사랑했던 것 같아."

"흐음."

한나는 애매모호하게 대꾸했다. 로저가 그 사이 베브 박사의 이중성을 알아챘을 리 없지만, 그래도 전혀 가능성이 없는 건 아니다.

"어서."

안드레아가 자리에서 일어나 하나 남은 쿠키를 주머니에 넣었다.

"빨리 가자!"

한나는 가방을 집었다.

"알았어. 하지만 이 더위에 초콜릿이 금방 녹을 텐데."

"무슨 초콜릿?"

"네가 방금 주머니에 넣은 초콜릿."

"아, 그렇구나."

안드레아는 주머니에서 다시 쿠키를 꺼내며 어깨를 으쓱했다.

"걱정 마. 이건 차까지 가는 동안 먹을 거니까."

가게에서 앨비온 호텔까지는 1.5블록 거리밖에 되지 않았기 때문에 안드레아가 지정된 주차자리에 차를 세우기까지 고작 1~2분밖에 걸리지 않았다.

"어서, 언니."

안드레아는 차에서 내려 치마에 떨어진 쿠키 부스러기를 탁탁 털었다.

동생을 따라 로비로 들어서 펜트하우스 전용 엘리베이터로 향하며 한나는 어쩐지 즐거워져 미소를 지었다.

"로저가 금방 가버렸으면 가구를 어디에 놓을지는 어떻게 결정했어?"

한나가 물었다.

"배달 인부들이 일람표를 갖고 있었고, 그 사람들이 '실내디자인 전문가'라고 부르는 사람도 미니애폴리스에서 직접 와서 도왔기 때문에 난 할 일이 없었어. 그냥 지켜보고 있다가 사람들이 다 가고 난 뒤에 문단속하는 것 정도?"

"그럼 그 사람들이 가구 배치해놓은 모습을 로저는 못 봤겠네?"

안드레아는 고개를 끄덕였다.

"도저히 지켜보지 못하겠다고 하더라고. 그러면서 펜트하우스를 다시 매매 목록에 올려놓아 달라고 했어. 가구까지 딸린 채로 내놓으면 아마 더 잘 팔릴 거라고."

"그렇겠네."

한나는 안드레아를 따라 엘리베이터를 탄 뒤 동생이 펜트하우스 층의 버튼을 누르는 모습을 지켜보았다.

"웃긴 소리 같겠지만, 이 엘리베이터 탈 때마다 난 좀 긴장이 돼. 좀 흔들리는 것 같아서."

한나가 말했다.

"나도 썩 좋은 기분은 아니야. 그래도 검사를 마쳤으니 안전하겠지."

"만약 정전이 되면 어쩌지?"

"그럼 발전기가 자동으로 돌아가게 되어 있어."

"하지만 누가 알겠어? 만약 발전기가 갑자기 돌아가지 않으면?"

"그래, 발전기가 낡긴 했지. 로저가 곧 새 발전기로 교체한다고 하지만, 어쨌든 아직은 낡은 발전기니까."

"화재는? 화재가 났을 때는 엘리베이터를 사용하면 안 되잖아, 안 그래?"

"그럴 때는 계단을 이용해야지. 샐리의 호텔에도 낡은 계단이 있잖아.

예전에 호텔이 개인 맨션이었을 때 집의 하인들이 사용하던 것 말이야. 여기에 있는 계단도 가정부들이 사용할 수 있도록 층마다 설치해놓았을 거야. 앨비온이 처음 지어졌을 때 린넨 같은 것들을 나를 때 계단을 사용했겠지. 보통 계단은 복도에서 엘리베이터 오른편에 나 있어."

"하지만 펜트하우스 층에는 복도가 없잖아. 그럼 계단으로 통하는 문은 어디에 있는 거야?"

"주방에. 아마 봤어도 알아채지 못했을 거야. 언뜻 보기에는 그냥 저장실 문처럼 생겼거든. 안쪽에서 잠글 수 있도록 되어 있기 때문에 펜트하우스로는 아무도 못 들어와."

"재밌군."

마침내 엘리베이터 문이 열렸다. 두 사람은 거실로 들어섰고, 한나는 값비싼 가구들의 향연에 입을 떡 벌렸다. 주말 내내 쇼핑만 했다는 베브 박사의 말은 결코 허언이 아니었다!

한나의 탄성을 들으며 안드레아는 거실의 벽난로 쪽을 돌아보았다.

"그랜드피아노 이야기는 깜빡하고 안 했네. 스타인웨이(독일산 명품 피아노 브랜드) 피아노야."

"베브 박사가 피아노도 쳤어?"

"아니, 이건 그냥 장식이야."

한나는 할 말을 잃고 말았다. 이런 고급스러움은 어디서도 본 적이 없었다. 로저와 그의 아버지가 돈이 많다는 사실은 잘 알고 있었지만, 그래도 막연히 생각하는 것과 직접 눈으로 보는 것은 엄연한 차이가 있었다.

"어때?"

웅장한 침실 가구가 들어찬 메인 침실과 여덟 명은 족히 앉을 수 있을 만한 널찍한 실내 자쿠지까지 딸린 메인 욕실, 그리고 유명 요리사도 부러워할 만큼, 갖가지 조리 기구와 기계들이 완벽하게 갖춰져 있는 주방까지 보고 난 뒤 안드레아가 한나에게 물었다.

한나는 적당한 말을 찾지 못해 잠시 망설였다. 가구 배치가 무척 마음에 드는 듯 뿌듯해하는 안드레아에게 자칫 상처가 될 말을 할 수는 없었다.

"정말 굉장해."

한나가 마침내 말했다.

"하지만?"

"거기에 '하지만'이 붙는 건 어떻게 알았어?"

"내가 우리 언니를 모르겠어? 대답하기 전에 망설였던 걸 보면 '하지만'이 붙는 거야."

"유죄 인정."

한나가 말했다. 하지만 이내 지금 상황에 '유죄'라는 단어는 농담으로라도 꺼내지 않는 건데 괜한 말을 한 것 같아 후회하고 말았다.

"네 말이 맞아, 안드레아. '하지만'이 있어."

"뭔데?"

"굉장한 곳이긴 한데, 여기서 사는 건 그다지 편하지 않을 것 같아."

"그건 나도 마찬가지야! 이런 하얀 가죽 가구들 사이에서 아이들을 키운다면 24시간 내내 긴장해야 할 거야. 게다가 하얀 가죽 소파가 바로 TV 앞에 있잖아. 애들이 만화영화를 보면서 과자라도 먹으면 어떡해? 가죽 클리너 사느라 돈이 남아나지 않을걸. 그리고 그 스타인웨이 피아노도 문제야. 트레시가 지금 피아노를 배우고 있잖아. 집에 오면 거의 매일 '젓가락 행진곡'을 친다고. 베시도 틈만 나면 건반을 두드리려고 하고. 그런 우리한테는 실용적인 피아노가 필요하지, 저런 값비싼 전문가용 악기는 필요하지 않아. 스타인웨이는 말 그대로 전문 피아니스트에게나 필요한 거 아니야?"

"전적으로 동의."

한나가 말했다.

"로저와 베브 박사가 저걸 단지 장식용으로 구입했다니 충격이야."

"침실 위치도 그래. 침실 자체가 너무 크고 다른 방이랑도 멀리 떨어져 있어서 베시나 트레시가 한밤중에 나를 불러도 듣지 못할 거야, 아마. 아, 오해는 하지 마. 펜트하우스가 아름다운 건 사실이지만 평범한 가정에게는 어울리지 않는 공간이란 얘기니까."

"그럼 만약에 가구를 바꾸면 혹시……."

한나는 이번에도 적당한 단어를 찾기 위해 잠시 머뭇거렸다.

"……더 안락해지진 않을까?"

"그래, 로저와 베브 박사가 선택한 가구들이 우아하긴 하지만, 별로 정이 가진 않지. 이런 럭셔리한 분위기는 우리 레이크 에덴에서는 어울리지 않아."

"돈 냄새 나는 분위기 말이지?"

"응, 그래서 안 그래도 실내디자인 전문가라는 사람한테 새 펜트하우스 주인이 가구가 마음에 들지 않는다고 하면 바꿔도 되냐고 물어봤는데, 가능하대. 단, 아예 환불은 불가능하고."

"하지만 만약 새 집주인이……."

한나는 또다시 머뭇거렸다.

"네가 판매한 가격보다 더 비싼 값에 파는 걸 뭐라고 하지?"

"부동산 업그레이드?"

"그래, 그런데 만약 새 집주인이 더 싼 가격의 가구를 원하면 어떡해? 그러니까, 흰색 가죽의 원형 소파 대신 좀 더 작은 크기의 천 소파를 원한다고 하면 말이야. 그럼 더 싼 가격의 가구와도 교환이 되는 건가?"

"되긴 하지만, 차액은 환불이 안 돼. 차액 대신 아빠를 위한 안락의자를 하나 더 한다든지, 아니면 엄마를 위한 흔들의자를 더 한다든지, 뭐든 추가 구매해야지. 환불을 못 받는 금액만큼 말이야."

"그렇다면 완벽해."

한나가 말했다.

"특히 저 스타인웨이 피아노 말이야. 저거 하나 값으로도 방 두 개짜리 콘도 하나는 채울 수 있겠어."

"언니 말대로겠어. 피아노가 정확히 얼마인지는 물어보지 않았지만, 물어보나마나 어마어마한 가격이겠지."

안드레아는 정원옥상으로 향하는 계단으로 안내했다.

"올라가서 테라스용 가구들 좀 봐봐, 언니. 그건 아무도 바꾸고 싶어 하지 않을 거야!"

"어머, 세상에!"

옥상정원으로 올라가 설치된 돔을 보자마자 한나는 탄성을 질렀다. 머리 위로 20인치(50cm) 이상 솟은 굴곡진 모양의 돔은 위로는 파란 하늘과 솜사탕 같은 흰 구름의 풍경을, 그리고 사방으로는 아름다운 마을의 풍경을 펼쳐내고 있었다. 멀리 소나무숲에 둘러싸인 호수는 햇살을 받아 반짝였고, 그때 까마귀 한 마리가 돔 위를 스치듯 날아갔다.

"새가 와서 부딪히지는 않아?"

"제조사 말로는 그럴 일 없대. 판유리 사이사이에 받침대를 넣었기 때문에 새들도 보면 알 거라는데?"

"그렇담 다행이야. 이런 고급스러운 곳에서 망중한을 즐기다가 불쌍한 새가 돔에 부딪혀 아파하는 모습은 보고 싶지 않을 테니까. 너무 투명해서 마치 아무것도 없는 것 같아. 이게 플렉시글라스(유리와 같이 투명한 합성수지)라고 했나?"

"맞아, 플렉시글라스. 이건 신제품이야. 각 유리판마다 약간의 색이 들어가 있고, 이중판에다가 아르곤(기체 원소)이 충전되어 있어. 일반 유리였다면, 직사광선을 받아 무척 더웠을 거야. 오늘 더운 날씨잖아."

"그래, 상당히 시원하다 여기는."

한나는 팔을 내밀었다.

"햇빛의 열기가 전혀 느껴지지 않아."

"유리판 사이에 아르곤이 충전되어 있어서 그래. 일종의 단열 효과를 주는 거지, 눈에 보이지 않지만."

"흠, 놀라운데. 계단이랑 그 옆쪽만 빼고는 360도로 전경이 다 보이네. 근데 계단 쪽은 왜 플렉시글라스로 넣지 않은 거야?"

"왜냐면 저기엔 창문닦기용 안전 케이지가 설치되어 있거든."

"뭐?"

"창문닦기용 안전 케이지. 내가 보여줄게."

안드레아가 돔 가장자리로 다가가 돔의 3인치(7.5cm) 정도 높이에 달린 주머니에서 TV 리모컨처럼 보이는 것을 꺼냈다.

"잘 봐."

안드레아는 계단 옆쪽 공간을 향해 리모컨을 눌렀고, 그러자 정말로 케이지처럼 보이는 것이 떠오르기 시작했다. 안드레아가 서 있는 곳까지 케이지가 다가오자 안드레아는 유리판 한 군데의 잠금쇠를 풀고 문을 열었다.

"기발해."

열린 문 앞에 케이지가 정확히 멈추자 한나가 말했다.

"나도 이걸 처음 봤을 때 내 눈을 믿을 수가 없었다니까. 언니가 유리창 청소부라면 청소도구를 들고 여기에 올라타서 돔에 설치된 트랙을 따라 움직이면서 닦으면 간단해. 안쪽에서 조정할 수 있기 때문에 원하는 지점에 멈춰서 유리창을 닦고, 다시 다른 곳으로 움직이면 되는 거지. 안

전도도 높아서 일단 여기 올라타기만 하면 옛날식 유리창 닦이 기구처럼 밑으로 떨어질 일도 없어."

한나는 좀 더 가까이 보기 위해 앞으로 다가섰다.

"여기 올라탈 일은 없겠지만, 그래도 어쨌든 인상적이긴 하다."

"나도 생각하면 소름 돋아. 로저가 처음 이걸 보여주면서 나한테 한번 타보겠냐고 하지 뭐야."

"그래서 탔어?"

"절대! 3층 이상 되는 높이에 설치된 이 기구를 타느니 차라리 죽는 게 낫겠다고 했어!"

안드레아는 다시 유리판 문을 닫고 잠금쇠를 건 뒤 리모컨으로 케이지를 가리켰다.

"건물 바깥쪽 담이 쳐진 공간 안쪽에 딱 맞게 들어가는 크기라 비나 눈이 와도 맞지 않아."

"아주 기발해."

한나가 말했다.

"내 생각도 그래. 이제 테라스 가구 보러 가자. 아마 언니가 여길 산다고 해도 그곳 가구만큼은 바꾸려 하지 않을 거야."

동생을 따라 수영장이 있는 곳으로 향하며 한나는 씩 미소를 지었다. 역시 한 번 부동산 중개인은 영원한 부동산 중개인이다. 안드레아는 한나에게 펜트하우스를 팔아보려는 생각을 아직 완전히 접지 않은 모양이다. 우습지만, 한나는 누군가 아는 사람이라도 이곳을 사서 자주 초대라도 받았으면 좋겠다고 생각했다.

"준비됐어요?"

모이쉐를 데리고 쿠키단지 뒷문으로 들어서며 노먼이 물었다.

"준비됐어요."

한나는 고개를 숙여 모이쉐를 쓰다듬으며 대답했다.

"모이쉐도 데려왔네요."

"그래야죠. 녀석을 차에 혼자 둘 순 없잖아요. 닫힌 차 안이 얼마나 더운지 알아요?"

"네, 그래서 나도 동물을 혼자 차에 두지 않아요. 잠깐 다녀올 때도요. 잠깐이 더 길어질 수도 있으니까요."

한나는 카운터에 올려놓았던 베이커리 상자 두 개를 집었다.

"이것도 가져가야 해요."

"이게 뭐예요?"

"바바라에게 줄 몽키 브레드요. 리사가 준 레시피대로 만들어봤어요. 리사의 언니, 토니에서 받은 거래요. 내 트럭으로 갈까요?"

"아뇨, 트럭은 미셸이 사용하게 두고 가요."

"그래요, 그럼. 어서 가요."

차에 도착하자 노먼은 트렁크를 열어 베이커리 상자를 넣었고, 뒷자리 문을 열어 모이쉐를 자리에 내려놓았다. 그런 뒤 한나를 위해 조수석 문을 열어주었고, 한나는 망설임 없이 조수석에 올라탔다.

"고마워요, 노먼. 친절한 도어맨이네요."

한나가 인사했다.

"치과의사 일을 그만두게 되면 한번 생각해보죠. 제2의 직업으로 말이에요."

노먼이 운전대 뒤로 올라탔다.

"근데 몽키 브레드는 어떤 거예요?"

차에 시동을 걸고 주차장을 빠져나가며 노먼이 물었다.

"번트팬에 구운 커다란 초콜릿 칩 시나몬 롤이라고 생각하면 될 거예요. 바바라가 시나몬 롤이랑 초콜릿을 먹고 싶어 한다고 엄마에게 들었거든요. 특별히 준비했죠. 냉장 비스킷으로 만든 거예요. 가게에서 튜브형태로 파는 것 있잖아요."

"그럼 이스트 반죽을 하는 것보다 더 간편하게 만들 수 있겠네요?"

"맞아요. 내 특제 시나몬 롤을 만들 시간이 없어서 고민했더니 리사가 대안으로 이 몽키 브레드를 제안했어요. 케이크처럼 슬라이스로 잘라 먹어도 되고, 그냥 덩어리로 뜯어 먹어도 된다는 점이 마음에 들어요."

노먼은 메인가 끝에서 왼쪽을 살핀 뒤 시내를 향해 차를 몰았다.

"새로운 소식은 없어요, 한나?"

노먼의 질문이 무슨 뜻인지 한나도 잘 알고 있었다. 노먼이 말하는 새로운 소식이라는 건 레이크 에덴에 떠도는 소문이나 정치경제적 이슈를 묻는 게 아니라, 마이크가 한나를 데려가 심문했던 일에 대해 말하는 것이다. 다시 말해, 그에 대해 진전된 사항이 없는지를 묻는 것이다.

"다른 면에서 새로운 소식이 있었죠."

한나가 말했다.

"오늘 오후에 클레이턴 월레스의 일이 말끔히 해결됐어요."

"자살이 아니었다는 걸 증명할 수 있게 된 거예요?"

"증명할 수 있게 된 건 아니지만 자살이라는 혐의점을 진중하게 의심해볼 수 있을 만한 사실을 알게 됐어요. 그거면 미니애폴리스 경찰에서도 생각을 달리하게 될 거예요."

"그러면 보험회사에서도 보험금을 지급하겠군요?"

"네, 그건 나중에 다 얘기해줄게요. 그리고 또 아주 소소한 소식이 있긴 해요."

"사고가 사실은 사고가 아니었다는 거요?"

"네."

한나가 노먼을 향해 고개를 돌리며 대답했다.

"그래도 마이크는 내가 한 짓이 아니라고 믿어요."

"확실해요? 미셸 말로는 어젯밤 경찰서로 연행해갈 때 상당히 무뚝뚝했다던데요."

"그렇긴 했죠. 사실이에요. 하지만 오늘은 좀 다르더라고요."

"오늘도 또 심문을 받은 거예요?"

"아뇨, 그럴 리가요."

한나는 다음에 나올 단어를 신중히 선택했다. 마이크가 가게로 찾아왔다는 이야기를 꺼내 그를 곤경에 빠트리고 싶지는 않았다.

"우연한 기회에 잠깐 얘기를 나눴는데, 마이크는 내 편이었어요."

"확실해요?"

노먼은 의심스러운 눈초리였다.

"잊지 말아요, 한나. 마이크는 친구이기 이전에 경찰이에요."

"잘 알아요."

"좋아요. 호위가 조심하란 얘기 해줬겠죠?"

"오, 그럼요. 그래서 조심하고 있어요. 사실 간밤의 꿈이 사실이라면 오래 시간 끌지 않아도 될 거예요."

노먼은 한동안 아무 말도 하지 않았다. 타이어가 아스팔트 도로 위를 스치는 소리와 자동차 엔진이 돌아가는 소리만 들릴 뿐이었다.

"무슨 꿈이었는데요?"

마침내 노먼이 물었다.

노먼이 무슨 생각을 하고 있는지 한나는 알 것 같았다. 용의자로 몰린 스트레스로 인해 한나가 꿈과 현실을 구분하지 못하게 된 것은 아닐까 걱정스러운 마음도 들 법했다.

"나 미친 거 아니에요, 노먼."

한나가 그를 안심시켰다.

"내가 유력 용의자로 떠올랐다니 상당한 스트레스를 받고 있는 건 사실이에요. 그래서 간밤에 그런 무서운 악몽을 꾼 거겠죠. 하지만 꿈의 일부는 내가 연못으로 헤엄쳐 들어갔을 때 본 것들을 바탕으로 재연된 것일 뿐이에요. 자세한 얘기는 안 할게요. 중요한 게 아니고, 그저 일반적인 악몽이었을 뿐이니까요. 하지만 꿈속에서 보온병이 나왔어요. 조수석에 보온병이 있었다고요. 의자 밑으로 금방 떨어져버렸지만, 정말로 베브 박사의 차에는 보온병이 있었어요. 내가 베브 박사의 차를 본 건 연못에서가 처음이니까 그때 실제로 본 것이 꿈에도 나타난 걸 거예요."

"알겠어요."

노먼이 여전히 의아한 목소리로 대답했다.

"정말로 좌석 밑에 보온병이 떨어져 있고, 뚜껑이 닫힌 상태라면, 안에 내용물이 내 결백을 증명해줄 수 있어요."

"컵케이크가 아니라 보온병 안에 독약이 들었다고요?"

노먼이 즉시 물었다.

"네, 하지만 그건 일반적인 독약이 아니에요. 나이트 박사님이 여러

테스트로 사인을 밝혀냈는데, 강력한 신경안정제 과다복용이래요."

"그렇다면 이야기가 다르게 돌아가겠네요."

노먼이 말했다. 그는 아무런 감정도 드러내고 있지 않았지만, 그의 몸이 미세하게 떨리는 것이 보였다.

"그럼 물에 빠졌을 때는 이미 죽어 있었단 거군요."

"나이트 박사님 말로는 그래요. 마이크에게 들은 이야기예요."

"그렇군요."

노먼은 어쩐지 안심하는 듯한 표정이었다.

"어차피 죽은 건 죽은 거니 어찌 됐든 상관없다고 생각할지도 모르겠지만, 베브가 익사했다는 소식은 가슴이 아팠거든요."

"나도 마찬가지였어요."

한나가 말했다.

각자의 생각에 잠겨 두 사람은 눈만 깜빡거릴 뿐 다시 말이 없었다. 노먼은 베브 박사와의 좋았던 때를 회상하고 있을지도 모르겠다. 한나도 알고 있었다. 두 사람에게도 분명 좋은 시절이 있었으리라는 것을. 그렇지 않았다면 처음부터 약혼도 하지 않았을 것이다. 순진한 생각일지도 모르겠지만, 한나는 누구에게나 어딘가에 좋은 면은 남아 있게 마련이라고 생각했다.

그때 모이쉐가 앞자리로 기어와 한나의 무릎 위에 자리를 잡았다. 그리고 이내 편안하게 가르랑거리기 시작했다. 한나는 잠시 눈을 감았다. 그리고 다시 눈을 떴을 때 두 사람은 에덴 호수에 가까워져 있었다. 한나는 차창을 내렸다. 한나는 호수 아래 자리하고 있는 수많은 생명체들의 짙푸른 향내를 좋아했다.

호숫가에도 역시나 많은 생명체들이 살아가고 있었다. 나무 아래를 분주히 오가는 작은 동물이나 윙윙거리는 곤충들, 그리고 길 양옆에 높다렇게 줄지어 서서 서로를 향해 가지를 뻗고 있는 나무들 사이를 지저귀며 날아다니는 새들까지.

병원에 가까워지자 고운 초록빛의 터널이 한결 넓어졌다. 노먼은 커브 길을 돌아 병원 주차장으로 향했고, 한나는 호흡을 진정시키려 크게 숨을 들이마셨다. 그리고 모이쉐를 쓰다듬었다. 모이쉐뿐만이 아니라 한나 스스로도 안정이 필요해 취한 행동이었다.

노먼이 입구 쪽 가까이에 차를 세우고 시동을 끈 뒤 한나를 돌아보았다. 그는 한나의 얼굴로 손을 뻗어 부드럽게 그녀의 볼을 어루만졌다.

"준비됐어요?"

그가 물었다. 어쩜 노먼의 작은 손길 하나에 이토록 마음이 편해질 수 있을까. 한나는 미소를 지었다.

"준비됐어요."

한나가 대답했다.

접수처를 지키고 있는 간호사는 반갑게도 제니였다. 한나는 그녀를 보고 활짝 웃었다.

"안녕하세요, 제니."

한나가 인사했다.

"여긴 노먼 로드, 우리 마을 치과의사예요."

"안녕하세요, 노먼."

제니가 노먼을 향해 고개를 돌렸다.

"혹시 명함 있으세요? 안 그래도 스케일링을 받아야 했거든요."

노먼이 명함을 건네자 제니는 그것을 받아 간호사 유니폼 주머니에 넣었다.

"오늘 밤에는 수업이 없어서 담당 간호사가 쉬는 동안 제가 접수처를 맡고 있어요."

"아예 병원에서 사는 거예요?"

한나가 짓궂게 놀렸다.

"그런 셈이죠. 거의 대부분의 시간을 병원에서 보내니까 그 편이 더 나아요. 사실, 오늘 야간 당직이기도 하거든요."

"아까 우리 엄마가 집에 데려간다고 하지 않았어요?"

"그러려고 했는데, 나이트 박사님이 야간 당직을 부탁한다고 전화를 하셔서요. 가게에서 나오자마자 한나 어머님이 집까지 데려다주셨어요. 그래서 집에서 새 유니폼으로 갈아입고 어머님 집에도 들러서 어머님도 드레스로 갈아 입으셨죠."

"엄마가 오늘 밤에 특별한 약속이 있나 보네요."

한나가 추측했다.

"아, 맞아요. 오늘 박사님 퇴근하시는 대로 같이 레이크 에덴 호텔에 가서 저녁식사 하기로 하셨다던데요."

제니가 모이쉐를 쓰다듬으려 데스크 뒤에서 나왔다.

"이 아이가 모이쉐로군요. 어머님한테 얘기 많이 들었어요."

"우리 엄마가 모이쉐 이야기를 했어요?"

"스타킹 찢긴 이야기며, 전부 다요."

제니가 모이쉐와 시선을 맞추기 위해 바닥에 무릎을 꿇었다.

"너 아주 잘생겼구나, 모이쉐?"

제니의 관심이 기분 좋은 듯 모이쉐가 가르랑거렸고, 한나는 흐뭇한 미소를 지었다.

"녀석이 제니를 좋아하네요."

"나도 모이쉐가 마음에 들어요. 도넬리 양의 병실은 저쪽이에요. 지금 기다리고 계실 거예요."

한나와 노먼은 모이쉐를 데리고 복도를 따라 걸었다. 모이쉐가 목줄에 잘 적응하는 게 한나는 놀라울 따름이었다. 병원 분위기가 낯설 텐데도 녀석이 얼마나 편안해 보이는지 한나는 모이쉐를 나이트 박사님의 다른 환자들을 위한 치료 동물로 활동하게 해도 좋겠다는 생각마저 들었다.

"혹시 몽키 브레드에 견과류 들어가요?"

노먼이 물었다.

"아뇨, 일부러 안 넣었어요. 바바라가 음식물을 씹을 수 있을지 아직 몰라서요."

"씹을 수는 있지만, 아직 치료가 남아 있어요. 한 주 동안은 부드러운 음식만 먹는 게 좋을 거예요."

"노먼이 만나봤을 때는 어땠어요?"

"좋아 보였어요. 임시로 부착한 브릿지도 무척 좋아하더라고요. 그동안 노숙자처럼 보여서 싫었대요."

"그럼 정신이…… 멀쩡했던 거예요?"

"네, 이상한 이야기는 하나도 안 했어요. 나나 나이트 박사님도 똑똑히 알아보던 걸요. 간호사도 이름으로 부르더라고요."

노먼이 하던 말을 멈추고 인상을 찌푸렸다.

"하긴 간호사가 명찰을 달고 있었으니 그렇게 놀라운 변화는 아니었을지도 모르겠네요."

"그래도 많이 좋아졌어요."

"그렇죠. 로저에게도 알려줬더니 안심하는 것 같더라고요. 바바라의 상태에 대해 크게 걱정하고 있었거든요."

"로저가 바바라를 찾아왔었어요?"

"아뇨, 병원 로비에서 우연히 마주쳤어요. 아버지 병문안을 왔대요."

한나는 깊은 한숨을 내쉬었다.

"불쌍한 로저!"

"그러게요. 아버지의 사한부 소식을 들은 지 얼마 되지 않아 약혼녀까지 죽다니 말이에요. 얼굴빛이 어두웠어요, 한나. 간밤에 잠도 잘 못잔 것 같았어요."

"그럴 만도 하죠."

"베브가 너무 그립다고 얘기하더군요. 진심으로 사랑했던 것 같아요."

한나는 무어라 답하면 좋을지 몰라 아무 대꾸도 하지 않았다. 로저는 베브 박사를 진심으로 사랑했는지 몰라도 베브 박사는 아니었다. 베브 박사는 한나와 안드레아, 리사 앞에서 자신의 입으로 분명히 로저는 자신에게 고급음식 티켓에 지나지 않을 뿐이라고 이야기했다. 베브 박사와 결혼해 나중에라도 그녀의 진심에 대해 알게 되었다면 로저가 크게 상처를 받았을 것이다. 그러니 어떻게 보면 베브 박사의 진짜 모습을 모르는 채로 살아가는 편이 더 나을지도 모르겠다.

"왜 그렇게 조용해요?"

노먼이 물었다.

"잠깐 생각 좀 하느라고요."

노먼이 베브 박사에 대해 더 이상 환상을 갖고 있지 않는 것이 99% 확실하다고 하더라도 한나는 그런 이야기를 노먼에게 꺼내고 싶지 않았다.

그때 노먼의 핸드폰이 울렸고, 그는 핸드폰 화면을 확인했다.

"마이크예요."

그가 말했다.

"받는 게 낫겠어요."

가까운 곳에 마침 예비 아빠들이 기다리는 대기실이 자리하고 있어 한나는 그곳이 비었는지 확인해보았다.

"여기요."

한나가 대기실로 노먼을 이끌었다.

"안녕, 마이크."

노먼이 호수가 내려다보이는 창가 옆 의자에 앉으며 말했다.

"무슨 일이야?"

그는 잠시 듣고 있더니 이내 실소를 터뜨렸다.

"자네 말이 맞아. 한나 여기 있어. 잠깐 기다려. 내가 바꿔줄…… 뭐라고? 자네가? 네 번이나?"

또다시 침묵이 흐르고 노먼이 거듭 웃음을 터뜨렸다.

"자네 말이 맞을지도 모르겠어. 잠깐만 기다려. 확인해볼 테니까."

노먼은 한나를 향해 고개를 돌렸다.

"핸드폰 좀 꺼내봐요, 한나. 마이크가 네 번이나 전화를 했는데, 음성메시지도 남길 수가 없더래요."

"그거야 난 음성메시지 서비스를 사용하지 않으니까 그렇죠."

한나가 말했다.

"그래도 핸드폰은 켜놓았는데."

한나는 가방 바닥에서 핸드폰을 찾아 꺼냈다.

"왜 연락이 안 됐다는 건지 모르겠…… 어머!"

노먼이 다시 핸드폰에 대고 이야기하기 시작했다.

"한나가 방금 '어머'라고 했어. 그게 무슨 뜻인지 알겠지?"

마이크의 대답을 듣던 그는 이내 큭큭거렸다.

"그래, 자네 말이 맞아. 기다려. 물어볼게."

노먼이 다시 씩 웃으며 한나를 돌아보았다.

"또 핸드폰 배터리 충전하는 거 잊어버린 거냐고 하는데요?"

한나는 한숨을 내쉬었다. 인정하고 싶지 않지만, 마이크의 말대로였다. 이번에도 핸드폰을 충전하는 것을 깜빡하고 말았다. 안드레아가 핸드폰 가게에 달려가 딱 맞는 충전기를 사온 뒤 가게에 직접 설치까지 해줬는데도 이 모양이다.

"정말 그거예요?"

노먼이 즐거운 듯 물었다.

"네."

한나가 마지못해 인정했다.

"괜찮아요. 내 핸드폰으로 통화하면 되니까."

노먼이 핸드폰을 건넸다.

"안녕, 마이크."

한나가 말했다.

"안녕. 충전하는 거 잊었어요?"

"네, 깜빡했어요."

"또요?"

"네, 또요. 안드레아가 가게에 두고 쓰라고 새 충전기까지 사다줬는데도 말이에요. 집에서 충전기를 갖다놓고 두 개 충전기에 각각 메모까지 붙여놓았는데, 처음에는 효과가 있는 것 같더니 이제 그것도 약발이 떨어졌나 봐요."

"그건 한나가 익숙해져서 그런 겁니다. 충전기를 새로운 장소에 둬 봐요. 그럼 금방 눈에 띄게 될 테니 말이에요. 그 새 장소가 눈에 익거든 다시 또 다른 곳으로 옮기고요. 무언가가 그 자리에 계속해서 있는 것이 한번 익숙해지게 되면 그게 없어질 때까지는 그것의 존재감을 느끼지 못하는 법이니까요."

마이크의 이야기를 들으니 한나도 무언가 느껴지는 바가 있었다. 말

그대로 한나 또한 언제나 집, 아니면 가게, 둘 중 한군데에 있지 않은가. 게다가 언제부터인가 마이크에게 종종 요리를 해주기 시작했다. 마이크도 그런 한나의 모습을 너무도 당연하게 여기게 된 것은 아닐까? 만약 한나가 갑자기 사라져버리기라도 한다면 한나에 대한 고마움을 지금보다는 조금 더 많이 느끼게 될까?

"한나?"

유쾌하지 않은 생각 속에 빠져 있던 차에 마이크가 한나의 이름을 불렀다.

"내가 왜 전화했는지 궁금하지 않습니까?"

"궁금해요, 당연히."

"보온병을 찾았습니다. 조수석 밑에 있었어요. 한나가 어제 물속에서 봤는데 너무 많은 일들이 한꺼번에 일어나는 바람에 잊은 모양이에요."

나를 경찰서로 연행해 살인죄로 거의 잡아넣을 뻔했던 일들 말이죠. 한나가 생각했다. 하지만 마이크에게 그런 이야기는 하지 않는 편이 현명했다. 어쨌든 지금은 마이크가 보온병을 찾아냈다는 사실만 중요할 뿐이었다.

"그래서 그 보온병은 지금 어디에 있어요?"

한나가 물었다.

"나이트 박사님한테요. 보온병에 한 컵 분량의 커피가 남아 있어서 그걸로 검사를 하고 계세요."

"그 커피에서 신경안정제 성분이 검출되면, 난 완전히 혐의를 벗는 거죠?"

"그래요. 로저와 이야기해봤는데, 당신이나 리사 어느 누구에게도 커피를 주문한 적이 없다고 하더군요. 뭐, 일단은 연구실에서 나올 결과에 달렸습니다. 결과가 나오는 대로 박사님이 전화를 주실 거예요."

"좋아요. 알려줘서 고마워요, 마이크. 정말로 보온병을 찾았다니 다행이에요. 역시 단순 꿈이 아니었나 보네요."

"나도 마음이 한결 좋습니다, 한나. 바바라에게는 대신 안부 전해줘요, 알았죠? 경찰서 사람들 모두 그리워하고 있다고, 하루빨리 쾌차해서 다시 출근할 날만을 기다리고 있다고도 전해주고요."

"그럴게요."

한나가 약속한 뒤 핸드폰을 다시 노먼에게 돌려주었다.

"핸드폰 고마워요, 노먼."

그때 제니가 복도를 따라 두 사람에게 달려왔다.

"방금 한나 어머님이 전화하셨어요."

제니가 한나에게 말했다.

"바바라에게 가기 전에 잠깐 보자고 하시던데요."

"알았어요."

한나가 대답했다.

"나이트 박사님 사무실에 계세요?"

"거기 말고 어디 계시겠어요?"

제니가 미소를 지으며 되물었다.

"한나 어머님은 대부분 거기 계시는 걸요. 나이트 박사님 일을 정말 많이 도와주고 계신가 봐요."

글쎄, 엄마가 정확히 어떤 일들을 돕는 건지는 나도 궁금한걸? 노먼에게 상황을 설명하며 한나는 머릿속으로 질문을 던졌다.

"엄마."

한나가 안으로 들어서며 말했다.

"절 보자고 하셨어요?"

"그래, 얘야."

엄마가 노먼을 돌아보았다.

"안녕, 노먼. 자네도 바바라 보러 왔나?"

"임시 브릿지 상태가 어떤지 확인해보고 싶어서요."

노먼이 대답했다.

"바바라는 아주 잘 지내고 있어."

엄마가 말했다.

"얼굴도 훨씬 좋아졌고, 전에 못 먹던 음식들도 이제 먹기 시작하고 말이야. 미음도 이제 지겨울 때가 됐지."

모이쉐가 야옹거리자 한나는 녀석을 팔에 안아 올렸다.

"모이쉐에게 인사하세요, 엄마."

"우리 손주 고양이."

엄마가 정겹게 중얼거리며 박사의 책상에서 제일 위 칸 서랍을 열었다.

"이리 오렴, 모이쉐. 너에게 줄 게 있단다."

엄마의 손에는 눈에 익은 고양이용 간식 통조림이 들려 있었고, 한나는 재빨리 녀석을 책상 위에 내려놓았다.

"준비 잘하셨네요, 엄마."

한나가 말했다.

"일종의 자기방어지."

모이쉐가 좋아하는 물고기 모양의 간식을 하나 꺼내며 엄마가 대답했다.

"아니면 내 실크스타킹 방어책이라고 해야 될지도 모르겠구나. 오늘 좋은 걸 신었거든. 그 상자는 뭐냐, 얘야? 바바라에게 줄 거냐?"

"네, 몽키 브레드를 만들어 왔어요."

한나가 말했다.

"그게 뭔데?"

한나는 노먼의 팔에서 상자 하나를 집어 책상 위에 내려놓았다. 그런 뒤 뚜껑을 열어 내용물을 엄마에게 보여주었다.

"시나몬 롤처럼 보이지만, 층층이 초콜릿 칩을 넣었어요. 제 특제 시나몬 롤을 만들 시간이 없어서 리사에게서 받은 레시피로 만들어본 거예요."

"아주 예쁘구나." 엄마가 말했다.

"냄새도 근사하고. 참, 그러고 보니 식사는 한 게야?"

"아직이요."

한나가 대답한 뒤 노먼을 돌아보았다.

"노먼은요?"

"나도 아직이요. 바바라를 만나고 난 뒤에 한나에게 같이 식사하지 않겠냐고 물어볼 참이었어요."

"난 너희 둘에게 호텔에서 저녁식사 함께하지 않겠냐고 물어볼 참이었다."

한나가 노먼에게 미처 대답하기도 전에 엄마가 나섰다.

"박사가 지금 차에서 찾아낸 보온병을 검사하고 있는데, 아까 전화해서는 1시간 내로 결과가 나올 것 같다고 하더라. 우선은 안에 뭔가 낯선 물질이 있는 건 분명한 것 같더라."

한나는 자신도 모르게 행운을 기원하며 두 손가락을 꼬았다. 그 낯선 물질이 베브 박사를 죽게 한 신경안정제라는 게 밝혀지면 한나는 자유의 몸이다!

"오늘 밤 축하할 일이 생길지도 모르잖니."

엄마가 말을 이었다.

"같이 할 거지, 두 사람?"

"좋아요." 노먼이 대답했다.

"저도요." 한나도 동의했다.

"집에 있던 물건들 갖다 주니까 바바라의 반응이 어땠어요?"

"아주 멀쩡했단다." 엄마가 말했다.

"벽난로 위에 놓여 있던 볼링 트로피를 갖고 가봤지. 그 애 아버지 이름이 적혀 있는 트로피 말이다. 그랬더니 금방 알아보더구나. 어디에 있던 건지도 기억하고 말이야. 글쎄, 이렇게 말하지 뭐냐. '그건 우리 아빠의 볼링 트로피잖아요. 돌아가시기 1년 전에 타신 거예요. 엄마가 그 트로피를 볼 때마다 웃으셨기 때문에 버리지 않고 보관하고 있었어요. 뭐가 그렇게 재미있었냐면요, 트로피를 한번 보세요, 딜로어. 글쎄 아빠 이름을 잘못 새겼지 뭐예요.'"

"정말이에요?"

노먼이 물었다.

"그래, 패트릭 도넬리에서 N을 세 번이나 썼더구나."

"지난번에 아버지 이야기를 할 때에는 울음을 터뜨렸잖아요."

한나는 엄마가 바바라의 손을 토닥이며 슬픈 생각은 그만하라고 위로했던 일을 떠올렸다.

"이번엔 달랐단다. 누가 알려주지도 않았는데 먼저 아버지가 돌아가셨단 얘기도 꺼내더라. 박사한테 이 이야기를 해주니, 무척 기뻐하더구나. 신체 컨디션이 회복되면서 망상 증상도 줄어드는 모양이라고 말이야."

한나는 고개를 끄덕였다.

"일리가 있어요. 뭐, 우선은 다 같이 박사님 말이 맞기를 기원해야죠. 바바라에게 또 다른 건 안 가져다주셨어요?"

"파티가 있던 날 밤에 바바라가 멨던 가방의 끈이 끊어졌기에 다른 가방을 하나 가져다줬지. 금색 버클이 달린 짙은 색의 가죽 숄더백이란다. 아주 예쁘더구나."

노먼은 잠시 골몰했다.

"바바라가 지난겨울에 그 가방 멘 것을 본 것 같아요. 가방도 알아보던가요?"

"바로 알아보더라. 갖다 줘서 고맙다고 아주 공손하게 인사까지 했단다. 좋아하는 가방 중 하나라고 말이야. 어디서 산 거냐고 물어봤더니 그랜트 서장님이 살아 계실 때 네티 그랜트가 크리스마스 선물로 준 거라고 하더라."

"하루가 다르게 좋아지고 있는 것 같네요."

노먼이 말했다.

"다행이지."

엄마가 대꾸했다.

"그래도 박사 말이 너무 앞서 가진 말라더구나. 뇌 손상은 예측이 불가능해서 언제 다시 안 좋아질지 모른다더라."

리사도 자신의 아버지에 대해 비슷한 이야기를 한 적이 있다. 알츠하이머병을 앓고 있는 리사의 아버지도 컨디션이 좋은 날이 있고, 안 좋은 날이 있어서 당장 내일이 어떨지는 예측할 수 없다고 했다.

"이 몽키 브레드 나한테 줄 것도 있느냐, 애야?"

엄마의 질문에 한나는 생각에서 퍼뜩 깨어났다.

"네, 여기 이건 나이트 박사님과 같이 드세요. 생각 있으시면 간호사들에게도 나눠주시고요."

"그러마. 일단 내가 하나 먹어봐야겠다. 두 개까지는 먹어도 괜찮겠지. 초콜릿이 들었다고 했니?"

"엄청 많이요."

"그렇다니 얼른 맛을 보고 싶구나!"

엄마가 돌연 말을 멈추고 초롱초롱한 눈빛으로 한나를 쳐다보았다.

"왜요?"

엄마가 도대체 뭘 원하는 것일까 한나는 의아할 따름이었다.

"박사 말이 정말이로구나. 인생이란 공평하기 마련이지. 한나, 너, 그 말 하고 싶지 않니?"

"무슨 말이요?"

"내가 너한테 자주 했던 말."

엄마가 무슨 이야기를 하는지 한나는 도통 알 수 없었다. 하지만 엄마가 몽키 브레드에서 큼지막하게 뜯어낸 빵 조각을 보자 조금씩 이해가 가기 시작했다. 호텔에서 거한 저녁식사를 하기로 해놓고 지금 엄마는 달콤한 빵으로 배를 채우려 하고 있었던 것이다!

"그러다 입맛 버려요, 엄마."

그러자 엄마가 웃음을 터뜨렸다.

"그럴 일은 없을 게야. 그 말 한번 해보고 싶어서 근질거렸을 텐데, 오늘이 바로 빅데이로구나!"

"맞아요."

모이쉐를 안아 올리며 한나도 미소를 지었다. 그런 뒤 노먼에게 신호를 보냈다. 이제 바바라를 만나러 가야 할 때다. 노먼과 함께 사무실에서 나와 복도를 걸으며 한나는 바바라가 엄마에게 보였던 그 정상적인 반응을 오늘 자신에게도 보여주기를 간절히 바랐다.

몽키 브레드

오븐은 175도로 예열합니다. 틀은 오븐의 중앙에 둡니다.

재료

백설탕 1과 1/4컵 / 시나몬 가루 1과 1/2티스푼

냉장 비스킷 통조림 4개(7.5온스(210g)짜리 튜브)

다진 견과류 1컵(종류는 취향에 따라 선택하세요. 이 재료는 선택사항입니다)

초콜릿 칩 1컵(선택사항입니다) / 소금기 있는 버터 1/2컵(112g)

한나의 첫 번째 메모: 필즈베리 그랜즈 브랜드의 비스킷 튜브 16.3온스(약 456g)짜리를 사용하셔도 됩니다. 단, 이걸 사용하실 때는 2개만 사세요. 용량이 더 크기 때문에 한 개 층에 튜브 반 분량 정도 사용하시면 될 거예요.

토니의 메모: 초콜릿 칩이나 견과류를 넣으실 때는 비스킷의 각 층층에 고루고루 넣어주세요.

만드는 법

1. 번트팬 안쪽에 들러붙음 방지 스프레이를 뿌려줍니다. 버터가 흘러넘칠 것을 대비해 번트팬 밑에 또 다른 팬 하나를 더 받쳐주세요. 그렇게 하면 번거롭게 오븐을 청소할 필요가 없답니다.

2. 백설탕과 시나몬 가루를 믹싱볼에 넣고 섞습니다(시나몬이 골고루 섞일 수 있도록 전 포크를 사용해서 섞어줬어요).

3. 비스킷 통조림을 한 번에 한 개씩 열어 비스킷을 4조각으로 자릅니다. 한 입 크기로 만들면 됩니다.

4. 그런 다음 시나몬과 설탕 섞은 것에 넣어 굴린 뒤 번트팬 바닥에 깔아줍니다.

5. 다진 견과류의 1/3 분량과 초콜릿 칩 1/3 분량을 그 위에 뿌립니다.

6. 두 번째 비스킷 통조림을 열어 똑같이 쪼갠 뒤 시나몬과 설탕 섞은 것에 넣어 굴리고 아까의 반죽 위로 깔아줍니다(필즈베리 그랜즈 비스킷을 사용하신다면 첫 번째 튜브의 남은 반 분량을 사용하면 될 거예요).

7. 그 위에 견과류와 초콜릿 칩 1/3씩을 뿌려줍니다.

8. 세 번째 층의 비스킷 반죽도 같은 과정을 반복합니다.

9. 같은 과정을 반복하여 네 번째 층을 만듭니다. 네 번째 층이 가장 상단이 될 겁니다.

10. 시나몬과 설탕 혼합물 남은 것에 버터를 넣어 전자레인지에 '강'으로 45초간 돌려 녹입니다. 전자레인지에서 꺼낸 그릇을 한 번 더 잘 저어준 다음 번트팬 위에 붓습니다.

11. 이렇게 완성된 번트팬을 175도의 오븐에 넣어 40~45분간 굽습니다. 윗부분이 먹음직스러운 황갈색 빛을 띠면 완성입니다.

12. 오븐에서 번트팬을 꺼내 불을 켜지 않은 가스레인지 위나 식힘망 위로 옮겨 10분간 식힙니다. 식히는 동안 번트팬 윗면을 덮을 수 있을 크기의 접시를 찾습니다.

13. 주방용 장갑이나 오븐장갑을 끼고 접시로 번트팬 위를 덮은 다음 거꾸로 뒤집어 몽키 브레드를 꺼냅니다.

14. 손님에게 낼 때는 번트 케이크를 자르듯 슬라이스해서 대접해도 좋지만, 손님들에게 각자 좋을 대로 뜯어먹으라고 해도 나쁘지 않을 거예요.

한나의 두 번째 메모: 캐러멜 몽키 브레드를 만들 때에는 백설탕을 3/4컵만 사용하세요. 그것을 시나몬과 섞은 다음 나중에 버터를 넣어 같이 녹일 때 황설탕 3/4컵을 더 넣어주는 겁니다. 그렇게 녹인 것을 굽기 전에 번트팬 위에 부으면 오븐에서 꺼낸 뒤 번트팬에서 몽키 브레드를 빼낼 때 먹음직스러운 캐러멜 토핑이 만들어진답니다.

한나의 세 번째 메모: 이걸 왜 '몽키 브레드'라고 부르는지는 저도 모르겠어요. 노먼은 원숭이가 땅콩을 집으려고 나무 구멍에 손을 넣었다가 손에 한가득 땅콩을 쥐고 있는 바람에 손을 구멍에서 빼낼 수 없었다는 옛날이야기에서 유래한 거라고 생각한 반면, 마이크는 원숭이들이 손으로 음식을 먹기 때문에 붙여진 이름이라고 주장했어요. 이 빵은 손으로 뜯어먹을 수도 있으니까요. 하지만 엄마는 원숭이들이 사회성이 강한 동물이기 때문에 붙여진 이름이라고 하셨어요. 이 빵은 테이블 한가운데 놓고 모두가 둘러앉아 사이좋게 나눠먹을 수 있다고 말이에요. 트레시까지 이 빵의 이름에 대해 한마디 했는데, 그저 귀여운 이름이라고 하더군요. 베시야 뭐, 먹는 것이 즐거울 뿐 아직 의견을 말할 나이가 아니죠.

"안녕하세요, 바바라."

한나가 인사했다.

"이것 봐, 한나."

바바라가 활짝 미소를 지었다.

"오늘 우리 치과의사 선생님이 멋진 선물을 줬어. 이제 노숙자 같아 보이지 않지?"

"기뻐하시니 저도 좋네요."

노먼이 바바라의 볼에 가볍게 키스하며 말했다.

"브릿지 느낌은 어떠세요?"

"좋아요."

바바라가 한나를 돌아보았다.

"고양이 데려왔어? 박사님 말씀이 한나가 고양이를 데려올 거라고 하셨는데."

"모이쉐 여기 있어요."

한나가 녀석을 번쩍 들어 바바라에게 보여주었다.

"예쁘기도 해라!"

바바라가 침대를 톡톡 두드렸다.

"이리 와서 이모한테 인사 좀 해봐."

모이쉐는 망설임 없이 한나의 팔에서 훌쩍 뛰어내려 바바라의 침대 위로 착지했다.

"아주 잘생겼네."

바바라가 녀석의 등을 쓰다듬고 귀 뒤를 쓸어주며 말했다.

"기분 좋아?"

모이쉐가 너무 큰 소리로 가르랑거려 한나는 순간 녀석의 목에 무언가가 걸려 그러는 것이 아닌가 깜짝 놀라고 말았다. 모이쉐는 바바라의 뺨을 핥더니 이내 그녀의 팔에 머리를 비비적거리기 시작했다. 녀석의 우호적인 행동에 한나는 놀라면서도 한편으로는 다행이라고 생각했다. 낯선 사람을 경계하던 녀석이 오늘은 연어맛 간식 없이도 얌전히 굴어주고 있으니 말이다. 아무래도 바바라가 몹시 마음에 드는 눈치다.

"바바라가 마음에 든 것 같아요."

노먼이 말했다.

"그러게요. 날 알아보는 것 같아요. 나랑 모이쉐는 벌써 만난 적이 있거든요."

"그래요?"

한나가 살짝 미간을 찌푸리며 물었다. 바바라는 한나의 집에 한 번도 온 적이 없었는데, 설마 바바라가 또다시 망상 증세를 보이는 건가?

"기억 안 나, 한나? 마을에서 한창 영화 촬영할 때 모이쉐를 가게에 데리고 왔었잖아. 나도 그 영화에 엑스트라로 출연했었지."

"그렇군요."

한나는 사실 잘 기억이 나지 않았지만 대충 맞장구를 쳤다. 로스와 그의 촬영팀이 마을에 머물렀을 때 모이쉐를 가게에 데려왔던 건 사실이다. 당시 로스는 메인가의 가게들을 모두 배경으로 삼았고, 대신 가게 주인들에게 출연 특권을 줬다. 그중에서도 한나의 가게를 독점하여 사용했지만, 마을 사람들 대부분 작은 역으로라도 영화에 출연하고 있었기 때문에 평소와 다름없이 영업을 할 수 있었다. 차이라고는 영화 촬영이 이뤄지고 있는 동안에는 쿠키단지가 사설 클럽으로 바뀐다는 것뿐이었다. 그렇기 때문에 모이쉐를 데려와도 괜찮았던 것이다.

"같은 장면에 출연하는 다른 엑스트라들이랑 같이 홀에 앉아 있었는데, 리사가 모이쉐를 우리 쪽 테이블로 불렀어."

바바라가 설명했다.

"그때 만났지."

"그렇군요."

그날의 일도 전혀 기억나지 않았지만 이번에도 한나는 맞장구를 쳤다. 어찌 됐든 바바라의 설명은 분명히 사실이었다.

"기억이 나요."

그때 노먼이 미소를 지으며 말했다.

"전 그때 마이크랑 바로 옆 테이블에 앉아 있었어요. 비오는 오후 장면에서 빨간 우산을 들고 있는 엑스트라 역이었죠?"

"맞아요."

노먼이 기억하고 있다는 사실이 기쁜 듯 바바라는 환한 표정을 지었다. 한나도 덩달아 기분이 좋아졌다. 바바라의 망상 증세가 적어도 오늘은 날을 비켜간 듯했다. 하지만 증조할머니도 늘 이야기하셨듯이, 안에서 뭐가 나올지는 막상 뚜껑을 열어봐야 알 일이다.

"우리 엄마가 볼링 트로피를 가져다주셨다면서요?"

"아빠의 볼링 트로피였어. 알리의 아버지 볼링대회에서 타 오신 거지. 아직도 그때 티셔츠가 기억나. 아주 파란색에 등판에는 '레이크 에덴 자원소방대'라고 적혀 있었지. 그날 밤 내 방 침대에 누워서 아빠의 큰 웃음소리를 들었던 기억도 나. 그리고 다음 날 엄마가 대회 측에서 트로피에 아빠의 이름을 잘못 새겼다며 트로피를 보여주셨지."

노먼은 자리에서 일어나 바바라의 협탁에 올려져 있는 트로피를 살펴
봤다.

"정말이네요."

그가 말했다.

"도넬리에 N이 세 개나 들어갔어요. 패트릭이 아버지 이름이세요?"

그러자 바바라가 아니라는 듯 고개를 저었지만, 이내 이렇게 대답했
다.

"아빠 이름이었지."

"엄마가 또 뭘 갖다 주셨어요?"

한나가 물었다. 불규칙하게 머리가 까딱거리는 점을 제외하고는 오늘
바바라는 아주 잘해내고 있었다.

"가방. 저기 의자에 있어. 내가 좋아하는 가방 중 하나인데 언제 크리
스마스 날엔가 네티 그랜트에게 선물 받은 거야."

한나는 안도의 한숨을 내쉬었다. 나이트 박사가 허락한 10분간의 면회
시간 동안 바바라는 내내 똑바른 모습을 보여주었다.

"이거 바바라에게 주고 갈게요."

한나가 베이커리 상자를 바바라의 병상 옆 테이블에 올려놓았다.

"몽키 브레드예요."

"몽키 브레드라면 아주 좋아해. 우리 엄마가 만들어주셨거든. 초콜릿
들어갔어?"

"네, 리사의 큰 언니에게서 받은 레시피예요."

"잘됐어, 한나. 그렇다면 우리 엄마의 레시피랑 같은 거야. 언젠가 베
이비샤워 때 한 번 만드신 적이 있었는데, 그때…… 한나 동업자의 큰
언니가 레시피를 받아 갔거든."

288

"우리 이만 가야겠어요, 한나."

노먼이 복도를 슬쩍 내다봤다.

"바바라의 담당 간호사가 이리로 오고 있어요. 면회 시간이 다 된 모양이에요."

"제니!"

병실로 다가오는 간호사를 알아본 한나가 소리쳤다.

"맞아!"

바바라도 소리쳤다.

"제니였어!"

바바라가 제니를 향해 고개를 돌리고는 상황을 설명하기 시작했다.

"지난번에 한나가 날 찾아왔을 때 우리 간호사 이름이 돈 이름이랑 비슷하다고 했거든요. 제니란 이름은 페니랑 발음이 비슷하잖아요. 그때 내가 그렇게 얘기했지, 한나?"

"네, 그랬어요."

한나도 제니를 돌아보았다.

"오늘 밤에 당직이라고 하더니 바바라 병실을 맡은 거예요?"

"네, 오늘 밤은 여기서 바바라랑 보내게 됐어요. 곧 간이침대가 올 거예요."

"그럼 여기서 자는 거예요?"

바바라가 물었다.

"네, 맞아요."

"아, 다행이에요!"

바바라가 한나를 돌아보았다.

"괴물이 또다시 찾아오면 제니가 도와줄 수 있겠어."

이런! 또 시작이다! 한나의 머릿속에 또다시 경고음이 울렸다.

"처음 봤을 땐 어마어마하게 큰 흰색 쥐 같았어. 내가 얘기했지, 한나?"

"네, 그렇게 얘기했어요."

"근데 다시 보니까 이번에는 허연 곱사등이 물개 같았어. 움직이는 모습이 소름끼치게 무서워."

"제가 있는 동안에는 오지 않을 거예요."

제니가 말했다.

"그랬으면 좋겠는데."

바바라가 한나를 돌아보았다.

"큰 고양이…… 다시 데려올 수 있을까, 한나?"

"모이쉐라면 얼마든지요."

"그러면 좀 든든할 것 같아. 난 그 괴물이 너무너무 싫거든."

잠시 침묵이 흘렀다. 병실에 있는 사람들 모두 바바라의 괴물 이야기에 무어라 대꾸하면 좋을지 몰라 망설이고 있는 듯했다.

"하긴 내 남동생도 괴물이긴 하지."

바바라가 말을 이었다.

"괴물처럼 보이지는 않아도 확실히 속은 괴물이야."

"바바라의…… 남동생이요?"

한나가 참지 못하고 물었다.

그러자 바바라는 고개를 끄덕였다.

"아직도 날 죽이고 싶어 할 거야. 내가 옥상에서 떨어져서 죽었을 거라 생각했는데, 죽지 않았으니. 아무도 없이 혼자 있을 때 날 다시 찾아온다면 이번에는 꼭 이걸 휘두를 거야!"

바바라가 손을 뻗어 볼링 트로피를 꼭 쥐었다.

"아빠의 볼링 트로피라면 충분히 무거우니까 걱정 없어. 지난번에 내

병실에 왔을 때는 물병을 던졌어. 하지만 플라스틱으로 만든 거라 크게 상처를 입히진 못했던 것 같아."

한나는 노먼과 시선을 주고받았다. 이제 그만 가야 할 때다.

"이제 그만 가야 할 것 같아요, 바바라."

한나가 손을 뻗어 바바라의 손을 잡았다.

"몽키 브레드 맛있게 드세요."

"오, 그럴게! 잘 가, 한나. 몽키 브레드 고마워. 나눠 먹을게…… 제니랑."

바바라는 다시 노먼을 돌아보았다.

"잘 가요, 의사 선생님. 새 치아 고마워요. 덕분에 몽키 브레드 먹을 수 있게 됐네요."

모이쉐를 데리고 노먼의 집에 가까워지자 안에서는 벌써부터 커들스의 울음소리가 요란했다. 두 사람은 모이쉐를 한나의 집에 데려다놓는 대신 노먼의 집에 데려가 호텔에서 식사하는 동안 커들스랑 같이 놀게 해주는 편이 낫겠다고 결정했다.

"모이쉐가 오는 줄 알고 있나 봐요."

안에서 들려오는 커들스의 울음소리에 한나가 미소를 지으며 말했다.

"문 열자마자 달려나올 수도 있으니까 잡을 준비를 해야겠어요. 안 그러면 멀리 갈지도 모르잖아요."

노먼은 열쇠구멍에 열쇠를 꽂아넣었다.

"그거라면 걱정 없어요. 모이쉐만 안에 들여다 놓으면 그 옆에 꼭 붙어 있을 걸요."

한나는 과연 그럴까 조금 의아하기도 했지만, 노먼이 시키는 대로 따랐다. 그리고 정말 커들스는 모이쉐의 옆에 꼭 붙어 떨어지지 않았다. 두 사람은 집 안으로 들어갔고, 한나가 마침내 모이쉐의 목줄을 풀어주자 녀석은 커들스와 바로 쫓기게임을 시작했다.

"조심해요!"

노먼은 한나를 거실 소파 쪽으로 끌어당기며 소리쳤다.

"앉아요! 얼른! 두 녀석이 점프하면 앞으로 몸을 숙이고요. 커들스는 소파 등받이를 무슨 고속도로로 안다니까요."

한나가 소파에 앉자마자 두 녀석은 집 안을 폭주하기 시작했다. 커들스가 소파 위로 번쩍 뛰어오르고 모이쉐가 그 뒤를 쫓아 달리면서 올라갔다 내려갔다 하는 동안 한나는 최대한 몸을 앞으로 숙이고 있어야만 했다.

"다음은 커피 테이블이에요."

노먼이 알려주었다.

"어젯밤에 사용했던 유리컵을 미리 식기세척기에 넣어두길 잘했네요."

한나는 노먼의 널찍한 커피 테이블 위를 두 고양이가 미끄러지듯 달리는 모습을 멍하니 바라보았다.

"또 다음은 어디예요?"

한나가 물었다.

"이제 다시 반대로 달릴 차례예요. 커들스가 벽면을 어떻게 튕기고 나오는지 잘 봐요."

커들스는 노먼이 설명한 바로 그대로 벽면을 튕기며 돌아 나왔고, 그 모습에 한나는 웃음을 터뜨렸다.

"무슨 올림픽 수영선수 같아요."

"숙여요."

두 녀석이 다시 소파 위를 달리기 시작하자 노먼이 화급히 경고했다.

"아직 경로가 더 남았어요?"

거실 밖으로 쏜살같이 달려가는 두 녀석을 보며 한나가 물었다.

"네, 서재요. 계단을 적어도 여섯 번은 오르락내리락 할 거예요. 그런 다음 다시 거실에 나왔다가 다시 반대편 계단으로 침실까지 가죠. 혹시 목마르지 않으면 우린 그만 나가주는 게 좋을 것 같네요."

한나는 손목시계를 내려다봤다.

"그럼, 얼른 가요. 목은 호텔에서 축이고요. 샐리랑 할 얘기도 있거든요."

"베브 박사와 로저에 대한 이야기를 물어보려는 거군요?"

"네, 되는대로 해보는 거예요. 베브 박사가 마을에 머물고 있었을 동안의 일상에 대해서 가능한 한 많이 알아봐야겠어요. 살인사건과는 아무 상관 없을지 몰라도 이런저런 질문들을 하다 보면 어떤 단서가 걸릴 수도 있잖아요."

노먼의 차로 향하는 동안 하늘은 어느새 어둑어둑해졌다. 저녁 무렵의 공기는 가까이서 자라고 있는 라일락 덤불의 향내를 가득 담고 있었고, 몇 마리의 게으른 꿀벌들이 보라색, 분홍색, 하얀색 꽃들 사이에서 윙윙거리고 있었다. 밤이 가까워질수록 기온은 조금씩 떨어지고, 모기들은 아직 한나를 발견하지 못했다. 지금이 바로 미네소타에서 여름밤을 시작할 수 있는 가장 최적의 때다.

노먼이 한나를 위해 차 문을 열어주었고, 한나는 미끄러지듯 조수석에 올라탔다.

"노먼은 왜 안 물죠?"

한나가 뜬금없는 질문을 던졌다.

"모르겠네요. 한 번도 물린 적이 없으니."

한나는 미소를 지었다. 노먼은 한나의 질문을 정확히 파악하고 있었다.

"노먼 어머님은 어떠세요?"

"잘 물리세요."

"아버님은요?"

"아버지도요. 나만 안 물려요. 그래서 어렸을 때에는 내가 데려온 아들인 줄 알았다니까요. 하지만 커서는 내가 얼마나 바보 같은 생각을 했는지 깨달았죠."

"다행이네요. 그때라도 사실을 알았으니 말이에요."

"다행은 아니었어요. 그 시점부터 내 고향은 지구가 아닌 다른 행성이라고 믿기 시작했으니까요."

한나는 노먼의 말이 너무 재미있어서 그만 웃음을 터뜨렸다.

노먼은 시동을 켠 뒤 서서히 차를 움직였다.

"에어컨 켤까요?"

노먼이 물었다.

"아뇨, 그냥 창문 내려요. 달리는 동안은 밤공기도 좋거든요. 모기들이 달려들 걱정도 없고요."

노먼이 에덴 호수를 끼고 난 도로 위를 달리는 동안 한나는 차창에 기대어 얼굴을 간질이는 밤바람을 마음껏 즐겼다. 하늘에서 갑자기 돈이 뚝 떨어져 순식간에 한나가 부자가 된다고 해도 베브 박사가 몰던 것과 같은 값비싼 스포츠카는 사고 싶지 않다. 한나라면 고급스러운 세단을 구입한 뒤 개인 운전기사를 둘 것이다. 그래야 운전에 있어서는 한나보다 전문가인 운전기사가 풍경 좋은 길을 달리는 동안 한나는 그 풍경을 마음껏 감상할 수 있으니 말이다.

"만약 부자가 된다면 차와 함께 운전기사를 고용할 거예요."

한나가 생각 속 이야기를 꺼냈다.

 294

"그건 꼭 부자가 아니더라도 가능해요. 나한테 차가 있고, 또 내가 운전을 해주면 되잖아요. 한나한테는 내가 있으니까요."

"그러네요."

어둠 속을 달리며 한나는 부드럽게 미소 지었다. 그래, 나한테는 노먼이 있다.

"헤이, 거기 둘!"

샐리가 한나와 노먼을 맞기 위해 식당에서 나오며 두 사람을 향해 소리쳤다.

"로저."

샐리가 로저가 있는 방향을 향해 손을 살짝 흔들어 보였다.

"정오부터 지금까지 계속 여기서 술 마시고 있어. 불쌍한 사람. 아직도 마음을 추스르지 못했나 봐. 베브 박사가 얼마나 좋은 여자였는지 계속 그 얘기더라니까. 나도 막 눈물이 나는 걸 억지로 참느라 혀를 수없이 깨물었어. 그래서 잠깐 실례를 구하고 딕만 남겨두고 나왔지. 게다가 베브 박사가 너무 보고 싶다고 얘기할 때마다, 내가 얼마나 입이 근질거렸는지 몰라. 오히려 운 좋은 거라고—"

샐리가 불현듯 말을 멈추고 짐짓 인상을 찌푸렸다.

"미안, 노먼."

"미안해하지 않으셔도 돼요, 샐리. 있는 그대로의 사실인 걸요. 저도 로저 옆에 베브 박사가 없는 게 훨씬 나을 거라고 생각해요."

"노먼! 어서 이리 와서 한잔해요!"

로저가 소리쳤다.

"금방 갈게요."

노먼이 대답하고는 한나를 향해 고개를 돌렸다.

"샐리랑 할 얘기가 있다고 했죠?"

"아, 네. 하지만⋯⋯."

"어서 해요."

괜찮다고 말하려는 순간 노먼이 다시 나섰다.

"한나 어머님이랑 나이트 박사님은 아직 도착 전이신 것 같으니까요. 나도 로저랑 한 번쯤은 얘기를 나눠보고 싶었고요."

"알았어요."

노먼의 마지막 말에 한나는 단번에 수긍했다. 노먼은 로저에게서 사건과 관련된 정보들을 얻어내려는 모양이다. 그러기 위해서는 남자 대 남자의 대화가 아무래도 더 쉽고 편할 것이다.

"내 사무실로 갈까?"

샐리가 물었다.

"오늘 밤 주임 웨이트리스가 도트니까, 한나 어머님이랑 박사님이 도착하면 사무실로 연락 달라고 얘기해두면 될 거야."

샐리는 안내대 앞으로 가서 도트에게 부탁의 말을 남겼고, 샐리를 따라간 한나는 도트에게 남편과 두 사람의 아이인 제이미는 잘 지내느냐고 안부를 물었다. 그런 뒤 두 사람은 복도를 따라 샐리의 사무실로 향했다.

"여기 앉아."

샐리가 책상 앞에 놓인 의자를 가리켰다.

"안 그래도 새 디저트를 보여주고 싶었어. 스냅피 터틀 파이라는 건데, 오늘 처음으로 메뉴판에 올려봤어."

샐리는 수화기를 들어 번호를 눌렀다. 한나가 고개를 돌려 반대편 벽에 난 창문을 바라보니, 주방에서 한 여자가 수화기를 막 들고 있었다.

"여보세요, 메리."

샐리가 말했다.

"혹시 스냅피 터틀 파이 주문한 사람 아직 없는지 알아봐줄래?"

메리는 요리사 모자를 쓴 남자에게로 향했다. 그리고 잠시 후, 그녀는 다시 자리로 돌아와 수화기를 들었다.

"좋았어."

샐리가 말했다.

"그래서 지금 두 번째 파이를 만들고 있다고?"

샐리는 잠시 듣고 있더니 이내 다시 입을 열었다.

"한 조각 이리로 준비해줄 수 있는지 물어봐. 블랙커피도 두 잔 부탁하고. 고마워, 메리."

"스냅피 터틀 파이가 뭐예요?"

샐리가 수화기를 내려놓자 그 스냅피 터틀 파이라는 것이 진짜 거북이가 들어간 파이는 아니길 간절히 바라며 한나가 물었다.

"직접 봐. 깜짝 놀라게 해주고 싶거든. 그나저나 아까 노먼 말이, 나랑 할 얘기가 있다면서? 베브 박사 얘기야?"

"네, 마이크가 연못에 잠수부를 보내 베브 박사의 차에서 보온병을 찾아냈어요. 그 안에 그녀를 죽게 만든 신경안정제가 들어 있는지 박사님이 지금 검사하고 계시고요. 베브 박사가 어제 아침에 호텔에서 나오면서 누구한테 보온병을 받아갔는지 궁금해서요."

"룸서비스를 확인해볼게. 객실로 커피 배달한 사람이 없다고 하면, 조식 식당에서 일했던 웨이터를 불러서 물어보지 뭐. 웨이터들 중 한 명이 보온병에 커피를 채워줬을 수도 있으니까."

"고마워요, 샐리. 이건 정말 중요한 문제라 꼭 알아내야만 해요."

"그래야 한나가 혐의를 벗을 수 있으니까?"

그러면 그렇지. 레이크 에덴 소문 핫라인이 지금껏 가동되지 않았을 리 없다.

"맞아요. 하지만 일단은 보온병에 남아 있는 커피에서 신경안정제 성분이 검출되어야죠."

"결과가 나오면 나한테도 바로 알려줘. 안 그래도 한나 걱정 많이 했거든. 어쨌든 커피가 어디서 나온 건지는 내가 최대한 알아볼게. 블랙커피였어?"

"아뇨, 나이트 박사님 말씀으로는 베브 박사의 위에서 커피랑 크림, 인공감미료, 그리고 내 컵케이크가 나왔다니까 블랙은 아닐 거예요."

"소다수도 나왔겠네. 점심 때 먹은 게 그것뿐이었으니까. 그날 내가 직접 서빙했거든."

"그때 노먼 표정이 안 좋았던 거 확실해요?"

"그래, 곧 털 깎일 양처럼 말이야. 상황이 더 험악해질 수도 있었지만, 한나도 노먼을 잘 알잖아. 우리 호텔에 피해를 줄 만한 일은 하지 않았지."

사건과는 전혀 상관없는 것을 묻고 있다는 걸 알면서도 한나는 멈출 수 없었다.

"베브 박사는 어땠어요? 노먼과 같이 있어서 좋아하는 것 같던가요?"

샐리는 두 손을 휘휘 내저었다.

"그 속을 어떻게 알겠어? 내가 아는 건, 베브 박사가 계속 노먼의 손을 잡으려고 하고, 노먼은 계속 그녀를 뿌리쳤다는 것뿐이야. 둘이 정확히 무슨 얘기를 했는지는 멀리 있어서 들리지 않았지만, 노먼은 계속 빨리 얘기를 끝내려고 하는 것 같았어."

샐리가 하던 말을 멈추고 미소를 지었다.

"이건 사건 때문에 묻는 게 아니지?"

"네, 개인적인 호기심이에요."

한나가 인정했다.

그때 문에 노크소리가 들렸고, 샐리는 들어오라고 소리쳤다. 그러자 좀 전에 창문 너머로 보았던 여자가 쟁반을 들고 사무실로 들어왔다.

"커피 여기 있어요, 샐리."

그녀는 테이블 위에 쟁반을 내려놓았다.

"그리고 파이는 여기 있고요."

"파이는 한나 앞에 놓아줘."

샐리가 한나 쪽으로 손짓했다.

"고마워, 메리. 쟁반은 두고 가. 내가 있다가 얘기 끝나면 직접 들고 갈게."

한나는 파이를 내려다보며 미소를 지었다.

"너무 귀여워요!"

파이 위에는 거북이 모양의 앙증맞은 쿠키가 하나 올라앉아 있었다.

"이 쿠키는 어디서 구하셨어요?"

"우리가 직접 만들었지. 리사의 고모인 낸시에게 받은 레시피야. 고모가 쿠키 레시피 세 개를 보내주셨는데, 이건 쿠키단지에서 만들어 팔기에 너무 손이 많이 간다면서 리사가 주더라고. 만들기 복잡하긴 하지만 귀여워서 마음에 들 거라고 말이야. 우리한테는 이쯤은 별 일 아니지. 메리가 또 워낙 장식하는 작업을 좋아해서 아주 즐거워하면서 만들었어."

"이거 먹으면 식사 때 입맛이 없을 것 같은데요."

한나가 말했다.

"한나 어머님이 전화로 식사 예약하시면서 한나가 벌써 몇 시간째 아무것도 못 먹었다고 하시던걸."

"사실이에요."

한나가 파이를 한 조각 잘라 입에 넣었다.

"으으음!"

샐리는 미소를 지었다.

"초콜릿 쿠키 크러스트에 담은 터틀 선디 같지? 쿠키도 먹어봐."

샐리의 말이 채 끝나기도 전에 한나는 쿠키를 입에 넣고 즐거운 표정으로 맛을 음미했다.

"메리한테 전해주세요. 쿠키가 정말 맛있다고요. 인기가 대단할 것 같아요, 샐리."

"내 생각도 그래. 게다가 아이스크림 파이라서 여름에 특히 좋을 것 같아."

한나는 순식간에 파이와 쿠키를 먹어치우고는 포크를 내려놓자마자 웃기 시작했다.

"뭐가 그렇게 재밌어?"

샐리가 물었다.

"갑자기 증조할머니가 하셨던 말이 생각나서요. 늘 이렇게 말씀하셨거든요. '삶이란 언제 위기에 빠질지 모르니 디저트부터 먹어라!'"

스내피 터틀 파이

재료

초콜릿 쿠키 파이 껍질 1개(초콜릿이 가장 좋지만, 쇼트브레드나 그래햄 크래커를 사용해도 좋습니다)

바닐라 아이스크림 1파인트(2컵) / 아이스크림 토핑용 카러멜 4온스(112g)

소금을 뿌린 피칸 조각 1/2컵 / 아이스크림 토핑용 초콜릿 퍼지 4온스

냉동 휘핑크림 통 작은 것 1개(저지방은 안 됩니다)

> 한나의 메모: 소금을 뿌린 피칸을 구하지 못했다면, 일반 피칸을 준비하세요. 1/2컵의 피칸 조각을 측량한 다음 전자레인지에 넣고 뜨거워질 때까지 데우고, 소금기 있는 버터 2테이블스푼 녹인 것에 붓습니다. 그 위로 소금 1/4티스푼을 뿌리고 섞어주면 소금을 뿌린 피칸 조각이 완성됩니다.

만드는 법

1. 아이스크림 통과 함께 쿠키 파이 껍질을 작업대 위에 올려놓습니다. 아이스크림을 5~10분 정도 실온에 놓아둬 약간 부드럽게 만듭니다. 그래야 파이 위에 부드럽게 발리거든요.

2. 고무 주걱을 사용해 아이스크림을 파이 껍질 바닥에 펴 발라 줍니다. 주걱으로 윗면을 부드럽게 만듭니다.

3. 지금부터는 빨리 작업하셔야 합니다. 아이스크림 위에 토핑용 카러멜을 붓는데, 뿌리셔도 되고, 완전히 부으셔도 되고

방법은 자유입니다. 골고루 발릴 수 있도록만 신경 써주세요.

4. 그 위에 피칸 조각을 뿌립니다.

5. 다시 그 위에 초콜릿 퍼지를 붓습니다.

6. 파이 위를 기름종이로 덮습니다(누르지는 마세요. 그러면 달라붙거든요). 그런 다음 냉동실에 밤새 보관합니다.

7. 휘핑크림 또한 밤새 냉장고에 넣어두세요. 그래야 아침에 사용할 때 발림성이 좋아진답니다.

8. 아침에 일어나자마자 냉동실에서 파이를 꺼낸 뒤 그 위에 휘핑크림을 발라줍니다. 다시 기름종이를 덮은 다음 또 냉동실에 넣어 적어도 6시간 이상 보관합니다.

9. 그날 밤 저녁식사 때 파이를 낼 생각이 아니라면, 6시간 동안 기다렸다가 냉동실에서 꺼내 냉동실용 비닐백에 넣은 뒤 다시 냉동실에 넣어주세요. 그렇게 해두면 한 달도 보관이 가능하답니다.

10. 냉동실에서 스냅피 터틀 파이를 꺼내 작업대 위에 15분 간 올려둡니다. 디저트 타임이 되었으면 일반 파이 크기로 여섯 조각을 잘라 각 디저트 접시에 올립니다. 그리고 파이 조각 한 가운데에 스냅피 터틀 쿠키(레시피는 곧 알려드려요)를 거북이 얼굴이 위로 향하도록 얹어줍니다.

스냅피 터틀 쿠키

오븐은 175도로 예열합니다.

재료

소금기 있는 버터 1/2컵(112g) / 황설탕 1/2컵

베이킹소다 1/4티스푼 / 소금 1/4티스푼

큰 계란 1개 / 계란 노른자 1개(흰자는 나중을 위해 따로 보관해주세요)

바닐라 농축액 1/2티스푼 / 메이플 향료 1/4티스푼(선택사항입니다)

다목적용 밀가루 1과 1/3컵 / 피칸 반 조각을 길게 반으로 자른 것 2/3컵

만드는 법

1. 커다란 믹싱볼에 버터와 황설탕을 넣고 잘 섞어줍니다.
2. 베이킹소다와 소금을 넣고 섞어줍니다.
3. 큰 계란 1개와 계란 노른자를 넣고 섞어줍니다.
4. 바닐라 농축액과 메이플 향료를 넣고 섞어줍니다(선택사항).
5. 밀가루를 한 번에 반 컵씩 담아 넣으면서 골고루 섞어줍니다(꼭 반 컵씩 정확하게 측량해서 넣지 않아도 돼요!).
6. 쿠키 틀에 들러붙음 방지 스프레이를 뿌립니다.
7. 틀 위에 피칸 조각 다섯 개를 별 모양으로 배열합니다. 가운데에 공 모양 반죽을 놓으면 거북이의 머리와 발처럼 보일 수 있도록이요.
8. 티스푼을 사용해 반죽을 둥근 공 모양으로 만들어줍니다.
9. 만들어진 반죽의 바닥 부분을 계란 흰자에 담근 다음 아까 배열한 피칸 조각 가운데에 올려놓습니다. 그런 다음 피칸의 끝부분이 반죽에 달라붙도록 반죽을 살짝 눌러주세요.

10. 반죽 나열이 끝났으면 175도에서 10~13분간 굽습니다. 먹음직스러운 황금빛을 띠면 완성입니다.

11. 틀 위에서 2분간 식힌 다음 식힘망으로 옮겨 완전히 식힙니다.

> 한나의 메모: 낸시는 종종 쿠키 위에 통조림 형태로 시중에 판매되는 초콜릿 프로스팅을 얹기도 한다고 해요. 하지만 우리는 가게에서 직접 초콜릿 프로스팅을 만들어 사용하고 있어요. 그 방법을 아래에 소개해 드릴게요.

손쉬운 초콜릿 프로스팅

재료

중간 달기의 초콜릿 칩 1/2컵 / 휘핑크림 1/4컵 / 버터 1/2컵(112g) 슈가 파우더 1과 1/2컵

만드는 법

1. 초콜릿 칩, 휘핑크림, 버터를 소스팬에 넣고 낮은 불에 올려 슬슬 저어주면서 녹입니다. 재료들이 완전히 녹았으면 불을 끄고 차가운 가스레인지 위로 자리를 옮깁니다. 그런 뒤 나무 숟가락이나 열에 강한 주걱을 사용해 계속 부드럽게 저어줍니다(전자레인지에 넣어 녹여서도 됩니다. 강에 1분간 돌린 뒤 재료들이 골고루 섞이도록 저어줍니다. 그래도 충분히 녹지 않았으면 30초간 더 돌려주시면 됩니다).

2. 슈가 파우더를 큰 그릇에 담습니다.

3. 소스팬을 마지막으로 한 번 더 저어준 뒤 슈가 파우더가 담긴 그릇 위로 붓습니다. 이때 빨리 부어준 뒤 즉시 저어주세요. 프로스팅의 재료들이 서로 잘 섞여 부드러워지도록 말이죠. 약간 묽게 느껴져도 걱정하지 마세요. 온기가 식고 버터가 굳으면 묽은 것이 조금 사라지니까요. 혹시 너무 굳었으면 가스레인지의 낮은 불에 올려 살짝만 녹여주세요. 물론 전자레인지에 20초간 돌려주셔도 됩니다.

"신경안정제."

샐리가 자리를 뜨자마자 박사가 말했다.

"일반적인 복용량의 세 배였네. 보온병에 남아 있는 커피에서 검출됐고. 누가 그랬는지는 몰라도 병을 통째로 들이부은 모양이야."

"궁금한 게 있어요."

한나가 말했다.

"노먼에게 들었는데, 베브 박사는 어제 점심 때 소다수를 마셨다고 했거든요. 근데 왜 위 내용물에는 소다수가 포함되지 않았던 거예요?"

"그거야 탄산수를 검출해낼 수 있을 만한 시료가 없기 때문이지. 탄산수는 고작해야 다른 액체 물질들을 희석시킬 뿐이거든."

"그럼 보온병에서 신경안정제가 발견됐다는 사실을 이제 마이크도 알아요?"

한나가 물었다.

"병원에서 전화했어. 직접 소견서를 받으러 왔기에 우리랑 같이 저녁을 먹자고 초대했는데, 바쁘다면서 거절하더군. 좋은 소식도 내가 한나에게 직접 전하는 게 나을 것 같다고 말이야."

일 때문에 바쁜 게 아니라 코너 태번에 그 미스티라는 웨이트리스랑 노닥거리느라 바쁜 거 아니야? 한나는 생각했다. 부디 일 때문에 바쁜

것이기를. 하지만 지금은 그런 생각 하고 있을 때가 아니다. 한나는 다시 질문을 던졌다.

"혹시 베브 박사의 위에 다른 내용물은 없었어요? 아, 식사 자리에서 묻기 좀 그렇지만요."

"괜찮다, 얘야." 엄마가 말했다.

"이런 유의 대화라면 벌써 몇 달 전부터 익숙해졌는걸. 박사가 날 제대로 훈련시켰지."

"효과가 있었나?"

박사가 물었다.

"그런대로."

엄마가 요조숙녀 같은 새침한 태도로 몸을 살짝 떨었다.

"그래도 입맛이 사라지는 건 그대로야."

엄마가 한나를 돌아보았다.

"다른 질문을 하면 안 되겠니, 얘야? '위'라든가 '내용물'이라든가 하는 단어가 들어가지 않는 것으로 말이야."

"사실 중요한 질문이 한 가지 있긴 해요."

바바라가 했던 물병 이야기를 떠올리며 한나가 말했다.

"바바라가 혹시 물병을 던진 적이 있었어요?"

그러자 엄마가 깜짝 놀란 표정을 지었다.

"그건 내가 대답해줄 수 있겠구나. 그래, 어젯밤 그런 일이 있었지. 담당 간호사가 포도당 주머니를 새것으로 교체하려고 잠깐 자리를 비웠는데, 다시 병실에 돌아와 보니 바닥에 물병이 떨어져 있더라는 거야."

노먼과 한나는 서로 시선을 주고받았다. 바바라가 정말로 누군가를 맞추기 위해 물병을 던졌거나 그게 아니라면 실수로 바닥에 떨어트린 것일 테다. 하지만 지금으로선 확실히 어떻게 된 일인지 알 수 없었다.

"그게 그렇게 중요한 일이냐, 얘야?"

한나가 아무런 반응도 보이지 않자 엄마가 물었다.

"아뇨, 그냥 바바라가 그런 이야기를 하기에 정말로 그런 일이 있었나 여쭤본 거예요."

"그렇다면 알았다."

엄마가 한나를 향해 미소를 지었다.

"이제 혐의도 완전히 벗었으니, 한나가 자유의 몸이 된 걸 마음 놓고 축하해도 될 것 같구나. 근데 샐리는 어디에……."

엄마는 샐리가 사적인 공간을 만들어주기 위해 쳐놓았던 커튼 사이로 얼굴을 빼꼼히 내밀었다.

"아, 저기 오는구나."

"똑똑."

샐리가 입으로 노크소리를 낸 뒤 커튼을 젖혔다.

"저희 왔어요. 오늘은 아주 특별한 애피타이저를 준비했답니다."

샐리가 커튼을 완전히 젖히자 웨이트리스 한 명이 커다란 은쟁반을 테이블 한가운데에 내려놓았다. 거기에는 구운 연어와 크림치즈, 케이퍼를 올리고 빵의 구워진 면에 갖가지 치즈를 바른 흑빵(호밀로 만든 빵)과 페이스트리 크러스트에 담긴 구운 브리 치즈가 조그마한 포도송이들을 울타리처럼 두른 채 가지런히 담겨져 있었다.

"아주 인상적이군."

나이트 박사가 샐리를 향해 미소를 지었다.

"고맙습니다."

샐리도 미소로 화답했다.

"아주 즐겁게 만든 애피타이저예요."

"함께하지 않겠어?"

샐리가 앉을 수 있도록 살짝 옆으로 비키며 엄마가 물었다.

"아니에요."

샐리가 말했다. 하지만 한나가 보기에 샐리는 의자에 앉을 생각은 없지만 그렇다고 해서 금방 자리를 뜰 생각은 아닌 듯했다.

"뭔가 축하할 일이 있으신가 봐요?"

"그렇지." 박사가 대답했다.

"한나가 베브 박사 살인사건 용의선상에서 완전히 벗어났거든."

"어머, 천만다행이에요!"

샐리가 자신의 유리잔을 들었다.

"한나가 진짜 범인이라고 생각했던 사람이 있었다면, 그 사람은 분명 정신감정을 받아봐야 할 거예요."

"나한테 말이지."

박사의 말에 모두가 웃음을 터뜨렸다.

마침내 샐리가 한나를 돌아보았다.

"잠깐 나랑 같이 좀 갈래? 레시피를 주려고 준비했는데 그만 사무실에 두고 왔지 뭐야. 지금 주지 않으면 또 잊어버릴 것 같아서. 1~2분이면 돼."

등 뒤로 커튼을 다시 치고 샐리를 따라 나서며 한나는 뭔가 다른 일이 있다는 것을 직감했다.

"지금 내 사무실에서 조쉬가 기다리고 있어."

사람들로부터 어느 정도 멀어지자 샐리가 말했다.

"우리 호텔에 새로 들어온 지 얼마 안 되는 웨이터인데, 그 아이가 어제 아침에 베브 박사의 은색 보온병을 채워줬대."

"한나? 여긴 조쉬야. 새로 온 웨이터."

샐리가 몹시 초조한 얼굴의 한 십대 소년을 돌아보며 미소를 지었다.

"스웬슨 양에게 베브 박사의 보온병 이야기를 들려드려."

조쉬는 심호흡을 했다.

"베브 박사님이 보온병에 커피를 넣어달라고 해서 그렇게 했어요. 먼저, 보온병을 받자마자 뜨거운 물을 부어서 헹궈냈어요. 늘 하던 것처럼요."

"좋아. 그런 다음엔?"

"베브 박사님은 조식 뷔페 때 만들었던 커피 말고 갓 내린 커피를 달라고 했어요. 바닥에는 크림 1/4컵이랑 인공감미료 8개를 넣어달라고 했고요. 그래서 시키는 대로 한 다음에 그 위에 커피를 부었어요. 일부러 공간을 조금 남긴 다음에 객실까지 가져가는 동안 잘 흔들었고요."

"그래서 직접 객실로 갖다 줬어?"

한나가 물었다.

"네, 베브 박사님은 통화 중이었는데, 저보고 문 옆 테이블에 놓고 가라고 했어요. 근데 제가 막 나오려고 하니까, 생각이 바뀌었다면서 저더러 다시 보온병을 가져가서 자기 차 운전석 뒤에다 갖다놓아 달라고 했어요."

"그래서 그렇게 했어?"

"네. 차 죽이던데요!"

"너한테 차 열쇠를 줬니?"

"열쇠는 필요 없었어요. 호텔 뒤에 주차금지 구역에 차를 세워놨는데, 천장이 오픈되어 있었거든요."

"네가 보온병 가져다두는 걸 누구 본 사람 있어?"

"그럼요. 두어 명이 차 구경을 하고 있었거든요. 보온병을 차에 두고 돌아가려는데 맬워스 씨가 와서는 호텔 정문 쪽에 차를 갖다놓겠다고 했어요."

"그 사람이 보온병도 봤니?"

그러자 조쉬는 어깨를 으쓱했다.

"모르겠어요. 제가 차에 보온병을 두는 건 보지 못했고, 보온병은 베브 박사님의 요청대로 운전석 뒤쪽 바닥에 놓여 있었으니까, 아마 보지 못했을 거예요."

호텔에서의 저녁식사는 언제나처럼 훌륭했다. 한나가 샐리의 새로운 디저트 이야기를 해주자 모두들 디저트로 스냅피 터틀 쿠키가 얹혀진 스냅피 터틀 파이를 주문했다. 노먼의 차에 올라타며 한나는 제 아무리 맛있는 음식이 눈앞에 있어도 도저히 먹지 못할 것만 같은 기분이었다.

"나만큼 배가 부른가 보네요?"

노먼이 고속도로로 향하는 길에 접어들며 물었다.

"배가 부른 정도가 아니에요. 그냥 굴러다녀도 될 것 같아요."

한나의 아파트에 도착할 때까지 두 사람은 편안한 침묵 속에서 드라이브를 즐겼다. 조쉬에 대한 이야기는 한나가 다시 식사 자리로 돌아왔을 때 이미 나눈 터였다. 박사는 보온병에서 명확하게 발견된 지문은 전혀 없었다고 말하며, 호텔의 그 누구라도 보온병을 열고 신경안정제를 넣었을 수 있다고 했다. 로저에 대한 이야기도 나눴지만, 노먼과 샐리 모두 그가 베브 박사의 죽음을 진심으로 슬퍼하고 있다는 데에 의견을 같이했다. 베브 박사의 사건은 완벽한 미스터리다. 지금껏 알게 된 사실만으로는 실마리조차 잡을 수 없었다.

"계단 위까지 내가 모이쉐 안고 갈게요."

노먼이 한나의 여분 주차자리에 차를 세우며 말했다.

"괜찮아요. 내가 할 수 있어요. 지금 엄청 피곤해 보이는데요."

"피곤해요. 긴 하루였고, 어젯밤에 잠도 잘 못 잤으니까요."

노먼이 손을 뻗어 한나를 안았다.

"한나가 정말 괜찮다면, 그럼 난 바로 집으로 가서 눈 좀 붙일게요."

"정말 괜찮아요."

한나가 모이쉐의 목줄을 건네받으며 말했다.

"이리와, 모이쉐. 어서 올라가자. 우리도 자야지."

"집에 잘 들어가는지는 확인하고 갈 거예요."

한나와 모이쉐가 차에서 내리자 노먼이 약속했다.

"알았어요."

한나는 그것도 괜찮다고 이야기하고 싶었지만, 이내 포기했다. 그냥 돌아가도 된다고 해봤자 노먼은 고집을 부릴 것이 불 보듯 뻔했다. 늘 세심하고 배려심 많은 사람이니 한나가 안전하게 집에 들어갈 때까지 지켜볼 것이다.

한나와 모이쉐는 금세 계단 위까지 도착했다. 둘 다 한시라도 빨리 집 안으로 들어가고 싶었지만, 노먼이 아파트 앞쪽에 자리하고 있는 방문자용 주차장에 모습을 보일 때까지 기다렸다. 노먼의 차가 보이자 한나는 손을 흔들었고, 노먼은 살짝 경적을 울렸다. 인사가 끝나자 모이쉐가 먼저 한나를 집으로 이끌었다.

"미셸?"

집 안에 들어서며 한나가 외쳤다.

하지만 아무런 대답도 들리지 않았다. 한나는 곧장 시계를 쳐다봤다. 주차장에 쿠키 트럭이 세워져 있었으니 미셸은 분명 가게에서 돌아왔다. 시간은 아직 밤 9시. 이렇게 일찍 잠자리에 들었을 리도 없는데!

손님방을 살폈지만, 역시나 방은 텅 비어 있었다. 로니와 데이트를 나간 것인가? 외출한 것이라면 분명 커피포트나 주방 테이블 위에 쪽지를 남겼을 것이다. 미셸은 항상 쪽지를 남기니까.

"가자, 모이쉐."

모이쉐가 간절한 눈빛으로 침실 문을 바라보고 있는 것을 눈치챈 한나가 녀석에게 말했다. 그런 뒤 침실로 들어가 녀석을 위해 침대를 매만져주고, 녀석의 베개를 톡톡 두드렸다.

"먼저 자. 난 미셸이 남긴 쪽지가 있나 보고 잘게."

한나는 다시 거실로 나왔다. 모이쉐가 침대 위로 풀쩍 뛰어오른 듯 침실 쪽에서 뭔가 둔탁한 소리가 들렸다. 한나는 주방 불을 켰고, 테이블 위에는 예상했던 대로 쪽지가 놓여 있었다. 미셸도 노먼만큼이나 세심한 동생이었다.

여기 오면서 우연히 로나 쿠삭을 만났어. 오늘 밤에 크리스를 위해 졸업 파티를 연다기에 내가 다과 준비하는 걸 돕겠다고 했지. 호위랑 에스터도 올 거야. 로나나 언니도 생각 있으면 오래. 그럼 호위의 특별 과카몰리를 맛볼 수 있을 거야. 엄청 많이 만들어올 거라는데, 다들 맛있다던데

십대들의 파티는 가고 싶은 생각이 전혀 없었지만, 호위와 그 부인도 온다고 하니 보온병에 대한 소식을 들려주고, 자신이 어떻게 해서 혐의를 벗게 됐는지 알려주고 싶어졌다. 그리고 사실, 과카몰리도 결정에 한몫을 했다. 호위의 과카몰리는 마을에서 최고 맛있기로 유명한데, 한나는 한 번도 맛볼 기회가 없었기 때문이다. 먹어보고 정말 맛이 있으면 호위에게 레시피도 좀 얻어볼 생각이었다!

시끌벅적한 파티를 예상했지만, 로나의 집에 가까워지는데도 음악 소리가 전혀 들리지 않았다. 크리스를 위한 졸업파티라더니, 이상한 일이다. 고등학교를 갓 졸업한 십대 졸업생의 파티는 원래 이렇게 음악을 틀지 않는 것일까? 아니면 벌써 파티가 끝난 건가?

로나의 집 현관으로 통하는 통로에는 빛이 새어나오고 있었다. 가까이 다가가니 안쪽에서 춤을 추는 듯 발을 구르는 둔탁한 소리들이 들려왔다. 파티는 아직 끝나지 않았다. 그건 확실하다. 하지만 크리스와 그 친구들은 어떻게 음악도 없이 춤을 춘다지?

한나는 초인종을 눌렀고, 잠시 후 로나가 문을 열었다.

"안녕하세요, 한나."

로나가 미소로 맞이했다.

"이렇게 와주셔서 정말 반가워요! 거실에 어른들도 좀 계시니까 거기로 가보세요. 애들은 지금 뒤뜰에서 춤추고 있어요."

"음악 소리가 안 들리는데."

고요한 거실로 들어서며 한나가 말했다. 거실에는 에스터와 호위가 로나의 언니, 그리고 형부와 함께 앉아 있었다.

"음악도 없이 어떻게 춤을 춰?"

"음악 있어요. 따라와 보세요. 보여 드릴게요."

한나는 로나가 이끄는 대로 뒤뜰로 나가보았다. 뒤뜰에는 어림잡아 열 커플 정도 되는 십대들이 춤을 추고 있었는데, 하나같이 귀에는 이어폰이 꽂혀 있었다!

"이어폰이 정말 놀랍네!"

로나가 장식용으로 뒤뜰 지붕 위에 감아놓은 전구 줄의 불빛이 반짝이는 가운데 신나게 춤을 추고 있는 아이들을 보며 한나가 말했다. 원색 계열의 플라스틱 형광등 소재로 만든 전구 줄은 음악의 리듬에 맞춰 깜빡거렸다.

"애들이 완전 좋아해요."

"그럼 애들한테 나눠주려고 저 선 없는 이어폰을 다 구매한 거야?"

한나가 물었다.

"아뇨, 트라이 카운티 쇼핑몰에 있는 가게에서 빌렸어요. 정말 멋진 가게예요, 한나. '미친 듯이 조용한 파티'라는 가게인데, 소음을 내지 않고 파티를 즐길 수 있는 물품들을 다양하게 팔고 있어요."

"이웃들이 좋아하겠어."

한나가 다시 거실로 돌아가며 말했다.

"호위는 과카몰리 가져왔어?"

"엄청 많이요."

호위가 한나의 질문을 듣고 앞으로 나서 대답했다.

"마음껏 먹어요. 테이블에 있으니까. 맛보고 이리 와서 맛이 어떤지 얘기 좀 해줘요."

한나는 과카몰리를 한 숟가락 떠서 접시에 담은 뒤 과카몰리 주변에 동그란 모양으로 토틸라 칩을 배열했다. 그런 뒤 그중 칩 하나를 집어 과카몰리를 듬뿍 찍은 다음 입 안에 넣었다. 여러 가지 향미가 한꺼번에 느껴졌다. 아보카도의 풍부한 크림감과 레몬주스의 상큼함, 오레가노의 신선한 향기와 사우어크림의 부드러운 시원함이 적량의 마늘, 양파와 한데 섞여 깊은 풍미를 자아냈다. 게다가 토틸라 칩은 무척 바삭거려서 꼭 잘 구워진 베이컨을 씹는 기분이었다.

"와오!"

한나가 손에 칩을 잔뜩 들고 거실로 돌아오며 감탄했다.

"이 과카몰리 정말 최고예요!"

"오레가노 향이 마음에 들어요?"

"좋아요. 오레가노 덕분에 완전히 새로운 맛의 과카몰리가 완성된 것 같아요."

"고수 잎으로도 만들 수 있어요. 근데 플로렌스의 식료품점에는 고수 잎이 항상 구비되어 있는 게 아니잖아요. 에스터가 마침 주방 창가의 텃밭에 오레가노를 키우고 있었어요. 맛을 한번 보니 고수 잎 대신 넣어도 좋겠다 싶더군요."

"탁월한 선택이셨어요."

"고마워요."

호위가 기분 좋게 대답했다.

"혹시 레시피 필요해요?"

"네, 구할 수 있다면야 좋죠."

호위는 주머니에 손을 넣어 레시피를 한 장 꺼내 한나에게 건넸다.

"여기 있어요. 파티에 과카몰리 가져올 때는 레시피를 늘 여러 장씩 준비해오죠."

하지만 그의 미소가 점차 옅어지는가 싶더니 호위는 금세 심각한 표정이 되고 말았다.

"사건에 진척 사항은 없어요, 한나?"

"큰 건이 하나 있긴 하죠."

한나가 말했다.

"마이크가 오늘 오후에 연못에 잠수부를 보내 베브 박사의 차에서 보온병을 찾아냈어요. 그 안에 커피가 남아 있었는데, 그 커피에 다량의 신경안정제 성분이 발견됐대요. 베브 박사는 바로 그 신경안정제 때문에 죽은 거예요."

"그 커피는 어디서 구한 건데요?"

"아침에 호텔 식당에서 일하는 조쉬라는 이름의 웨이터가 커피를 넣어 줬대요. 그리고 차에 직접 갖다 놓았고요. 근데 차는 잠겨 있지도 않았던 데다가, 위에 지붕도 없잖아요."

"그럼 누구든 그 안에 신경안정제를 넣었을 수 있겠네요."

"바로 그렇죠."

"어쨌든 그 커피는 한나가 준 게 아니니, 혐의는 벗은 거네요?"

"맞아요."

호위는 한결 안심한 듯한 표정이었다.

"잘됐어요! 이제 재판 준비 같은 건 하지 않아도 되겠군요. 결국 이렇게 될 줄 알았어요. 하지만 그래도 혐의에서 완벽하게 벗어난 것은 아니네요."

"그렇죠. 혐의를 완전히 벗기 위해서라도 꼭 진범을 잡을 생각이에요."

"직접요?"

"한번 해봐야죠." 한나가 말했다.

"조심하란 말밖에 해줄 말이 없어요, 한나! 결백한 사람이 억울하게 누명을 쓰게 됐는데도 눈 하나 깜짝하지 않는 냉혈한이 마을을 돌아다니고 있으니 말이에요."

"조심할게요. 변호사 비용은 청구서 보내주시면 바로 지불할게요, 호위. 애써 주셔서 감사드려요."

그러자 호위는 손을 휘휘 내저었다.

"비용은 됐어요, 한나. 가끔 당밀 크래클이나 한 번씩 만들어줘요. 정말 맛있거든요."

"그런 거야 쉽죠." 한나가 대답했다.

"그럼 내일 사무실로 배달해드릴게요."

"좋아요! 이번 주 놓친 의뢰인들이 전부 베이킹을 할 줄 알면 좋았을 텐데 아쉽네요."

"놓친 의뢰인이 또 있었어요?"

그러자 호위가 고개를 끄덕였다.

"거물이었죠. 근데 일이 그렇게 돼서 솔직히 속상했어요. 워렌 댈워스가 담당 변호사를 시티즈에 있는 변호사로 교체했거든요."

"정말이요?"

한나는 순간 병원으로 워렌을 만나러 왔었다는 양복 차림의 방문자에 대해 이야기를 들었던 것이 생각났다.

"로저는요? 로저는 아직 호위랑 일하고 있는 거 맞죠?"

"그렇긴 한데, 로저는 사업상 하는 일이 별로 없어요. 대부분의 사업들은 모두 댈워스 엔터프라이즈를 통해 이루어지고, 워렌이 모두 관여하고 있으니까요. 적어도 아직까지는. 워렌이 죽고 나면 어떻게 될지 또 모르죠. 그러니 로저도 시한부 목숨이나 다름없어요."

문제를 감지하는 한나의 안테나가 경고음을 울렸다.

"하지만 워렌의 부인도 죽고, 워렌에게 혈육이라곤 외아들인 로저뿐이 잖아요. 워렌이 죽고 나면 당연히 댈워스 엔터프라이즈를 상속받게 되는 거 아니에요?"

"워렌이 나와 일할 때는 그렇게 일을 계획했는데, 이제 변호사도 교체

318

됐고, 유언장도 새로 작성했으니 어떻게 바뀌었는지는 나도 모르죠."

"유언장을 새로 작성했어요?"

"법대에 같이 다니던 친구가 얼마 전 잠깐 사무실에 들렀어요. 시티즈에 있는 대형 로펌에서 일하고 있는 친구거든요. 레이크 에덴에는 어쩐 일이냐고 물었더니 누군가의 유언장을 작성했는데, 서명을 받으러 병원에 가야된다고 하는 거예요. 그래서 의뢰인이 누구냐고 물었더니 다름 아닌 워렌 댈워스라고 하더군요. 그때 내가 얼마나 놀랐는지 온몸에 털이 곤두서더군요."

"워렌이 왜 변호사를 교체했는지 이유는 알아보셨어요?"

"그럼요. 다음 날 바로 병원으로 갔어요. 워렌을 만나서 어떻게 된 일이냐고 물어볼 작정이었죠. 근데 그를 만나지 못했어요. 집중치료실에 들어가서 가족만 면회가 가능하다고 하더군요. 아, 그때 로저가 마침 아버지를 만나러 와 있었죠."

"그럼 로저와는 얘기해봤어요?"

"치료실에서 나오길 기다렸다가 새로운 유언장에 대해 물어봤어요. 그랬더니 자기 아버지가 미니애폴리스에 있는 변호사로 교체했다며, 댈워스 엔터프라이즈에 대한 상속이 좀 더 손쉽게 이루어질 수 있도록 몇 가지를 바꿨다고 했대요."

한나는 호기심이 생겼다.

"그 바꾼 몇 가지가 뭘까요?"

"지난 한 달 동안 뭔가 상황이 변한 게 아니라면, 나로서도 알 도리가 없죠. 워렌의 유언장은 빈틈없이 꼼꼼하게 작성했다고 생각했는데."

"그럼 워렌이 왜 미니애폴리스에 있는 변호사를 새로 선임했는지 그 이유를 로저가 설명해주진 않던가요?"

"망설이면서 얘기하는데, 아버지의 정신이 점점 흐려지고 있는 것 같다면서, 아무래도 마을에 이미 변호사를 선임해뒀다는 사실을 잊은 모양이라고 하더군요."

"불쌍한 워렌!"

날카로운 통찰력의 투자자이자 개발자로 한때 이름을 날리던 그가 정신적으로 쇠약해지고 있다는 사실이 한나는 안타까웠다.

"로저한테 최근 안 좋은 일들이 많았잖아요."

호위는 잠시 아무 말이 없다가 이내 다시 말을 이었다.

"로저도 당황하는 것 같더군요. 자세히 말해주길 꺼려하는 눈치였지만, 아버지에게 나와 작성한 유언장에 무슨 문제라도 있었냐고 물어보니 워렌은 내가 누구인지도 모르고, 자신이 유언장을 작성했다는 사실조차 기억하지 못했다고 해요."

"상태가 몹시 좋지 않으신가 봐요."

"그런 것 같아요. 하긴 통증 때문에 독한 진통제들을 계속 복용하고 있을 테니 무리는 아니죠."

"하지만 그런 상태에서 새 유언장은 제대로 작성할 수 있었을까요?"

호위는 어깨를 으쓱했다.

"워렌과 직접 이야기를 나눠본 게 아니니 나도 모르겠어요. 하지만 로저의 말이 사실이라면, 워렌은 분명 누군가의 도움을 받아 새 유언장을 작성했을 거예요. 누군가 믿고 맡길 수 있는 사람에게서요."

"호위 같은 사람이요?"

"아뇨, 나이트 박사님 같은 분일 수도 있고, 마을에 옛 친구들도 있잖아요."

"하지만 이전 유언장은 워렌 혼자 작성한 거잖아요."

"나도 그 점이 이상해요. 새 유언장을 작성하면서는 전에 한 번도 만나본 적이 없는 변호사에게 일을 맡겼다는 것이."

한나는 살짝 몸을 떨었다.

"혹시…… 새 유언장에 뭔가 문제가 있진 않을까요?"

"로저도 나한테 그걸 물어봤어요. 로저도 새 유언장은 보지 못했대요. 아버지에게서 얘기를 들은 게 전부라고요. 아버지의 상태가 지금보다 악화돼서 댈워스 엔터프라이즈를 완전히 모르는 남에게 줘버린다거나 쉼터에 있는 노숙자에게 줘버리는 일이 발생한다면 어떻게 하느냐고도 묻더군요."

"그래서 뭐라고 얘기해줬어요?"

"워렌의 새로운 유언장에 뭔가 석연치 않은 점이 있다면, 유언장 작성 당시에 워렌의 상태가 좋지 못했고, 명확한 결정을 내릴 수 없는 상태에서 유언장에 서명했다는 것을 증명해보이면 된다고 말해줬어요. 그러면 법정에서 알아서 판단해줄 거라고 말이에요."

"그렇게 되면, 새로운 유언장은……."

한나가 적당한 표현을 찾느라 잠시 말을 멈췄다.

"완전히 뒤집힐 수도 있겠네요?"

"무효 선언이 되는 거죠."

호위가 표현을 바로잡아 주었다.

"유언장에 서명했을 때 워렌의 정신이 올바르지 못했다면, 효력이 상실되고 말아요."

십대들의 파티에 끼어 있기에는 45분도 길었다. 비록 어른들은 들을 수 없는 자신들만의 음악 세계에 빠져 있다고 해도 말이다. 한나와 미셸은 9시 55분쯤에 집으로 돌아왔다.

"언니가 모이쉐 잡을래? 아니면 내가 할까?"

한나가 열쇠를 꺼내자 미셸이 물었다.

"내가 할게. 근데 오늘 밤에도 점프를 할진 잘 모르겠어. 아까 나올 때 녀석도 무척 피곤했는지 내 침대 베개 위에서 곧장 잠들었거든."

"커들스랑 놀았어?"

미셸이 물었다.

"그래." 한나가 대답했다.

"식사하러 나간 사이에 쫓기 놀이 한바탕 했나 봐."

한나는 팔을 내밀었지만, 현관 부근에 모이쉐의 모습은 보이지 않았다. 두 사람은 안으로 들어서 문을 닫았다. 한나의 침실 쪽에서 희미하게 코고는 소리가 들렸다.

"모이쉐는 자나 봐." 미셸이 말했다.

"역시. 넌 어때? 피곤하지 않아?"

"별로. 베이킹 어때? 난 베이킹을 하면 긴장이 풀려서 잠이 잘 오거든."

"좋은 생각이야."

한나는 곧장 주방으로 가 불을 켰다.

"뭘 만들까?"

"내일 쿠키단지에서 팔 수 있을 만한 거. 언니가 정해."

한나는 잠시 골몰했지만, 채 결정을 내리기도 전에 전화벨이 울렸다. 한나는 주방 테이블 옆의 벽에 걸린 수화기를 집었다.

"여보세요?"

"오, 다행이야. 한나, 집에 있었구나!"

"엄마?"

한나는 깜짝 놀랐다. 불과 1시간 반 전에 헤어졌는데, 설마 그 짧은 시간에 뭔가 나쁜 일이 생긴 건 아니겠지?

"혹시 자고 있었던 건 아니지?"

"네, 미셸이랑 막 베이킹을 하려던 참이었어요. 어디세요?"

"병원이란다. 아까 바바라에게 문제가 좀 생겼어."

"무슨 문제요? 상태가 악화된 건 아니죠?"

"그런 건 아니다. 다만 제니도, 나도, 박사까지도 나서서 이야기를 했는데도 바바라는 도무지 하나 네가 왜 오늘 밤에 고양이를 데려오지 않는 건지 이해를 못하더구나."

"어머!"

한나는 순간 바바라에게 했던 말이 떠올라 한숨을 푹 내쉬었다.

"바바라가 모이쉐를 또 데려와줄 수 있겠냐고 해서 그러겠다고 했는데, 그게 당장 오늘 이야기하는 건 줄은 몰랐네요."

"그래서 우리도 그렇게 얘기했지. 근데도 네가 약속을 했다면서 모이쉐를 데려올 때까지 자지 않겠다고 고집을 부리는구나. 어찌나 흥분을 하는지 말도 못한다, 얘야. 박사가 수면제를 주사할 수도 있지만, 워낙 상태가 호전되고 있는 중이라 망설여진다고 하더구나."

"박사님께 조금만 기다리시라고 하세요. 제가 금방……."

한나가 벽시계를 확인했다.

"20분 안에 갈게요. 그래도 바바라에게 이 얘기는 미리 해주세요. 모이쉐가 오늘 커들스랑 신나게 노느라 조금 피곤한 상태거든요. 그래서 병실에 가면 금방 잠들 수도 있다고 말이에요."

"그건 걱정 없을 것 같다, 얘야. 바바라는 그저 모이쉐가 밤새 같이 있어주기만 해도 좋다는구나. 병실에 딸린 욕실에 모래상자도 갖다놨으니 문제없다. 제니가 야간 당직을 오면 난 간이침대에서 잠깐 눈 좀 붙일까 해."

한나는 재빨리 결정을 내렸다.

"아뇨, 엄마. 엄마 대신 제가 바바라와 같이 있을게요."

과카몰리

한나의 첫 번째 메모: 이것은 호위 레빈의 과카몰리 레시피입니다. 레이크 에덴에서 가장 능력 좋은 변호사죠.

재료

크림치즈 2온스(56g) / 아보카도 4개 / 레몬주스 2테이블스푼

마늘 한쪽 잘게 다진 것 / 잘게 다진 신선한 오레가노 잎 1/8컵

껍질을 벗겨서 씨를 빼고 잘게 다진 이탈리아 토마토(또는 플럼 토마토) 1개

얇게 슬라이스한 파 4개(줄기 부분의 5cm만 사용하시면 됩니다)

소금 1/2티스푼 / 갓 갈은 후추 1/8티스푼 / 사우어크림 1/2컵

사우어크림 위에 뿌릴 베이컨 조각 / 토틸라 칩

호위의 메모: 플로렌스의 식료품점에는 고수 잎이 없어서 전 대신 다진 오레가노를 사용했답니다. 어떤 것을 넣어도 맛이 좋아요.

만드는 법

1. 중간 크기의 볼에 크림치즈를 넣고 전자레인지에 넣어 발림성이 좋아질 때까지 '강'으로 15초간 돌립니다.
2. 아보카도의 껍질을 벗기고 씨를 뺍니다. 그것을 크림치즈가 담긴 볼에 넣고 포크로 잘 으깨줍니다. 너무 잘게 으깨진 말아주세요. 조그마한 아보카도 덩어리가 보이는 게 더 먹음직스러워 보이거든요.

3. 레몬주스를 붓고 섞습니다. 레몬주스를 넣으면 과카몰리의 갈변 현상을 막을 수 있습니다.

4. 으깬 마늘과 다진 오레가노 잎, 토마토, 슬라이스한 양파, 소금, 그리고 후추를 넣고 골고루 잘 섞어줍니다.

5. 예쁜 그릇에 과카몰리를 담고 그 위에 사우어크림을 덮습니다. 그런 뒤 베이컨 조각을 뿌려주세요. 하지만 바로 먹을 것이 아니라면 사우어크림을 얹되, 베이컨은 뿌리지 마세요. 그릇 위를 비닐랩으로 덮은 다음 냉장고에 보관합니다. 그리고 먹기 직전에 베이컨을 뿌립니다(베이컨까지 뿌린 다음에 냉장고에 넣으니 베이컨이 뻣뻣해져서 식감이 좋지 않았어요. 그러니 베이컨은 먹기 직전에 뿌리는 것이 가장 좋을 것 같아요).

한나의 두 번째 메모: 마이크와 노먼은 위에 슬라이스한 할라피뇨 피클을 얹어주면 무척 좋아한답니다. 물론 엄마는 손도 안 대셨지만요.

"와줘서 고마워, 한나."

모이쉐가 편안하게 바바라의 병상 위에 자리를 잡자 바바라가 한나의 손을 잡으며 말했다.

"이게 나한테 어떤 의미인지 한나는 모를 거야."

바바라는 제니를 돌아보았다.

"이제 가도 돼요, 제니. 피곤할 텐데. 딜로어에게 들으니 오늘 당직을 두 번이나 섰다면서요."

"필요하시면 더 있어도 돼요."

제니가 말했다.

"고맙지만, 괜찮아요."

한나가 대신 대답했다.

"얼른 집에 가서 좀 누워요. 바바라 옆엔 나랑 모이쉐가 있을게요."

"그럼, 잠깐 얘기 좀 해요, 한나."

제니가 바바라의 문 밖 복도 쪽을 가리켰다.

"금방 올게요, 바바라."

한나가 의자에서 일어나 제니를 따라나섰다.

"괜찮아. 이렇게 든든한 모이쉐가 날 지켜주고 있으니."

바바라가 모이쉐의 털을 쓰다듬자 녀석이 가르랑거렸다.

"천천히 일 봐, 한나. 모이쉐가 있으니 난 정말 괜찮아."

제니는 한나를 데리고 복도 밖으로 몇 발자국 더 걷더니 이내 멈추고 입을 열었다.

"갑자기 다시 진정이 되다니, 정말 놀라워요."

제니가 나지막하게 속삭였다.

"다들 진짜 걱정 많이 했거든요. 나이트 박사님이 혈압도 측정하셨는데, 수치가 엄청 높게 나왔어요. 근데 한나가 지금 모이쉐를 데리고 오고 있다고 얘기해주자마자 금세 다시 차분해지더라고요. 한나가 막 도착하기 전에 다시 활력징후를 측정했는데, 모든 게 다 정상이었어요."

"혹시 남동생이나 백색 괴물 이야기는 또 안 하던가요?"

"아뇨, 박사님이 식사 후에 다시 오셔서 바바라에게 방사선 사진을 찍어보게 하셨는데, 뇌의 붓기가 전부 가라앉아 있었어요. 그래서 우리 모두 그것 때문에 바바라가 그런 이야기를 더 이상 하지 않는 게 아닐까 생각했죠."

"그런 거면 좋을 텐데. 나한테 따로 알려줄 사항은 없어요? 내가 해야 할 거나, 아니면 하지 말아야 할 거나?"

"없어요. 간호사가 약 1시간 간격으로 병실을 돌 거예요. 링거액으로 처방받던 진통제도 이제 쓰지 않아요."

"그럼 내가 있을 동안에는 링거액을 교체하러 온다던가 하는 일은 없다는 거네요?"

"아침 6시까지는요. 6시가 되면 주간 당직자가 올 거예요. 오면 한나를 깨워달라고 부탁해놓을까요?"

"네, 그때에는 일어나야 집에 가서 씻고 다시 가게로 나갈 시간이 될 것 같아요."

"근데 저 간이침대에서 제대로 잘 수 있을지 모르겠네요. 이 세상에서 제일 불편한 침대거든요."

"그럼 트럭은 미셸에게 맡기고, 집에 가서 눈 좀 붙이죠, 뭐. 괜찮아
요, 제니. 내 걱정하느라 시간 낭비하지 말아요. 근데 궁금한 게 한 가지
있는데, 바바라가 쉽게 잠들지 못할 경우 내가 어떻게 해주면 돼요?"

"한나도 같이 잠이 안 온다면 바바라와 같이 이름 게임을 하면 돼요.
바바라가 그 게임을 정말 좋아하거든요."

"그게 뭔데요?"

"슈미트 박사님이 가르쳐주신 건데요. 뇌손상을 입은 환자나 알츠하이
머 환자들한테 시험해본 게임이래요. 게임을 통해서 뭔가를 기억해내야
하는 스트레스를 완화시키고, 재미있는 단어와 머릿속의 연상 이미지로
즐겁게 학습 놀이를 하는 거예요."

"그러니까 이 게임이 사랑학 박사님의……."

한나는 자신도 모르게 슈미트 박사의 라디오 예명을 공개할 뻔했다.
커뮤니티 칼리지의 심리학과장으로 재직 중인 슈미트 박사가 실은
KOOW 라디오에서 인기리에 방송되고 있는 '사랑을 잃은 자들'이라는
프로그램의 사랑학 박사님이라는 사실은 아무도 모르고 있다.

"괜찮아요, 한나. 슈미트 박사님이 사랑학 박사님이라는 거 알고 있어
요. 제 지도교수님이라 직접 얘기 들었어요."

"그렇다면 다행이네요! 내가 언젠가 이런 실수를 하게 될 줄 알았어.
어쨌든 이미 사실을 알고 있는 사람 앞이라 천만다행이에요. 내가 물어
보려던 건 슈미트 박사님의 이 이름 게임이 일종의 기억술 같은 것인가
예요."

"네, 바로 그거예요. 바바라에게는 꽤 효과가 있었어요. 한나 이름도
바나나 쿠키와 연결시켜서 기억하고 있는 걸요. 내가 '쿠키 레이디의 이
름이 뭐죠?'라고 물어보면, 바바라는 바나나 쿠키 접시와 함께 있는 한

나를 연상하고는 이렇게 대답해요. '바나나 한 냐' 라고요."

"그럼 우리 엄마는요? 우리 엄마의 이름이 딜로어라는 건 어떻게 기억해요?"

"한나 어머님의 이름으로 연상 단어나 이미지를 찾는 데 꽤 애를 먹긴 했지만 바바라가 마침내 생각해냈어요. 한나 어머님이 코러스단(chorus)과 함께 노래를 하면서 '딜로어(Delores)'라고 외치는 거죠."

한나는 웃음을 터뜨렸다.

"바바라는 분명 우리 엄마가 노래하는 걸 한 번도 들어본 적이 없을 텐데! 암튼 너무 재미있어요. 그럼 바바라의 아버님 이름은요?"

"아버님 이름이 패트릭(Patrick)이잖아요. 근데 기억하기 좀 어렵죠. 그래서 한나 어머님이나 주변 또래 친구분들이 아버님 이름을 패디(Paddy)라고 부르는 것에 착안을 했어요. 아버님이 카페에서 패티멜트(patty melt; 쇠고기 패티에 치즈를 얹어 구운 것)를 먹고 있는 이미지를 떠올리는 거죠. 패티는 패디랑 발음이 비슷하잖아요. 그런 경로로 아버님 이름이 패트릭이라는 것을 기억해내는 거예요. 근데 아버님 이름을 기억하는 게 가장 어려운 모양이에요. 잘 기억해내다가도 종종 기억하지 못하는 경우가 있거든요. 정확히 뭔지는 알 수 없지만 정신적 블록(감정적 요인에 의한 생각, 기억의 차단) 같은 게 있는 것도 같아요."

"그럼 내가 물어볼 만한 이름이 또 있어요?"

"그럼요. 한나 어머님 이름, 경찰서장님 이름, 형사님 이름, 그리고 치과의사 선생님 이름이요."

"바바라도 이제 노먼을 '우리 치과선생님'이라고 부르지 않죠?"

제니는 고개를 가로저었다.

"노먼이나 로드 박사님이라고 불러요. 두 이름 다 연상 이미지를 찾아 놓았고요."

"한나? 혹시 오고 있어?"

바바라의 목소리가 들리자 한나는 자신이 너무 오래 밖에 나와 있었다는 사실을 깨달았다. 시간이 길어지자 바바라가 불안했던 모양이다.

"그만 가봐야겠어요. 이름 게임 하게 되면 어땠는지 나중에 얘기해줄 게요."

한나가 병실에 들어서자 바바라의 얼굴이 미소로 다시금 환해졌다.

"왔구나!" 바바라가 말했다.

"다행이야, 한나. 모이쉐랑 같이 걱정하던 참이었거든."

"걱정할 필요 없어요." 한나가 말했다.

"제니에게서 이름 게임 하는 방법을 듣느라 시간이 좀 걸렸어요."

"그럼 지금 하면 어때? 모이쉐도 잠든 것 같으니 말이야. 코를 골고 있어."

한나는 잠시 귀를 기울였다가 이내 웃음을 터뜨렸다.

"정말이네요! 꼭 꿀벌이 윙윙대는 소리 같아요. 혹시 치과의사 선생님 이름 기억해요?"

"폭우 속에 우산을 들고 서 있는 이미지가 떠올라! 그래, 폭우! 그거 야. '스토밍(Storming) 노먼(Norman)'"

"아주 잘했어요!"

"오늘 생각해낸 거야. 근데 노먼은 왜?"

"노먼도 커들스라는 이름의 고양이를 키우거든요."

"귀여운 이름이야. 그럼 모이쉐도 커들스를 알아?"

"오늘 나이트 박사님이랑 엄마와 함께 저녁식사를 하러 노먼과 외출하면서 모이쉐를 커들스와 놀게 했었어요."

"한나 어머님은 코러스단에 계시지. 그러니까 어머님 이름은 딜로어야!"

"맞아요. 모이쉐를 노먼의 집에서 커들스랑 놀게 했더니, 쫓기 놀이를 하고 완전 난리였죠."

"모이쉐가 커들스를 쫓아? 아니면 커들스가 모이쉐를 쫓아?"

"시작은 항상 커들스가 먼저 하는데, 누가 누굴 쫓는지는 그때그때 달라요. 노먼의 집이 커서 다행이에요. 녀석들이 돌아다닐 곳이 많거든요."

"그래서 모이쉐가 피곤해하는구나."

모이쉐가 가여운 듯 바바라가 녀석의 등을 가만히 쓸어주었다.

"커들스가 더 어리지?"

"네, 조금 더 어려요."

"어린 여자를 쫓는 일은 늘 힘들지."

바바라가 살짝 실소를 터뜨렸다.

"이거 일종의 신조 같은 거야. 한나가…… 만약 우리 시장님이라면 내가 조언하고픈."

한나는 웃음을 터뜨렸고, 바바라도 곧 따라 웃었다. 하지만 바바라는 이내 정색하며 말했다.

"괴물이 오면 모이쉐도 깨겠지?"

한나는 심장이 발밑으로 쿵 떨어지는 듯한 기분이었다. 바바라의 망상 증세가 여전하지 않은가.

"금방 깰 거예요."

한나가 대답했다.

"그렇다면 안심이야. 오늘 밤에도 분명 올 거거든. 달이 환하게 떴잖아. 괴물이 오는 날에는 늘 달이 떴어. 달빛 덕분에 괴물 몸이 하얗다는 것도 알게 된 거야."

바바라는 말을 멈추고 인상을 찌푸렸다.

"이상하리만큼 하얀 걸 뭐라고 부르지? 다들 혈색이 조금이라도 있는데, 그……색……색……, 뭔가가 모자라서 나타나는 증상 말이야."

아리송하던 한나가 이내 답을 찾아냈다.

"색소요. 선천적으로 색소가 부족한 사람을 앨비노라고 부르죠."

"맞아! 앨비노! 우리 엄마가 어렸을 때 집 농장에 그런 일꾼이 한 명 있었다고 했어. 눈에도 이상이 있었기 때문에 항상 짙은 색 안경을 쓰고 다녔다고 말이야. 고마워, 한나. 한나가 알려주지 않았으면 끝까지 기억나지 않았을 거야."

"천만에요, 바바라. 어머님 얘기를 했는데, 어머님 이름은 뭐예요?"

"주방 테이블에서 딸기 한 바구니를 드시고 계셔. 베리즈. 베리(Berry). 우리 엄마 이름은 테리(Terry)야. 테레사(Theresa)의 약칭이지. 원래 이름은 테레사가 맞고."

"훌륭해요! 아빠 이름은요?"

"아빠는 홀 앤 로즈 카페에서 패티멜트를 먹고 계시지. 패디(Paddy). 패트릭의 약칭이야. 우리 아빠 이름은 패트릭이야."

"이전 경찰서장님의 이름은요?"

"식물(plant)들이 가득한 사무실에 있으니까. 이름이…… 그랜트(Grant) 서장님!"

"아주 좋아요. 이제 다시 아버님 이름이 뭐라고 했죠?"

바바라는 오랫동안 대답이 없더니, 이내 고개를 가로저었다.

"속상해, 한나. 기억이 안 나. 피곤해서 그만 자야겠어. 그래도 괜찮지?"

"그럼요, 바바라. 나도 피곤해요. 난 여기 간이침대에서 잘게요."

"그래, 한나. 좋은 꿈 꿔."

"바바라도 좋은 꿈 꿔요."

간이침대는 예상대로 불편했지만, 한나는 몹시 피곤한 상태였다. 얼마간은 깨어 있어보려 했지만, 금세 눈이 감기고 말았다. 꿈속에서 하얀 괴물이 나온 것 같아 한나는 번쩍 눈을 떴다. 그리고 정말로 거기에 하얀 괴물이 있었다! 바로 벽 쪽에 말이다! 괴물의 기이한 그림자는 꼭 쥐와 곱사등이 물개를 합쳐놓은 듯한 형상이었다. 괴물은 미끄러지듯 바닥에 발을 내려놓고 있었다.

이건 꿈이다. 꿈을 꾸고 있는 거다. 그림자는 바바라의 병상 길이에 버금갈 정도로 키가 컸다. 4피트(120cm)는 족히 되어 보였다. 방 안을 살피는 괴물의 움직임은 매우 안정감 있고 조용했다. 한나는 그저 괴물을 바라보기만 할 뿐, 섣불리 움직이지도, 누군가에게 도와달라고 외치지도 않았다.

그때 쿵 하고 뭔가가 바닥에 떨어지는 소리가 들리더니, 이어서 사납고 날카로운 쉭쉭 소리가 밤공기를 갈랐다.

모이쉐가 몸을 한껏 부풀려 바바라의 병상 발치에 서 있는 괴물을 향해 공격 자세를 취한 것이다.

"모이쉐!"

한나가 간이침대에서 벌떡 일어나자 그림자보다 훨씬 작은 덩치의 괴물은 화급히 창문의 방충망 사이로 빠져나갔다.

한나는 전광석화 같은 속도로 침대에서 일어나 금방이라도 창밖으로 뛰어내릴 기세의 모이쉐를 붙잡았다.

"괴물이야!"

바바라가 소리쳤다.

"내가 괴물이 있다고 했잖아! 근데 아무도 내 말을 믿지 않았어."

"이제 믿을 거예요."

한나가 창문을 닫으며 말했다. 그리고 그때 방충망이 찢긴 것이 눈에 띄었다. 한나는 모이쉐를 바바라의 병상에 다시 올려주었다.

"우리 용감한 모이쉐!"

바바라가 중얼거리며 녀석을 부드럽게 쓰다듬었다.

"이렇게 용감한 고양이를 봤나! 네가 날 구했어, 모이쉐. 역시 그럴 줄 알았어."

바바라는 이내 한나를 돌아보았다.

"정말 괴물이 맞지, 한나?"

"네, 맞아요."

한나는 약간 몸을 떨며 대답했다. 한낮이었다면 그렇게까지 놀라지 않았을 텐데, 밤중에 비친 그림자는 확실히 소름이 돋을 만큼 무서웠다.

"대체 그게 뭘까?"

바바라가 물었다.

"동물 같은 건가?"

"담비 같아요. 할아버지 농장에서 밤을 샜을 때 본 적 있거든요. 할머니의 양계장에 몰래 들어와서 계란을 훔쳐가곤 했어요. 근데 아까 그것처럼 큰 건 처음 봐요. 바바라 말이 맞아요. 그건 앨비노 담비예요."

"난 담비를 본 적이 없어."

바바라의 목소리가 떨렸다.

"그래서 뭔지 몰랐던 거야! 여기로 또 올까?"

"아니요."

한나가 약속했다.

"창문을 닫았으니까 들어오지 못할 거예요. 방충망 밑 부분이 약간 뜯겨져 있더라고요. 아마 거기로 들어온 것 같아요. 내일 아침에 프레디에게 수리해달라고 얘기할게요."

"담비라고!"

미셸이 탄성을 질렀다.

"바바라가 놀랬던 것도 무리는 아니야. 담비는 못생겼으니까."

"그렇기도 하고, 그림자가 엄청 커 보이긴 했어. 나도 보고 순간 놀랐다니까."

"그래도 한나, 네가 담비를 본 적이 있어서 다행이구나."

엄마가 말했다.

그러자 리사가 몸을 부르르 떨었다.

"제가 거기 없었던 게 다행이에요. 저도 담비는 한 번도 본 일이 없는데, 앞으로도 보고 싶지 않아요."

"어쨌든 이제 다 해결이다." 엄마가 말했다.

"박사가 오늘 아침 7시에 바로 프레디를 시켜 방충망을 교체하라고 했단다. 바바라도 이제 괴물 걱정은 안 해도 될 게야."

네 발 달린 동물이라면 이제 안심이죠. 한나는 바바라가 남동생에 대해 했던 이야기들을 떠올리며 말했다.

"그만 홀에 가서 커피를 준비해야겠어요."

리사가 개수대에서 커피컵을 챙겼다.

미셸도 그 뒤를 따랐다.

"난 테이블 준비할게."

미셸이 말했다.

"나도 그만 그래니의 앤티크로 가봐야겠다. 루앤이 오늘 물건 몇 가지를 가지고 오기로 했거든. 가격도 매겨야 하고, 진열도 해야 하니 바쁘구나."

한나는 뭘 하면 좋을지 고민하며 멍하니 앉아 있었다. 미셸과 리사가 홀 준비를 하고 있고, 베이킹도 모두 끝났고, 설거지도 식기세척기가 해주고 있다. 한나가 할 일이 없었다.

"베브 박사의 사건을 해결하는 일이 있긴 하지."

한나가 큰 소리로 말했다.

"그리고 펜트하우스 옥상에서 바바라를 공격한 사람이 누구인지도 찾아내야 해."

"한나?"

그때 리사가 회전문을 통해 다시 작업실로 들어왔다.

"어! 한나 어머님이 아직 여기 계시는 줄 알았는데."

"리사가 홀에 나가자마자 엄마도 가셨어."

"아…… 한나가 누구랑 이야기하는 소리를 들었던 것 같아요."

"아무도 아니야." 한나가 웃으며 말했다.

"혼잣말하고 있었어."

"저도 늘 그러는 걸요. 하지만 이제 쌔미가 있으니 그럴 땐 쌔미랑 얘기하고 있었다고 하죠."

"쌔미가 있었으면 그 핑계를 댈 수 있었을 텐데 안타깝네."

한나는 리사가 들고 있는 작은 봉투를 가리켰다.

"그건 뭐야?"

"모르겠는데, 한나에게 온 거예요. 어제 집에 가는 길에 우체국에 들렀는데, 이게 우리 우편함에 있더라고요."

리사가 봉투를 건네주었다.

"근데 이 초콜릿 냄새 비슷한 건 뭐예요?"

"브라우니 믹스 쿠키. 안드레아가 사다준 브라우니 믹스를 시험 삼아 사용해봤어."

"하나 먹어봐도 돼요?"

"식힘망 아래 칸에 있는 것 먹어. 프루트 앤 너트 브라우니 쿠키라는 거야."

리사가 쿠키를 가지러 가는 사이 한나는 봉투에 적힌 주소를 확인했다. 초록색 펜으로 '미네소타 주 레이크 에덴의 쿠키단지, 한나 스웬슨 앞'으로 적혀 있었다.

"거리명은 없네." 한나가 말했다.

"저도 봤어요. 우편번호도 없고요."

리사가 쿠키를 한 입 베어 물며 미소를 지었다.

"정말 맛있어요, 한나."

"고마워."

한나는 다시 봉투를 내려다보았다.

"사서함 번호도 안 적혀 있어. 우리가 레이크 에덴에 사는 게 다행이야. 사서함 번호가 없어도 우체국에서 알아서 분류해주니 말이야. 누가 보냈는지 모르겠네."

"한번 열어보세요. 안에 쪽지 같은 게 있지 않을까요?"

"좋은 생각이야."

한나는 봉투 가장자리를 길게 찢어 안을 들여다보았다.

"아무것도 안 들어 있는 것 같아."

한나는 봉투를 활짝 열고 뒤집어 작업대 위로 흔들었다.

그때 땡그랑 소리와 함께 뭔가가 작업대 위로 떨어졌다. 한나와 리사는 잠시 그것을 바라보았고, 마침내 리사가 물었다.

"이게 뭐예요?"

"단추네. 모양이 꼭……."

한나는 하던 말을 멈추고 막 단추를 집으려는 리사의 손을 잡았다.

"만지지 마!"

리사는 화급히 뒤로 물러났다.

"왜요?"

"이건 바바라가 옥상에서 떨어지던 날 밤에 입었던 블라우스 단추야. 지문이 묻어 있을 수도 있잖아. 혹시 종이봉투 있어?"

"그럼요."

리사가 저장실에 들어가 쿠키 한두 조각을 담을 때 사용하는 기름종이 봉투를 하나 가져왔다.

"여기요."

한나는 봉투를 잠시 바라보다가 이내 어깨를 으쓱했다. 봉투 안쪽에 왁스가 발라져 있지만, 괜찮을 것이다. 단추를 이대로 작업대 위에 뒀다가는 누군가 가져가거나 지문을 마구 묻혀 놓을 수도 있다.

"좋아."

한나는 냅킨으로 단추를 집어 종이봉투에 넣었다.

"마이크에게 전화해야겠어."

"제가 할게요."

리사가 전화기가 있는 홀로 나갔다.

그리고 잠시 후, 뒷문에 노크소리가 들렸다. 설마 마이크는 아니겠지. 리사가 아직 경찰서 전화번호도 채 다 누르지 못했을 테니 말이다.

"노먼!"

노먼을 보니 한나는 반가운 마음부터 들었다.

"어서 들어와서 커피 한잔해요. 안 그래도 할 얘기가 많았어요."

"베브가 뭘 보냈어요?"

노먼이 작업대 위에 놓인 봉투를 눈치채고는 물었다.

"베브 박사가요?"

"네, 저건 베브 글씨인데요."

노먼이 봉투를 가리키며 말했다.

"항상 초록색 펜만 썼고요. 의대 다닐 때부터 그랬어요."

한나는 다리가 후들거려 급히 작업대에 몸을 기댔다. 죽은 여자에게서 온 봉투라니, 그것도 살해당한 여자에게서.

"왜 그래요?"

노먼이 화급히 달려와 한나를 부축했다.

"심호흡을 해요, 한나. 금방이라도 기절할 것 같은 얼굴이에요."

"이제 괜찮아요."

완전히 괜찮지는 않았지만 한나는 노먼을 안심시켰다.

"그냥 좀 놀랐을 뿐이에요."

"여전히 얼굴이 안 좋아요. 물이나 뭐 좀 갖다 줄까요?"

"물이면 좋겠어요. 초콜릿이면 더 좋고요."

"어디 있어요?"

한나는 식힘망에 있는 브라우니 쿠키 실험작을 가리켰다.

"여기선 물보다 초콜릿 구하는 게 더 쉽겠어요."

노먼이 식힘망에서 쿠키를 하나 집어 한나의 손에 놓아주었다.

"어서 먹어요."

한나는 쿠키를 크게 한 입 베어 물었지만, 이내 눈물이 글썽글썽 맺히기 시작했다.

"이 쿠키 어디서 가져왔어요? 어느 칸에서요?"

한나가 가까스로 물었다.

그러자 노먼은 어깨를 으쓱했다.

"제일 위쪽에서요. 확인해볼까요?"

"아뇨, 이제 물을 좀 갖다 줘요. 물이 훨씬, 훨씬 낫겠어요! 그것도 안 되면? 우유요! 우유를 병째로 갖다 줘요. 빨리요!"

노먼은 한 손에 우유병, 다른 한 손에는 물잔을 들고 돌아왔다.

"여기요."

그가 한나에게 물잔을 건넸지만, 한나는 물을 거절하고 우유병을 집어 들었다. 그리고 잠시 후, 한나는 우유를 병째로 들어 허겁지겁 마시기 시작했다. 어렸을 적 엄마에게 늘 지적받곤 했던 행동이었다.

"쿠키가 뭐 잘못됐어요?"

노먼이 허리를 굽혀 한나가 바닥에 떨어트린 쿠키 조각을 집었다.

"아뇨, 쿠키는 이상 없어요. 마이크가 무척 좋아할 쿠키예요. 남은 조각은 쓰레기통에 버리고 얼른 손부터 씻어요. 그 손으로 눈을 비비기 전에요."

노먼은 손에 든 쿠키 조각을 살피더니 이내 웃음을 터뜨렸다.

"다진 할라피뇨를 넣었군요."

노먼이 말했다.

"맞아요. 브라우니 쿠키 반죽을 세 개 만들었는데, 그중 하나에는 건 포도랑 초콜릿 칩, 호두를 넣었기 때문에 '프루트 앤 너트 브라우니 쿠키'라고 부르고요. 다른 하나엔 초록색 고추를 다져 넣었기 때문에 '매 콤달콤 브라우니 쿠키'라고 불러요. 그리고 마지막 반죽에는 다진 할라 피뇨를 넣었으니, '지옥의 맛 브라우니 쿠키'라고 부르죠."

"그럼 내가 한나에게 지옥의 맛 쿠키를 준 거예요?"

"맞아요. 근데 그거 알아요?"

"뭐요?"

"이제 더 이상 떨리지 않아요. 그저 우유를 더 들이켜고 싶단 생각뿐이에요."

노먼이 떠난 뒤 한나는 기분이 한결 나아졌다. 한나는 노먼에게 모이쉐가 담비를 쫓아냈던 일을 이야기해주며, 바바라의 망상 중 적어도 한 가지는 망상이 아니었다는 사실에 함께 흥분했다. 하지만 베브 박사가 한나에게 보낸 단추에 대해서는 노먼 역시 그럴싸한 이유를 떠올리지 못했다. 온갖 가능성들을 생각해보았지만, 단 한 가지 시나리오만이 그럴 듯하게 떠올랐다. 수사팀에서 펜트하우스를 수색할 때 발견하지 못했던 단추를 베브 박사가 자신이 죽던 날 아침에 자신의 물건들을 가져다두러 펜트하우스에 들렀다가 우연히 발견한 것이다.

그때 오븐의 알람이 울렸고, 한나는 오븐에서 재빨리 마지막 쿠키 틀을 꺼냈다. 오늘도 쿠키단지는 손님들로 북적였기 때문에, 한나는 수없이 많이 만들어둔 쿠키들도 바닥날 것을 대비해 정통 방식으로 만든 설탕 쿠키 반죽을 만들었다. 틀을 식힘망에 넣은 뒤 한나는 갓 내린 커피를 들고 다시 자리에 앉아 베브 박사가 보낸 단추에 대해 생각했다.

의문들이 너무나도 많다. 베브 박사는 왜 봉투에 자신의 이름을 적지 않았을까? 익명으로 남고 싶었던 것일까? 아니면 간편하게 사서함에 넣어둔 뒤 한나가 봉투를 받아보기 전 직접 한나에게 와서 자신이 발견해서 보냈다고 말하려 했던 것일까? 그것도 아니라면, 설마 바바라를 공격한 게 베브 박사였던 것일까? 이건 한나나 노먼, 그 누구도 입 밖에 내지 않았던 이야기다. 베브 박사의 덩치가 큰 편은 아니었지만, 바바라도 아담하긴 마찬가지다. 게다가 베브 박사가 바바라보다 훨씬 젊으니, 힘도 그만큼 더 셀 것이다. 근데 바바라는 왜 자신을 공격한 사람이 남동생이었다고 얘기했을까? 베브 박사의 이름이 기억나지 않았더라도 남동생보다는 여동생이라고 말했어야 더 그럴싸한데 말이다.

한나는 한숨을 푹 내쉬었다. 베브 박사가 무엇 때문에 단추를 보낸 것인지 도무지 알 수 없었다. 퍼즐의 핵심이 되는 조각들을 미처 찾지 못했을 때 이런 문제가 발생하곤 한다. 이 퍼즐을 맞춰줄 수 있는 유일한 한 사람, 베브 박사는 이미 살해당해 침묵하고 있으니 말이다.

"리사에게서 전화를 받았습니다. 와달라고 했다면서요."

마이크가 홀에서 작업실로 들어오며 말했다.

"무슨 일입니까, 한나?"

한나는 작업대 위에 놓인 봉투를 가리켰다.

"이거요." 한나가 말했다.

"어제 사서함에 들어온 것 같은데, 오늘 아침에 열어봤어요. 근데 안에는 바바라가 옥상에서 떨어졌던 날 입고 있던 블라우스에서 떨어진 단추 하나뿐이었어요."

"단추 만졌습니까?"

"아뇨, 냅킨으로 여기에 넣어뒀어요."

한나가 작은 종이봉투를 건넸다.

마이크는 봉투를 열고 안을 들여다봤다.

"크기가 작군요. 표면도 거칠고요. 그래도 부분 지문이나마 찾을 수 있을지도 모르겠습니다. 봉투는 열 때 만졌겠죠?"

"네, 리사도 만졌고요. 우체국 사서함에서 봉투를 꺼낸 게 리사였거든요. 여기까지 갖고 오기도 했고요."

"봉투에 묻은 지문은 잊읍시다. 여기까지 오는 동안 리사와 한나뿐만

이 아니라 수많은 사람들이 만졌을 테니까요."

마이크가 봉투를 집어 자세히 살펴보았다.

"봉투에는 특이할 만한 사항은 없군요. 여느 문구점에서나 살 수 있는 흔한 봉투예요. 반송지도 적혀 있지 않았습니까?"

"아무것도요. 근데 누가 보낸 건지는 알아요."

마이크는 놀란 표정이었다.

"보낸 사람은 안단 말입니까?"

"네, 노먼이 글씨를 알아봤어요. 게다가 초록색 펜으로 적힌 것으로 봐선 베브 박사의 글씨라고 했어요."

마이크의 눈이 휘둥그레졌다.

"이 단추가 정말로 바바라의 블라우스 단추가 맞습니까? 우연히 같은 옷을 입은 다른 사람의 단추일 수도 있습니다."

"아뇨, 그날 파티 때 모두가 봤어요. 바바라가 부 몽드 패션에서 산 디자이너 의상이라고 자랑했는걸요. 클레어가 같은 옷을 두 벌 팔았을 리 없어요."

하지만 한나의 설명에 마이크의 표정은 더욱 아리송해졌고, 한나는 웃음을 터뜨렸다.

"남자들은 이해 못하는 그런 거 있어요. 어쨌든 마을에서 같은 단추의 옷을 가진 여자는 없을 거라고 내가 장담해요."

마이크는 잠시 단추를 바라보더니 이내 한나에게 고개를 돌렸다.

"한나 생각은 어떻습니까? 베브 박사가 바바라를 공격한 사람이 자신이었다는 걸 한나에게 말하고 싶었던 걸까요?"

한나는 고개를 가로저었다.

"그건 아닌 것 같아요. 그 말은 곧 베브 박사가 죄책감을 느껴 자백하고 싶어졌단 것인데, 베브 박사의 평소 성격으로 봐선 그런 일에 죄책감을 느낄만한 사람은 아닌 것 같아요."

"한나 말이 옳을 수도 있죠."

"그리고 바바라를 공격한 사람이 베브 박사가 아니라고 생각하는 또 한 가지 이유가 있어요. 일단 그녀에게 해를 입힐 동기가 없잖아요. 바바라를 잘 알지도 못했을 거예요."

"그럼 왜 한나에게 단추를 보냈을까요?"

"모르겠어요. 노먼과도 이야기해봤는데, 사건 현장에서 수사팀이 발견하지 못했던 것을 베브 박사가 우연히 발견했을 수 있어요."

그러자 마이크는 고개를 가로저었다.

"그건 분명 아닐 겁니다. 나도 수사팀과 함께 현장에 있었지만, 그곳을 아주 샅샅이 살폈거든요."

"펜트하우스 정원은요?"

"먼지까지 싹싹 긁어서 살펴봤어요. 단추가 있었다면 분명 발견했을 겁니다."

"바바라가 떨어진 장미정원은요?"

"거기도 마찬가지로 자세히 살폈어요. 베브 박사가 호텔 안팎에서 단추를 발견한 것 같진 않습니다. 다른 데서 찾았을 거예요."

"좋아요. 그렇다면 그걸 왜 내게 준 거예요?"

"한나가 바바라와 친하다는 것도 알고, 병원까지 찾아갔다는 것도 알고 있었을 테니까요."

"그걸 어떻게요?"

"로저가 병원에서 한나를 봤다고 얘기했을 수 있죠."

"그렇다면 왜 피터슨의 집에서 날 봤을 때 주지 않고요?"

"이미 사서함에 넣은 뒤였나 보죠."

한나는 잠시 침묵하다가 이내 고개를 가로저었다.

"사실대로 말해요, 마이크. 지금 이 논리가 앞뒤가 안 맞는다는 거 본인도 알고 있잖아요. 그렇죠?"

마이크는 내키지 않은 표정으로 고개를 끄덕였다.

"그렇습니다."

"베브 박사는 목숨이 경각에 달렸을 때에 바바라가 사고 때 입고 있던 블라우스의 단추를 나에게 보냈고, 그 직후 살해당했어요. 뭔가 떠오르는 거 없어요?"

"한나는요?"

"이건 바바라를 죽이려 했던 범인이 누구인지 베브 박사가 알고 있었던 거예요. 그리고 그 사실을 누군가에게 얘기하기 전에 베브 박사를 죽인 거고요."

마이크는 오랫동안 말이 없었다.

"한나 말이 사실일 수도 있습니다."

마침내 마이크가 입을 열었다.

"나도 알아요. 하지만 그렇다고 해서 범인의 실체와 더 가까워진 건 아니잖아요, 안 그래요?"

"그건 그렇죠. 새로 알게 된 소식은 없어요, 한나? 계속 수사하고 있었잖습니까."

"몇 가지요. 하지만 무엇과 어떻게 연관이 있는 것인지는 모르겠어요. 마이크는 어때요?"

"나도 마찬가집니다. 무관해 보이는 사실들만 가득해서 도무지 패턴을 그릴 수가 없어요."

한나는 한숨을 쉬고는 마이크의 눈을 똑바로 쳐다보았다.

"말해주면 나도 말할게요."

"거래성사." 마이크가 말했다.

"하지만 우리가 정보를 공유했다는 사실을 다른 사람에게 발설하면, 난 그런 일 없었다고 부인할 겁니다."

"절대 얘기 안 할게요. 마이크는요?"

"나도 얘기 안 할 겁니다."

마이크가 한나의 손을 잡아 꼭 쥐었다.

"우리만의 비밀이죠?"

"우리만의 비밀이에요."

한나도 마이크의 손을 꼭 쥐었다.

"쿠키에 커피 마시면서 얘기하면 어때요? 마이크가 좋아할 만한 지옥의 맛 브라우니 쿠키를 만들었거든요. 다진 할라피뇨를 넣은 쿠키예요."

"맛있겠군요." 마이크가 말했다.

"난 커피를 따르겠습니다."

"그럼 난 쿠키를 가져올게요."

한나는 식힘망으로 가 쿠키를 접시에 담았다. 다시 자리로 돌아왔을 때 마이크는 이미 스테인리스 작업대에 두 사람의 커피 컵을 내려놓은 채 주머니에서 수첩을 꺼내고 있었다.

한나는 마이크 앞에 쿠키 접시를 내려놓았지만, 한나 역시 손에는 이미 수첩을 챙겨 들고 있었다.

"자, 그럼 시작할까요?"

마이크가 수첩을 펼쳐 한나에게 내밀었다.

"여기 있어요. 한번 읽어봐요."

"내 것도요."

한나도 수첩의 첫 번째 페이지를 넘겨 마이크에게 건넸다.

세 가지 방식의 브라우니 쿠키

A. 프루트 앤 너트 브라우니 쿠키
B. 매콤달콤 브라우니 쿠키
C. 지옥의 맛 브라우니 쿠키

오븐은 175도로 예열합니다. 틀은 오븐의 중앙에 둡니다.

A. 프루트 앤 너트 브라우니 쿠키를 만들기 위해서는 아래의 레시피를 따라하세요.
B. 매콤달콤 브라우니 쿠키를 만들려면 아래의 레시피를 따르되, 시나몬, 건포도, 다진 견과류는 넣지 말고, 다진 청고추 통조림 작은 것 1개를 넣습니다(안의 물은 버리고, 고추에 묻은 물기도 종이타월로 닦아주세요).
C. 지옥의 맛 브라우니 쿠키를 만들기 위해서는 역시나 아래의 레시피를 따르되, 시나몬, 건포도, 다진 견과류를 넣지 말고, 다진 할라피뇨 통조림 작은 것 1개를 넣습니다(다진 형태로 들어 있는 통조림을 찾지 못했다면 도마에 얹어서 직접 다져주세요).

재료

브라우니 믹스 1개 / 다목적용 밀가루 3테이블스푼 / 시나몬 1/2티스푼
다진 견과류 1/2컵(전 호두를 넣었어요) / 식물성 기름 1/3컵
큰 계란 2개 / 초콜릿 칩 1/2컵 / 건포도 1/2컵

만드는 법

1. 쿠키 틀에 들러붙음 방지 스프레이를 뿌리거나 기름종이를 깐 뒤 그 위에 스프레이를 뿌립니다.

2. 믹싱볼에 브라우니 믹스를 붓고 밀가루 3테이블스푼과 시나몬을 넣은 뒤 잘 섞어줍니다(전 포크를 사용해서 섞었어요).

3. 다진 견과류를 넣어 가루 재료들로 옷을 입혀줍니다.

4. 별도의 볼에 기름과 계란을 넣고 섞습니다.

5. 그것을 브라우니 믹스를 담은 볼에 넣어 골고루 어우러질 때까지 저어줍니다. 하지만 지나치게 많이 젓지는 마세요.

6. 초콜릿 칩과 건포도를 넣고 잘 섞습니다.

7. 둥근 티스푼을 이용해 반죽을 떠서 틀 위에 올립니다.

> 한나의 첫 번째 메모: 반죽을 떼어낼 때 물 묻힌 손으로 해도 됩니다.

8. 175도에서 8~10분간 굽습니다. 쿠키의 가장 윗부분을 살짝 만져봤을 때 단단하게 느껴지면 완성입니다.

9. 틀 위에서 2분간 식힌 다음 식힘망으로 옮겨 완전히 식힙니다.

> 한나의 두 번째 메모: 제법 쉬운 레시피라 안드레아에게도 전해줬답니다. 이 쿠키는 안드레아의 최초 작품인 "휘퍼스냅퍼스"의 자매격이라고 보아도 될 거예요. 케이크 믹스 대신 브라우니 믹스를 사용한다는 점만 다르거든요. 우리 막내 조카 베시가 이 쿠키를 엄청 좋아하는데, 특히 매콤달콤 브라우니 쿠키를 제일 좋아한답니다. 매운맛이 혀끝을 간질이면 꼭 '핫쵸킷'이라고 말한다죠.

뚜렷한 성과 없이 마이크가 자리를 뜨자 한나는 우울해졌다. 한나는 마이크에게 바바라가 살해당할 뻔했던 일이며, 실제로 베브 박사가 살해당한 일에 대해 알고 있는 사실들을 전부 얘기했고, 마이크 역시 비슷한 관점에서 함께 접근했지만, 의심되는 용의자를 좁히진 못했다. 사실, 용의자라고 지칭할 수 있을 만한 사람도 찾지 못했다. 두 사람이 내린 결론은 고작 정체불명의 용의자가 바바라에게 무차별적 폭력을 휘둘렀다는 것뿐이었다. 바바라의 사건과 베브 박사의 사건이 어떻게든 서로 연관이 있을지도 모른다는 데에 두 사람 모두 동의했지만, 정확히 어떤 관계가 있는 것인지는 밝혀내지 못했다. 마이크에게서 새로 얻은 정보들을 이미 알고 있는 정보들에 끼워 맞춰 보려고 애쓰는 찰나 핸드폰이 울렸다. 한나는 자리에서 벌떡 일어나 작업대로 향했다. 한나의 핸드폰은 작업대 위에 놓인 충전기에 꽂혀 있었기 때문이다. 한나는 핸드폰을 집어 버튼을 눌렀다.

"여보세요?"

"한나, 저 제니예요. 한나 어머님이 핸드폰 번호를 알려주셨어요."

"안녕하세요, 제니."

제니가 왜 전화를 했을까 의아해하며 한나가 인사를 건넸다.

"바바라한테 별일 없는 거죠?"

"네, 아무 일 없어요. 모이쉐가 괴물도 쫓아줬고, 프레디가 방충망도 수리했으니까요."

"괴물 이야기가 사실이어서 다행이에요. 담비를 한 번도 본 적이 없었으니 그걸 뭐라고 불러야 좋을지 몰랐던 것도 이해가 가고요. 사실 바바라의 다른 망상들도 담비 일처럼 혹시나 그럴 만한 이유가 있는 건 아닐까 싶어요."

"저도 그런 거였으면 좋겠어요. 계속해서 바바라와 함께 바바라 아버님에 대한 이야기를 해봤는데, 사실 놀라운 발견이 있었어요. 이름 게임을 할 때 바바라가 아버지 이름만큼은 곧잘 잊어버리곤 했다는 거 기억하죠?"

"기억해요."

"그 게임을 다시 해봤는데, 똑같이 기억을 못하는 거예요. 아빠(dad) 이름이 패트릭이라는 건 기억하면서, 아버지(father) 이름을 물어보니 대답을 못하더라고요. 그래서 그때 이런 생각이 들었어요. 혹시 아버지(father)라는 단어를 들으면 아버지가 아닌 다른 사람이 연상되는 건 아닌지 말이에요."

"이를테면요?" 한나가 물었다.

"신부님들이요. 바바라는 가톨릭 신자래요. 가톨릭에서는 신부님을 파더(Father)라고 부르기도 하잖아요. 사실 이것 때문에 한나에게 전화한 거예요. 마을 성당 신부님을 파더 코울타스라고 부른다면서요. 신부님 얘기를 바바라에게 했더니 누군지 알더라고요. 하지만 다시 아버지 이름을 묻자 또 막혀버리고 말았어요. 혹시 이런 발견들에 한나가 제안 줄 건 없을까요?"

한나는 잠시 골몰했다.

"그렇네요. 우리는 루터교회 목사님을 밥 목사님(Reverend)이라고 부르지

350

만, 바바라의 부모님은 신부님을 이름으로 불렀을지도 모르겠어요."

"신부님의 이름이 뭔지 아세요?"

"네, 폴이요. 혹시 아버지(father)에 대해 물었을 때 바바라에게 연상되는 이미지 같은 건 없었대요?"

"한번 알아볼게요. 폴과 음운이 맞으면, 뭔가 진전이 있을지도 모르겠어요. 알아내는 대로 전화할게요."

전화를 끊은 뒤 한나는 다시 수첩을 뒤졌다. 거기에는 한나가 그동안 잊고 있던 사실이 하나 적혀 있었다. 한나가 사건 수사를 막 시작했을 때 메모했던 바로 그 페이지에는 피터슨의 집에서 베브 박사를 만났던 일과 함께 이런 내용이 적혀 있었다. 그녀는 펜트하우스에 이미 물건을 올려놓았다고 얘기했다. 마이크의 수사팀이 레이크 에덴 호텔에 있는 베브 박사의 개인 물품들을 모두 살폈겠지만, 펜트하우스에 있는 물품들은 조사하지 못했을 것이다. 오늘의 베이킹도 모두 마쳤으니 필요하다면 지금 당장 외출도 가능하다. 한나는 화급히 핸드폰을 찾아 들었다. 안드레아에게 전화해 자신을 펜트하우스에 들여보내줄 수 있는지 물을 작정이었다. 그런데 그때 또다시 핸드폰이 울렸다.

"여보세요."

한나가 버튼을 누른 뒤 말했다.

"한나, 제니예요. 바바라에게 아버지(father) 이름이 폴이 아니냐고 물어보니까 아니라고 대답했어요. 그래서 아버지에 대해 떠오르는 이미지가 있냐고 물었더니, 땅속 동굴이나 땅굴에 앉아 있는 모습이 떠오른다고 하더라고요. 이건 뭘 의미하는 걸까요?"

"아버지가 동굴탐험가가 아닌 이상은 모르겠네요."

그러자 제니가 웃음을 터뜨렸다.

"그래도 그건 아닐 것 같아요."

"나도 마찬가지 생각이에요. 혹시 다른 아이디어는 없어요?"

"지금은 없어요. 차차 생각해볼게요."

"바바라의 남동생은 어때요? 남동생에 대해서는 떠오르는 이미지가 있대요?"

"아뇨, 남동생에 대해서는 아무 생각도 나지 않는다고 하던걸요."

"바바라한테 뭔가 또 진전이 보이면 바로 전화줘요. 핸드폰 갖고 다닐게요."

"성가시게 해서 미안해요, 한나."

"전혀 그렇지 않아요. 바바라는 내 친구이기도 하니 나도 어떻게든 돕고 싶어요."

전화를 마친 뒤 한나는 다시 자리에 앉았다. 바바라는 아버지를 동굴 속에 앉아 있는 모습으로 연상했다. 뭐, 진전은 진전이었다. 적어도 연상되는 이미지가 있으니 말이다. 뇌의 부상이 가라앉으면 바바라의 머리도 좀 더 맑아질 테고, 그렇게 되면 미스터리가 풀리는 건 시간문제다.

"고마워, 안드레아."

펜트하우스의 지정 주차자리에 차를 세우며 한나가 말했다.

"너 아니었으면 어쩔 뻔했나 몰라."

"괜찮아. 베브 박사가 도대체 뭘 올려다놓았다는 건지 나도 궁금했거든."

안드레아의 볼보에서 내리자마자 머리 위로 굵은 빗방울이 떨어지기 시작했다. 동생을 따라 호텔 로비로 향하는 동안 하늘에서 내리는 빗방울이 먼지가 가득 쌓인 아스팔트 위에 떨어져 뿌연 먼지를 일으켰다.

"그게 왜 궁금해?" 한나가 물었다.

"나는 이사할 때 제일 중요한 물건부터 옮겨놓거든. 혹시 베브 박사가 그랬던 게 아닐까 싶어서."

펜트하우스용 엘리베이터를 타기 위해 아름다운 로비를 가로지르며 한나는 생각에 잠겼다.

"베브 박사도 같은 생각이었을 것 같아. 나도 그렇거든. 나도 처음 아파트로 이사할 때 내 책이랑 레시피 상자들을 먼저 갖다놓았어."

"오."

안드레아가 살짝 한숨을 내쉬었다.

"왜 그래?"

"좀 창피해서."

"뭐가?"

"내가 제일 먼저 옮겨놓은 물건은 매니큐어와 화장품들이었거든. 나, 구제불능이야?"

"아니, 그래도 넌 내 동생 안드레아야. 넌 있는 그대로의 모습이 좋아."

안드레아는 활짝 미소를 지어 보였다.

"고마워, 언니. 언니도 그 모습 그대로, 절대 변하지 마."

엘리베이터에 가까워지자 쿠구궁 천둥소리가 들렸고, 그 바람에 두 사람은 깜짝 놀라고 말았다. 등도 깜빡이고 있었다. 창밖에서 진줏빛과 흡사한 백색의 불빛이 순식간에 로비를 환하게 밝혔다. 갑작스러운 불빛에 한나는 그저 눈만 깜빡일 뿐이었다. 시야가 다시 정상으로 돌아오자 불빛이 어두운 호박빛으로 흐려지는가 싶더니 잠시 후 등은 원래대로 돌아왔다.

"이런."

안드레아가 엘리베이터 문 앞에 서 있는 한나를 잡아당겼다.

"엘리베이터는 타면 안 되겠어. 전기가 완전히 나갈지도 몰라."

한나 역시 안드레아의 생각에 전적으로 동의했다. 천둥번개가 치는 가운데 펜트하우스 엘리베이터에 갇히는 일만큼은 절대 피하고 싶었다.

"내일 다시 오는 게 낫겠어."

한나가 말했다.

"아니야. 날 따라와."

안드레아가 엘리베이터에서 몇 피트 정도 떨어져 있는 곳에 난 문으로 한나를 이끌었다.

"계단으로 가면 돼."

안드레아가 잠긴 문을 열고 전등을 켠 뒤 한나에게 손짓했다.

"걱정 마. 전기가 나간 뒤에 혹시라도 대체 발전기가 작동을 안 해도 내 핸드폰에 손전등 기능이 있으니까 괜찮아."

"발전기 새것으로 교체했어?"

기존의 낡은 발전기를 교체해야 한다고 했던 안드레아의 이야기를 떠올리며 한나가 물었다.

"로저가 어제 설치했다고 했는데, 아직 연결됐는지는 모르겠어. 그리고 지하실에 내려가 보고 싶진 않아. 진짜 으스스하거든."

"어떻게 으스스한데?"

"그냥 지하실인데, 통로가 워낙 복잡해서 길을 잘 모르고 들어가면 큰일 나. 복도가 터널처럼 좁아서 나오는 계단을 찾지 못해 길을 잃을 수도 있거든. 헨젤과 그레텔에서처럼 빵 부스러기라도 흘리면서 다녀야 할 정도야."

"나도 낡은 지하실이라면 질색이야."

"축축하고 먼지 많은 공기는 어떻고. 지하실이 어떤지 언니도 잘 알잖아. 모퉁이를 돌 때마다 두더지나 토끼, 마멋이 튀어나올 것 같은 기분이 든다니까."

354

안드레아는 계단참으로 손을 뻗었다.

"어서 가자, 언니. 이 계단은 3층까지 연결되어 있어."

3층까지? 한나는 동생의 말을 되뇌며 의아해했다. 3층까지 올라가는 것이 안드레아에게는 쉬운 모양이지만, 한나는 예기치 않은 계단 오르기가 결코 반갑지 않았다.

"이게 네가 얘기한 하인들용 계단이야?"

"응, 원래는 한 사람만 겨우 올라갈 수 있을 정도로 좁은 계단이었는데, 로저가 건축사에게 얘기해서 좀 넓혔어. 이제 두 사람은 거뜬히 올라가지."

"두 사람이라고?"

한나가 안드레아의 뒤를 따라 계단을 오르기 시작하며 반문했다.

"우유도 잘 먹지 않는 아기 둘이라면 모를까."

그러자 안드레아가 웃음을 터뜨렸다.

"여전히 좁긴 하지. 하지만 확장하기 전의 모습을 언니가 봤어야 해. 바바라의 어머님 혹시 기억나?"

"테레사 도넬리? 물론 기억나지."

"조단고등학교 졸업반 시절 여기 앨비온 호텔에서 일을 하셨잖아. 근데 그때는 우리가 알던 모습보다 훨씬 더 날씬했었나 봐. 3층 계단 복도에서 바바라 어머님 사진을 봤는데, 아침식사가 담긴 쟁반도 제대로 들고 오지 못할 정도로 계단의 공간이 협소하더라니까."

한나는 아무 말도 하지 않았다. 지금은 2층으로 향하는 계단을 오르는 일만도 벅찼다. 안드레아는 마치 가젤처럼 가뿐하게 계단을 오르는데 비해, 한나는 마치 한 마리의 육중한 코끼리가 된 듯한 느낌이었다.

"거의 다 왔어."

안드레아가 마지막 다섯 개의 계단은 스타카토 리듬으로 빠르게 올라가 3층 계단 복도에 난 문 앞에 섰다.

"잠깐만 기다려. 내가 열쇠로 열게."

잠깐만이라고? 한나는 비웃고 싶었지만, 지금은 웃을 기운도 남아 있지 않았다. 얼마든지 기다릴 수 있다. 이 헐떡거림이 잦아들기 전까지는 어차피 한 걸음도 뗄 수 없을 것이다.

하늘이 도왔는지 안드레아는 열쇠를 찾는 데에 한참을 소요했고, 거의 1분의 시간이 지났을 때 마침내 문이 열렸다.

"다 왔어, 언니." 안드레아가 말했다.

"좋아."

한나는 가까스로 한마디 내뱉었다.

안드레아가 펜트하우스 안으로 들어서 불을 켰다.

"어디서부터 시작할까?"

"대략 둘러보면서 베브 박사의 물건처럼 보이는 것들을 찾아보자."

"이제 여기에는 베브 박사의 물건이 없을 것 같은데."

안드레아가 주방을 둘러보며 말했다.

"가구 배달이 왔을 때도 거의 텅 비어 있었어. 거실에도 아무것도 없었고. 있었다면 내 눈에 띄었을 거야. 메인 침실부터 가보자. 옷장에 뭔가를 갖다놨을 수도 있어."

"그거……."

한나가 막 말하려는 찰나 또다시 쿠궁 소리와 함께 번개가 번쩍였다.

"여기 피뢰침은 있겠지?"

한나가 물었다.

"이미 내장되어 있어서 따로 옥상에 설치하지 않아. 어서 가자, 언니. 옷장 살펴보러."

한나는 동생을 따라 메인 침실로 들어섰다. 안드레아가 메인 침실에 딸린 옷장 문을 열었다.

"그럴 줄 알았어!"

옷장 바닥에는 여행가방 여러 개가 놓여 있었다.

"파티가 있던 날 밤에는 분명 이런 게 없었어. 몇몇 사람들에게 옷장도 보여줬었거든."

안드레아가 가방 하나를 침대로 옮긴 뒤 한나가 지켜보는 가운데 가방을 열었다. 안에 든 옷들은 하나같이 가격표도 떼지 않은 새것들이었다.

"와오!"

안드레아가 흰색의 가죽바지와 그와 어울리는 조끼를 꺼내며 탄성을 질렀다.

"이런 걸 가질 수만 있다면 어떤 대가도 치르겠어."

그런 생각을 한 게 안드레아 너뿐만이 아니었을지도 몰라. 한나는 생각했다. 한나가 생각하는 살해 동기에는 질투도 여전히 포함되어 있었다. 로저가 미니애폴리스에 또 다른 여자친구를 두고 있었다면, 그 여자친구가 로저의 새 약혼녀 자리를 빼앗기 위해 살인을 감행했을 수도 있다.

"보석들."

안드레아가 벨벳으로 된 보석함에서 반지와 팔찌, 목걸이들을 꺼냈다.

"어머, 언니! 이것 좀 봐!"

한나가 돌아보니 과연 안드레아가 감탄해 마지않을 만큼 화려하고 고급스러운 보석들이 가득했다. 안드레아가 경이에 찬 목소리로 칭찬해 마지않은 목걸이에는 다이아몬드와 루비가 반짝이고 있었다.

"이거 진짜야?"

믿지 못하겠다는 투로 한나가 물었다.

"당연하지. 아마 이 비싼 펜트하우스 값의 두 배는 될걸."

"충분히 그렇겠어."

한나가 벨벳 보석함을 닫으며 말했다.

"또 뭐가 있는가 보자."

두 사람은 5분여 동안 두 번째 여행가방을 살폈고, 또다시 5~6여 분 동안 세 번째 여행가방을 살폈다. 이제 네 번째 가죽 가방을 막 열려는 찰나 안드레아의 핸드폰이 울렸다.

"여보세요?"

안드레아가 전화를 받았고, 한나가 지켜보는 가운데 안드레아는 미간을 찌푸렸다.

"던라이트 부인이 댄스 학원에 널 데리러 가기로 한 거 아니었어?"

트레시인 모양이었다. 안드레아가 핸드폰을 더욱 단단히 쥐었다.

"당연히 그래야지."

안드레아가 말했다.

"걱정하지 마, 트레시. 플로렌스에게 엄마가 지금 갈 거라고 얘기해. 밖에 천둥이 치니까 나가지 말고 내가 갈 때까지 카렌이랑 식료품점 안에 있어."

"미안, 언니."

안드레아가 전화를 끊으며 말했다.

"트레시랑 카렌 던라이트가 지금 빨간 부엉이 식료품점에 있대. 내가 데리러 가야 할 것 같아. 집에만 데려다주고 10분 내로 다시 올게, 알았지?"

"그래, 그렇게 해." 한나가 대답했다.

"나머지 여행가방이랑은 내가 살펴볼게."

네 번째 여행가방을 살피는 데에는 그리 오랜 시간이 걸리지 않았다. 한나는 가방들을 다시 옷장에 넣고 문을 닫았다. 그러고는 거실로 나오는데, 메고 있던 가방에서 핸드폰 벨소리가 들렸다.

"가요!"

한나는 혼잣말로 소리쳤다. 다행히 가방 안에서 핸드폰을 금방 찾을 수 있었고, 벨소리가 끊어지기 전에 화급히 통화 버튼을 눌렀다.

"여보세요?"

한나가 재빨리 말했다.

"전화 받아서 다행이에요!"

제니가 안도한 듯한 목소리로 말했다.

"바바라가 한나에게 전화하라고 했어요. 아버님에 대한 또 다른 기억을 떠올렸거든요. 연상된 이미지 속 동굴 안에 토끼들이 엄청 많이 있었대요. 그게 뭐라고 했죠, 바바라?"

잠시 아무 소리도 들리지 않더니 이내 제니가 다시 돌아왔다.

"스토밍(Storming) 노먼(Norman)이나 베리(Berry), 테리(Terry)와 같은 바보 같은 연상이 아니래요. 진짜 동굴이었다는데요."

"알았어요."

한나의 머릿속은 벌써부터 복잡해지기 시작했다.

"바바라에게 고맙다고 전해줘요. 또 달리 생각나는 게 있으면 연락주고요."

"10분 후면 다른 간호사와 교대예요."

"알았어요. 그럼 바바라에게 그렇게 전해줘요. 또 생각나는 게 있으면 나에게 전화 달라고요. 교대 전에 내 핸드폰 번호 쪽지로 남기면 되겠어요."

"알았어요. 근데……."

제니가 말끝을 흐렸다. 바바라가 과연 혼자 힘으로 전화를 걸 수 있을지 의심스러운 눈치인 듯했다.

"무슨 생각인지 알겠어요."

한나가 말했다.

"그래도 시험 삼아 해보게끔 해요. 예전에 내게 전화한 적이 있었으니 이번에도 가능할지 몰라요."

"그럼 교대 전에 한나의 번호 주고 갈게요."

제니가 약속했다.

"좋은 밤 돼요, 한나."

"안드레아나 얼른 왔으면 좋겠네요."

한나가 펜트하우스 유리창 밖으로 쏟아지는 빗줄기를 바라보며 말했다.

"어디 있는데요?"

"호텔 펜트하우스요."

"펜트하우스요? 거긴 무슨 일로요?"

"찾을 것이 있어서 안드레아랑 같이 왔는데, 안드레아는 잠깐 일이 생겨서 나갔어요."

"수사 때문인가 보네요."

"맞아요. 근데 생각만큼 잘 진행이 안 되네요. 어쨌든 좋은 밤 보내요, 제니. 나중에 또 얘기해요. 바바라에게 핸드폰 번호 알려주는 거 잊지 말고요."

전화를 막 끊는데 창밖 하늘에서 또 한줄기의 빛이 번쩍였다. 그리고 그와 거의 동시에 전보다 더욱 세차진 빗줄기가 창밖으로 물장막을 만들어내고 있었다. 또다시 전등이 깜빡거리기 시작했다. 한나는 빨리 안드레아가 돌아와 일을 마친 뒤 모이쉐가 기다리고 있는 안락한 집으로 돌아가고 싶은 생각이 간절해졌다. 그때 깜빡거리던 전등이 마침내 확 나가버리고 말았다.

"오, 끝내주는군!"

발전기가 작동하기를 바라며 한나가 중얼거렸다. 하지만 얼마간을 기다려도 불은 다시 켜지지 않았다. 지하실에 새로 장착했다는 발전기가 아직 작동 단계는 아닌 모양이다.

한나는 들고 있던 핸드폰을 다시 여름용 재킷 주머니에 넣고 베브 박사와 로저가 주문한 값비싼 소파에 풀썩 주저앉았다. 불이 없으니 창밖으로 으르렁거리는 폭우만 바라보고 있을 수밖에 없다.

단서들에 대해 생각해보자. 한나는 지하 동굴 안에서 토끼들에 둘러싸여 있는 바바라의 아버지를 떠올려보았다. 지하실 얘기를 했을 때 안드레아가 토끼 이야기를 했던 것 같은데. 천둥번개와 함께 빗줄기가 내리치는 가운데 한나는 이전에 동생과 나누었던 대화를 떠올려보았다. '모퉁이를 돌 때마다 두더지나 토끼, 마멋이 튀어나올 것 같은 기분이 든다니까.'

한나의 두뇌 회전이 속도를 내기 시작했다. *좁은 터널처럼 협소한 복도, 복잡한 연결, 두더지, 마멋, 토끼.* 바바라는 아버지가 토끼들에 둘러싸여 있다고 했다.

"워렌(Warren, 토끼사육장이라는 뜻도 있다)!"

한나가 자신도 놀랄 만큼 큰 소리로 소리쳤다.

"래빗 워렌! 그래, 바바라의 아버지 이름은 워렌이야!"

워렌이란 이름을 가진 사람이 누가 있더라? 한나는 곰곰이 생각해보았다. 레이크 에덴 바이블 교회의 목사인 워렌 스트랜드버그가 있지만, 그는 마을에 머문 지 이제 겨우 10년이 되었다. 레이크 에덴에 오기 전에는 어디서 살았는지 모르겠지만, 가까이 이웃한 마을에 살았던 것이 아니라면 그가 바바라의 아버지일 가능성은 없다.

에덴 호수 부근에서 낚시용 미끼 가게를 운영하고 있는 워렌 프랭크도 있다. 하지만 30대 중반인 그가 바바라의 아버지일 리는 없다.

워렌 드리블로도 가능성은 있다. 나이대도 맞고. 하지만 그가 마을에 얼마 동안 있었더라…….

불현듯 핸드폰이 울려 한나의 생각을 가로막았다. 한나는 핸드폰을 꺼내 버튼을 눌렀다.

"여보세요?"

"한나! 바바라야!"

"바바라?"

바바라가 혼자 힘으로 정확히 번호를 눌러 전화를 걸었다는 사실에 한나는 기뻤다.

"제니랑 아직 같이 있어요?"

"아니, 갔어. 지금 혼자야. 한나에게 할 말이 있는데, 내 동생이 또다시 날 죽이려고 해!"

"네?!"

"내 말 믿어줘, 한나. 이번엔 증거도 있어. 내 링거에 뭔가를 넣었다고."

"링거라고요?"

한나가 입을 떡 벌렸다.

"지금 맞고 있는 링거에 말이에요?"

"괜찮아. 걱정하지 마. 이불 밑에 팔을 넣고 잠든 척하다가 링거액을 만질 때 몰래 관을 빼버렸어."

"현명하게 행동하셨어요!"

"고마워. 내게 위험한 짓을 할 거란 걸 예감했거든. '편히 쉬어, 누나. 이대로 사라지는 게 누나에게도 좋을 거야.'라고 하면서 링거액에 뭔가를 넣더라고. 그래서 그 애가 나가자마자 바늘까지 뺐어."

한나는 꿀꺽 침을 삼켜 내렸다. 오싹한 상황이 아닐 수 없었다.

"어서 간호사를 호출해요, 바바라. 응급신호 버튼이 있다면 그걸 누르고요! 링거액은 절대 다시 연결하면 안 돼요."

"걱정 마. 그런 일은 없을 테니까. 링거액도 버리지 않을 거야. 박사님께 보내서 내 괴물 동생이 거기에 뭘 넣었는지 알아봐야지."

"좋아요, 바바라."

바바라의 침착하고도 빠른 대처가 한나는 감탄스러웠다.

"동생 얼굴은 봤어요? 생김새가 어떤지 설명해줄 수 있겠어요?"

"그건 어렵겠어, 한나. 눈을 가늘게 뜨고 있어서 얼굴도 잘 못 봤고, 이름도 기억이 안 나거든. 다만 연상되는 게 하나 있긴 한데."

"뭔데요?"

한나의 심장이 콩닥거리기 시작했다.

"본루에 야구방망이를 들고 서 있는 모습. 월드시리즈에 출전했는데, 파란색과 하얀색의 유니폼을 입고 있어. 바보 같은 연상이라는 거 알지만, 팀 이름은 기억이 안 나."

한나는 재빨리 머리를 굴렸다. 파란색과 하얀색의 유니폼을 입은 프로 팀이라.

"토론토 블루 제이?"

바바라가 잠시 후에 대답했다.

"아니, 그 팀은 아니야."

"캔자스시티 로얄?"

"아니, 그것도 아니야."

"야구팀 이름은 많이 알지 못해서…… 잠깐만요! 다저스는 어때요?"

"맞아. 그거야. 다저스(Dodgers)의 로저(Rodger). 내 말 믿지, 한나?"

지금껏 아리송하기만 했던 단서 조각들이 공중으로 날아올라 휘휘 돌며 제자리를 찾기 시작했다. 바바라는 워렌 댈워스의 딸이고, 로저는 바바라의 배다른 남동생이었던 것이다. 한나의 추측대로라면, 워렌이 최근 유언장을 새로 작성한 것은 바바라에게도 유산을 남겨주기 위함이었을 테지. 로저에게도 그 사실에 대해 이야기했을 테고, 사실을 알게 된 로저는 댈워스 엔터프라이즈를 포함해 아버지의 막대한 재산 모두를 혼자 독차지하기 위해 배다른 누나를 죽이려 한 것일 테다.

"날 믿지?"

바바라가 또다시 물었다.

"그럼요, 믿어요." 한나가 말했다.

"바바라의 말이 사실이라는 거 알아요."

"그럼 이 얘기도 믿어줘. 제니가 아까 한나에게 전화해서 토끼에 대한 이야기를 해줬을 때 로저가 밖에서 다 들은 것 같아. 제니가 펜트하우스 조사 중이냐고 얘기했으니 지금 한나가 어디 있는지도 알았을 거야. 그러니 어서 거기서 나와야 해, 한나! 다음 목표는, 한나일지도 몰라!"

"바바라, 내 말 잘 들어요!"

한나는 거의 실신 직전이었다.

"일단 응급 버튼을 눌러서 간호사를 호출해요. 그런 다음에 경찰서 마이크에게 전화를 해요. 전화해서 지금 내가 펜트하우스에 있고, 지금 로저가 베브 박사를 죽였던 것처럼 나도 죽이러 오고 있다고 전해줘요. 경찰서 전화번호는요—."

"잠깐."

바바라가 한나의 말을 가로막았다.

"나 경찰서에서 거의 평생을 일했어, 한나. 전화번호쯤은 알고 있다고. 마이크의 핸드폰으로도 전화할게. 일단 펜트하우스에서 나와. 때가 늦었다면 마이크가 도착할 때까지 어딘가에 숨어 있어."

한나는 가방을 집어 어깨에 걸쳤다. 그런 다음 핸드폰으로 안드레
아의 번호를 눌렀다.

"안드레아?"

동생이 전화를 받자마자 한나가 입을 열었다.

"펜트하우스로 오지 마. 로저가 베브 박사를 죽였고, 또다시 바바라를
죽이려 했어. 마이크에게 전화해서 서둘러달라고 해줘. 로저가 금방 여기
도착할 거야."

"로저는 이미 거기에 있어, 언니. 내가 아까 나올 때 차고를 지났는데
그의 차가 펜트하우스 주차구역에 세워져 있던걸."

"차에 타고 있었어?"

"아니. 얼른 거기서 나와, 언니! 빨리! 마이크에게는 내가 전화할게!"

달각 소리와 함께 전화가 끊어지고 말았다. 한나는 핸드폰을 다시 주
머니에 넣었다. 바깥세상과 연결된 단 하나의 끈이 끊어지고 나니 버려
진 듯한 기분마저 들었다. 하지만 이런 기분 같은 건 빨리 떨쳐버려야
한다. 그래야 더 분명하게 생각하고 재빠르게 기지를 발휘할 수 있다.

어서 나가자, 온몸의 신경들이 한나에게 소리쳤다. *로저가 여기 도착
하기 전에 2층까지는 내려갈 수 있어. 가방을 여기 두고 가면 내가 숨어
있다고 생각할지도 몰라. 로저가 여기서 나를 찾는 동안 1층까지 내려가*

는 *거야. 로비에 도착하면 젖 먹던 힘까지 다해 달아나자.*

한나는 당장 가방을 벗어 의자 위로 던지고는 서둘러 계단으로 통하는 문으로 향했다. 계단 복도까지 반 정도 내려갔을 때 한나는 자신에게 2층 문 열쇠가 없다는 사실을 깨달았다. 이제 왔던 길로 다시 돌아가는 수밖에 방법이 없다.

한나는 방향을 틀어 다시 계단을 올라갔다. 가장 위층까지 두 계단 정도 남겨두었을 때 제일 1층의 계단 문이 쿵 하고 열리는 소리가 들렸다.

이내 둔탁한 발걸음 소리가 들렸고 한나는 지금 올라오는 사람이 로저인지 확인할 새도 없이 나머지 두 계단을 한 번에 뛰어올라 다시 펜트하우스 안으로 들어간 뒤 화급히 데드볼트(스프링 작용이 없이 열쇠나 손잡이를 돌려야만 움직이는 걸쇠)를 잠갔다. 데드볼트도 결국에는 소용이 없어지겠지만, 그래도 한나가 몸을 숨길 시간을 벌어줄 것이다.

한나는 의자에 던져뒀던 가방을 다시 집어 서둘러 펜트하우스 정원으로 통하는 계단으로 향했다. 그러고는 공포에 사로잡힌 나머지 어떻게든 살아남아야겠다는 본능으로, 보통 때 같았으면 결코 나오지 않았을 괴력을 발휘해 계단을 뛰어올랐다. 그리고 마침내 돔이 볼록하게 솟아 있는 정원으로 나왔다.

어디에 숨지? 한나는 잠시 망설였다. 로저가 절대 생각지 못할 만한 곳에 숨어야 한다. 이를테면 비가 내리치는 돔의 바깥쪽 같은.

그 생각이 들자마자 한나는 정원을 가로질러 창문닦이용 안전 케이지의 리모컨을 집었다. 그런 뒤 안드레아가 예전에 보여줬던 것처럼 리모컨으로 돔 밖을 가리킨 다음 버튼을 눌렀다. 천천히, 한나가 느끼기에는 지나치게 천천히 모습을 드러낸 케이지가 서서히 경첩이 달린 창문 쪽으로 다가오기 시작했다.

높은 곳을 무서워하는 사람이라면 누구나 세찬 비가 내리치는 가운데 흔들거리는 케이지에 몸을 싣고 싶지 않을 것이다. 사실, 한나도 소름이 돋을 만큼 무서웠다. 하지만 베브 박사를 죽이고, 바바라까지 두 번이나 죽이려 한 사람의 손에 목숨을 잃으니 차라리 케이지에 올라타는 게 백만 배는 더 나을 것 같았다. 설사 번개가 내리치는 가운데 아찔한 케이지에 올라타는 일이라 하더라도 양자택일의 문제라면 망설임 없이 케이지를 선택하겠다는 것이다.

마침내, 케이지가 창문 바로 앞에 와 섰다. 한나는 리모컨을 끄고 경첩이 달린 창문 유리판을 열고는 케이지에 조심스럽게 발을 내딛으며 부디 마이크가 빨리 와주기를 기도했다. 유리판을 닫는 순간 또다시 번개가 번쩍였고, 마치 한나의 머리 위로 번개가 떨어지는 듯 온 세상이 번쩍였다. 그리고 뒤이은 천둥소리가 한나의 케이지를 뒤흔들었다.

한나는 눈을 깜빡이며 손을 눈 위로 가져가 쏟아지는 빗줄기를 막았다. 그리고는 케이지 내부에 장착되어 있는 계기판을 살폈다. 빗줄기 속에서도 버튼에 표시된 방향키가 보였다. 왼쪽으로 가고 싶으면 방향 버튼을 왼쪽으로, 오른쪽으로 가고 싶으면 오른쪽으로, 그리고 멈추고 싶으면 버튼을 다시 중앙에 두면 된다. 케이지를 작동시키는 가운데 '긴급 정지'라고 적혀 있는 붉은색의 커다란 버튼이 눈에 띄었다. 어떤 상황에 처했을 때 '긴급 정지' 버튼을 사용해야 하는 것인지 한나는 생각조차 하고 싶지 않았다. 적어도 지금은. 금방이라도 로저가 옥상정원으로 뛰어 올라올 것 같은데, 케이지는 계단 옆 자투리 공간에 자리한 보관함까지 가는 데에 느림보처럼 천천히 움직이고 있었다.

바람에 한나의 머리카락이 날려 눈을 가렸고, 한나는 소맷자락으로 머리카락을 쓸어냈다. 또다시 하늘에 번개가 번쩍였고, 뒤이어 귀가 먹을 듯 큰 소리로 천둥이 쳤다. 계속 이렇게 번개가 번쩍이는 가운데 케이지가 제자리로 돌아가기 전 로저가 옥상정원에 올라온다면 한나의 모습이 금방 발각되고 말 것이다!

한나는 빗줄기를 피하기 위해 케이지 바닥에 엎드려 한쪽 구석으로 기어갔지만, 크게 효과는 없었다. 육중한 철제 소재로 그물처럼 만들어진 케이지는 사방에서 빗줄기가 날아들었다. 한나는 누군가 케이지 바닥에 깔아놓은 천 조각을 들어 머리 위를 덮었다. 천 조각에서는 희미하게 산성 물질의 냄새가 풍겼다. 아마도 암모니아인 듯했다. 또다시 번개가 번쩍였고, 그 불빛에 케이지 옆면에 부착되어 있는 주머니에 친환경 소재의 창문 세정제 병이 담긴 것이 눈에 띄었다.

케이지는 과연 오늘 안에 보관함에 도착할까 싶을 정도로 여전히 천천히 움직이고 있었다. 마침내 보관함을 몇 인치 앞에 두었을 때 옥상정원의 문이 벌컥 열리더니 긴박한 표정을 한 로저가 뛰어들어왔다. 그리고 케이지는 서서히 벽 뒤쪽으로 사라졌다.

"서둘러요, 마이크!"

무기가 될 만한 물건이 없는지 가방 안을 뒤지며 한나가 속삭였다. 하지만 가방 안에는 볼펜 몇 자루와 오래된 입술보호제뿐이었다. 그때 바닥에 뭔가 떨어져 있는 것이 눈에 띄었다. 가까이서 보니 다름 아닌 케이지 리모컨이었다. 한나가 자신도 모르게 리모컨을 들고 케이지에 탄 모양이다. 혹시 로저가 리모컨이 없어진 사실을 알아채면 어쩐다? 케이지에 올라타기 전에 리모컨은 제자리에 두었어야 했나? 한나는 잠시 고민했지만, 이내 결과는 크게 다르지 않으리라는 데에 생각이 미쳤다. 리모컨을 제자리에 두었다면 로저가 그걸 이용해 한나가 탄 케이지를 조정했을 것이다.

바깥에서 무슨 일이 일어나고 있는지 모른 채 이대로 숨어 있는 것이 나은지, 아니면 로저가 자신을 찾아다니는 모습을 지켜보고 있는 게 나은지 한나는 알 수 없었다. 어두컴컴하고 협소한 공간에 갇힌 채 숨죽여

기다려야만 하는 긴장감은 차라리 고통에 가까웠다. 자꾸만 숨이 막혀 금방이라도 기절해버릴 것만 같은 기분이었다. 패닉에 빠져 정신이 혼미해지려는 순간 한나의 몸이 본능적으로 몸서리를 쳤고, 덕분에 한나는 다시금 숨을 내뱉어볼 수 있었다. 온몸의 근육이 뒤틀리는 가운데 한나는 공포와 추위에 부들부들 떠는 일밖에는 달리 할 수 있는 것이 없었다. 그때 소리가 들렸다. 케이지에 올라타면서 조심스럽게 닫았던 유리판이 활짝 열리는 소리였다. 그리고 천둥과 바람, 빗소리가 한데 뒤섞인 가운데 로저의 목소리가 들렸다.

"어디 숨었는지 알아, 한나. 이리 나와!"

절대! 한나는 마음속으로 소리쳤다. 잠자코 기다리는 대신 한나는 '긴급 정지' 버튼 위로 손가락을 가져갔다. 로저가 또 다른 리모컨이라도 이용해 케이지를 조정하려 든다면 다른 명령이 먹히지 않도록 이 버튼을 누를 작정이었다.

하지만 아무 일도, 아무 일도 일어나지 않았다. 여전히 공포에 떠는 동안 긴 시간이 흘렀다. 로저가 미치지 않고서야 한나가 순순히 케이지를 움직이리라 생각했을까. 아니면 일종의 속임수 같은 것이었을까? 한나의 방어심리를 유도해 또 다른 술수를 부리려던 것은 아닐까?

"이리 나와, 한나!"

로저가 또다시 외쳤다.

"당장 나오지 않으면 내가 직접 가겠어. 하지만 장담하는데, 그편이 훨씬 끔찍할 거야!"

한나는 로저의 말을 무시했다. 케이지를 움직인다면 단번에 목숨을 잃을 것이 뻔했다. 로저는 직접 보관함으로 내려오겠다고 하지만, 그건 불가능한 일이다. 그러려면 돔 밖으로 걸어 나와 보관함 쪽을 향해 난 아슬아슬한 트랙의 모퉁이를 돌아야만 한다. 로저가 그런 위험을 감행할

리 없다. 그렇지 않은가? 아니면 지금 그는 그런 일쯤 아무것도 아닐 만큼 이성을 잃은 상태인 걸까?

시간을 끌자. 한나는 마음속으로 생각했다. 바바라가 분명 마이크에게 전화했을 것이다. 안드레아도 마찬가지고. 누군가 한나를 도우러 올 테니 그때까지 로저에게 말을 시켜보는 거다.

자신을 죽이려는 남자를 향해 다가가는 것은 본능에 반하는 일이었지만, 한나는 그렇게 했다. 그는 분명 총을 갖고 있지 않다. 총을 갖고 있었다면 진즉 창문 밖으로 손을 내밀어 한나가 있는 곳을 향해 쏘았을 것이다. 하지만 맨몸으로 붙는다 해도 로저가 한나보다 힘이 세니 당연히 로저가 이길 것이다. 그러니 맞붙을 수 있을 만큼 가까이 가서는 안 된다. 그에게 멱살이라도 잡히거나 칼이라도 찔릴 수 있을 만큼의 거리는 경계해야 한다. 팔 길이보다 더 먼 거리로 떨어진 채로 도움의 손길이 당도할 때까지 그에게 계속 말을 시킬 심산이었다.

"좋아요."

한나가 자신이 듣기에도 깜짝 놀랄 만큼 차분한 음성으로 말했다.

"나갈게요. 하지만 왜 바바라를 죽이려고 한 건지 얘기해줘요."

쿠구궁, 천둥소리와 함께 그가 입을 열었다.

"첫 번째를 말하는 건가? 아니면 정말로 그 여자를 죽이는 데 성공한 두 번째를 말하는 건가?"

로저가 물었다.

이어지는 그의 웃음소리에 한나는 뼛속까지 서늘함을 느꼈다. 로저가 제정신이 아닌 게 분명하다. 그는 미치광이 살인범에, 위험한 사이코에……, 어쨌든 지금은 로저의 상태에 대해 온갖 표현들을 늘어놓고 있을 때가 아니다. 마이크가 도착할 때까지 어떻게든 계속 말을 시켜야 한다.

"첫 번째가 궁금하네요."

한나가 천둥소리 가운데 소리쳤다.

"여기까지는 어떻게 혼자 올라오게 한 거죠?"

"그건 쉽지. 이미 여기 와 있었거든. 내가 직접 가로막을 치우고, 안심시켰어. 직접 풍경을 보여줄 테니 괜찮다고 말이야."

한나는 천둥소리가 잦아들 때까지 기다렸다.

"바바라의 집 풍경 말이에요?"

"그렇지."

"근데 왜 죽이려 한 거죠?"

"그걸 아직까지 알아내지 못했다니 놀랍군, 한나. 다들 당신이 똑똑하다고 얘기하던데 말이야. 그야 내 배다른 누나와 유산을 나눠갖고 싶지 않아서지. 절대 내 것을 차지하게 둘 수 없어."

"그래서 공격했어요?"

"그래, 망치로. 이리 가까이 와, 한나."

한나가 케이지 작동을 멈춘 것을 눈치챈 로저가 말했다.

"시간을 끌고 있군."

"전체 이야기가 궁금해요. 정말로 아버님이 유언장에 바바라에게 유산의 반을 나눠주라고 말씀하신 거예요?"

"그럴 리가 있나. 그 여자에게는 유산의 1/4을 주겠다고 했어. 내가 아버지 밑에서 얼마나 열심히 일했는지 아버지도 알고 있거든. 내가 더 큰 몫을 갖는 게 당연하다고 말이야."

"당연히 그래야죠."

한나가 은근슬쩍 그의 편을 들었다.

"그렇다면 바바라보다 더 많은 몫을 갖게 되는데도 그녀를 죽이려 했던 이유가 뭐예요?"

"그 여자한테는 아무 자격도 없기 때문이야!"

로저의 목소리가 빗줄기 가운데 울려 퍼졌다.

"그 여자는 아무것도 한 게 없다고! 난 내 평생을 댈워스 엔터프라이즈에 바쳤는데 말이야!"

"정말이에요?"

한나가 모르는 척 되물었다.

"그래도 아버지 회사에서 일하면서 꽤 큰돈을 버는 줄 알았는데요."

"오, 그랬지. 하지만 그것으로는 충분치 않아. 난 그보다 더 많이 받을 자격이 있다고. 난 유산을 100% 다 받아도 부족해. 그런데 누나와 그걸 나누라니."

"알겠어요."

한나는 당장에라도 마이크가 문을 벌컥 열고 뛰어들어오기를 바라는 마음뿐이었다.

"가까이 와, 한나. 그럼 더 얘기해주지. 아직도 알고 싶은 게 많잖아?"

"맞아요, 많아요."

한나가 버튼을 조작해 로저 쪽으로 좀 더 가까이 다가간 뒤 다시 케이지를 멈췄다.

"왜 돈이 그렇게 많이 필요했죠?"

"빚이 있거든! 댈워스 엔터프라이즈를 경영하는 건 쉬운 일이 아니야. 필요한 허가를 받아내기 위해 돈을 써야 하지. 하지만 아버지는 절대 이해하지 못했어. 그래서 장부를 살짝 조작했지. 그러기 위해서는 돈이 필요했고. 다들 그렇게 한다고. 게다가 권력자들과 어울리기 위해서는 외양도 고급으로 꾸며야 했어."

장부 조작이라. 한나는 속으로 생각했다. *근거 없는 지출은 모두 로저*

의 주머니로 들어간 거였겠군. 하지만 한나는 최대한 동정심을 살려 말했다.

"난 이해해요."

"다행이군."

한나의 공감에 로저는 기뻐하는 듯했다.

"이제 이리 와, 한나. 더 이상 알아야 할 건 없는 것 같은데."

"아직 있어요!"

한나가 1~2피트(30~60cm) 더 가까이 다가가며 말했다.

"베브 박사는 왜 죽였어요?"

"거머리 같은 그 여자, 완전 사기꾼이었어! 내가 누나를 죽이려 했다는 걸 알고 한번은 날 협박하더군. 엘리베이터를 타고 올라와서 내가 누나를 때리는 걸 본 거야. 누나가 옥상에서 뛰어내리는 것도."

바바라가 떨어지기 직전에 엘리베이터가 끼긱거리는 소리를 들었다는 리사의 말이 사실이었다. 그날 그때 엘리베이터를 탔던 사람은 베브 박사였던 것이다. 그리고 그녀는 로저에게 원하는 대가를 받아내지 못할 경우를 대비해 한나에게 바바라의 단추를 보냈다. 하지만 베브 박사가 미처 설명하기도 전에 로저가 그녀를 죽였으니 뜻밖의 단추에 한나는 아리송했을 수밖에 없다.

"당신보다 똑똑한 여자였어."

로저가 말했다.

"사실을 알고는 내게 수백만 달러를 요구하더군."

"그리고 당신은 그만한 돈을 주고 싶지 않았고요."

"내가 왜 그래야 하지? 여자라면 주변에 널리고 널렸어. 자기가 아직도 섹시하다고 생각하는 마흔 살 먹은 노처녀를 대신할 여자라면 얼마든지 많다고."

한나는 순간 베브 박사가 불쌍해졌다. 그야말로 상대를 잘못 만난 것이다.

"하지만 베브 박사를 죽였을 때 마세라티도 함께 잃었잖아요?"

"보험을 들어놨기 때문에 보상은 차값보다 많이 받았어. 이제 얘기하기도 짜증이 나는군. 이제 질문은 마지막이야."

"베브 박사를 죽일 때 사용한 신경안정제는 어디서 구했어요?"

그러자 로저가 머리 위에서 으르렁대는 천둥소리보다 더 큰 소리로 웃음을 터뜨렸고, 그 바람에 한나는 귀가 먹먹할 지경이었다.

"그거야 다 끈이 있지. 돈이면 다 되거든. 이제 가까이 오지, 한나? 아니면 내가 직접 나서줄까?"

"그러려면 이리로 와야 할걸요."

한나가 짐짓 자신감 넘치는 목소리로 말했다. 마이크는 어디에 있는 걸까? 빌은? 로니와 릭은? 한나가 미치광이 살인범과 사투를 벌이는 지금 이 순간 대관절 다들 어디에 있단 말인가?

그때 로저가 한나가 지금껏 본 적 없는 사악한 미소를 지었다. 그건 바바라가 묘사한 그대로 괴물의 미소였다. 그는 유리판 밖으로 몸을 내밀어 마치 곡예사처럼 한나의 케이지까지 연결된 트랙을 밟기 시작했다.

한나는 본능적으로 세정제 병을 집어 그가 가까이 다가오자 그의 눈을 향해 분사했다.

로저가 고함을 질렀고 한나는 그가 맹렬히 눈을 비비는 모습을 지켜보았다. 그는 비틀거리는가 싶더니 이내 균형을 잃었고, 돔에 몸을 지탱하려 했지만, 빗줄기 때문에 미끄러워진 유리판은 그의 몸을 지탱해주지 못했다. 결국, 로저는 좁다란 트랙 위에서 중심을 잡지 못하고 3층 아래 주차장으로 떨어지고 말았다. 그의 비명 소리가 점점 멀어졌다.

한나는 차마 아래를 내려다볼 수 없어 부들부들 떨리는 몸으로 케이지 바닥에 주저앉았고, 그때 마이크가 세 명의 경찰관과 함께 옥상정원에 들이닥쳤다.

"한나!"

마이크가 소리쳤다.

"어서 이리로 나와요."

"난······난······ 괜찮아요."

한나가 버튼을 누르며 가까스로 말했다.

"얼른 그 기계 꺼요."

마이크가 지시했다. 한나는 자신이 능숙하게 케이지를 작동했다는 사실을 마이크가 어떻게 알고 있을까 의아했다.

"손 이리 줘요."

한나가 손을 내밀자 마이크가 한나의 손을 잡고 케이지에서 내리는 것을 도왔다. 바닥에 내려서며 한나는 균형을 잃었고, 마이크의 부축이 아니었다면 그 자리에 풀썩 쓰러질 뻔했다.

"잘했어요, 한나."

마이크가 말했다.

"자백은 이미 녹음해뒀습니다."

"그럼····· 계속 여기 있었던 거예요?"

한나가 최대한 정신을 가다듬으며 물었다.

"네, 하지만 한나의 안전은 최대한 신경 쓰고 있었습니다. 그가 케이지에 도달하는 순간, 잡아챌 생각이었어요."

한나는 마이크의 품에서 물러서 그의 뺨을 세차게 쳤다.

"제때에 도착하지 못하는 줄 알고 얼마나 무서웠는지 알아요? 다시는 그러지 말아요!"

"무슨 말입니까? 한나는 안전했다니까요."

"하지만 난 그걸 모르고 있었잖아요!"

한나는 분노로 몸이 떨리기 시작했고, 이내 눈물을 흘렸다.

"당신 정말 형편없어요! 최악이라고요!"

마이크는 한나를 다시 품에 안고 토닥였다.

"진심이 아닌 거 알아요. 많이 무서웠나 보네요. 우리가 이미 와 있다는 사실을 한나에게 알릴 방법이 있었다면, 어떻게든 알렸을 겁니다."

"로저는…… 죽었어요?"

어느 정도 진정이 되자 한나가 물었다.

"애들이 지금 내려가긴 했는데, 여기서 보기에는 죽은 것 같군요. 주차장에 곧장 떨어져서 완충될 만한 게 없었어요."

"그럼 내가…… 내가 죽인 거예요?"

"한나 때문이 아닙니다. 상황이 그랬던 거죠. 그리고 그는 죽어 마땅해요. 경찰서의 가장 우수한 직원을 죽일 뻔했으니 말입니다. 경찰서 사람들 모두 바바라를 얼마나 좋아하는데요. 게다가 이번에는 내가 사랑하는 여인까지 죽일 뻔하지 않았습니까. 바로 한나, 당신을요. 알고 있죠, 한나? 늘 내색하진 않더라도 이 마음은 변함없어요."

그때 문이 벌컥 열리더니 로니가 뛰어들어왔다.

"죽었습니다."

그가 보고했다.

"주차장 바닥에 머리를 부딪쳐서……."

로니는 한나를 흘끗 보더니 말을 멈췄다.

"암튼 그렇습니다."

"좋아."

마이크가 말했다.

"재판을 열 필요가 없으니 덕분에 세금 아끼겠군."

"지금 펜트하우스에 안드레아와 노먼이 와 있는데, 올려보내도 되겠습니까?"

"그렇게 해. 두 사람이 한나를 집까지 데려다줄 거야. 우린 여기 남아서 할 일이 있으니."

마이크가 한나를 다시 한 번 포옹한 뒤 팔을 풀었다. 그리고 로니가 자리를 뜨자 조용히 속삭였다.

"오후에 얘기 나눴던 게 다행이었어요, 한나. 바바라와 안드레아에게 전화를 받았을 때 워랜을 만나보고 이미 당신에게 가던 길이었거든요."

"그랬어요?"

한나는 아리송했다.

"근데 왜 그렇게 오래 걸린 거예요?"

"그렇게 오래 걸리지 않았어요. 바바라와의 전화를 끊자마자 안드레아가 전화했으니까요. 아마 여기까지 10분밖에 걸리지 않았을 겁니다."

한나는 깜짝 놀라 그를 쳐다보았다.

"정말이에요? 적어도 10분보다는 훨씬 길었던 것 같은데!"

그러자 마이크가 또다시 한나를 포옹했다.

"뭔가 재미있는 것을 하고 있을 때는 시간이 쏜살같이 흐른다는 얘기, 들어봤죠?"

"네."

한나가 대답했다.

"흠, 전혀 재미있지 않을 때는 그 반대가 되는 것 같군요."

창문닦이용 안전 케이지에서 끔찍한 경험을 한 뒤 한 주의 시간이 흘렀다. 노먼과 함께 레이크 에덴 호텔에 도착한 한나는 미소를 지었다.

"한나 어머님이 늘 한나를 위해 이런 축하 자리를 마련하니, 정말 자상하신 것 같아요."

레스토랑으로 향하며 노먼이 말했다.

"나도 그렇게 생각해요. 하지만 범인을 잡지 못했다면 엄마가 주최한 이 식사 자리는 위로의 자리가 되지 않았을까요?"

노먼이 놀란 표정을 짓자 한나는 웃음을 터뜨렸다.

"농담이에요. 어서 가요. 우리가 제일 먼저 도착한 거 아닌가 모르겠네요."

테이블에 가까워지자 이미 네 사람이 자리에 앉아 있었다.

"엄마의 자리배치를 바꾸기에는 이미 늦었네요."

한나가 나지막이 속삭였다.

"또다시 볼로냐 되겠어요."

"뭐요?"

"노먼과 마이크 샌드위치 안에 들어간 볼로냐 소시지요. 엄마가 늘 나를 노먼과 마이크 사이에 앉히잖아요. 가끔은 로스트비프가 된 것도 같고, 피넛버터 같은 기분도 들고, 심지어 어떤 때는 튜나 샐러드가 된 것 같은 기분도 든다니까요. 오늘 밤은 볼로냐고요."

노먼은 웃음을 터뜨렸고, 미셸과 로니가 그런 두 사람을 반갑게 맞아주었다. 반대편 자리에는 리사와 허브가 앉아 있었다. 한나는 두 사람에게 가서 인사했다.

"안녕, 친구들. 컵케이크 보안팀 유니폼은 어쩐 거야, 허브?"

"오늘 비번이야. 세 친구는 쇼핑몰에서 근무 중이지만."

리사가 씩 미소 짓는 것을 보니 뭔가 놀랄 만한 소식이 있는 듯했다.

"쇼핑몰은 왜?"

"스테파니 바스콤 경호 때문에. 보석가게에서 몇 가지 살 것이 있다고 하시기에 리사와 내가 그 시장님이 몰고 다니시는 값비싼 오픈카에 문제는 없을까 하는 생각이 들어서 경호하겠다고 했어."

"그렇구나."

한나는 리사와 흐뭇한 시선을 주고받았다.

"그럼 시장 사모님을 집까지 무사히 모셔다드리는 거야?"

"네, 쇼핑몰에서 바로는 아니고요."

리사가 말했다.

"클레어가 사모님을 위해 7시에 특별히 가게 문을 연다고 해서 거기에 들러야 하고, 필요한 의상 몇 벌 사신 다음에 보안팀 사람들이 여기 호텔까지 모셔오기로 했어요. 시장님과 저녁식사 약속이 되어 있거든요."

"보안팀이 오늘 밤 근사한 업무를 맡았네."

한나가 허브에게 고개를 끄덕이며 말했다.

"그 친구들도 그렇게 생각해."

허브가 말했다.

"시장님이 그 친구들 식사도 책임지실 테니 말이야."

그때 안드레아와 빌이 도착했고, 다들 두 사람을 반갑게 맞이했다. 한나는 빌을 향해 고개를 돌렸다.

"바바라가 다시 경찰서에 복귀했다고 엄마한테 들었는데, 요즘 어떻게 지내고 있어?"

"아주 좋아. 오전에는 근무하고 오후에는 병원에 입원한 아버지 곁에서 간호하고. 조금 늦긴 했지만 지난 시간들을 보상하고 싶대."

"잘됐어요." 리사가 말했다.

"잘 지내고 있다니 마음이 놓이네요."

"잘 지내는 것 이상입니다." 마이크가 말했다.

"임시비서가 그간 저지른 실수들을 순식간에 바로잡더군요."

"맞아요." 안드레아가 말했다.

"무엇보다도 우리 그이의 우산을 찾아냈어요. 작년 가을부터 보이지 않던 건데."

서로 이야기를 나누는 동안 나머지 사람들도 모두 도착했다. 볼로냐에 빙의된 한나를 비롯해 모두가 자리에 앉자 샐리가 샴페인과 스파클링 청포도주스를 땄고 다들 훈훈한 분위기 속에 이야기를 이어나갔다.

"근데 물어볼 게 있어."

안드레아가 한나에게 말했다.

"그 케이지에 올라탈 용기는 대체 어디서 난 거야?"

"네가 3층 돔 밖에 걸린 케이지에 올라타느니 죽는 게 낫다고 했던 거, 기억나?"

"기억나지."

"난 죽고 싶지 않기 때문에 탔어."

그러자 엄마가 살짝 몸을 떨었다.

"어쨌든 대단히 용감했다, 얘야."

그러더니 엄마는 잔을 들었다.

"한나와, 범인을 잡는 데 도움을 준 여러 사람들을 위해 건배하자꾸나."

샐리와 두 명의 웨이트리스가 부지런히 사람들의 잔을 채워주었고, 다들 잔을 높이 올려 건배한 다음 한 모금씩 마셨다.

"여기, 여기!"

불현듯 나이트 박사가 엄마를 향해 미소를 지으며 말했다.

"여기 로리가 여러분들에게 공표할 게 있다는군."

나이트 박사가 엄마를 쿡 찔렀다.

"어서, 로리. 이제 말할 차례야."

엄마는 마지못해 자리에서 일어나 목청을 가다듬었다.

"오늘 여러분을 이 자리에 모이게 한 데에 또 다른 이유가 있는데, 내가 공표할 게 있어서야. 그러니까, 그 공표할 것이 뭐냐 하면…… 그게……."

엄마가 하던 말을 멈추고 또다시 목청을 가다듬었다.

"그냥 말해, 로리."

박사가 재촉했다.

"여기 있는 사람들 모두 당신을 아낀다고. 그러니 다들 이해할 거야."

"그랬으면 좋겠는데. 어쨌든, 다들 모이게 한 또 다른 이유는……."

엄마가 또다시 말끝을 흐리더니 박사를 쳐다보았다.

"도저히 못 하겠어. 우리 애들이 아빠를 얼마나 사랑했는데."

"당신도 마찬가지 아니었나, 로리. 하지만 시간이 많이 흘렀고, 당신도 언제까지 그렇게 있을 순 없잖아."

엄마가 박사를 바라보았다.

"고마워……."

그러더니 다시 모두를 향해 고개를 돌렸다.

"사실은 말이다. 사실은, 박사와 내가 결혼하기로 했단다."

그러자 박사가 자리에서 일어나 엄마의 어깨에 팔을 둘렀다.

"아주 잘했어!"

그러고는 모두를 향해 고개를 돌렸다.

"그래서 말인데, 로리와 내가 여러분들의 도움이 필요해. 거창한 결혼식 같은 건 원치 않지만, 우리가 결혼식을 올리지 않으면 내 환자들과 로리의 친구들이 섭섭하게 생각할 것 같아서 말이야. 그러니까 모두가 우리 결혼에 찬성하면 말이지."

"당연히 찬성이죠." 빌이 나섰다.

마이크도 고개를 끄덕였다.

"당연히 찬성입니다."

"자, 필요한 게 뭔지 얘기해, 로리."

박사가 또다시 엄마를 포옹했다.

그러자 엄마는 심호흡을 했다.

"괜찮다면, 우리 세 딸들이 내 결혼식 준비를 도와줬으면 좋겠구나. 참석할 손님들 명단은 우리가 만들겠다만, 그 외의 것들은 뭐든 너희들 좋을 대로 준비해도 좋단다. 그러니 도와주겠니?"

"도와드릴게요." 리사가 재빨리 나섰다.

"전 비록 어머님 딸은 아니지만요."

"고맙구나, 리사."

엄마가 사랑스러운 눈길로 리사를 쳐다보았다.

"저도 도울게요, 엄마." 미셸이 말했다.

"박사님과 결혼하신다니 정말 기뻐요. 두 분 정말 잘 어울리세요."

"저도 도울게요." 안드레아도 대답했다.

"두 분 정말 멋져요!"

엄마는 아직 대답하지 않은 맏딸을 향해 고개를 돌렸다. 한나는 세상을 떠난 아빠와의 기억이 가장 많이 남아 있는 딸이었다.

"한나?"

한나는 엄마에게 장난스럽게 윙크를 보낸 다음 자리에서 일어나 엄마를 포옹했다.

"모르겠어요, 엄마. 한편으로는 이제 앞으로 감기 예방 주사를 공짜로 맞을 수 있다는 사실에 기쁘긴 한데."

다들 웃음을 터뜨렸고, 그 바람에 긴장된 분위기도 한층 부드러워졌다. 다들 웃음이 잦아들 때까지 기다렸다가 다시 한나가 입을 열었다.

"한편으로는 이제 박사님이 제 양아버지가 되는 건데, 양아버지가 될 분의 이름도 아직 저희는 모르잖아요. 늘 '박사님'이라고만 부르니까요. 다들 그렇게 부르고 있기도 하고요. 이름도 모르는 분과의 결혼식을 도와도 되는 건지 모르겠네요."

그러자 엄마가 박사와 흐뭇한 시선을 주고받았다.

"내가 전에 얘기하지 않았니, 얘야. 박사의 이름은 '닥(Doc)'이란다."

"알아요. 다들 그렇게 부르잖아요. 그러니까 진짜 이름이 뭐냐고요."

"닥!"

엄마가 참았던 웃음을 터뜨리며 말했다.

"원래는 머독(Murdoch)이지만, 줄여서 그냥 닥(Doc)이라고 부른단다. 난 닥터 닥(Doctor Doc)과 결혼하는 거야!"

레드벨벳 컵케이크 살인사건

2013년 06월 20일 초판 발행

지은이   조앤 플루크
옮긴이   박영인
펴낸이   이경선
펴낸곳   해문출판사

등 록   1978년 1월 28일 제3-82호
주 소   서울시 서초구 서초동 1328-11 도씨에빛 2차 1420호
전 화   325-4721(대표)
팩 스   325-4725

값 14,000원

ISBN 978-89-382-0426-4
ISBN 978-89-382-0400-4(세트)

※ 잘못 만들어진 책은 구입하신 곳에서 바꾸어 드립니다.

국립중앙도서관 출판시도서목록(CIP)

레드벨벳 컵케이크 살인사건 / 조앤 플루크 지음 ; 박
영인 옮김. -- 서울 : 해문출판사, 2013
   p. ;   cm.

원표제: Red velvet cup cake murder
원저자: Joanne Fluke
영어 원작을 한국어로 번역
ISBN 978-89-382-0426-4 04840 : ₩14000
ISBN 978-89-382-0400-4(세트)

미국 현대 소설[美國現代小說]

843.6-KDC5
813.6-DDC21   CIP2013007683